KB083604

글쓴이

김명인(金明仁, Kim Myoung In) 1958년 출생. 서울대학교 국어국문학과를 졸업 후 인하대학교 대학원 석사·박사과정을 졸업했다. 저서로는 평론집 『희망의 문학』, 『불을 찾아서』, 『자명한 것들과의 결별』, 연구서 『김수영, 근대를 향한 모험』, 『조연현, 비극적 세계관과 파시즘 사이』 등이 있다. 현재 인하대학교 국어교육과 교수로 재직 중이다.

동아시아한국학연구총서 23

문학적 근대의 자의식

초판 1쇄 발행 2016년 5월 6일
초판 2쇄 발행 2017년 8월 4일
글쓴이 김명인 **펴낸이** 박성모 **펴낸곳** 소명출판 **출판등록** 제13-522호
주소 서울시 서초구 서초중앙로6길 15, 1층
전화 02-585-7840 **팩스** 02-585-7848 **전자우편** somyungbooks@daum.net **홈페이지** www.somyong.co.kr

값 26,000원   ⓒ 김명인, 2016
ISBN 979-11-5905-068-8 94810
ISBN 978-89-5626-835-4 (세트)

이 책은 2007년 정부(교육과학기술부)의 재원으로 한국연구재단의 지원을 받아 수행된 연구임(KRF-2007-361-AM0013).

동아시아한국학연구총서 23

문학적 근대의 자의식

Self-Consciousness of Literary Modern

김명인

소명출판

인하대학교 한국학연구소는 2007년부터 '동아시아 상생과 소통의 한국학'을 의제로 삼아 인문한국(HK) 사업을 수행하고 있다. 상생과 소통을 꾀하는 동아시아한국학이란, 우선 동아시아 각 지역과 국가의 연구자들이 자국의 고유한 환경 속에서 축적해 온 '한국학(들)'을 각기 독자적인 한국학으로 재인식하게 하고, 다음으로 그렇게 재인식된 복수의 한국학(들)이 서로 생산적으로 소통할 수 있는 방법을 구성해내는 한국학이다. 우리는 바로 이를 '동아시아한국학'이라는 고유명사로 명명하고 있다. 따라서 동아시아한국학은 하나의 중심으로 수렴된 한국학을 지양하고, 상이한 시선들이 교직해 화성(和聲)을 창출하는 복수의 한국학을 지향한다.

이런 목표의식하에 한국학연구소는 한국학이 지닌 서구주의와 민족주의적 편향성을 극복하기 위한 방법으로 근대전환기 각국에서 이뤄진 한국학(들)의 계보학적 재구성을 시도하고 있다. 주지하듯이 한국에서 자국학으로 발전해온 한국학은 물론이고, 구미에서 지역학으로 구조화된 한국학, 중국·러시아 등지에서 민족학의 일환으로 형성된 조선학과 고려학, 일본에서 동양학의 하위 범주로 형성된 한국학 등이미 한국학은 단성적(單聲的)인 방식이 아니라 다성적(多聲的)인 방식으로 존재하고 있다. 우리는 그 계보를 탐색하고 이들을 서로 교통시

3

키고자 한다. 다시 말해 본 연구소는 동아시아적 사유와 담론의 허브로서 동아시아한국학의 방법론을 정립하기 위해 학문적 모색을 거듭하고 있다.

더욱이 다시금 동아시아 각국의 특수한 사정들을 헤아리면서도 국경을 넘어서는 보편적 가치를 모색할 필요성이 절실해지는 이즈음, 상생과 소통을 위한 사유와 그 실천의 모색에 있어 그간의 학문적 성과를 가름하고 공유하는 것은 여러 모로 의미가 있으리라 여겨진다. 이에 우리는 복수의 한국학에 대한 계보학적 탐색, 상생과 소통을 위한 동아시아한국학의 방법론 정립, 연구 성과의 대중적 공유라는 세 가지 지향점을 중심으로 지속적으로 축적되고 있는 연구 성과를 세 방향으로 갈무리하고자 한다.

본 연구소에서는 상생과 소통을 위한 동아시아한국학 연구에 있어 연구자들에게 자료와 토대를 정리해 연구의 기초를 제공하고, 또한 현재 동아시아한국학 연구의 범위와 향방을 보여줄 뿐만 아니라 그 연구 성과들을 시민들과 공유하는 것까지 고려하는 방향으로 총서를 발행하고 있다. 모쪼록 이 총서가 동아시아에서 갈등의 피로를 해소하고 새로운 상생의 방법을 모색하는 데 일조할 수 있기를 기대한다.

인하대학교 한국학연구소

1.

저자가 공동연구원으로 몸담고 있는 인하대 한국학연구소 인문한국사업단의 동아시아한국학총서 시리즈에 단행본 연구서 한 권을 내기로 약속하고서 벌써 2~3년의 시간이 흘러 이제는 더 이상 미룰 수가 없게 되었다. 원래는 전작 연구서를 낼 생각으로 몇 가지 흥미로운 주제를 세우고 자료를 읽고 입론도 정리하느라 했는데 타고난 게으름에다 이런저런 피치 못할 사정이 겹쳐 그 작업들이 한없이 늦어지게 되었고 결국 그동안 발표했던 글들을 누더기를 깁듯 묶어 내는 것으로 빚을 갚게 되었다.

그간 석·박사학위논문을 단행본으로 묶은 것 외엔 따로 개인 단행본 논문집을 낸 적이 없는데 그것은 그때그때 특정 주제의 프로젝트나 학술대회 등에 맞춤형 과제로 발표한 글들이거나 연속적 작업으로 이어지지 못한 일회성 글들을 한데 묶는 게 어떤 의미가 있을까 하는 자괴감 때문이었다. 하지만 어떤 모습으로 묶이든 그것은 한국문학 연구자로서의 내 길지 않은 역정의 한 결과물이라고 애써 자위하며 이 책을 펴내기로 하였다.

이 책에는 김수영을 다룬 석사학위논문, 조연현을 다룬 박사학위논문 이외에 문학평론가로서가 아니라 한국문학 연구자로서의 정체성을 지니고 살아온 지난 20여 년간 발표했던 글들이 대부분 실리게 된다. 그러므로 앞서 말한 바와 같이 주제도 대상도 제멋대로인지라 단행본 연구저서로서의 유기적 통일성과는 거리가 먼 '잡논문집'이라고 할 수 있다. 하지만 원고들을 모아놓고 몇 개의 묶음으로 나누고 순서를 정하고, 일차 교정을 보면서 다시 한 번 여기 실리게 될 지나간 글들을 찬찬히 읽노라니 주제나 대상의 유기적 연관은 여전히 부족하지만 그 개별 글들 속에 흐르는 기저의식에서의 유기성 혹은 일관성은 분명히 존재한다는 생각을 갖게 되었다.

여기 실린 11편의 글의 대부분은 주로 식민지 시대의 문학 현상들을 대상으로 하고 있다. 비단 근대문학 연구자로서만이 아니라 당대의 문학들을 다루는 문학평론가의 입장에서도 식민지 시대의 문학은 한국 근대문학 전반의 기원을 이루고 있다는 점에서 언제나 하나의 도전이자 숙제로 다가온다. 이 각각의 글들을 쓸 때마다 이를 의식한 것은 아니었지만 이 11편의 글들에는 거의 예외 없이 식민지 역사경험이 한국 근대 인간들의 의식과 무의식과 일상성에 끼친 다양한 영향이 어떻게 문학적으로 현상하였는가 하는 오랜 문제의식이 작동하고 있으며 이 것이 이 글들을 일관하여 하나의 내적 유기성을 부여하고 있는 기저의식이라고 할 수 있다.

저자에게 한국 근대문학은 '식민지 근대문학'이다. 헤겔적 의미에서 이 식민지 근대문학을 꿰뚫는 '정신적인 것'의 핵심은 '식민지 근대성'이다. 여기서 말하는 '식민지 근대성'은 한편으로는 근대는 곧 식민지 근대의 다른 이름일 뿐이라는 생각으로 발전론적 근대성론을 해체하는 동시에 그것을 하나의 '안정적 과정'으로 인지하는 최근의 '식민지 근대성론'과 유사하지만 한편으로는 그러한 '정신승리법'으로는 절대 소거하거나 치유할 수 없는 실제 역사과정에서 나타난 제국과 식민지 사이의 명백한 비대칭성과 그로부터 발생한 수많은 착취와 억압의 메커니즘, 차별과 모멸, 열등감과 선망의 심리구조, 그리고 저항과 해방의 탈식민주의적 실천 등 불안정하고 역동적인 모든 기재들까지 포함한 좀 더 복잡한 어떤 것이다(이에 관해서는 아마도 조만간 다시 상세히 논할 기회가 있을 것이다). 여기에 실린 글들은 근대에 대한 이러한 생각들을 바탕으로 한국 근대문학이라고 하는 근대의 흔적들, 기억들을 다시 호명해 내는 큰 과제의 여러 국면들인 셈이다.

저자는 식민지에서 근대는 '폭력이자 유혹'이라는 완연히 양가적인 형태로 현현해 왔다고 생각해 왔다. 그리고 지금도 이러한 양가성은 여전히 작동하며, 그리하여 완전히 그 양가성의 밖에서 이루어지는 엄밀한 메타적 작업은 불가능하다고 생각한다. 따라서 한국 근대문학을 연구하는 작업은 곧 식민지시대와 그 이후를 함께 역사화하는 작업임과 동시에 연구하는 주체에게도 공히 각인된 '거부이자 매혹'이라는 양가적인 심층의식의 무늬를 그려내는 정신분석학적 작업이기도 하다. 이 외적으로 매우 잡종적인 논문모음집의 제목을 '문학적 근대의 자의식'이라고 붙일 수 있었던 것은 이 책이 내적으로 이와 같은 식민지 근대의 다양한 문학적 현상을 보여주면서 동시에 그것을 성찰하는 주체인 저자 자신의 식민지 근대주체이자 그 연장으로서의 자의식의 현상을 보여주고 있기 때문일 것이다.

2.

이 책은 크게 3부로 나누어져 있다.

1부에는 '민족문학(론)'과 '민족문학사'의 역사와 운명을 다룬 글들이 들어 있다. 앞서의 논의를 이어서 말하자면 우리에게는 민족문학도 민족문학사도 '식민지 민족문학'이며 '식민지 민족문학사'일 것이다. 우리가 근대를 식민지 근대로 경험하지 않았다면 근대문학이 이처럼 특별히 민족문학으로 호명되어 전유되지는 않았을 것이며, 그 특유의 위계화의 충동 역시 이처럼 강하게 지속되지는 않았을 것이다. 하지만 이런 특수한 전유와 지속 역시 하나의 역사로 실재해 왔으며 한국 근대문학을 호명하고 전유하는 담론들은 곧 그 지울 수 없는 흔적인 셈이다.

「민족문학론과 동아시아론의 비판적 검토」(2015)는 2000년대 이후의 '후기 민족문학론들'이 지닌 특징과 난제를 다루고 있는 글이다. 고하정일의 민족문학론과 최원식의 동아시아론이 그 대상인데(저자는 최원식의 동아시아론을 포스트 민족문학론의 일종으로 파악한다) 이 두 이론가는 90년대 중반 이후 '민족'담론 일반을 거세게 몰아붙여 온 '해체적 근대비판'의 사유와 담론들의 공격에 직면한 '민족문학(론)'이 이에 어떻게 대응해 왔는지, 그 대응은 얼마나 적절하고 지속가능한 것인지를 묻는 글이다.

「민족문학과 민족문학사 인식의 전환을 위하여」(2001)와 「문학사 서술은 불가능한가」(2010)는 민족(국가)담론의 근대담론으로서의 배타성과 폭력성이 전면적으로 비판받는 상황에서 민족문학사를 어떻게 인식해야 하고, 서술한다면 어떻게 할 것인가에 대한 10년에 걸친 고민의 흔적이다. 전자가 탈근대담론의 거센 도전 앞에 선 민족문학과 민족문학사의 동요에 대한 기록이라면 후자는 그럼에도 불구하고 탈근대담론들의 원심성이 결국 현실극복을 위한 어떠한 유효한 전망과 방법도 제시하지 못하고 신자유주의 이데올로기 속에 포섭되어 들어가는 상황에서 정치적 실천의 장으로서의 '민족'영역과 그 담론적 실천행위인 정치적 글쓰기로서의 (민족)문학사 쓰기의 가능성과 필요성을 모색한 글이라고 할 수 있다.

2부에는 작가/작품론들로서 이인직, 염상섭, 박태원, 이상 등 식민지 근대의 한복판을 살며 글을 썼던 작가들의 의식과 문학적 실천 속에서 앞서 말한 '식민지 근대(성)'이 어떻게 변주되고 있는지를 다양한 경로와 관점을 통해 탐구한 결과들이 묶여져 있다.

「『귀의 성』과 한 친일개화파의 세계인식」(1998)은 신소설 텍스트들을 전근대적 봉건체제와 근대적 식민체제 사이에서의 토착 부르주아들의 동요와 선택의 기록으로 읽고 특히 이인직의 『귀의 성』이 '강대한 구세계에 의해 유린당하는 개화세계의 수난사로서의 신소설'이라는 임화의 신소설 규정을 어떻게 성공적으로 구현했는가, 그리고 그것이 어떻게 이인직의 친일적 세계인식 및 행적과 연결되는가를 고찰한 글로서 근대(문학)사에서 '친일'이 단순히 '배신 행위'가 아니라 '식민지 근대'라는 상황 속에서 강제된 필연적 선택지의 하나였음을 보여주고자 한 글이다.

「비극적 자아의 형성과 소멸, 그 이후」(2005)는 1923년을 전후하여 염상섭의 텍스트에서 일어난 '비애와 환멸의 자아'에서 '잔인한 관찰자'로의 중심화자의 변화를 낭만적 주체와 합리적 주체라는 근대적 주체의 계기적 양면성이 착종되어 나타날 수밖에 없는 식민지 근대의 특성과,

저항적 주체 형성의 곤란이라는 식민지 상황이 강제한 변화로 읽어낸 글이다.

「근대소설과 도시성의 문제」(2000)은 박태원의 「소설가 구보씨의 일일」을 '의식과 세계의 불일치'의 결과로 보지 않고 처음부터 파편적 서사구조를 작정하고 들어감으로써 식민지 도시의 시공간 속에서의 몰시간적 내면 성찰을 수행한 '배회형 소설'로 규정하고 이것이 '여행형 소설'이 불가능해진 근대 도시적 삶을 형상화하는 모더니즘 소설의 새로운 전략의 한 형태일 수 있음을 밝힌 글이다.

「근대도시의 바깥을 사유한다는 것」(2009)은 1930년대의 이상과 1960년대의 김승옥의 텍스트들에서 자본주의, 혹은 식민지 하의 근대도시에서의 삶을 비판적으로 조망하면서 이를 근대도시의 바깥에 대한 낭만적 사유로 연결시킨 흔적들을 탐색하면서 이 텍스트들을 한국문학의 전통에서 대단히 부족한 근대 이후에 대한 적극적 성찰과 대안적 삶의 공간에 대한 문학적 모색의 한 가능성으로 파악한 글이다.

3부에는 한국 근대문학의 기원과 경과에 대한 필자 나름의 산발적 탐색의 결과들이 포함되어 있다. 이 탐색을 통해 얻은 문제의식들은 더 발전시켜서 하나의 체계적이고 완결된 연구 성과로 이어질 때에 비로소 한국문학 연구에 작은 보탬이라도 될 터이지만, 그것은 다시 장래의 일로 넘겨두기로 한다.

「한국 근대문학개념의 형성과정」(2005)은 1910년대에서 1920년대 초반에 이르는 식민지 조선에서의 근대적 문학개념의 형성과정을 추적하여 이를 '정 → 생명 → 인생 → 현실 → 계급'으로 그 핵심 자질이 변모하며 이는 곧 낭만주의 → 자연주의 → 민중예술론 → 프롤레타리아 문학론으로의 발전과정에 대응하는 흐름이라는 것, 그러나 이 흐름의 저변에 깔린 가장 두드러진 것이 '비애의 감각'(요즘 표현으로 하면 '비애의 정동')으로 이것이 식민지 근대문학의 기본 감각(정동)을 이룬다는 것을 논한 글이다.

「주체적 문학관 구성의 모색과 그 좌절」(2004)은 해방기에 나란히 간행된 백철과 김기림의 『문학개론』을 검토하여 이 작업들이 일본을 매개로 하여 전해진 서구적 문학관에 사로잡혀 있던 근대 문인들이 해방을 맞아 비로소 자신들에게 문학은 무엇인가, 혹은 무엇이었는가를 주체적 관점에서 묻기 시작했던 맹아적 업적들로 파악하고, 이를 '근대문학' 혹은 '식민지 근대문학' 전반에 대한 오늘날의 물음과 연결시켜야 함을 논한 글이다.

「한국 근현대 소설과 가족로망스」(2006)는 프로이트의 가족로망스 개념에 기대어 한국 근대소설의 흐름을 개관하여 서구 근대소설에서의 가족로망스의 비교적 자연스러운 실현과 달리 식민지 근대라는 다른 경로를 겪은 한국 근대소설에서는 자신의 힘이 아닌 외래의 힘에 의한 아버지 부정으로 인해 안정된 부르주아 주체의 서사시가 아닌 불안정하고 분열된 피식민 주체의 서사시가 탄생할 수밖에 없음을 논한 글이다.

「친일문학 재론」(2008)은 2000년대에 들어서 그동안의 '암흑기'라는 봉인을 해제하여 활발하게 논의된 '친일문학' 논의들을 전반적으로 개관하여 그 논쟁적 전개가 친일문학에 대한 민족주의적 강박과 식민지 파시즘론이라는 과잉결정을 비판적으로 극복하며 이루어졌지만 향후 이 1940년대 전반기의 문학이 식민지 근대문학이라는 보다 보편적 맥락에서 해명되어야 하며, 또한 이를 제대로 평가할 수 있는 미학적 기준이 마련되어야 함을 주장한 글이다.

　이상의 11편의 글들 중에서 「민족문학과 민족문학사 인식의 전환을 위하여」와 「『귀의 성』과 한 친일개화파의 세계인식」, 그리고 「근대소설과 도시성의 문제」 등 세 편은 2004년에 펴낸 평론집 『자명한 것들과의 결별』에도 수록되었던 것들이지만 아무래도 평론집이라는 이름 아래 묶일만한 글들이 아니었다는 생각이 들고, 이번 논문집이 내게는 평론가로서가 아니라 한국문학 연구자로서 처음 내는 책인 데다가 이 책의 흐름 상 위의 세 편의 글은 여기에 다시 싣는 것이 제자리를 찾는 것이라 여겨 부득이 이 책에 재수록을 하게 되었다.

　3.

　새 책을 내는 일은 어쨌든 설레는 일이다. 비록 한국적 아카데미즘의 기형적 특성 때문에 국내외의 공인학술지에 기고하는 개별 논문들과 단행본 저서 한 권이 이른바 연구업적 점수에서 차지하는 비중이 별 차이가 없는데다가, 이처럼 이미 공인학술지에 발표된 글들을 한데 묶어서 내는 단행본 연구논문집의 경우에는 그나마 연구업적으로도 인정받지 못하는 현실에서 이런 책을 내는 것이 어떤 실질적 보람을 가져오지는 못한다고 할지라도, 이 책은 나에게는 한국문학 연구자로서의 정체성에 모처럼 부응하는 하나의 작은 기념비라고 할 수 있다.

　이 책을 얼마나 많은 사람이 읽게 될지는 모르나, 이 책이 급변하는 시대, 동요하는 지성의 패러다임 속에서도 꾸준히 한국 근대문학이라는 커다란 텍스트와 맞서서 우리에게 함께 지워진 역사적 운명의 표정을 읽어내고자 하는 선배, 후배, 동학들에게 보내는 공감과 연대의 표현으로 받아들여지면 좋겠다. 또한 이 책이 배울 것 없는 선생에게 매달려 자기 인생의 황금 같은 한 시기를 바치고 있는 제자들에게 허술한 길잡이이자 마침내는 훌쩍 뛰어넘을 수 있는 작은 발판이라도 되어주었으면 하는 바람도 있다.

그리고 전혀 팔리지도 않는 책들을 벌써 네 권째 싫은 기색도 보이지 않고 바보스럽게 내 주고 있는 소명출판 박성모 대표와 이 책을 알차게 꾸며준 편집부의 한사랑님께, 또한 연구비 지원은 꼬박꼬박 잘 해 주고서도 마치 빚 준 죄인처럼 결과물 독촉은 제대로 하지도 못하고 지금까지 기다려 준 인하대 한국학연구소 소장 김만수 교수에게 각별한 감사의 뜻을 전한다.

2016년 4월
새봄이 오는 학교 연구실에서
김명인

서문

13

| 차례 |

친일문학 재론
두 개의 강박을 넘어서

제1부

민족문학론과 동아시아론의 비판적 검토

....

1. 해체적 근대비판의 문제

거대서사의 시대가 지나갔다고들 한다. 그것이 플라톤의 이데아론이든, 기독교의 종말론이든, 다윈의 진화론이든, 헤겔의 정신현상학이든, 마르크스 엥겔스의 사적 유물론이든 레비 스트로스류의 구조주의든 이 세계와 역사를 하나의 원리로 꿰뚫어 설명하고 법칙으로 정식화하고 인간을 그 안에 가두어 객체화하는 모든 '아버지의 이야기'는 이제 시효가 다 되었다고 한다. 수많은 고투에도 불구하고 진정 인간다운 삶을 향한 꿈은 갈수록 더 이루기 어려워지고 있는 이 후기 근대의 난국을 살고 있는 대다수의 사람들에게, 모든 '기획된 큰 그림'들의 설명과 약속과 명령은 이제 어지간히 지루하고 견디기 끔찍한 잔소리 같은 것이 되어 버렸는지도 모른다. 세상에 대한 그 어떤 종요롭게 보이는 설명도 다 부질없는 헛소리에 불과하고 이 세계는 그저 욕망과 우연으로 가득 찬 혼돈일 뿐이라고 생각하는 게 더 마음편한 일인지도 모른다.

하지만 그럼에도 불구하고 세상은 무정하게 자기의 길을 가면서 그 안에 갇힌 우리 인간들을 그대로 놓아두기는커녕 끝없이 불러내고 동원하고 남김없이 고갈시킨다. 그러니 묻지 않을 수 없다. 이 세계의 정체는 무엇이며 왜 이렇게 가혹하게 작동하는가를, 이 속에서 나는 또 어떤 존재이고 어떻게 살아나가야 하는가를. 그러므로 인간은 어두운 것, 모르는 것은 그대로 겸손하게 남겨둔다고 해도 자기를 둘러싼 세계의 논리를 알아야 하고 그 안에서 어떻게 살아야 지혜로운 것인지 늘 묻고 답해야 하는 것이며 최소한의 설명과 약속과 지향성을 필요로 하는 것이다. 20세기형 탈근대서사들이 외양으로는 19세기형의 근대적 거대서사들의 허황하고 무모한, 그리고 억압적인 스케일을 벗어던지고 보다 겸손해졌다고 하더라도, 그 역시 하나의 서사(narrative)들이자 담론(discourse)들인 한, 모든 이데올로기들이 지니는 공통의 운명에서 벗어날 수는 없다. 규모가 작아도 그 역시 세상에 대한 나름의 설명이자 그를 향한 주체의 욕망이고, 조금은 미심쩍은 전망이자 약속이며, 그 이행과 실천에 대한 동원명령이라는 점에서는 차이가 없다. 인간이 원래 그런 존재인 것을 어떻게 하겠는가.

지난 한 세기 동안 한국사회에도 많은 서사와 담론들이 명멸해 왔다. 민족주의를 필두로 마르크스주의, 사회민주주의, 아나키즘, 제3세계론, 종속이론, 근대화론, 민족민주주의론, 민중민주주의론, 민족문학론, 분단체제론, 동아시아론, 자유주의, 여성주의, 탈식민주의, 그리고 기타 각종의 탈근대담론 등이 그것이다. 이 중 어떤 것들은 거의 종교적 열광이나 광기로, 어떤 것들은 완고한 도그마로, 어떤 것들은 아카데미즘적 논란으로, 어떤 것들은 그저 한때의 유행으로 나타나고 사라져갔지만 그것들이 그저 한갓 지어낸 이야기이거나 관념적 논변들로서 명멸했던 것은 아니었다. 그것들은 적어도 지난 한 세기여 동안 한국사회 구성원들의 삶과 역사의 요구에 대응하는 현실적 지침으로 작동했었거나 여전히 작동하고 있는 구체적 현실의 구성물이기도 한 것이다. 그리고 우리는 여전히 이러한 서사나 담론들의 프레임 속에서 지금 이곳에서의 삶의 좌표를, 그리고 앞날의 전망과 실천을 가늠하게 된다. 그러므로 현실적합성을 지닌, 그러면서도 해방적인 서사/담론을 찾아내거나 새롭게 구성하는 일은 여전히 우리에겐 가장 맨 앞에 놓인 과제가 아닐 수 없다.

하지만 근래 한국의 지적 풍토는 새로운 서사/담론을 구성하거나 찾는 일보다는 기존의 것들을 비판하고 해체하는 일에 더 열중인 듯하다. 이른바 해체적 근대비판이다. 하지만 이러한 해체적 근대비판의 작업들도 이제는 신선도가 떨어져 하나의 '코스튬'이 되는 듯하고, 그 작업이 끝나는 곳에서 만나는 것은 점점 더 악마적인 것이 되어가는 후기 자본주의의 지리멸렬한 삶과 관계들, 그리고 패배적 현실인식과 절망적 전망뿐임이 점점 더 확실해 지는 것으로 보인다. 기존의 서사/담론들의 근대적 한계나 잠재된 약점들을 과장하여 혹독하게 비판하는 데에는 능하나 그것들에 내장된 해방적 계기나 주어진 역사적 맥락

속에서의 현실성이나 진보성을 제대로 평가하고 온습하는 일에는 무
관심한 동안, 지금 이곳의 역사적 현실을 온전하게 끌어안고 사람들의
보다 나은 삶을 향한 전망을 선취하는 서사/담론적 수행들은 오히려
희소해지거나 뒷걸음치고 있는 것은 아닌지 우려스럽다.

　이 글은 지금 이곳의 역사적 현실에 적합한 서사/담론을 비판적으
로 재구성하는 작업을 게을리할 수 없다는 이러한 새삼스러운 상황인
식의 시험적 결과물로서 기존의 서사/담론들 중에서 민족문학론과 동
아시아론을 그 비판적 극복 혹은 재구성의 대상으로 삼는다. 민족문학
론과 동아시아론은 분단체제론과 함께 지난 한 세기 동안 우리가 일구
어낸 가장 중요한 토착 서사/담론들이라고 할 수 있다. 기본적으로 마
르크시즘을 위시한 넓은 의미의 서구의 좌파적 전통과 한국 민족주의
의 역사적 맥락의 결합에 의해 탄생한 이 서사/담론들은 특히 지난 30
년 이래 한국사회의 현상을 설명하고 이를 역사화하는 가운데서 그 미
래 전망을 선취하는 작업에서 간과할 수 없는 중요성을 갖는 서사/담
론들이라 할 수 있다. 그러므로 이 두 개의 서사/담론들을 온습하고 비
판하고 넘어서는 일은 보다 더 현실정합적이고 해방적인 서사/담론적
기획의 구성을 위해 사뭇 긴요한 작업이 될 것이다.[1]

왼쪽 세로 텍스트: 문학적 근대의 자의식

1　이 글은 민족문학론과 동아시아론과 관련하여 이루어졌거나 이루어지고 있는 모든
　　유의미한 논의들을 대상으로 삼고 있지 않다는 점에서 기본적인 한계를 갖는다. 이
　　글에서 '민족문학론'은 주로 하정일의 『탈식민의 미학』(소명출판, 2008)을 중심으로,
　　'동아시아론'은 최원식의 『제국 이후의 동아시아』(창비, 2009)를 중심으로 검토할 것
　　인바 이 두 권의 저술에서 두 서사/담론의 최근 양상이 가장 잘 드러나 있다고 보았기
　　때문이다. 다른 논의들을 참조하여 논의를 심화시키는 것은 추후의 과제로 미루기로
　　한다. 또한 '분단체제론' 역시 이 글에서 중요한 참조항으로는 전제되지만 본격적인
　　논의대상으로는 다루지 않는다. 그 이유는 '분단체제론'은 하나의 담론으로서 어느
　　정도 완결되어 상대적으로 새로운 논의의 여지가 적다고 본 때문이다. 반면 '민족문

2. 민족문학론의 위기와 두 갈래의 대응

한국의 민족문학론은 식민지를 역사적 조건으로 하는 근대적 국민문학론이다. 즉 자주적으로 근대를 성취하지 못한 식민지에서 여하히 근대적 민족국가를 수립하는가 하는 역사적 과제에 대응하는 문학론의 형태로 시작된 것이다.

일반적인 근대 문학운동이 부르주아 민족국가 형성과정에서는 (비판적) 부르주아문학의 주도성을, 계급투쟁의 격화과정에서는 노동자계급 당파성에 입각한 프롤레타리아문학의 주도성을 중심으로 계기적으로 구성되는 것과 달리, 식민지하에서는 비동시적인 것의 동시성에 의해 제국주의의 침탈에 맞서서 부르주아 민족국가를 형성하는 민족해방적 과제와 그 내부에서 프롤레타리아를 중심으로 한 기층민중의 이해를 관철하는 민주주의적 과제가 동시에 제기되는바, 한국의 민족문학론은 바로 이 두 과제의 수행을 목표로 하는 특수한 근대문학이론으로 출발했다. 하지만 식민지하에서는 식민지 규율권력의 억압에 의해 민족해방의 과제는 표면화될 수 없는 대신 민주주의적 과제의 수행, 즉 프롤레타리아 문학운동이 전면화될 수밖에 없었다. 민족해방의 과제는 배후에 잠복해 있다가 해방 직후 임화 등에 의해 비로소 민주주의 민족문학론의 형태로 전면화 될 수 있었고, 이는 부르주아 민족문학과 프롤레타리아 계급문학의 일정한 전선적 제휴라는 양상으로 나타났다.

학론'과 '동아시아론'은 여전히 현재진행형이고 문제발생적인 측면이 있는 담론들로서 좀 더 생산적 논의가 가능한 것으로 보았다.

그러나 분단에 의해 이러한 민주주의 민족문학론은 현실화하지 못하게 되고 보다 복잡한 양상을 띠게 된다. 북한은 민족문학 단계를 넘어 사회주의문학 단계로까지 진입하는 양상을 띠는 한편, 남한의 경우이러한 운동론적 문학론 자체가 금기시되다가 1960년대 최일수, 정태용 등에 의해 다시금 비판적 부르주아 민족운동의 문학적 형태로 제기되고, 이어 1970년대에 들어 백낙청에 의해 비로소 이에 민중적 관점, 즉 민족모순과 계급모순, 그리고 그것의 특수한 변형태인 분단모순에 의해 고통 받는 민중의 관점이 접합되어 민중적 토대 위에서 온전한 민족국가 형성을 지향하는 민중적 민족운동의 문학적 형태로, 나아가 폭넓은 사회역사적 비평담론으로 부활하기에 이른다. 한편 그 외에 민중적 민족문학론, 민주주의 민족문학론 등이 80년대 이후 논쟁적으로 제기되었지만 그것은 80년대 정치사회운동의 맥락 속에서 일정한 전술전략적 편차를 지닌 것일 뿐 본질적으로는 백낙청의 민족문학론과 현저한 차별성은 없었다고 보아도 좋을 것이다.[2]

이러한 민족문학론은 한편으로는 식민지와 분단을 계기적으로 경험하고 있는 한반도적 상황의 특수성 위에서 성립된 일국적인 산물이면서도, 동시에 제국주의 이후 세계질서 속에서 고통 받는 제3세계 민

---

2   하지만 차별성이 없다는 진술은 오로지 현재적 관점에서 볼 경우에만 타당할 것이다. 1980년대 후반의 상황에서는 이른바 '노동자계급 당파성'이라는 기준을 중심으로 백낙청의 '민족문학론'과 김명인 등의 '민중적 민족문학론', 그리고 조정환 등의 '민주주의민족문학론'이 날카롭게 대립하는 양상을 보였음을 간과할 수 없다. 백낙청이 이 기준을 피해갔고, 김명인이 이를 전술적으로 유보했다면 조정환은 이를 전면에 내세웠다고 볼 수 있는데 결과적으로 20여 년이 지난 지금 '노급당파성'을 덜 내세운 백낙청의 민족문학론이 이를 끝까지 붙들고 있었던 나머지 두 담론들을 흡수해 버린 결과가 되어버린 것은 의미심장하다. 그만큼 '당파성'을 비롯한 계급적 관점이 점점 더 약화되어 온 것이 그간 20여년 한국사회 담론장의 실태인 것이다.

중의 해방이라는 관점을 내장하고 있는 세계사적 보편성의 산물이기도 하다는 점은 결코 간과되어서는 안 될 것이다. 그러나 본질적으로 민족문학론은 그 근대주의적이며 일국적인 성격을 기본적 한계로 가지고 있다. 이른바 '통일된 자주적 민족국가 건설'이라는 민족문학론의 기본과제는 결국 근대 국민국가 형성을 목표로 하는 것인바, 이는 동시에 근대성의 한계, 즉 민족국가 간의 각축에 기초한 세계사의 전개라는 근대적 인식틀의 한계에 갇힌 '일국적'이며 네이션 중심의 사유로서 근대강박에 구속된 사유이며 민족 이외의 것을 타자화하거나 위계화할 수밖에 없는 근대성 논리 일반의 문제점으로부터 자유로울 수 없다. 또한 그것은 전도된 발전사관이라고 할 수 있는 내재적 발전론의 토대 위에 식민지-분단으로 이어지는 한국사의 특수성이 결합된 것으로서 기본적으로는 제3세계 민족해방론과 궤를 같이한다고 하면서도 종종 한국사와 한국사회의 역사적 경험을 특권화하고 나아가 그것을 세계사적 사건화하고자 하는 경향성을 보이기까지 하였다.[3]

위와 같은 관점에서의 민족문학론에 대한 비판이 제기되기 시작한 것은 현실사회주의가 몰락하고 탈근대주의 사조가 본격적으로 이입되기 시작한 1990년대 초반부터였다. 물론 그것은 실제로는 민족문학론에 대한 본격적인 정면 비판의 형태로 제기된 것은 아니었다. 90년대 초반 대외적으로는 동구 현실사회주의국가들의 몰락과 대내적으로는

---

3 말하자면 분단한반도가 자본주의 근대의 세계사적 모순의 결절점이며 한반도 분단의 극복은 곧 이런 세계사적 모순의 해결과정이며 근대 극복의 바람직한 모델이 될 수 있다는 투의 수사학이 그것인데 이는 주로 백낙청, 최원식 등의 글에서 많이 나타나지만 80년대 이래 분단극복운동에 나선 진보진영 내부의 일반적 수사학이기도 하였다.

1991년의 '마지막 저항'[4]을 끝으로 한 급진변혁운동세력의 무력화를 양축으로 하여 문학계에서 일종의 '청산주의적' 흐름이 전개되면서 급진적 민중/민족문학론들이 자진 철회되는 양상이 있었고,[5] 이후엔 비평 부문의 장기 침묵과 세대교체를 거쳐 이후 더 이상 민족문학론은 비평담론의 중심에 오르지 못하게 되었다. 이후 역사학 쪽에서 본격적으로 민족주의의 근대적 억압성과 반동성에 대한 비판이 전개되면서 '민족문학론=민족주의의 하위담론'이라는 거친 등식이 자리잡게 된 이후 바야흐로 민족문학론은 이마에 낡은 담론을 넘어 반동적인 담론이라는 딱지를 붙이게 되고 이젠 그를 호명하는 것조차 부담스러운 일이 되는 비운(?)을 겪게 된다.[6]

이러한 내외의 위기에 대하여 민족문학론은 두 개의 방향으로 대응하게 되는 바, 하나는 이른바 이중과제론으로서 민족문학론은 근대논리도 탈근대논리도 아니며 근대수행과 근대극복의 이중과제를 수행하는 것이라는 방어논리를 수립하는 것, 또 하나는 '동아시아'에 착목하여 민족문제의 지구지역화를 통해 민족문학론이 지니는 일국적이고 민족주의적 태생성을 희석시키면서 동시에 그 세계성을 확보하고자 하는 것이었다. 이 두 개의 논리 중에서 이중과제론은 그것이 단순히 '탈근대론들'로부터의 수사학적 방어논리에 머물 것인지 아니면 이른

---

4   1991년 노태우정권의 반동적인 '공안정국' 조성에 맞서 당시 학생운동을 포함한 급진운동권이 가두투쟁과 분신, 자살 등의 방식으로 극단적인 저항을 벌인 바가 있다. 이후 1992년부터 학생운동을 필두로 급진변혁운동은 급격히 쇠퇴하게 된다.

5   이 시기에 이재현, 유중하, 김명인 등의 '전향'(?) 내지 청산 선언이 잇따랐고 급진 문예지 『노동해방문학』의 폐간과 중심인물 검거를 통한 와해 역시 이런 청산주의적 흐름을 가속화시키는 데 일조했다고 볼 수 있다.

6   '민족문학작가회의'의 '한국문학작가회의'로의 개명은 그런 면에서 상징적인 사건이다.

바 '복수의 근대론' 등으로 발전하면서 오히려 탈근대론들의 패배주의조차 넘어서는 새로운 해방의 기획으로서의 가능성을 가질 수 있는 것인지는 아직도 검증 중이라 할 수 있다. 즉 기본적으로 네이션 빌딩과 무관할 수 없는 민족해방의 집체적 기획으로서의 민족문학론이 과연 근대의 강고한 민족국가 체제를 넘어서고 억압적이고 위계적인 동일성 논리를 극복하는 탈근대기획으로까지 확장될 수 있는가가 문제인 것이다.

한편 90년대 초반 최원식에 의해 주창된 동아시아론은 이러한 곤경에 처한 민족문학론이 발견한 전혀 새로운 영토라고 할 수 있다. 그것은 세계체제론적 지평 위에서 논의를 출발시킴으로써 민족문학론의 고질적 일국성을 넘어설 가능성을 지니며 자본주의 근대세계의 모순을 넘어서는 대안적 근대극복 기획으로까지 확장될 여지가 있는 참신한 논의였던 것이다. 이로써 민족문학론은 세계사적이면서 지구적인 시공간적 좌표 위에 자기를 재정립하는 동시에 민족문제 해결의 국제적 전망을 유연하게 모색할 수 있는 득의의 지점을 발견할 수 있게 된 것이다. 하지만 그럼에도 불구하고 동아시아론 역시 그 민족주의적, 일국적 태생성이 문제가 되고 진정한 해방의 서사가 되기에는 아무래도 부족한 지역주의적 담론으로 고착될 가능성이 없지 않다는 문제가 있다.

3. 민족문학론

하정일은 아무도 더 이상 민족문학을 말하지 않을 때 민족문학의 명분을 지켜 온 몇 안 되는 인물 중의 하나이며 갈수록 더 민족문학의 중요성을 강조해 온 거의 유일한 이론가라고 할 수 있다. 그리고 그의 민족문학론은 80년 후반 그대로 화석화된 것이 아니고 90년대 초반의 근대성 논의와 90년대 이후 풍미해 왔던 탈근대담론들과의 대결을 통해 연단된 보다 세련된 형태의 것이다. 그의 민족문학론은 전통적인 제3세계 민족해방론과 분명히 연결되어 있기는 하되 통상적으로 제3세계 민족해방론에 대해 가해지는 또 하나의 억압적인 근대담론에 불과하다는 비판에 의연하게 맞서고자 하는 새로운 민족문학론이다. 이것은 그가 자신이 후기식민론이라고 지칭하는 각종의 '탈식민주의론'들에 대한 면밀한 검토를 거쳐 민족문학론을 급진적 탈식민주의의 흐름 속에서 재영토화한 결과이다.

그는 탈식민주의담론 일반을 '해체론적 후기식민론'과 '유물론적 후기식민론'으로 나눈다. 전자는 바바, 스피박 등의 탈식민주의담론으로서 그는 이 담론들이 전통적 반제국주의 민족해방담론들에 내재한 억압성을 지적해 내고 억압/저항의 이분법을 해체한 점은 인정하면서도 그들이 내세운 혼종적 저항이라는 방법이 의식적 주체를 설정하지 못함으로써 식민주의에 대한 어떠한 실천적 극복도 할 수 없다는 점, 그리고 모든 근대를 서구 근대 하나로 단수화함으로써 결국 모든 근대적인 것은 곧 식민주의라는 환원주의로 인해 결국 근대 식민주의에 대한 패배주의로 귀결될 수밖에 없다는 점에서 진정한 해방적 담론이 될 수 없다고 본다. 반면에 후자는 멀리는 마르크스에서부터 파농, 알라비, 아민, 월러스틴, 패리, 아마드, 차터지, 라자러스 등의 넓은 의미의 좌파적 탈식민주의담론들로서 앞서의 담론들이 지닌 '단수의 근대'이라는 입장을 넘어서서 자본주의적이고 서구적인 근대가 아닌 비서구적 비자본주의적인 다른 근대의 가능성을 전제로 하고 그 '복수의 근대'를 실현하기 위한 제3세계 민중의 실천에 큰 비중을 두는 입장인바, 하정일은 우리나라의 이론가들인 임화와 백낙청을 이 흐름에 연결시켜 이들의 '민족문학론'을 재맥락화하고 이렇게 재영토화, 재맥락화된 민족문학론을 자신의 이론적 거점으로 삼고 있는 것이다.[7] 이렇게 되면 민족문학론은 그저 낡은 근대적 민족(국가)주의 기획에 불과하다는 비판으로부터 해방되어 '다른 근대'를 창출하고 그럼으로써 지금의 단수화된 근대를 넘어서는 유효한 탈근대/탈식민의 기획이 될 수 있으며 단수의 근대라는 패배주의에 사로잡힌(것으로 간주되는) 현재 한국의 많은 탈근대적 비평담론들에 대해서도 자기정당성을 확보할 수 있게 된다.

하지만 이처럼 민족문학론이 곧 '복수의 근대' 즉 서구적 자본주의적 근대와는 다른 근대를 추구함으로써 자본주의적 단수적 근대를 넘어설 수 있는 전망을 갖추었다는 것만으로는 민족문학론은 그에 대한 탈근대적 비판들에 대한 충분한 대답이 될 수 없다. 제3세계적 민족주의 기획이 또 다른 억압적 근대담론이라고 하는 말은 그것이 결국 서구적 근대와 국가주의를 추수하거나 반복할 것이라는 판단 때문이기도 하

---

7   하정일, 「서론-탈식민의 역학」, 『탈식민의 미학』, 소명출판, 2008, 15~22면.

지만, 민족, 국가 등을 중시하는 근대적 집단주의가 지닌 본질적 억압성이 문제라는 판단 때문이기도 하기 때문이다. 즉 하정일이 규정한 바 '해체론적 후기식민론'뿐만 아니라 거의 대부분의 탈근대 담론들은 민족주의, 국가주의가 자본주의적 민족/국가를 지향하기 때문에 문제가 아니라 자본주의건 비자본주의건 민족이나 국가 같은 집단을 우선시하고 나머지를 배제하는 위계화와 억압 혹은 차별과 배제의 논리 위에 서 있다는 점에서 문제라고 보기 때문이다. 즉 민족문학론은 과연 이러한 위계화와 억압, 차별과 배제라는 메카니즘으로부터 자유로울 수 있는가 하는 점에 대해 대답해야 하는 것이다.

이에 대해 하정일은 두 개의 대답을 준비하고 있다. 먼저 민족의 '전략적 선차성'론이다. 이것은 제3세계 '민족'의 특수성을 강조하는 것에서 시작된다. 민족의 절대화는 비판받아야 하지만 제3세계에 있어서 민족은 "제국주의에 대한 저항의 과정에서 형성된 공동체"로서 그 경우 "민족의식이 피식민국 주민들이 자신의 실존적 존엄성을 깨닫게 해주는 매개체로 기능"[8]한다는 것이다. 즉 "민족주의의 맥락적 의미"가 변화하여 특정의 "시대나 지역에서는 민족주의가 저항과 해방의 담론으로 작동"[9]할 수 있는 것이며 이런 특정한 국면에서 민족은 "전략적 선차성"을 갖는 것인데 이런 '민족'의 역사성을 무시하는, "모든 민족담론이 민족주의로 환원되고 모든 민족주의가 근대주의로 환원되는 본질주의적 단순화"[10]가 근래의 탈근대담론에서 자행되고 있다는 것이

---

8 하정일, 「한국 근대문학연구와 탈식민 – '친일문학' 문제를 중심으로」, 위의 책, 43~44면.
9 하정일, 「탈민족 담론과 새로운 본질주의」, 위의 책, 71면.
10 위의 글, 73~74면.

다. 이러한 민족의 전략적 선차성론은 '국민국가 거점론'으로 확대된다. 즉 "근대 세계가 국가간체제에 바탕"하고 있고 "이러한 근대적 주권형식 아래서는 좋든 싫든 모든 작업이 국가를 통할 수밖에 없"고 지구화라는 조건 속에서 민중의 고통을 최소화하는 작업은 결국 개별 국민국가가 할 수 있는 일이므로 "국민국가를 근대 극복을 위한 전략적 거점으로 활용"해야 한다는 것이다.[11]

이러한 '민족의 전략적 선차성론'이나 '국민국가 거점론'은 분명히 민족을 절대가치화하거나 본질화하는 낡은 민족주의담론과는 구별되는 것으로 정당히 평가받아야 한다. 하지만 그럼에도 불구하고 이러한 논리에는 여전히 근대적 민족/국가가 지니는 궁극적 억압성이라는 문제에 대한 속 시원한 해명에는 이르지 못하고 있는 것으로 보인다. 하정일의 민족담론에는 민족에 대한 어느 정도의 본질주의와 기능주의가 혼재되어 있다. 그가 제3세계 민족주의를 말할 때 그는 그것이 단지 특정 역사단계에서의 맥락 때문에 적극적 가치를 갖는다는 것을 넘어서 왕왕 그것이 '민중성'을 지니는 '민중적 민족주의'가 되기 때문에 본질적으로 가치 있는 것일 수 있다는 생각을 드러낸다.[12] 이는 그가 백낙청의 민족문학론이 민중성을 담보하고 있기 때문에 전통적 민족주의담론과 차별성을 가지는 "인간해방이라는 인류보편적 가치에 접목된 문학이념"이 될 수 있다고 한 것[13]과 같은 맥락이다.

이러한 '민중적 민족주의'의 본질주의적 성격은 '민족의 전략적 선차

---

11   위의 글, 75면.
12   위의 글, 82면.
13   하정일, 「민족문학론의 역사와 후기식민성」, 위의 책, 131면.

성론'이나 '국민국가 거점론'이 지닌 기능주의적 성격과 상충하는 측면이 있는 것이다. 선차성론이나 거점론의 경우 민족/국가의 전략적 시효성이 상실될 경우 그것이 해소될 수도 있다는 전제가 있는 반면 '민중적 민족주의'의 경우 근대 극복의 핵심기획이자 이념으로 일정한 고정성을 가지기 때문이다. '민중적 민족'은 이 기획/이념에서 고정된 '중심주체'의 위상을 점하는 게 되며 그럴 경우 '민중적 민족'이든 '민중'이든 그것은 또 하나의 집단주체로서 여전히 위계화와 억압, 차별과 배제의 소지를 안고 있게 되는 것이다. 이것은 '민족'이나 '국민국가'를 하나의 전략적 매개로 유연하게 사용하자는 논리와는 충돌할 수밖에 없다.

결국 문제는 '주체'인데, '민족', '국가'를 의심하다 못해 적대시하는 대부분의 탈근대 담론에서 주체는 '개인' 혹은 '개인들의 느슨한 연대'이다. 이 담론들은 어떠한 집단적 주체의 설정도 필연적으로 위계화, 차별과 배제, 억압을 낳을 수밖에 없다고 본다. 이렇게 볼 때 어떠한 '민족담론'도 이들에게는 위험하며 수락 불가능한 것이다. 여기서 하정일의 두 번째 대답이 시작된다. 그는 자율적 개인들을 중심에 둔 네그리, 임지현 등의 다중, 시민연합 등의 주체론에 대하여 이들이 말하는 자율적 개인은 결국 부르주아이거나 실존하지 않는 가상적 이념형에 불과하다고 비판한다.[14] 물론 이것은 집단주체가 억압을 낳는다는 명제에 대한 직접적 대답은 아니지만 그는 이러한 명제의 근간에 존재하는 자율적 개인에 대한 자유주의적 신화가 있다고 보고 그것을 비판함으로써 우회적으로 집단주체에 대한 탈근대담론의 강박적 거부를 비판하고자 하는

---

14   하정일, 「탈민족 담론과 새로운 본질주의」, 위의 책, 83면.

것으로 보인다. 그의 이러한 '자율적 개인' 담론에 대한 비판은 자유주의 문학에 대한 그의 비판에서 좀 더 자세히 엿볼 수 있다.[15]

그는 "자유주의는 한마디로 말하면 사적 개인의 자유를 극대화한 이념"이라고 규정하고 마르크스의 말을 빌려 '자립적 개인', 혹은 '고립된 개별자'는 18세기 부르주아 지식인들의 이상이며 자본주의의 본질과 가장 맞아떨어지는 이념형이라고 보았다. 그로부터 사적 소유, 자유경쟁, 인권 등의 개념들이 유래하였고 그것은 사회계약이라는 구상으로 체계화되었다고 본다. 그는 이러한 개인-주체의 발견이 근대의 정신적 씨앗으로 기여한 것은 사실이지만, 개인의 발견이 곧 공동체의 발견을 가져오리라는 유토피아적 약속은 실패로 끝났다고 한다. 그것은 자유주의에서 운위하는 자유가 그 "자유의 실질적 내용을 규율하는 사회적 조건"을 고려하지 않는 형식적 자유로 화하여 자유의 사회성을 소거해 버렸기 때문이고, 개인과 사회와의 관계를 자의적으로 형식화하여 결국 사회에 대한 개인의 절대적 우위와 사회의 외부화, 우연화를 초래했기 때문이라는 것이다.

하지만 그의 이러한 답변은 적지 않은 논리적 난관을 가지고 있다. 우선 네그리, 임지현 등의 담론을 포함한 탈근대 담론 일반이 상정하는 자율적 개인이 가상적 이념형에 불과하다면 그가 상정하는 민중 역시 가상적 이념형이 아니라고 단언할 수 없다. 제3세계에서의 민중이 역사적 실체성을 갖는다고 강변할 수 있겠지만 그렇다면 봉건세계를 붕괴시키고 근대를 열어젖힌 주체로서의 자율적 개인 역시 역사적 실

15　하정일, 「복수의 근대와 민족문학」, 위의 책, 101~110면.

체성을 갖는다는 논리 역시 쉽게 부정될 수 없는 것이다. 또 하나, 자율적 개인의 이념이 자유주의로 귀결되거나 포섭되기도 했지만 자유주의에 포섭되지 않는 자율적 개인의 이념도 분명히 존재한다. 이 점에 대해서는 하정일 자신도 언급하고 있지만[16] 그는 자율적 개인 담론이 자유주의 담론으로 고착되었다고 단정함으로써 비자유주의적 자율적 개인담론의 존재 가능성을 결과적으로 무시하고 탈근대담론 일반을 자유주의담론으로 단순화시킨 측면이 있는 것이다.

이를테면 아나키즘 담론에서는 자율적 개인을 절대화하면서도 그 개인들의 연대로서의 사회적인 것을 개인의 외부로 배척하지 않는다. 이를테면 아나키즘에서 자유와 연대 혹은 헌신은 분리할 수 없는 동등한 가치를 가진다. 그 대신 사회에게 개인을 위임하여 개인들의 외부에 국가와 같은 지배기구를 위치시키는 것에 대해서는 철저히 반대하며 그런 면에서 루소의 사회계약론은 아나키즘의 입장에서는 근대정신의 파탄이라고 할 수 있다.[17] 민족, 국가, 정당, 노동조합 등 개인을 대체하는 수많은 가짜 '사회'들의 폐해에 시달리다 못해 이제 다시금 자율적 개인의 절대성을 복원하여 인간을 모든 종류의 동일화와 타자화, 위계화와 억압, 차별과 배제의 메커니즘으로부터 해방시키고자 하는 탈근대 담론들의 내적 절실성과 비전을 가볍게 보아서는 안 된다고 생각한다. 그들이 궁극적 주체로 내세우는 자율적 개인은 단지 자유주의적으로 신화화된 개인이 아니라 부르주아 자유주의와 부르주아적/프롤레타리아적 전체주의 혹은 집단주의의 폐해를 한 차례 경과한 이

16　위의 글, 106면 각주 21.
17　장 프레포지에, 이소희 역, 『아나키즘의 역사』, 이룸, 2003.

후에 새롭게 구성된 개인이기 때문이다.

중요한 것은 자유와 연대, 개인과 사회를 진정으로 아울러서 자본주의적 근대를 넘어서는, 혹은 '복수의 근대'를 실현하는 길을 창조적으로 모색하는 일일 것이다. 하지만 근대성에 대한 수많은 유의미한 통찰을 매개하고 있음에도 불구하고 제3세계적 민중민족주의에 기초한 하정일의 신판 '민족문학론'에는 여전히 민중이나 민족 같은 낡은 동일성에 대한 경사가 완강하게 자리하고 있다는 점에서 우리 시대에 걸맞은 진정한 해방의 기획이 되기에는 아직도 더 많은 연단이 필요하다고 생각한다.

4. 동아시아론

70년대 후반 이래 한국 민족문학론의 연성에 큰 기여를 해 온 최원식은 의외로 80년대 말의 이른바 '민족문학 주체논쟁'에서는 한발 비껴 있는 모습을 보였었다. 하지만 그는 그 요란했던 논쟁이 국내적으로는 개량주의적 민주화 이후 변혁운동에 대한 피로감의 증대와 국외적으로는 현실사회주의권의 극적인 몰락을 거쳐 거의 완벽히 소멸되어 버리고 그 중심에 있었던 대부분의 논자들이 청산과 전향, 방향전환 혹은 침묵의 길로 나아가던 1993년 이후 홀연히 재등장하여 '포스트 80년대'의 담론전선의 선두에 나선다.

그 무렵 그가 제기한 '동아시아론'은 '근대성취-근대극복의 이중과 제론', '리얼리즘-모더니즘 회통론' 등과 함께 대내외적으로 위기에 빠진 민족문학론의 핵심적 문제의식을 보전하면서도 이를 발전적으로 넘어서고자 하는 그의 의지가 이루어낸 하나의 주목할 만한 성취였다고 할 수 있다. 그는 이를 통해서 민족문학론이 가진 민족주의적 편향과 일국적 폐쇄성, 그리고 위계론적 문제들과 같은 근대담론으로서의 한계 등을 넘어서면서도 그것이 가진 비자본주의적 근대성취와 극복의 제3세계적 행로의 가능성을 보전하는 새로운 입각지를 구축하려고 하였고 그 모색은 여전히 발전적으로 진행 중이라고 할 수 있다.

동아시아론은 국내적으로는 일국적 시각에 입각한 급진사회주의 변혁운동의 쇠퇴라는 현실과 국제적으로는 소련의 붕괴에 말미암은 탈냉전시대의 본격적 도래라는 현실을 맞아 한반도의 문제를 동아시아라는 새로운 메트릭스 위에서 재발견해야 한다는 문제의식에서 출발했다. 냉전체제의 해체와 현실사회주의권의 몰락에도 불구하고 동아시아에는 여전히 세계유일의 냉전 유제적 분단국가로서의 한반도 남북의 평화적 통일이라는 과제가 놓여 있고 그 과제 주위로 여전히 미·중·러·일 등 강대국의 이해가 착종되고 있어 탈냉전 이후 세계사적 긴장이 이 동아시아에 점점 더 누증되고 있다는 점에서 동아시아에의 착목은 설득력이 있다.

동아시아는 특수한 지역사가 아니라 세계사의 향방에 관건으로 작용할 가능성을 풍부하게 내포한 세계사적 지역이다. 그 관건의 중심에 중·일과 미·러가 착종한 한반도가 자리하고 있다. 따라서 한반도에 작동하고 있는 분단체제를 푸는 작업은 풍부한 문명사적 자산을 공유해왔음에도 파행으로 점철되었던 동아시아가 새로운 연대 속에 거듭나는 계기로 되며, 미·소 냉전체제 이후의 새로운 시대를 여는 중요로운 단서를 제공할 것이다. 그리고 그것은 서구적 근대의 진정한 대안을 모색하는 작업과 긴절히 맞물린 사업이기도 하다.[18]

그리고 이러한 '동아시아의 발견'이 한반도의 문제를 국제정치의 역장(力場)에서 풀어나가려 하는 외교주의적 시각과 구별되는 것은 그것이 '분단체제론'의 핵심적 문제의식, 즉 한반도의 통일운동이 "남북 양쪽 체제의 일정한 갱신을 전제"로 한 "남한 자본주의보다 그리고 북한의 '사회주의'보다 더 나은' 제3의 진보적 사회체제를 만드는 일"[19]임을 자각함으로써 한반도 내의 변혁운동을 필수적으로 전제로 하고 있기 때문이다.

이렇게 시작된 동아시아론은 한편으로는 중국 중심의 '신판 중화주의'나 일본식의 '저강도 대동아공영권'으로 요약될 아시아주의에의 경사와 아시아의식의 결핍을 동시에 경계하면서[20] 그러면서도 아시아만을 사유하는 게 아니라 아시아에서 출발하여 이제는 "아시아·아프리카·라틴아메리카와의 연대를 기본으로 하면서 제3세계주의로 미끄

18 최원식, 「탈냉전시대와 동아시아적 시각의 모색」, 『제국 이후의 동아시아』, 창비, 2009, 154면.
19 고세현, 「통일운동론의 몇 가지 쟁점에 대하여」, 『창작과비평』, 1992 가을. 위의 글, 149면에서 재인용.
20 최원식, 「비서구 식민지 경험과 아시아주의의 망령」, 위의 책, 104~133면, 「한국發 또는 동아시아發 대안?」, 같은 책, 275~289면 등 두 글에 이러한 문제의식이 잘 펼쳐져 있다.

러지지 않는 현실적 대안으로서, 세계로부터 한국으로 내려먹이는 제국주의적 시각과 한국으로부터 세계로 나아가는 아제국주의적 시각을 넘어서는 제3의 선택"이자 "국가주의와 민족주의를 넘어 새로운 세계형성의 원리를 탐구하는" 하나의 세계사적 과제로서 자기인식을 다듬어 나갔다.[21]

또한 "민족주의의 충돌을 근본에서 억지하는 소국주의를 평화의 약속으로 회상하면서 대국 또는 대국주의의 파경적 충돌을 완충하는 중형국가의 역할에 한국이 충성"해야 한다는 데서 보이는 국가 규모에 대한 고민으로까지 나아가면서 최원식의 동아시아론은 이제껏 일국적, 혹은 반국적인 프레임 속에 갇혀왔던 한국사회의 진보/변혁담론들은 물론이거니와, 근대비판이라는 다분히 관념적인 사유틀 아래서 세계질서의 현실적 작동방식과 그 속에서의 개별 민족국가들의 운명에 대해서는 '판단정지' 상태에 빠져있던 탈근대 담론들 역시 미처 가닿을 수 없었던 영역으로까지 그 사유의 영토를 확장하면서 부단히 생성을 거듭해 왔다고 할 수 있다.[22]

하지만 동아시아론은 이러한 발상의 획기성에도 불구하고, 그리고 아직은 미완성의 생성중인 담론이라는 점을 감안하더라도 민족/세계적 차원을 모두 아우르는 진정한 근대수행과 극복의 대안담론으로 인준받기에는 여전히 넘어서야 할 난제들을 가지고 있다고 할 수 있다.

우선 동아시아론이 진정으로 민족/국가주의를 넘어섰는가를 물어

---

21   최원식, 「천하삼분지계로서의 동아시아론」, 위의 책, 75~78면.
22   동아시아론의 구조와 전모에 대한 본격적인 분석은 추후의 작업으로 미루고 여기서는 다분히 인상적인 관견을 통한 그 일반적인 양상과 문제점에 대한 거친 파악과 지적으로 한정하고자 한다.

야 할 것이다. 동아시아론은 민족문학론과는 달리 반국적 혹은 일국적 경계를 넘어 확장되었다고는 하지만 그럼에도 불구하고 여전히 민족주의적이며 국가 중심적이다. 최원식은 동아시아론을 논하는 여러 글에서 민족주의/국가주의의 극복을 언급하고 있지만 그것은 원론적인 수준에서만 이루어질 뿐 그가 현실적으로 동아시아의 문제들을 사유할 때는 대부분 민족/국가적 차원에서 사유를 전개해 나간다. 그것은 한편으로는 그의 현실주의적 태도에서 비롯된 것이기는 하지만 민족/국가주의의 극복을 그처럼 점진적 과제로 보는 것과 처음부터 민족/국가주의적 태도와 결별하고 시작하는 것은 전혀 다른 담론적 결과를 낳게 된다.

만일 누군가가 민족주의에 동의하지 않는다면 아마도 그는 동아시아담론에도 동의하지 않을 것이다. 민족주의에 의지하지 않거나 나아가 민족주의에 적대적인 입장들, 이를테면 아나키즘이나 페미니즘이나 생태주의, 혹은 소수자담론이나 다중주의 같은 담론들의 경우에 동아시아적 경계는 무의미하며 동아시아담론은 민족주의적 패러다임의 확장판으로서 또 다른 억압체계로 인식될 것이다. 최원식은 동아시아 각국의 민중적 연대, 아니면 '국민' 혹은 시민들 사이의 화해와 연대에 대해 여러 차례 강조해 왔다. 그러나 그것은 어디까지나 정부(국가) 사이의 관계라는 또 다른 변수(항수?)에 대한 고려와 긴밀히 연동되어 있는 것이라고 할 수 있다. 그가 "국가 사이에서 생활/사유하는 시민의 탄생"을 말하면서 이를 다시 "탈국가적 시민이 아니라 국가의 시민이면서 동시에 국가 사이의 시민이라는 이중성"으로 제한한 것[23]은 그런 맥락이라고 볼 수 있다. 따라서 이는 운동의 목적상 민족/국가를 고려하지 않을 뿐만 아니라 심지어 민족/국가의 해체를 목표로 하는, 보다 급진적 담론/실천들에서의 탈민족적 주체들의 국경을 넘는 연대와는 분명 성격이 다르다.

세계체제가 민족국가를 기본 단위로 작동되는 것임을 인지하는 것과 민족/국가주의를 견지하는 것은 구별되어야 한다. 전자의 경우 민중은 민족국가 차원에서 해결되어야 할 문제는 민족국가 단위로, 문제가 그 범위를 넘어서 국제적인 차원의 해결을 요구한다면 국제적인 차원에서, 전 지구적인 차원을 요구한다면 그 차원에서 싸워나가게 될 것이다. 하지만 후자의 경우라면 민중의 요구와 민족국가의 요구가 충돌할 경우 일단 민중의 요구는 어떤 식으로든 통제될 것이다. 그리고 동아시아 차원에서 보더라도 민족/국가주의의 관점에서는 민족국가의 행복한 존립을 목표로 하는 이상, 다른 민족국가들과의 복잡한 역학관계를 고려하지 않을 수 없으며, 결국 그것은 동아시아에서의 민족국가체제의 온존을 용인하지 않을 수 없게 되는 것이다.

동아시아론은 한반도 문제의 해결이라는 민족적 과제의 연장선상에서 기획된 것이기 때문에 자민족의 이익(즉 한반도의 이익)이 우선될 수밖에 없으며 그런 맥락에서 그것이 동아시아이건 그 이상이건 민족의 이익과 충돌하는 어떤 연대나 협력도 불가능하다. 또한 마찬가지 이유에서 동아시아론은 민족국가를 중심으로 사유하기 때문에 동아시아 권역의 다른 파트너들의 민족국가적 사유나 실천을 제한하거나 비판적으로 취급하기 힘들고 따라서 국가간 경쟁과 각축이라는 구래의 근

---

23 최원식, 「동아시아 국제주의의 이상과 현실」, 『2012년의 동아시아, 대안적 발전모델의 모색』(동아시아 비판적 잡지회의 자료집), 2012.6.29, 18면.

대적 사유틀을 넘어설 수 없다. 비록 동아시아 민중 혹은 시민 간의 연대를 주요한 과제로 내세우긴 하지만 그것은 네이션의 이해관계라는 한계를 넘을 수 없는 것이다. 동아시아론은 이런 점에서 여전히 근대 담론인 것이다.

둘째로, 동아시아론은 과연 그 자체로 하나의 '해방의 서사'일 수 있는가, 아니 최소한 하나의 대안담론으로서 어느 정도의 완결성을 지니고 있는가를 물을 수 있을 것이다. 동아시아라는 지역적 한정만으로는 어떤 해방의 동력학도 제공할 수는 없기 때문에 그것은 늘 어떤 다른 해방담론, 대안담론의 지역적 확장판이거나 축소판의 처지를 면할 수 없다. 그것은 제3세계론의 경우와 마찬가지다. 제3세계론은 1세계와 2세계에 의해 착취당하고 수난 받는 제3세계 민중/민족해방운동의 담론이었다. 그리고 그것은 대체로 탈식민주의적 민족주의와 이념형적 사회주의라는 대안담론에 의지하여서만 해방담론, 대안담론화할 수 있는 것이었다. 동아시아론의 경우도 엄밀히 말하면 이전의 민족문학론이 지녔던 민중민족주의담론의 확장판이거나 세계체제론의 동아시아판의 성격이 강하다.

최원식은 그가 최근 제창한 바 있는 동아시아국제주의를 '불가피하게 소승적인 것'으로 규정하고 있다. "소국주의의 이상에 입각한 작은 국제주의"가 그것이다.[24] 이로써 그의 민족주의와 동아시아주의가 참으로 평화로운 민족주의이자 국제주의라는 점이 명확해 지며 허황한 거대서사에 기미되지 않는 그의 남다른 '현실주의적 감각'도 뚜렷해진

24　위의 글, 24면.

다. 하지만 이로써 동아시아담론이 '해방의 서사'에는 못 미친다는 점도 더불어 명확해진다. 그는 그에 대해서는 명백히 '판단정지'라고 하고 있다.[25] 그러나 동아시아담론이 단순히 내셔널리즘의 확장본이 아니라 한국이나 북한, 일본, 중국, 대만의 민중들이 정말 성수(成遂)해야 할 어떤 지향점이라고 한다면 거기에는 다소간의 거칠음을 감수하더라도 동아시아 민중들, 아니 세계의 민중들이 의지할 만한 해방의 프로그램도 동반되어야 한다는 생각이다. 하지만 이 점에 대해 최원식은 지나치게 소극적이다. 동아시아담론이 지닌 바로 이러한 점 때문에 '거대서사'에 들린(?) 다른 지식인들, 운동가들이 동아시아담론을 경원하게 되는 것은 아닌지, 그리고 동아시아담론이 하나의 형식주의가 아닌가 하는 비판도 가능해지는 것이 아닌지 생각해 볼 필요가 있다.

셋째로, 이 담론에서 종종 엿보이는 연역주의적인 전도에 대해 묻지 않을 수 없다. 즉 한편으로는 그 기원을 은폐하기 위해, 다른 한편으로는 그 이데올로기적 미약성을 보완하기 위해 이 담론은 유사이데올로기화하려는 경향을 갖는 것이다. '동아시아'에는 다른 지역과는 뭔가 다른 것이 있다는 말들이 바로 그것이다.

21세기의 동아시아는 식민주의의 마지막 사냥터로 밀려난 '극동(Far East)'이 아니라, 세계경제를 지탱하는 활동적 축의 하나로 현전(現前)한다. 시장의 실패로부터 근본적으로 면제된 것이 아님에도 불구하고, 오늘날 동아시아는 '제국 이후' 또는 후천개벽(後天開闢)을 엿볼 가능성을 배태한

---

25 위의 글, 22~23면. 동아시아 국제주의는 대승인가? 전인류적 해방의 대합창이 폭발하는 '그날'에 대해 판단정지한다는 점에서 대승이 아니다.

문학적 근대의 자의식

지역으로 여겨지고 있다고 해도 과언이 아니다.[26]

이 담론의 민족주의적 기원은 한편으로는 이 담론의 현실성과 구체성을 보장하지만, 다른 한편으로는 민족주의를 일정하게 극복하지 않으면 안 되는 이 담론의 본질상 민족주의는 이 담론의 장애가 된다. 따라서 '동아시아'가 단지 개별 민족국가들의 총합이 아니라 그 자체로 어떤 대안적 생산성을 가진 하나의 유기적 단위로 간주되고 신비화되는 것이다. 그것은 분명히 동아시아의 실상에서 귀납된 것이 아니라 이데올로기적 필요에 의해 연역된 것이며 이는 결국 세계사적인 골칫거리들이 되어 버린 아메리카주의, 이슬람주의, 혹은 유럽주의 등과 동일한 '동아시아주의'라는 또 하나의 지역주의 이데올로기로 귀결될 가능성을 갖는 것이다.

이외에도 동아시아론에는 한두 가지 더 언급해야 할 문제점들이 있다. 하나는 비록 '민족주의를 근본에서 견제하는 민주주의의 재발견'[27]의 필요를 날카롭게 인식하고 있기는 하지만 동아시아론에의 집중은 상대적으로 민주주의의 실현 혹은 발전을 비롯한 국내 민중의 삶의 개선에 대한 고민을 상대적으로 약화시키는 측면이 없지 않다. 이 역시 동아시아론이 그 진보적 핵심에도 불구하고 오히려 일국적 혹은 반국적 현안들에 대한 긴장을 유지하지 못하고 있는 공허한 국제주의라는 인상을 주는 요인이다. 또 하나, 민족문학론은 사회역사적 담론이면서 동시에 비록 연역주의적 경향이 강했다고는 하더라도 늘 당대 한국문

---

26   위의 글, 17면.
27   최원식, 「동북아의 평화를 위한 비망기」, 앞의 책, 2009, 43면.

학의 구체적 생산물들과의 상호참조를 게을리 하지 않은 문학담론으로서 그 문화예술적 토대를 견지해 왔음에 반해 동아시아론은 그러한 민족문학론의 소중한 유산을 적절하게 계승하지 못하고 있다는 것 또한 아쉬운 점이 아닐 수 없다.

5. 해방의 서사를 기다리며

지난 세기 후반부터 서구발, 혹은 비서구발의 수많은 탈근대담론들이 이 악무한의 지경에 이른 자본주의 근대세계 이후의 새로운 세계질서를 꿈꾸며 명멸해 왔다. 그중에서 민족문학론과 동아시아론은 한국발 대안담론으로서 의미를 갖는다. 그간 지나치게 과장되어 온 측면도 없지 않았지만 분명히 최후의 분단국가 한국의 상황은 근대 세계체제의 모순의 한 결절점이라는 사실은 누구도 부인할 수 없는 것이며, 이러한 상황에서 산출된 민족문학론과 동아시아론에는 근대 성취와 근대 극복이라는 난제에 대한 심중한 질문과 현명한 대답의 단초들이 풍부하게 내장되어 있음은 누구도 부인할 수 없다.

하지만 이 두 개의 담론들이 진정한 보편적 해방서사의 일익을 담당하려면 지금도 세계적 차원에서 여전히 생성중인 수많은 해방서사, 대안담론들과의 비판적이면서도 생산적인 긴장과 상호침투가 여전히 더 필요하며, 그보다 먼저 현실 세계의 구체적 추이에 대한 객관적 관찰과 냉정한 판단을 지속적으로 수행하는 이론적 실천이 더욱 요구된다. 무엇보다 이 두 담론이 처한 가장 큰 난관은 여전히 그것들에 숨어 있는, 그러나 숨길 수 없는 민족주의적 경사에 있다고 할 것이다. 이 두 담론 모두 민족/국가주의의 극복을 말하면서 그 현실적 대안으로 민족국가를 하나의 현실적 매개로 인식하자고 하는 공통점을 보이고 있다.[28] 그럼에도 불구하고 여전히 제3세계 민족주의의 역사적 역할과 의미를 현재에까지 연장하려고 하거나(하정일), 세계체제의 현실적 역학관계상 민족주의의 견지는 불가피하다는 생각을 버리지 못하고 있는 것이다.(최원식)

저자 역시 민족국가를 하나의 불가피한 단위로 보아야 하고 그런 점에서 민족국가를 변혁운동의 주요 매개로 인식한다는 점에서는 이들과 견해가 같다.[29] 하지만 중요한 차이는 주체인식에 있다. 민족을 하나의 매개단위로 인식한다는 것과 민족을 공동운명체로든 어떤 이름으로든 주체로 호명한다는 것은 다르다. 어떤 경우라 할지라도 개인을 민족이나 국가라는 전체 속에 환원시켜 집단적으로 그 운명을 재단하는 사유는 이제 철저하게 극복되어야 한다. 그래야만 모더니티의 가장 큰 폐단이자 저주인 차별과 배제의 논리로부터 자유로울 수 있기 때문이다. '자율적 개인'을 모든 것의 중심에 놓고, 그 자발적이고도 헌신적인 연대로서의 '사회' 혹은 '사회적인 것'을 그 다음의 불가피한 매개로 설정하며 나머지 모든 문제를 그런 작은 단위의 개인적 혹은 사회적

28　하정일의 '전략적 거점론'이 그렇고 최원식 역시 "민중의 복리가 온전히 구현되는 제대로 된 나라를 만드는 작업"(「동아시아 공동어를 찾아」, 위의 책, 57면)이 필요하다고 할 때는 그런 한정을 전제로 하고 있는 것이다.
29　김명인, 「문학사 서술은 불가능한가」, 『민족문학사연구』 43, 2010, 16면.

주체성 위에 놓고 사고하는 훈련이 필요하다. 그렇지 못한 어떤 담론이나 서사도 결코 근본적으로 '해방적'일 수는 없는 것이다. 민족문학론도 동아시아론도 이런 보다 발본적인 근대 너머의 전망 위에서 다시 단련받아야만 비로소 진정하게 한국적 구체성에서 출발하여 세계적 보편성을 담지하는 우리시대의 해방서사로서 위의와 가치를 확보할 수 있게 될 것이다.

그러면 개인의 자율성과 그에 기초한 연대성을 견지하는 동시에 민족 혹은 국민국가를 적절한 매개단위로 상정하는 토대 위에서 자본주의적 근대 세계체제 극복을 전망하는 우리 시대의 '해방의 서사'는 어떤 것인가, 혹은 어떤 것이어야 하는가. 이에 대해서는 또 다른 본격적인 논의가 필요할 것이지만 저자가 수년 전에 거칠게 정리해 본 바 있는 다음과 같은 생각은, 아직 구체적인 명명의 단계로까지는 나아가지 못했지만 그 논의의 출발점으로서 여전히 유효성을 가지고 있다고 본다.

실업자를 포함한 정규·비정규 노동자계급, 여성, 농민, 도시빈민, 이민자, 각종의 소수자 등 신자유주의 시장독재체제의 현재적·잠재적 희생자들이 민중의 이름으로 하나의 반신자유주의 '연합'을 이루어 신자유주의 시장독재에 전면적으로 또 세계적 규모로 저항운동을 전개하는 것이 지금 우리가 기대할 수 있는 최대치의 전망이고 희망이라고 할 것이다.

물론 그 저항투쟁은 그 안에서 동원이 아닌 참여로, 중심화가 아닌 탈중심화로, 위계화가 아닌 평등화로, 동일성이 아닌 차이의 힘으로, 자기가 존재하고 생활하는 바로 그 자리에서 남의 논리가 아닌 자기 삶의 논리와 요구에 의해, 그러면서도 긴밀한 네트워크적 연대를 통해 전개되어야 한다.

그리하여 이 신자유주의 시장독재 체제가 강요하는 획일적인 자본과 상품 논리를 넘어서 민중의 자기결정권의 회복이라는 본원적 민주주의 원리를 회복하고 점점 사멸해 가는 지구환경을 살려내는 전면적인 근대극복 운동으로 확산되어 나가야 할 것이다. (…중략…)

문학 역시 90년대를 통해 여지없이 공동체적 문제의식에서 유리되어 개인화의 길을 걸어갔으며 그것은 상업화와 긴밀하게 대응되었고 그것은 이내 사회적으로 문학적 자원의 고갈로 이어졌다. 신자유주의체제의 도래와 더불어 점차 사회적 문제들이 문학 속에 귀환해 들어오고 있는 것으로 보이지만 그것은 아직 의식적인 것이라기보다는 증후적인 것에 불과하다.

문학을 포함한 문화영역 역시 역동적 운동성을 회복하여 이 신자유주의 시장독재체제에 대한 문화주체들의 동시다발적이고 확산적인 저항이라는 민중연합적 투쟁 속에서 다시금 재정립되어야 한다. 신자유주의 상품문화에 대항하여 민중문화 본연의 저항성과 창조성을 회복하고 그 민중적 소비와 유통구조를 다시금 창출해 내지 않으면 안 될 것이다.[30]

---

30 김명인, 「다시 민중을 부른다」, 『민주화 20년 문화 20년 – 상상변주곡』, 민주화운동 기념사업회, 2007.

민족문학과 민족문학사 인식의
전환을 위하여

1. 동요하는 민족문학

　김현은 1970년에 "민족문학은 (…중략…) 한국우위주의라는 가면을 쓴 패배주의자의 문학에 지나지 않는다. 그것은 사관이 결여되어 있는 문학이며 그런 의미에서 정신의 나치즘화에 쉽게 가담한다. 나는 그래서 민족문학이라는 용어 대신에 최근 사학계에서 흔히 그렇듯이 한국문학이라는 객관적인 용어를 쓰기를 원한다"[1]라고 했다. 여기서 그의 비판은 표면적으로는 우파적 보수주의자들이 내세운 '탈역사적 민족

1　김현, 「민족문학·그 문자와 언어」, 『월간문학』, 1970년 10월호.

문학'에 향해 있기는 했지만 그 속에는 '민족'이란 말 자체에 대한 거부감과 함께 '민족'을 복권시켜 현재화하려는 모든 의도에 대한 경계가 드러나 있다.[2] 이 발언 속에 들어 있는, '한국'은 객관적이지만 '민족'은 객관적이지 않다는 그의 함의, 즉 '민족문학'을 보편문학 속에 해소시키고자 하는 하나의 지향성은 이후 30년 이상 우리 문학의 지형도 속에 지속적으로 잠복해 오고 있다.

최근에 행해진 한 연구자의 다음과 같은 발언을 보자.

무엇보다 민족, 민족주의, 민족문학이라는 주술적 강박으로부터 벗어나는 결단이 요구될 터이다. 사회주의의 붕괴 이래 변혁을 향한 모든 담론이 증발한 지금, 어쩌면 가장 강력한 위력을 행사하는 것은 민족주의일 것이다. 거대담론의 퇴조에 반비례하여 민족주의는 여전히 강고하게 뿌리를 넓혀가는 이 기묘한 역설! 오리엔탈리즘에 대해서는 맹렬하게 비난하면서, 민족주의 안에 있는 억압과 배제의 기제들에 대해서는 지극히 관대한 지적 풍토! 식민지와 분단이라는 '집단적 고난'을 끊임없이 환기하면서, 타자들과의 경계를 두텁게 쌓아가는 것을 민족정체성이라 여기는 신경증적 집착들. 그것은 이 이론이 그만큼 우리들의 무의식적 지층에 마치 끈끈이 주걱처럼 달라붙어 있기 때문일 터, 어쩌면 탈근대를 향한 운동은 이 집요

---

2 1970년 『월간문학』에서 민족문학을 특집으로 다루기 이전인 1960년대에 이미 김동리류의 초역사적 민족문학론과는 달리 20년대, 해방기의 민족문학론의 맥을 이었다고 할 수 있는 백철, 정태용 등의 역사적 민족문학론, 즉 민족모순의 해결을 과제로 삼는 민족문학론의 흐름이 엄존했던 것이 사실이며 김현의 이런 '반(反)' 민족문학론적 태도는 이러한 두 경향 모두를 향하고 있었다고 보아야 한다. 정태용과 백철의 민족문학론에 관해서는 최원식, 「민족문학론의 반성과 전망」(『한국민족주의론』, 창작과비평사, 1982) 참조.

한 신체적 무의식과의 결별로부터 시작되어야 할 것이다. 무엇을 위해서? 저 지평선 너머의 유토피아가 아니라, 온갖 이질적인 것들이 자유롭게 공존하는 헤테로피아를 향해 나아가는 '노마드(유목민)'가 되기 위하여.[3]

이 발언에서도 '민족, 민족주의, 민족문학'은 하나의 타기되어야 할 '주술적 강박'으로, 또는 치료되어야 할 '신경증적 집착들'로 간주되고 있는데 앞서의 김현의 발언 이후 30년의 시간을 격하고 있고 제기된 맥락도 다르지만 '민족' 범주들에 대한 저항감이 진하게 묻어나고 있다는 점에서는 같다. 전자의 경우는 민족담론의 역사적 존재이유에 대한 기본적인 몰이해에서 온 것으로 사관을 거론하고 있음에도 불구하고 민족주의 담론들의 역사적 존재이유에 대한 깊은 이해를 결여한 하나의 편견의 소산이라 일축할 수도 있지만, 후자의 경우는 민족주의 담론들의 허실과 공과에 대한 일정한 이해 위에서 그 권력과 신화를 해체하려는 보다 위협적인 입장으로서 90년대 이후 지금에 이르기까지 상당한 영향력을 지니고 있다고 할 수 있다.

그리고 다음과 같은 또 하나의 발언이 있다.

일방적 타자애에 기초한 비교문학론과 무조건적 자기애에 기초한 내재적 발전론, 동전의 양면을 이루는 나르씨시즘의 방법을 넘어 주체 속의 타자를 정직하게 대면함으로써 국민문학의 봉인을 내재적으로 넘어서는, 그럼으로써 국민문학들을 가로지르는 세계문학의 시야를 파지하는 작업[4]

---

3   고미숙, 「근대 계몽기, 그 생성과 변이의 공간에 대한 몇 가지 단상」, 『민족문학사연구』, 1999 하반기, 131면.

완성된 글의 형태로 제출된 것도 아니고, '민족문학'이라는 말은 애써 피하고 있지만 누구보다도 충실한 '민족문학론자' 중의 한 사람에 의해 행해진 이러한 발언은 또 어떻게 이해해야 할 것인가. '국민문학들을 가로지르는 세계문학의 시야를 파지'한다는 말의 맥락 속에서, 일국적인 주체의식의 토양을 떠나서는 그 발생론적 해명이 불가능하다고 할 수 있는 '민족문학'은 어떤 처지에 놓이게 될 것인가.

물론 이 세 개의 발언들이 갖는 뉘앙스는 각기 다르다. 첫째 발언에서 민족문학은 보편문학의 차원에 오르지 못한 일종의 열등한 변방문학인 반면 둘째 발언에서는 하나의 편향된 권력중심의 거처이고 그 이데올로기이다. 그리고 셋째 발언에서는 낡은 국민문학적 영역을 벗어나지 못한, 세계문학적 지양을 요구받고 있는 존재이다. 그러나 어느 경우든 민족문학은 이제 폐절되거나 적어도 상당한 정도로 지양되어야 할 어떤 것으로 취급되고 있다.

아닌 게 아니라 지금 '민족문학'의 처지는 매우 궁색하다. 주지하다시피 민족문학은 처음부터 보편 문학이 아니라 특수 문학이었다. "가장 민족적인 것이 가장 세계적인 것이다"라는 명제는 보수적 민족문학론자들이나 진보적 민족문학론자들이나 즐겨 기대왔던 명제인데 그 안에서는 사실상 '세계적인 것'에 대한 성찰은 대개 괄호쳐져 왔고, 언제나 우선적인 것은 '민족적인 것'이었다. 그것이 민족혼, 민족정신이건, 반제 반봉건 민족의식이건 민족문학이 견지해 온 그 '민족적인 것'의 주내용이 민족유아론적인, 일국적인 것이었음은 부정할 수 없

---

4 최원식, 「한국문학의 안과 밖」, 민족문학사연구소 심포지엄 '전환기 한국문학 연구의 방향' 자료집, 2000.12.2, 6면.

다. 그 민족적인 것에 대해 '세계적인 것'은 내재화되지 못했을 뿐만 아니라 대상화되는 것을 넘어 심지어는 적극적으로 부정되어 온 것이 사실이다. 대신 특수한(그러나 자동적으로 보편성을 담지했다고 주장되어 온) 민족 내부의 문제들을 과제화하고 그 해결전망을 모색하는 것이 민족문학의 주된 관심이었다. 또 하나 민족문학 담론이 빚지고 있는 민족주의 이데올로기 자체의 속성에 해당되는 것이지만 민족문학은 그 저항성만큼이나 강한 억압성을 지니고 있고, 그 통합요구만큼 강한 배제욕망을 지니고 있으며, 전반적으로 강한 구심성을, 다른 말로 하면 권력화를 그 속성으로 한다. 이는 그 비평적 공준이 무엇이든 불가피하게 동시대의 문학적 산물들에 대해서 선별과 배제라는 권력행위를 행사하게 되고 그 결과 문학인식, 나아가 문학 자체의 협애화를 낳게 된다.

'반제 반봉건의 자주적 민족국가 건설에 복무하는 문학', 그리고 그 연장선상에 도출되는 '분단체제를 극복하는 문학'으로서의 민족문학을 내세운 민족문학 담론은 해방기 임화의 문학사론에서 이론적 토대를 구축하기 시작하여 특히 지난 70~80년대의 '민족민주변혁운동'과 함께 발전하면서 우리나라와 민중이 당면한 특수과제들을 문학적 의제들로 구성하고 그 해결을 추구하는 강한 실천적 집중력을 보임으로써 확고한 주류담론으로 자리잡아 온 것이 사실이다. 그러나 90년대 이후 민족민주변혁운동이 주객관적 장애에 봉착하면서 답보, 쇠퇴 혹은 변모하는 혼돈을 겪음에 따라 이에 의존하여 구성된 문학적 의제들 역시 대부분 그 이론적 기반과 유리되면서 형해화되고 이에 따라 민족문학 담론도 덩달아 그 위의가 현저하게 저락하였다.[5]

그와 함께 90년대 세대들을 주축으로 민족문학 담론에 대한 이탈과 반격이 시작되었다. 그들은 우선 민족문학 담론의 배타적 자기동일성 집착과 그 특권화를 소리 높여 비판했다. 이 비판에는 분명히 경청할 만한 부분이 있었다. 민족문학론이 담론으로서의 자기동일성에 집착한 나머지 높은 추상수준에 머물러 변화하는 객관세계의 실상으로부터 유리된 채 고답화되어 갔던 것이 부인할 수 없는 사실이었기 때문이다.[6]

민족문학 담론이 처한 이런 위기에 대한 처방은 의연 기왕의 민족문학론자들 내부에서 제출되었다. 백낙청이 시도하는 바, 세계체제와 길항하는 지구적 작동단위로서의 민족정체성의 재구성, 그리고 그에 수반하는, 세계문학의 일환으로서의 민족문학 규정이 그렇고,[7] 앞서 인용한 최원식의 '국민문학을 넘어서 국민문학들을 가로지르는 세계문학을 파지하는 작업'이 그렇고, 후술하겠지만 하정일의 '비민족주의적 민족인식'과 탈식민주의적 대안모색[8]이 그렇다. 이 민족문학 진영(?) 내부에

---

5   여기엔 약간의 부연설명이 필요하다. 새삼스럽지만 80년대 이후 민족문학 담론에는 서너 가지의 서로 다른 경향성이 혼재하고 있었다는 사실을 상기해야 한다. 민족문학론, 민중적 민족문학론, 민족해방문학론, 노동해방문학론 등, 지금은 80년대 민족문학 담론들로 흔히 뭉뚱그려지는 일련의 제경향들 속에서 '민족' 범주는 각자 상당히 다른 함의를 지니고 있었다. 민족해방문학론에서의 민족은 철저히 반제(외세) 민족해방투쟁의 주체로서 최고의 전략범주였고, 민중적 민족문학론이나 노동해방문학론에서의 민족은 민중과 함께 일종의 전선체를 의미하는 전술범주였다. 반면 민족문학론에서의 민족은 그런 전략전술적 범주개념이라기보다는 일종의 넓은 범위의 근대주체로서 설정된 측면이 강했다고 할 수 있다. 결국 90년대 이후 전개된 세계사적 변화는 계급범주와 함께 전략전술적 주체로서의 민족범주의 입지에 결정적 타격을 입혔고, 그 결과 계급혁명적 전망을 유보하면서 80년대에 가장 온건한 행로를 걸었던 민족문학론이 지녔던 모호한 만큼 유연했던 민족범주가 상대적으로 타격을 덜 입고 지금까지 이 거센 탈민족화의 도전을 받아내게끔 된 것이다.

6   별도의 논의가 필요하겠지만, 이러한 논의의 흐름은 민족문학 담론에 대한 탈중심화와 상대화에는 어느 정도 성공했지만 이후 변화하는 객관세계에 조응하는 대안적 담론창출작업으로 이어지지 못하고 후기자본주의의 타락한 일상성에 패배주의적으로, 또는 적극적으로 투항해 들어가는 하나의 수순에 불과한 것이 되고 마는 한계를 드러냈다고 볼 수 있다.

7   백낙청, 「지구화시대의 민족과 문학」, 『작가』, 1997년 1·2월호, 10~16면.

서 제출되는 새로운 모색들의 공통된 특징은 무엇보다도 종래의 민족문학 담론들을 결박하고 있던 일국적 자족성과 폐쇄성을 넘어 변화하는 세계환경이라는 보편적 조건 속으로 '민족'의 문제를 끌고 들어가고 있다는 점이다. 속단은 이르지만 최근의 이러한 이론적 모색들이 보여주는 방향성은 일단 올바른 것으로 보인다. 이전까지 단지 수사학적으로만 고려되었던 '세계'가 이제는 민족과 민족문학 담론 속에 점차 정식으로 제자리를 잡고 작동하게끔 되어가고 있는 것이다. 이러한 방향전환이 의미있는 것은 그것이 이제까지의 제반 민족담론이 지닌 유아론적이고 구태의연한 민족주의를 넘어서고 있기 때문이다. 이는 물론 추상적 보편문학으로서의 '한국문학'론, 또는 민족문학 담론의 해체와 문학의 탈역사화를 시도하는 담론기획들과는 그 방향성과 역동적 운동성이라는 차원에서 분명히 구별되는 모색들이다. 그러나 민족문학 담론들 내부에서의 이러한 방향조정들은 민족문학의 성격, 범주 등과 관련하여 차후 일파만파의 파장을 불러올 것으로 보인다. 민족을 세계체제에 조응하는 지구적 작동단위로 재규정한다거나, 민족인식에서 민족주의를 배제한다거나, 국민문학의 봉인을 내재적으로 넘어서고 국민문학들을 가로지른다거나 하는 진술들은 이제까지 일국주의에 기초한 협애한 민족주의, 소박반영론이나 사회학주의에 깊이 침윤되어 왔던 문학인식, 문학사인식을 그 근저에서부터 흔들어 놓을 가능성이 크기 때문이다. 이제 우리는 단순히 선언적인 수준을 넘어서 이러한 민족문학의 새로운 전환의 밑그림을 구체적으로 그려나가기 시작해야 할 것이다.

---

8   하정일, 「탈식민주의 시대의 민족문제와 20세기 한국문학」, 『20세기 한국문학과 근대성의 변증법』, 소명출판, 2000.

2. 낡은 민족인식의 종언

백낙청은 민족문학을 '민족적 위기의식'을 근거로 하는 문학이라고 규정한 바 있다.[9] 그리고 얼핏 보아 단순하달 수도 있는 이 규정은 오랜 동안 대체로 자명한 것으로 받아들여져 왔던 것이 사실이다. 그런데 이제는 그 규정의 관습적 자명성은 회의의 대상이 되어야 한다. 무엇보다 그 '민족'이 무엇이며 민족적 위기 혹은 위기의식이란 과연 무엇인가를 묻지 않을 수 없는 시점이 되었기 때문이다. 어쩌면 민족적 위기의식이란 말 자체가 지나간 백 년여의 시간 동안 우리에게는 가장 익숙하고 자동화된 하나의 기표로 작동되고 있었고 누구도 그 기표를 문제삼지 않았었다는 데서 이 규정의 자명성 역시 자동적으로 산출되었을 것이다.

'민족'이 근대의 산물이라는 사실은 이제 어느덧 상식이 되었다. 자본제적 상품생산이 시장이라고 불리는 하나의 생산-재생산단위를 요구하고 이것이 특정한 지역범위와 언어적 동질성, 그리고 정치적 통합성을 요구하게 되면서 '민족' 혹은 '민족국가'가 탄생했다는 것이다. 물론 이러한 민족 탄생의 순탄한 정통적 경로는 서구의 몇몇 선진자본주의 제국들의 경우에 해당되는 것이다. 후발자본주의 제국들의 경우 '민족'의 탄생은 선진자본주의 제국들을 타자화하고 이들을 따라잡는, 보다 공격적이고 불안정한 방식으로 이루어졌고, 그보다 더 열악한 비

---

9   백낙청, 「민족문학의 현단계」, 『민족문학과 세계문학』, 창작과비평사, 1985, 12면.

서구 식민지 지역의 경우 민족의 탄생은 제국주의 침략에 대한 대응과 정에서 반사적, 수동적 방식으로 이루어졌다. 하지만 그 경로가 순탄하고 적극적인 것이었든 파행적이고 수동적인 것이었든 이 민족, 나아가 민족국가의 창출은 전자본제 상태에 놓여 있던 어느 지역에서건 자본주의의 도입, 발달과 더불어 이루어야 할 지상의 과제였다고 할 수 있다. 즉 근대는 민족과 민족국가의 탄생을 강제했고 그 탄생과 더불어 비로소 온전히 작동할 수 있었던 것이다.

우리는 주지하다시피 민족 탄생의 가장 열악한 경로, 즉 식민지적 경로를 통과해 왔다. 그리하여 '반제 반봉건 민족민주혁명을 통한 자주적 민족국가 건설'이 오랫동안 우리의 지상과제로 상정되어 왔다. 이는 말하자면 우리 역시 민족국가의 건설이라는 근대 일반의 과제를 수행해야 하는데, 그 과제는 식민지적 왜곡을 겪었다는 역사적 특수성 때문에 반제 반봉건투쟁의 승리를 매개로 할 때에만 이행 가능하다는 것을 의미한다. 일제하의 민족해방운동, 해방기의 민족국가 건설운동은 물론이고 60년대 들어 부활하여 70년대에 일종의 성수기를 맞았던 민족담론들의 경우에도 예외없이 이 과제는 절대적인 것으로 받아들여졌던 것이 사실이다.[10]

그런데 70년대부터만 따져도 30년이라는 시간이 흘러 한 세기가 바뀐 지금 많은 것이 변화하였다. 그 시간 동안 '반제 반봉건 민족민주혁명을 통한 자주적 민족국가 건설'이라는 과제는 어느 결엔가 그대로 되풀이하기에는 어딘가 낡은 것이 되어버렸다. 이러한 '낡았다'는 느낌이

---

10   70년대 이래 '민족문학론'의 효시가 되는 백낙청의 「민족문학 개념의 정립을 위해」(1974)도 바로 이런 과제인식의 문학적 번역물이라고 할 수 있다.

역사현실로부터 멀어진 주체의 일반적인 소원감에 기인한 것이 아니라면 그동안 그 과제를 어딘가 낡은 것으로 만들 수밖에 없는 어떤 조건들의 변화가 있었을 것이다. 이를테면 '반봉건'이라는 과제는 비록 전형적인 부르주아 민주혁명의 경과를 통해 해소된 것은 아니지만, 이제 문화적 과제일 수는 있어도 사회구성상으로는 무의미한 과제가 되었음에 틀림없고, '반제'의 과제는 그 대상이 되는 제국주의 외세가 우리나라에서 자기 이해를 관철하는 운동방식이 변화하고, 그 외세에 대한 우리의 관계 역시 과거의 착취-피착취 개념으로는 전부 설명할 수 없는 양상으로 변화해 감에 따라 그 정통적인 맥락에서는 많이 비껴나 있는 것이 사실이다. 무엇보다 '자주적 민족국가 건설'이라는 말 자체에 내재한 일국주의적 경직성은 분단현실과의 관련에서건, 세계체제와의 관련에서건 어떤 질곡으로 작용할 소지가 적지 않다.

앞서 말한 바와 같이 근대가 민족 및 민족국가의 탄생과 더불어 온전히 작동한다고 할 때 우리가 '자주적 민족국가'의 수립에 아직 성공하지 못했다면 우리의 근대는 여전히 미성숙한 것임에 틀림없다. 하지만 그 경로가 어떠한 것이었건 우리가 남북한 각각에서 분명히 국가적 정체성을 가진 '국민국가'[11]를 꾸려왔다고 할 때, 그것이 이념형적인 '민족국가'에 미달한다고 해서 우리가 '근대 이전'의 상태에 놓여 있다

---

11 여기서 '국민국가'는 '민족국가'와 조금 다른 의미로 쓰인다. 국민국가건 민족국가건 영어의 'nation state'의 역어임에는 마찬가지지만 서구의 경우 국민=nation, 국민국가=nation state가 자연스럽게 등식관계를 형성함에 반해, 우리를 비롯한 피식민지 경험을 가진 제3세계 나라들의 경우 '국민=민족'의 등식은 자연스럽지 못하다. 이 경우 '민족'이란 말 속에는 제국주의 세력에 대한 강한 대타성과 주체의식이 배어 있기 때문이다. 따라서 여기서 '국민국가'라는 말은 이러한 역사적 특수성과 구별되는 기능주의적 맥락에서 사용된다.

고는 말할 수 없는 것이다. 그렇게 먼저 근대를 전유하기 시작했던 서구 여러 나라들도 여전히 근대의 울타리 안에 갇혀 있듯이, 우리 역시 식민지시대를 거치고 지금에 이르기까지 그들과 마찬가지로 근대의 울타리 안에서 근대를 살아왔던 것이다. 그러니까 '자주적 민족국가'를 건설하면 근대에 진입하거나 근대를 완성, 혹은 극복할 수 있다는 오랜 믿음은 순진한 것일 뿐 아니라 사실은 '근대 따라잡기'라는 환상에 들린 결과라고 할 수 있다.

물론 분단이라는 현실이 온전한 '민족국가' 수립을 방해해 온 것은 사실이다. 하지만 애초에 지향했던 '통일된 민족국가'의 수립이 좌절되고, 남북한 각각에 여러모로 그만 못한 두 개의 국민국가가 성립되었다고 해서 그것을 마치 '임시 정착촌'처럼 여기는 것은 심리적으로는 이해가 가지만 현실적으로는 올바른 역사인식이나 현실인식을 적지 않게 저해할 가능성이 있다. 백낙청이 대략 80년대 후반에서 90년대 초반에 이르는 시기에 '자주적 민족국가 건설'에서 '분단체제 극복'으로 그의 전략적 무게중심을 이전한 것이나, 그와 함께 '민족적 위기'에 대한 대응으로서의 민족운동, 또는 민족문학이라는 다분히 네거티브한 인식틀을 분단체제의 극복과 그를 통한 근대 세계체제의 근본적 대안모색이라는 보다 포지티브한 인식틀로 바꾸어 나가게 된 것도 이러한 맥락과 무관하지 않을 것이다.[12] 이렇듯 구래의 저항적 민족주의에 기초한 민족담론은 전후 50여 년에 걸친 세계질서의 변화와, 역시 해방 후 50여 년에 걸친 한반도 상황의 변화에 의해 그 유효기간을 이미

---

12 백낙청, 「민족문학론, 분단체제론, 근대극복론」, 『창작과비평』, 1995 가을, 17면.

넘긴 것이라고 보아도 무방할 것이다.

지금 우리에게 '민족'이란 더 이상 민족국가 형성의 이데올로기로 동원되는 '단일민족'과 같은 신화적, 초역사적 실체도 아니고, 반제국주의 투쟁과정에서 대타적, 반사적으로 형성되었던 상상의 투쟁주체도 아니다. 지금 우리에게 이 같은 심리적 민족인식은 낡았을 뿐 아니라 건전한 세계시민정신의 형성에 곧잘 장애가 된다. 또한 우리에게 '민족'은 세계체제와의 교섭을 의도적으로 거부하는 일국주의적 '민족경제'나 '자주국가'의 주체도 아니다. 이 같은 민족고립주의는 반역사적이고 반세계적일 뿐 아니라, 도대체 가능하지도 않은 것이다. 우리는 이제 '민족'을 말할 때 이러한 전시대의 유제들로부터 냉정한 거리감각을 유지해야 할 것이다.

3. 단위로서의 민족인식

그러면 과연 지금 우리에게 '민족'은 무엇인가? 그것은 단지 지나간 시절에 상상되었던 하나의 허상이어서 더 이상 현재적 실체로는 존재하지 않는 것인가?

앞의 한 인용문에 "거대담론의 퇴조에 반비례하여 민족주의는 여전히 강고하게 뿌리를 넓혀가는 이 기묘한 역설!"이라는 표현이 있었다. 물론 수사학적 과잉 표현이기는 하지만 거기엔 일단의 진실이 없지 않다고 할 수 있다. 어쩌면 이전 시대에 익숙했던 변혁담론들인 계급담론, 혁명담론들이 일정하게 쇠퇴하면서 민족담론만이 상대적으로 잔존하여 더 완고하게 굳어져 가는 측면이 있을 것이다. 그런데 이것을 하나의 '신경증적 집착'으로 읽는 태도는 문제다. 아니 설사 신경증적 집착이라 해도 모든 신경증적 집착은 무조건 해소되어야 하는 것인지 의문이고, 인간들의 모든 종류의 원망과 의지에 대해 '집착'이라는 레테르를 붙이는 것 역시 일종의 강박증이나 편집증은 아닐까. 설사 그것이 신경증적 집착이라고 해도 모든 신경증적 집착에는 그만한 이유가 있다. 민족, 민족문학 담론이 자기동일성을 유지, 재생산하기 위해 의도적으로 이러한 집착을 강화한다면 문제가 있겠지만, 실제로 객관 세계 자체의 추이가 여전히 이러한 민족 범주에 대한 주목을 요구한다면 문제는 달라진다.

민족이 '상상의 공동체'라는 말은 대체로 옳다. 민족과 민족관념을 하나의 인류학적 고안물로 간주하면 그것이 "제한되고 주권을 가진 것으로 상상되는 정치공동체"[13]라는 규정은 타당한 것이다. 그러나 상상의 공동체라는 말이 곧 그 물질적 실체성에 대한 인식을 흐리는 쪽으로 이해되는 것은 옳지 않다. 근대의 산물로서의 민족은 자본주의 생산관계가 작동하는 하나의 경제공동체로서, 즉 하나의 생산·재생산 단위로서의 물질적 실체성을 지니고 있다. 또한 자본주의 이후 또는 민족에 따라서는 그 이전부터 하나의 언어적, 문화적, 시·공간적 공동경험체로서의 실체성도 지니고 있다. 민족은 심리적 상상의 소산이

13　베네딕트 앤더슨, 윤형숙 역, 『민족주의의 기원과 전파』, 사회비평사, 1991, 21면.

기는 하지만 그 심리적 상상은 물질적 조건의 형성을 통해서만 가능한 것이었다. 정확히 말하면 민족은 물질적으로 형성되면서 심리적으로 상상된 것이다. 물론 이 물질적 심리적 통합성은 고정된 것이 아니라 여러 역사적 조건의 변화에 따라 보다 강화되기도 하고, 이완·해체되기도 하는 것이기는 하지만 근대 자본주의의 형성과정의 필연적 산물로서의 민족의 물질적 견고성, 즉 시장과 근대국가의 배양기로서의 견고성은 민족 형성과 관련된 어떠한 다른 조건들에도 선행하는 것이다. 민족의 실체성을 담론 수준에서 고정시켜 신화화하거나 배타적으로 특권화하는 것은 문제이지만 이 '민족'의 실체성과 역사적 작동의 현실성을 간과하는 어떤 탈민족 담론도 현실성을 가질 수 없다는 생각이다.[14] 그러므로 지금도 민족담론이 여전히 힘을 발휘한다면 그것은 그 담론이 자가발전을 한 때문이 아니라 물질적 실체로서의 민족의 어떤 문제가 그 해결을 요구하고 있기 때문일 것이다. 분단체제의 변동이 가시화하고 있다든가 신자유주의적 세계화의 거센 조류 속에서 민족 구성원의 삶이 열악해지고 있다든가 하는 문제를 '민족단위'에 기초하지 않고 사유하는 것이 과연 가능한 일일까.

단 여기서 '민족'에 기초한 사유라 하지 않고 '민족단위'에 기초한 사유를 말한 것에 유의하기 바란다. '민족단위'라는 말을 사용하는 것은 단순히 '민족'이라고 할 경우 신화주의와 일국주의적 편향, 그리고 추

---

[14] 앤더슨의 '상상의 공동체'론은 민족 형성의 물질적 기초를 간과하고 있지는 않지만 민족형성의 주관적 요소들에 더 무게중심을 둠으로써 근대자본주의의 산물로서의 민족을 어느 정도는 초역사적인 심리적 산물로 간주하는 경사를 보인다. 이에 관해선 크리스 하먼, 『민족문제의 재등장』(배일룡 역, 책갈피, 2001), 98~99면 참조.

상적인 '민족주체'론으로부터 자유롭지 못할 가능성이 있기 때문이다. 단위로서의 민족은 '개인, 계급, 성, 지역, 국가, 세계가 역동적으로 상호작용하고 자기를 관철하는 하나의 장(場)'을 말한다. 여기엔 신화적, 인종적, 집단주의적 뉘앙스들이 배제된다. 우리에게 필요한 것은 '민족'이라 불리는 추상적 집합적 주체성에 호소하는 것이 아니고 민족 구성원의 계급적, 성적, 지역적 정체성(=주체성?)이 민족단위라는 장에서 어떻게 위협받고 있고 또 그 위기는 어떻게 극복될 수 있는가를 고민하는 일일 것이다. 이럴 경우 민족은 또 하나의 주체가 아니라 여러 주체들이 각각의 생산 및 사회관계 속에서 겪는 문제들이 작동하는 하나의 관계망이며 개인, 지역, 국가, 세계의 문제들이 구체화되는 하나의 프레임이라고 할 수 있다. '민족' 개념은 이렇듯 개인과 계급, 지역과 국가 그리고 세계라는 다중적 차원에서 전개되는 현금의 여러 문제들을 올바르게 인식하고 사유하는 유효한 인식도구로서, 하나의 단위 개념으로 재정립되어야 한다.

민족을 단위개념으로 재정립한다는 것은 '민족'을 그 자체로 목표화한다거나 추상적으로 주체화하는 사고를 버리는 것이다. 그것은 개인, 계급, 성, 지역, 국가, 세계 등이 상호작용하고 갈등하는 하나의 단위공간이다. 그것이 단위공간으로서의 제한성을 갖는 것은 그 구성원들이 동일한 정치경제공동체에 속해 있으며 역사적 공통경험과 인종적, 언어문화적 동질성을 지니기 때문이다. 그러니까 동일한 공동체에의 귀속이라든가 역사적 공통경험, 인종적 언어문화적 동질성은 '민족'의 최소구성요건인 것이다. 하지만 그것 자체가 그 구성원들의 삶의 지향성을 동질화하는 어떤 강제력은 갖지 못한다. 그들은 같은 '민족'에 속해 있지만 그 정체성은 그들이 속한 계급, 성, 지역, 정치집단 등에서의 정체성에 결코 선행할 수 없는 것이다. 그러니까 하나의 물질적 실체로서의 민족이 지닌 어떤 문제가 그 해결을 요구하고 있다는 말은 추상적, 전체적 '민족'이 그렇다는 것이 아니라, '민족단위'로 현상할 수밖에 없는 그 구성원들의 다양한 삶의 활동들이 '민족단위'의 문제 해결을 요구하고 있다는 뜻이 된다. 그리고 이런 다양한 구성원들의 생활상의 요구가 이 민족단위 내에서의 문제해결 과정에서 서로 갈등, 충돌하는 것도 당연한 일이다.

그리고 또 하나의 단서가 있다. 이 민족단위 구성원들의 복리증진이나 삶의 개선이 세계적 차원에서 다른 민족단위 구성원들의 어떠한 피해도 전제해서는 안 된다. 즉 이들 구성원들의 '민족단위'의 문제 해결 과정이 타민족단위의 삶을 희생으로 하는 배타적이고 이기적인 것이어서는 안 된다는 것이다. 근대의 과제로서의 부르주아 민족주의 혹은 민족인식이 공격적이고 배타적인 것이었다면, 단위로서의 민족인식은 민족을 추상적으로 집단주체화하지 않음으로서 이러한 비이성적 공격성과 배타성을 피할 수 있다.[15] 어떤 경우든 민족을 하나의 단위 이상으로도 이하로도 인식하지 않는다는 것은 한 마디로 '민족이 소리

---

15 이 문제에 관해서는 레닌의 다음과 같은 말이 음미될 가치가 있다. "일반적으로 민족 국가의 발전은 부르주아 민족주의의 근본 원칙이다. 여기서 부르주아 민족주의의 배타성과 끊임없는 민족적 분쟁이 나온다. 반대로 프롤레타리아는 모든 민족의 민족적 발전을 지지하지 않으며, 대중에게 그런 환상에 반대해 경고하면서, 무력이나 특권에 기초하고 있는 경우를 제외하고는 자본주의적 교역관계의 완전한 발전을 지지하고 모든 종류의 민족의 동화를 환영한다." V.I. Lenin, *Critical Remarks on the National Question and the Right of Nations to Self-Determination*, Moscow, 1971, pp. 22~23. 위의 책, 75면에서 재인용.

를 내지 않게 하는 것'이며 '민족의 이름을 걸고 무언가를 하지 않는 것'
이다. 이렇게 할 때 비로소 우리는 전통적 민족담론과 탈민족담론 양
자가 지닌 편향을 극복할 수 있을 것이다.

이제까지의 맥락에서 볼 때 '민족단위'란 것이 '국민국가'와 범주적
으로 얼마나 다른 것인가 하는 물음이 가능할 것이다. 두 범주가 일견
같은 것으로 보이지만 우리의 경우 '민족'은 '국민국가'와 다를 수밖에
없는 역사적 조건이 엄존해 왔다. 분단이라는 특수한 조건이 그것이
다. 앞서 말했듯 남북한은 현실적으로 두 개의 서로 다른 국민국가다.
통일이 되었건 항구적 평화체제의 정착이 되었건 분단체제의 극복을
염두에 두지 않는다면 각각의 국민국가로서의 남북한 내에서 '민족'을
내세우는 것은 하나의 이데올로기적 담론행위에 지나지 않는다. 그러
나 지양, 극복되어야 할 분단체제가 지속되는 한, 그리고 그 속에서 남
북한 전체를 사유하는 한, 그 사유는 '민족'의 차원에서 수행될 수밖에
없다. 그때의 민족은 어떤 신화도 이데올로기도 아니고 하나의 불가피
한 인식틀이다.[16] 이 '민족'이라는 인식틀을 유지해야 할지 아니면 폐
기해야 할지는 분단체제가 어떤 방식으로 극복되는가에 달렸다고 할
것이다. 앞에서 민족단위를 '개인, 계급, 성, 지역, 국가, 세계가 역동적
으로 상호작용하고 자기를 관철하는 하나의 장(場)'이라고 규정했지만,

---

16 지난 8월 23일의 '21세기에 구상하는 새로운 문학사론' 심포지엄 종합토론에서 있었
던 "남북을 이야기할 때 민족(문학)을 떨칠 수 없다"라는 최원식의 진술은 이런 맥락
에서 이해되어야 할 것이다. 한편 같은 자리에서 있었던 "통일, 혹은 남북연합의 과정
에서도 민족이 걸림돌이 된다"라는 이연숙의 발언과, "분단은 민족문제의 소산이지
만 통일도 민족문제인가"라는 김철의 발언은 이를테면 신화적이고 정서적인 차원에
서의 '민족' 인식이 지닌 문제점을 경계한 것인데 백낙청의 분단체제론이나 최원식의
이상과 같은 진술에는 이미 이러한 경계가 전제되어 있다고 할 수 있다.

우리에게 그 장은 한편으로는 남북한 각각의 국민국가이면서 또 한편
으로는 그 남북한과 세계체제가 동시에 역동하는 분단체제이기도 한
것이다.[17]

4. 민족문학의 재구성

이러한 민족 인식의 전환이라는 바탕 위에서 '민족문학'과 민족문학
론은 다시 구성되어야 한다.[18] 민족문학론의 등기권자라고 할 수 있는
백낙청에게 있어서도 이런 재구성작업은 이미 시작된 지 오래다. 그가
"민족문화의 창조적 계승 및 발전과 세계문학에의 떳떳한 참여를 목표
로 삼는 문학"을 이야기하고,

자본이 주도하는 지구시대는 세계문학 자체를 치명적으로 위협하는 시
대인데, 민족문학은 이런 대세에 맞선 소극적 저항에 그치지 않고 "한반도

---

17 이런 문제의식은 백낙청이 그의 「분단체제의 인식을 위하여」(『창작과비평』, 1992
    겨울)와 「민족문학론, 분단체제론, 근대극복론」(『창작과비평』, 1995 가을)에서 펼
    친 분단체제론과 큰 줄기에서 공감한 결과라고 할 수 있다.
18 이 '민족문학'이 불변하는 것이 아니라 부단하게 재구성되는 것이라는 생각은 졸고,
    「리얼리즘과 민족문학을 넘어서」(『불을 찾아서』, 소명출판, 2000) 참조. "민족문학
    론은 하나의 이론체계가 되기 위해서 기본적으로 '민족'과 '민족문학'에 대한 규정이
    선행되어야 한다. 그리고 그 규정에 입각하여 '민족문학론'이 형성된 후 객관적 상황
    이 변화하면 다시 '민족'과 '민족문학' 규정의 재검토가 이루어져야 하고 그것은 다시
    '민족문학론'의 재규정으로 이어진다(같은 책, 270면).

라는 국지적 현실을 전지구적 관점으로 인식하는 하나의 모형을 제시"함으로써 "세계문학 이념의 수호와 새로운 세계문학운동의 출현을 위해 끽긴한 요소"(백낙청, 「지구시대의 민족문학」, 『창작과비평』 1993 가을, 94면 – 인용자)가 되는 것이다.[19]

라고 말할 때 그의 민족문학론은 이미 「민족문학의 개념정립을 위해」에서 입론을 시도한 그의 최초의 민족문학론을 훨씬 뛰어넘은 차원에서 펼쳐지고 있는 것이다. 그가 새롭게 구성한 민족문학론은 분단체제 극복이 세계적 차원의 근대극복과 이어진다는 그 특유의 전망을 바탕으로 우리의 민족문학이 자본이 주도하는 세계적 대세에 소극적으로 저항하는 것을 넘어 세계문학 이념을 수호하고 새로운 세계문학운동의 출현을 예비할 수 있다는 원대한 지평을 지니고 있다. 이러한 민족문학론의 새로운 구성작업이 과연 얼마나 적합성을 가질지는 모르겠지만 그의 90년대 이래의 민족문학론이 일국적 맥락의 자주적 민족국가 수립론의 자장에서 멀리 벗어난 것임에는 틀림이 없는 것 같다. 그리고 그 방향은 일단 정당한 것이다. 민족문학이 '민족'이라는 짐 속에서 일국주의와 저항적 민족주의에의 유아론적 집착이라는 무게를 내려놓을 때 비로소 우리의 민족문학은 우리의 민족문제를 해결할 수 있는 전망을 획득할 수 있음은 물론 진정한 세계시민으로서의 민족구성원들의 정체성의 획득할 수 있으며, 그럼으로써 최원식이 말한 바 '국민문학을 넘어서 국민문학들을 가로지르는 세계문학을 파지하는 작

---

19 백낙청, 「민족문학론, 분단체제론, 근대극복론」, 『창작과비평』, 1995 가을, 23면.

업'에 한몫 거들 수 있게 될 것이기 때문이다.

하지만 진정한 문제는 이제부터이다. 어떠한 원대한 밑그림을 그리든 간에 민족문학론은 민족문학론일 뿐이며 민족문학 자체가 될 수는 없다. 즉, 민족문학은 무엇보다 나날의 구체적 현실 속을 살아가는 작가와 작품의 세계이기 때문에 그 실감을 떠나서는 어떠한 이론도 사실은 사상누각에 불과한 것이다. 이 점에 관해서는 백낙청도 같은 글에서 "민족문학이 산출한 작품을 폭넓게 점검하고 민족문학론이 제기한 중요 쟁점들을 검토하는 작업이 따라야 하는데 지금이 그럴 계제가 못 됨은 물론이다"라고 함으로써 그 중요성과 어려움을 동시에 토로하고 있기는 하다.[20] 하지만 그것은 한 개인의 역량에 맡길 수도 없고 맡겨서도 안 되는, 그리고 담론화의 욕망에 의해 뒤로 밀쳐져서도 안 되는, 진정한 민족문학론자라면 나날이 일상적으로 수행해야 할 과업인 것이다.

민족문학론을 자신의 중심이론으로 내세우는 사람들이 먼저 가질 것은 동시대의 문학과 문학현상에 대한 겸허한 태도이다. 현재 부단히 산출되고 있는 동시대의 문학작품들 전부를 민족문학론의 점검 대상으로 포괄해 들이지 않고 "민족문학이 산출한 작품"(?)만을 "폭넓은"(?) 점검의 대상으로 삼는 것은 사실은 전혀 폭넓지 않은 일종의 배타적 순환론이 될 수도 있다. 동시대의 어떤 문학이 분단체제의 문제와 위기를 잘 드러내고 한반도라는 국지적 현실을 전지구적 관점으로 인식하게 만드는 문학일 수 있는지, 그리하여 세계문학적 이념을 수호하는 문학이 될 것인지를 변별하는 일은 결코 만만한 일이 아니고, 언젠가

---

[20] 위의 글, 22면.

한번 몰아서 해결하면 될 일도 아니다. 그것은 시대의 흐름과 그것을 반영하는 문학적 경향들을 놓치지 않는 성실성과 감수성, 그리고 그것들에서 보편적 징후를 읽어내는 과학적 해석력이 집중되어야 하는 고도의 작업인 것이다. 특히 절대의 역사철학적, 미학적 규준이 부재하는 지금의 상황에서는 동시대의 문학작품들이야말로 그러한 역사철학적, 미학적 규준을 귀납해 낼 수 있는 최선의 질료들이라고 할 수 있다. 특히 백낙청이 기대하는 대로 우리 민족문학이 세계문학을 수호하고 세계문학운동의 출현을 주도하거나 선도할 잠재력을 가지고 있다면, 더욱 더 지금 산출되고 있는 우리 문학에 대해 면밀한 관심과 애정을 기울여야 할 것이다.

하지만 지금 우리 문학비평의 상황을 보건대 백낙청, 최원식 등 거대담론 수립에 있어서는 의연히 주목할 만한 입장을 모색, 견지하고 있는 쪽은 최소한 90년대 이래 우리 문학에 대해 전혀 비평적 개입을 하지 않고 있으며, 반면 작품들을 성실히 읽고 해석해 내는 쪽은 민족문학론과 같은 거시적 차원의 문제의식은 전혀 가지고 있지 못한 형편이라고 할 수 있다. 또 그 가운데 쯤에는 거대담론에 대해서도 미시비평에 대해서도 제대로 된 개입을 하지 못하고 어중간한 유보적 태도에 함몰되어 있거나, 그 반대로 거대담론이 되었건 미시비평이 되었건 동시대의 비평풍토 자체가 지닌 현실적 핍진성의 부족과 무기력, 상업주의적 안주 등을 문제삼는 메타비평에 주력하는 쪽이 있다. 이러한 비평 영역의 분화 자체가 문제는 아니지만 이러한 각각 다른 영역들이 전혀 상호비판적 소통과정을 겪지 않고 격리되어 가는 것은 큰 문제가 아닐 수 없다.

새삼스럽게 자꾸 반복되는 말이지만 민족문학은 민족문학 작품에서 시작되어야 한다. 그리고 그 민족문학은 미우나 고우나 우리 동시대에 산출되는 작품들 속에 들어 있는 것이다. 다행히도 최근 들어 우리 문학은 90년대의 특징이랄 수 있던 세대적 고립을 벗어나 점차 다시 세대적으로 폭넓은 스펙트럼을 보이면서 활력을 얻어가고 있는 것으로 보인다.[21] 미시취향, 왜소한 스케일, 일상성에의 집착, 상업주의화 등 90년대 문학이 지닌 문제점들은 일차적으로는 90년대 작가군들의 책임이지만 그동안 그러한 문제점들을 감지하면서도 다른 질적 성격을 지닌 작품들을 생산해 내지 못한 이전 세대 작가들도 그 책임에서 자유로웠다고 할 수는 없다. 이렇게 볼 때 최근에 감지되고 있는 이러한 활력은 이러한 90년대적 무기력에 대한 작가적 반성이 시작되었음을, 그리고 무엇보다 그런 반성을 강제하는 어떤 새로운 시대적 추세가 목하 꿈틀거리고 있음을 시사한다.

새로운 세기의 민족문학을 말하려면 비평가들이 그동안 자의반타의반으로 저질러 온 직무유기를 청산하고 이러한 당대 문학의 변동을 파악하는 통시적 감각과 그 다양한 스펙트럼과 각각의 질적 차별성을 면밀히 읽어내는 공시적 감각을 견지하는 것이 필요하다. 각각의 작가, 작품들이 지니는 고유한 계급·계층·성·세대·지역별 정체성의

---

21 80년대 작가군들 — 이를테면 김영현, 김남일, 정도상, 방현석, 정화진, 김한수 등 — 이 아직 제 자리로 돌아오지 못한 것이 아쉽지만, 『지상의 숟가락 하나』의 현기영, 『슬픈 시간의 기억』의 김원일, 『내 몸은 너무 오래 서 있거나 걸어왔다』의 이문구, 그리고 무엇보다도 『오래된 정원』과 『손님』으로 확고하게 다시 돌아온 황석영 등 이제 60대 전후에 도달한 70년대 작가들이 만들어내고 있는 묵직한 분위기는 기왕의 90년대 문학이 지니고 있는, 양적 풍성함과 개성적 문제의식에도 불구하고 어딘가 가볍고 모자란 듯한 흐름에 하나의 무거운 추를 매달아 드리워주고 있는 것으로 보인다.

성격과 차이, 그로 인한 그들의 세계관의 차이와 미의식과 방법의 차이를 두루 명료하게 규명하는 작업을 통해 민족문학의 지형도를 다시 그려야 하는 것이다. 지금 단계에서 무엇보다 피해야 할 것은 섣부른 위계화와 그에 수반되기 마련인 선택과 배제의 논리이다. 대신 선행되어야 할 것은 온갖 '차이들'과 '변화들'의 확인 작업이며, 민족문학론은 이러한 새로운 문학적 실체들에 대한 광범한 확인과 해석을 통해 민족문학의 상을 재구성해야 하는 과제에 직면해 있다. 물론 이 과제는 우리 비평이 현재의 지리멸렬하게 파편화된 무기력한 상태를 벗어나 당대의 문학은 물론 세계 전반에 대한 통찰력을 회복하지 못하면 이루어질 수 없는 과제이다.

5. 민족문학사의 당위성과 가능성

모든 '민족문학사' 또는 '국문학사'는 곧 근대문학사이다. 문학사에 '민족'이나 '국' 또는 '한국', '조선'이라는 말을 붙일 때 그것은 민족 혹은 국가로서의 한국, 조선의 형성이라는 관점, 즉 근대민족국가의 형성이라는 관점에서 문학사를 구성하겠다는 의지의 표현이다. 이는 거꾸로 말하면 문학사를 통해 이 근대민족국가 형성의 필연적 과정을 추인받겠다는 강한 연역의지의 표현이기도 하다. 그러니까 모든 민족문학사는, 그것이 고대를 다루고 있다고 해도 근대문학사이며, 그 안에는 근대에 대한 나름대로의 규정과 입장이 들어 있다. 민족문학사를 쓰는 일은 문학적 사실들의 구성을 통해 근대를 이해하고 전유하며 때로는 근대와 싸우는 일이다. 지금 우리가 민족문학사를 다시 써야 한다면 그것은 근대를 재정리해야 한다는 뜻이 되는 것이며, 민족문학사가 다시 쓰여질 수 있다면 그것은 그 근대에 대한 새로운 관점에서의 재정리가 상대적으로 일단 이루어져 있다는 뜻이 된다. 지금은 과연 민족문학사를 써야 할 시점인가, 아니면 쓸 수 있는 시점인가?

돌이켜 보면 '문학사'라는 것이 쓰여지기 시작한 시점도 그리 오래 된 것이 아니고, 그 성과란 것도 그리 많은 것이 아니다. 우선 통사로는 '종(倧)과 협화(協和)'라는, 국수와 외래사상문물과의 상호작용을 근간으로 하는 진화론적 역사인식에 기초한 국학파 안확의 『조선문학사』(1922), 계급적 역사인식에 기초한 마르크시스트 이명선의 『조선문학사』(1948), 그리고 일종의 민족유기체론과 실증주의를 결합한 신민족주의사관에 기초한 조윤제의 『국문학사』(1949)와 이후 거의 40년을 격하여 산출된 내재적 발전론에 입각한 조동일의 『한국문학통사』(1982~1988) 등이 있고 근대문학사 작업으로는 이식문학사로서의 신문학사의 성격을 규명하고자 한 임화의 『개설신문학사』(1939), 임화적 이식사관의 속류적 형태인 사조사적 관점으로 근대문학사를 재구성한 백철의 『조선 신문학사조사』(1948~1949), 냉전시대 남한 주류문학의 정통성에 대한 문학사적 추인작업인 조연현의 『한국현대문학사』(1956), 내재적 발전론이라는 역사의식과 구조주의적 문학관이 착종된 김현, 김윤식의 『한국문학사』(1972), 그리고 80년대 민족문학론의 근대문학사적 투사물이라고 할 수 있는 김재용 등의 『한국근대민족문학사』(1993) 등이 있다.

이러한 기왕의 문학사 작업들을 일관되게 추동한 것은 그것이 통사건 근대문학사건 관계없이 '근대라는 압도적 조건에 어떻게 대응할 것인가' 하는 물음이었다고 할 수 있다. 그 대답은 거칠게 윤곽을 그린다면 국수(國粹)의 보전이라는 민족주의적 방향으로(안확, 조윤제), 보편적 역사법칙에의 의탁이라는 방향으로(이명선), 이식된 것의 내면화라는 방향으로(임화), 내재적 계기들의 우선화라는 방향으로(김현 · 김윤식, 조동일), 반제 반봉건 민족민중운동에 기대는 방향으로(김재용), 그리고 탈역사적 보편주의의 방향으로(조연현) 다양하게 이루어졌던 것이다.

다시 말하면 이 기왕의 문학사 작업들은 나름대로 '근대와의 주체적 긴장'의 소산이었던 것인데 이 소산들이 그들 나름의 긴장과 대결들에도 불구하고 지금 우리 눈앞에서 다시 자기갱신과 발전을 통해 망망하게 전개되어 가는 '낡고도 새로운 근대'를 끝내 온전히 포착해내지 못했다는 데에 문제가 있는 것이다. 결국 근대는 다시 포착되고 극복되어야 하고, '민족문학사'는 다시 쓰여져야 하며, 다시 쓰여지는 민족문학사는 이러한 다양한 '근대적 긴장'의 소산들을 딛고 넘어선 곳에서 시작되지 않으면 안 되는 것이다. 그러면 그러한 새로운 민족문학사는 과연 쓰여질 수 있는가?

최근 제출되어 있는 이른바 '이식론과 내재적 발전론을 넘어서', '근대성의 쟁취와 근대의 철폐'라는 두 개의 상호 밀접하게 관련되어 있는 슬로건[22]은 아마도 이러한 기왕의 '근대적 긴장'들을 전향적으로 집약

---

[22] 이 두 개의 유명한 슬로건은 각각 최원식의 두 개의 글 「이식론과 내재적 발전론을 넘어서」(『창작과비평』, 1993 가을)와 「한국문학의 근대성을 다시 생각한다」(민족문학사연구소 심포지엄 '민족문학과 근대성', 1994.5)에서 선명하게 제시된 바 있다.

해 놓은 것이라고 할 수 있을 것이다. 이 두 개의 슬로건은 확실히 '식민지적 근대'라는 특수한 형태로 근대를 경험했고 지금은 그렇게 각인된 근대를 자각적으로 지양해야 할 시점에 놓여 있는 우리 민족 구성원들이 자신의 물질적·정신적 삶의 운동적 지향점으로서 설정해도 좋을 만한 것들이라고 할 수 있으며, 따라서 '민족문학'의, 그리고 '민족문학사'의 현재적 화두로서 강한 유효성을 지니고 있다고 할 수 있다. 그러니까 '쓰여져야 할' 새로운 민족문학사는 이 화두를 자기 것으로 함으로써 '쓰여질 수 있는' 출발점에 놓여지게 된 것이라고 할 수 있다.

　그러나 이 두 개의 슬로건에 대해서는 약간의 보완적 문제 제기가 필요하다. 이 슬로건들에는 여전히 선형적 추종대상으로서의 근대(성)에 대한 강박이 깃들어 있다는 점을 부인할 수 없다. 이식론과 내재적 발전론을 넘어선다는 말은 근대가 불변의 외재적 소여로서 타율적으로 강제된 것으로 인식되어서도, 그렇다고 보편적 역사발전법칙에 의해 내재적으로, 또 자동적으로 구현되는 것으로 인식되어서도 안 된다는 것으로 외적 작용과 내적 형성의 변증법을 올바로 파악하자는 뜻일 텐데, 그럼에도 거기엔 '근대의 이행'이라는 불변의 전제가 가로놓여 있다. 또한 근대성을 쟁취하면서 근대를 철폐한다는 이중과제(double project)도 탈근대적 열망을 강하게 표출하고 있지만, 근대를 '통과해야 할 어떤 것'으로 전제하고 있다는 점에선 마찬가지이다. 이 점이 이 슬로건들의 아킬레스건이 된다.

　문제는 이렇게 이행되어야 하고 쟁취되어야 할 것으로 전제하고 있는 '근대' 혹은 '근대성'이라는 것이 무엇인가 하는 데에 있다. 그것이 서구 자본주의 제국에 의해서는 이미 선취된 어떤 것, 그리하여 그들을 추종하고 답습함으로써만 얻어질 수 있는 어떤 것이라면, 이것을 쟁취 혹은 완성한다는 것은 지금 그들이 빠져있는 딜레마 역시 그대로 답습할 수밖에 없다는 의미가 된다. 만일 이른바 근대이성의 합리적 기획과 계몽성을 포함한 근대성 일반이 파괴와 재앙으로 귀결될 수밖에 없는 것이라면 처음부터 이러한 근대의 이행, 근대성의 완성 혹은 쟁취라는 길은 선택되어서는 안 되는 길이다.

그렇다면 차라리 해체적 탈근대의 길이 올바른 선택이 될 수 있을 것이다. 하지만 이러한 탈근대적 지향성 역시 이를테면 사회주의적 기획이 그랬듯 사실상 탈근대의 영역에 있는 것이 아니라 근대의 영역 속에 사로잡혀 있는 것일 수도 있다. 자유주의 혹은 변형된 자연주의[23]라고 할 수 있는 이런 탈근대적 경향들이야말로 자본주의적 근대운동의 한 매개로서 기능하고 있지 않다는 보장은 없다. 이 문제에 관해 지금 어떤 결론을 낼 수 있는 처지는 아니지만, 어쨌거나 이상과 같은 문제들을 다시 과제화하여 어떤 제3의 전망을 현실화하는 기획으로 연결되지 않는 한, 이 슬로건은 하나의 수사학적 궤변으로 떨어지게 된다.

또 하나, 이 슬로건에는 이 근대 이행(쟁취), 근대 극복(철폐) 과정에 문제의 분단체제 극복문제가 어떻게 관련되는가에 대한 성찰이 아직 불충분하다는 문제점이 있다. 이 슬로건을 중심으로 생각할 때, 남북

---

[23] 여기서 자연주의는 형이상학, 도덕, 이성 등의 세계에 대한 해석적 지배를 거부하고 거꾸로 자연상태의 충동과 의지를 더 중시하는 니체적 세계관을 말한다. 니체는 이렇게 말한 바 있다. "인간을 자연으로 환원시키는 것, 이제까지 **자연 그대로의 인간**이라는 영원한 본바탕 위에 칠해지고 휘갈겨져 온 공허하고 몽상적인 해석이나 함축을 극복하는 것 ……, 이것이야말로 이루어져야 할 **진정한 과제**이다." 니체, 김훈 역, 『선악을 넘어서』, 청·하, 1982, 168면.

양체제에는 심각한 차별성과 불균등성과 시간차가 존재한다. 이 역시 심각한 고려의 대상이 되어야 한다.

지금 새로운 '민족문학사'를 준비하는 일은, 앞서 고찰했듯 구래의 일국적 정체성에 긴박되어 있으며 동시에 분단체제에 고착되어 있는 '민족'을 새로운 성격의 물질적 실체성에 상응하는, 즉 일국적 제약을 지니고 있으면서도 동시에 세계체제 속으로 해방-재긴박되는, 그러면서 분단체제를 극복해 나가는 실체적 작동단위로서 재규정해 나가는 작업과 함께, 그러한 '민족'단위의 작동이 근대(性)와 탈근대 사이를 종단하는가, 아니면 횡단하는가 하는 지혜로운 선택의 작업까지도 포괄하는 지극히 복잡하고 어려운 일이며, 그것은 민족문학사 이전에 우선 당면한 민족문학론의 일이다. 아니 정확히 말하면 민족문학사는 민족문학론과 이런 과제들을 이행하는 과정에서 동시적으로 구성되는 것이라고 할 수 있다.

그리고 새로운 '민족문학사' 구성 작업은 이러한 난제를 앞에 두고 있는 한, 지금의 민족문학론이 그렇듯 아직은 당분간 해석의 단계에 있을 수밖에 없다는 생각이다. 총체성을 온전히 갖춘 문학사 서술은 대단히 높은 수준의 이론적 실천 작업이며 하나의 모험이기도 하다. 과거의 우리 문학의 모든 자취들을 '이식론과 내재적 발전론을 넘어', 근대와 탈근대의 긴장이라는 커다란 정신사적 장(場) 속에서 재해석해 내는 일만으로도 당분간 우리 '문학사' 작업은 각론적 차원에 머무를 수밖에 없을 것이다. 우선은 그동안 반복적으로 성마르게 구축되어 온 '중심과 위계'에 의해 배제되고 방치되었던 수많은 '다른 것들'을 발견해서 해석하고 이러한 '다른 것들' 사이의 부단한 상호작용과 모색의 관계틀로서 역사를 폭넓게 받아들이는 방법적 해체의 작업이 선행되어야 한다고 생각된다. 그리고 그 결론으로서의 민족문학사가 '중심과 위계의 역사'가 될지 아니면 자유롭게 발산하는 '차이들의 역사'가 될지조차도 열어두는 자세가 필요할지 모른다.

문학사 서술은 불가능한가

정치적 실천으로서의 민족문학사/쓰기

....

1. 민족문학사의 곤경과 소망

문학연구자들에게 문학사 쓰기는 일종의 '필생의 과제'라고 할 수 있다. 문학사를 쓰는 일은 문학연구자의 과거 문학 텍스트들에 대한 충분한 섭렵과 비평적 통찰, 연구사적 감각과 독자적 방법론은 물론 자기 당대의 역사철학적 과제와 그 해결방안에 대한 독자적 입장까지 다아우러져야 하는 총체적 작업으로서 그에 걸맞은 내공의 숙성이 필수적이기 때문이다. 게다가 수많은 문학연구자가 있지만 문학사에 도전하는 연구자가 극히 소수인 것은, 그것이 단지 이러한 내공과 능력만을 요구하는 것이 아니라 의지 혹은 욕망의 크기 또한 요구하는 작업이기 때문이기도 하다. 좋게 말하면 이른바 '총체적 세계해석 혹은 변혁'에 대한 의지이고, 좀 나쁘게 말하면 자기 시대에 대하여 지적 지배력을 행사하고자 하는 해석권력 획득의 욕망이다. 이는 멀리 임화의 '신문학사', 조윤제의 『조선문학사』, 조연현의 『한국현대문학사』, 김윤식·김현의 『한국문학사』를 거쳐 조동일의 『한국문학통사』에 이르기까지 주목할 만한 한국문학사 저술들에 두루 해당될 것이다.

그런데 언제부터인가 이런 의지와 욕망에 의해 추동된 문학사 서술을 보기 힘들어졌다. 전근대문학과 근대문학을 아우른 통사를 기준으로 하면 조동일의 야심작 『한국문학통사』(지식산업사) 전 6권 초판이 완간된 것이 1988년이므로 벌써 22년의 세월이 흘렀고, 비록 온전한 통사는 아니지만 '민족문학'이라는 기준을 두드러지게 관철시킨 민족문학사연구소 편 『민족문학사강좌』 상/하권(창비)이 발간된 1995년을 기준으로 하더라도 15년이 흘렀다. 근대문학사만으로 한정하더라도 사정은 별반 다르지 않다. 하정일, 김재용, 이상경, 오성호 등 4명의 소장 연구자들이 1993년에 펴낸 80년대 민족민중운동의 그림자가 짙게 투영된 『한국근대민족문학사』(한길사) 이후 이런 의지와 욕망의 기획으로서의 문학사 쓰기는 자취를 찾아보기 힘들어졌다.[1] 이것이 문학연구자들의 의지와 욕망의 약화 혹은 결여라는 주관적 문제에서 오는 것인지, 아니면 주관적 의지와 욕망과 무관한 어떤 외적 장애의 존재라는 객관적 문제에서 오는 것인지 또는 그 양자 모두에서 오는 것인지 헤

---

1 이것이 문학사 쓰기 전반이 중단되었음을 뜻하는 것은 아니다. 그동안에도 권영민의 『한국현대문학사』 1·2권을 비롯한 교양으로서의 문학사, 교재로서의 문학사 쓰기 작업은 지속적으로 존재해 왔다.

아려 볼 필요가 있다.

　2000년대 벽두에 여러 연구자들이 역시 고전과 현대를 아우르는 '한국문학사대계'의 공동편찬에 합의하고 그 기획에 착수한 바 있지만 결국 본 집필로는 결실을 맺지 못하고 단지 그 준비를 위한 심포지엄에서의 논의들만을 『한국문학사 어떻게 쓸 것인가』라는 한 권의 책으로 남긴 바 있으며,[2] 바로 작년인 2009년에 민족문학사연구소가 1995년판 『민족문학사강좌』의 전면 개정판격인 『새 민족문학사강좌』 1·2권(창비)을 어렵게 간행한 바 있다.[3] 하나는 실패했고 하나는 가까스로 성공했지만 이 두 개의 문학사 기획은 지금 한국문학사를 쓰는 일이 처한 어떤 곤경을 방증하는 좋은 예가 되고 있다.

　『한국문학사 어떻게 쓸 것인가』를 들여다보면 '한국문학사대계'라는 기획에 대한 연구자들의 기본적인 생각에 적지 않은 균열이 있었음을 금방 알아볼 수 있다. 이데올로기 편향에 대한 경계라는 전제에도 불구하고 "사회비판적인 리얼리즘과 민족현실에 대한 문제제기적인 민족문학이 존재할 이유"를 역설하면서 이 문학사의 기본방향이 "인간해방이나 인간다운 삶의 실현 같은 진보적 이념의 바탕 위에 뿌리박고 있어야" 하며 "그런 최선의 이념적 바탕 위에 모더니즘이나 포스트모더니즘의 유효한 성과들도 적극 수용하는 시각이 필요하다"는 입장[4] 및 "궁극적으로 문학사란 민족문학사적 관점과 평가일 수밖에 없으며, 민족문학사의 충분조건은 국민대중의 정서에 공감대를 확대·심화시

2　이선영 외, 토지문화재단 편, 『한국문학사 어떻게 쓸 것인가』, 한길사, 2001.
3　민족문학사연구소 편, 『새 민족문학사강좌』 1·2, 창비, 2009.
4　이선영, 「한국문학사대계 편찬의 기본시각」, 『한국문학사 어떻게 쓸 것인가』, 한길사, 2001, 24~25면.

켜 국민적 일체감을 형성할 수 있는 미학적 성취"라고 보는 입장[5]과 문학사라는 인식의 틀이 "근대적 문학관에 의거해서, 민족주의라는 토양에서 만들어진 정신적 구조물"이라는 점을 인정하고 이 근대주의와 민족주의의 문제점을 어떻게 극복할 것인가를 사유하는 입장[6] 사이에서도 적지 않은 관점의 차이가 엿보이는 것은 물론이고, 나아가 "문학사가 태생적으로 안고 있는 근대주의적 틀, 곧 근대·민족·언어(문학)를 '삼위일체'로 신봉하는 인식론적 구도"의 전복과 "체계와 종합의 욕구에서 벗어나 체계를 과감하게 열어놓음으로써 다양한 지층과 흐름들이 자유분방하게 뛰어놀 수 있는 틈새들을 만드는 것"을 요구하는 입장[7]에 이르러서는 과연 이들이 한데 모여서 어떤 '통사적 대계'를 만들 수 있을까 하는 생각이 들지 않을 수 없다. 문학사의 체계와 방법을 논의하기 전에 문학사라는 담론틀 자체에 대한 회의와 동요가 앞서고 있기 때문이다.

민족문학사연구소가 펴낸 『새 민족문학사강좌』에도 이러한 균열이 드러나고 있다. 책의 서문을 보면 "민족주의와 내재적 발전론을 좀 더 온전하게 극복"하기 위해 "민족 이외의 가치를 반영한 문학들에도 적절한 위상을 부여하여 한국문학사가 다양한 가치들이 소통하고 경쟁한 역동적 과정이었음"을 밝히고, 내재적 발전론의 "폐쇄성과 자기중심주의"를 넘어서겠다고 하면서도 "개아적(個我的) 인식주체가 민족적 자아에 일치하기를 노력"해야 한다는 첨언을 하고 있다.[8] 개아와 민족

---

5   임헌영, 「한국 현대문학사 서술방법론」, 위의 책, 202면.
6   임형택, 「한국문학사 서술방향과 체계」, 위의 책, 27~32면.
7   고미숙, 「고전문학사 시대구분에 관한 몇 가지 제언」, 위의 책, 120~121면.
8   김시업, 「책을 펴내며」, 『새 민족문학사강좌』 2, 창비, 2009, 7~8면.

적 자아의 일치라는 입장을 가지고 민족 이외의 가치를 반영한 문학에 적절한 위상을 부여한다는 일에 내재된 모순성을 이 서문의 필자도 모를 일이 없지만 만일 그 차이를 고집했을 경우 아마도 이 책을 펴내는 일 자체가 불가능했을 것이다.[9] 그리고 이 책의 완성은 이 책의 기본 체제가 오히려 수십 명에 달하는 필자가 각각 한 시기, 한 테마를 집필하는 분산적 형식이었기 때문에 가능했을 것이다. 이 책은 결과적으로 14년 전의 '전신'이 보여준 구심적 견고함과는 달리 '민족문학'과 '탈(비)민족문학', '근대성'과 '탈근대성'이 충돌하며 혼재하는 분열적이고 원심적인, 문제적 텍스트가 되었다.

이 두 개의 의욕적인 문학사 기획이 보여준 이러한 난관과 곤경은 연구자들의 주관적 의지나 욕망의 결여에서 온 것이라고도, 어떤 불가피한 일시적 장애에서 온 것이라고도 할 수 없다. 그것은 연구자 개인들의 의욕이나 일시적인 연구사적 장애 같은 것을 넘어선 세계(史)의 변동과 그에 따른 인식론적 패러다임의 변동에서 기인한 것이라고 할 수 있다. 그렇다면 도대체 어떤 거시적 변동이 그토록 견고한 것으로 보였던 '민족문학사'의 지반을 흔들어 놓았던 것일까?

서구에서는 60년대에 형성되어 68혁명을 계기로 좀 더 급진화된 것으로 알려진 탈근대적 사유들이 한국의 지식계에 도착한 것은 1990년대 이후였다. 대체로 1960년대 이래 그 이전까지 서구사상사를 지배해

---

9   한 연구자는 이 책의 딜레마가 '민족의 입장에서 자기 중심주의를 극복한다'는 모순적 태도에서 온다고 본다. 허병식, 「한국문학사 서술의 정치적 무의식」, 한국근대문학회 2009 하반기 학술대회 '한국 근대문학사의 새로운 가능성' 자료집, 2009.12.12, 67~68면.

왔던 형이상학적 사유들과 그 사유에 기초하여 구축된 근대성 혹은 근대주의 일반을 하나의 거대한 역사적 추문으로 만들어버린 푸코, 들뢰즈, 라캉, 데리다 등 일군의 유럽 지식인들의 사유가 지난 두 연대 동안 한국 지식계와 문화계에 끼친 영향은 대단히 큰 것이었다. 그들의 사유는, 거칠게 정리하면 플라톤 이래 서구사회를 지배해 왔던 형이상학적 사유들이 그 전체주의적, 일원론적, 역사주의적 교조성으로 인해 결과적으로 근대를 인류사 최선의 시대로 인식하게끔 했다는 것, 그러나 근대가 지닌 미증유의 해악은 그것이 원래의 선한 합리성을 배신한 '도구적 합리성'이라는 변종의 발생 때문이 아니라, 바로 그 합리성, 혹은 합리적 사유 자체에서 비롯된 것이며, 그 합리성의 신화는 곧 서구 주류사상사의 자연스러운 산물이었다는 것에 대한 통렬한 비판 위에서 시작되었다.

이는 이성의 시대라고 하는 근대사회가 인류사상 가장 야만적인 자본주의 시스템을 낳았고, 또 그 자본주의 시스템을 극복하고자 했던 또 다른 대안적 이성의 산물인 마르크시즘과 그 현실태인 사회주의적 기획들 역시 그 이성신화의 그늘에서 타락과 또 다른 야만을 면치 못했다는 서구 지성사의 뼈아픈 반성의 결과였다. 이러한 서구발 탈근대 담론은 20년 정도의 시간차를 거쳐 한국에 도착했고 수년의 조정기를 지나면서 한국의 지식계와 문화계에 본격적인 영향력을 행사하기 시작했다.[10]

---

10 서구발 탈근대담론들이 한국에 도착하는 데 왜 30년의 시간차가 발생했는가, 또 왜 90년대 이후에야 본격적인 영향력이 발생하게 되었는가 하는 문제는 단순히 담론의 수입 가공에 걸리는 시간차의 문제로 해석될 수 없으며, 그 30년 동안의 한국사회와

1990년대 초반까지만 해도 이른바 '통일된 자주적 근대민족국가의 건설'은 한국사회의 변혁을 지향하는 사람들에게는 광범하게 지지되던 일반적 과제의 지위를 유지하고 있었다.[11] 주체적으로 '근대'를 쟁취하지 못하고 식민화라는 방식으로밖에는 근대를 받아들일 수 없었던 한국인들에게 '근대성'의 실현, 혹은 '근대 따라잡기'는 간절한 집단적 비원이었으며, 일본에 이어 미국에 이르기까지 제국주의, 혹은 제국의 지배에 의해 민족적 주체성의 훼손을 경험하고 심지어 민족과 국토의 분단을 감내할 수밖에 없었던 한국인들에게 '민족'을 구하고 자주적인 통일민족국가를 세우는 일은 다른 무엇보다 우선하는 최고의 과제가 아닐 수 없었다. 그리하여 한국사의 경험 속에서 근대민족국가를 수립할 내적 동력을 찾아내어(내재적 발전론) '세계사적 보편'에 한국사적 특수를 접합시키고, 자본주의의 성숙(혹은 사회주의의 실현)이라는 물적 토대와 근대 제도와 규범 등 상부구조들을 최대한 빨리 수용·접합하는 것은 그를 위한 최선의 기초작업으로 받아들여졌던 것이다.

그런데 그토록 따라잡기를 열망했던 '근대'가 사실은 인류에게 치명적인 재앙이거나 저주였다는 것, '민족'도 '국가'도 오래 전부터 존재했던 선험적 공동체가 아니라 사실은 자본주의 시스템의 하위 발명품이었다는 것, 뿐만 아니라 그 '민족'과 '국가'의 이름 아래 수많은 전쟁과

지식계가 겪은 특수한 역사적 상황에 대한 별도의 고찰을 필요로 한다. 그리고 그 특수한 역사적 상황이야말로 서구발 탈근대담론의 한국적 이식에 수반되는 '특수한 차이'를 낳게 되며 이 차이를 어떻게 보는가에 따라 한국에서의 탈근대담론들의 운명(?)이 좌우된다. 이와 관련해서는 뒤에 다시 논하고자 한다.

11 물론 그중에는 노골적이거나 암묵적으로 사회주의사회의 건설을 지향하는 흐름이 있었지만 그런 흐름들조차도 일종의 '전선적 사유' 원리에 의해 이 과제에 대해 본격적 시비를 걸지는 않았었다.

침략과 살육과 식민과 억압과 차별과 배척이 자행되고 또 합리화되었다는 것이 논증되고 웅변되어, 끝날 것 같지 않은 근대의 피로 속을 허우적거리던 많은 사람들에게 공감을 불러일으키게 되자 이 근대적 민족국가 건설이라는 과제 역시 또 하나의 추문으로 전락할 지경에 이르게 되었다. 그뿐만이 아니다. '근대'와 '민족'의 이름으로 호명되어 정당화되거나 자명성을 얻어 왔던 모든 개념과 관점, 아비투스와 이데올로기들이 하나하나 재호명되어 그것들의 상당수가 사실은 근대시스템의 '발명품'들이거나 근대시스템에 의해 재전유된 것들이라는 사실이 폭로되었다. 이 글이 문제 삼고 있는 '문학사'의 기저를 이루는 '근대', '민족'이라는 개념은 물론 '문학', '역사'라는 개념들조차 전부 근대적 자명성의 성채에서 탈근대의 법정으로 끌려나오게 되었음은 물론이다.

우리에게 자명한 '상상력의 산물로서 일정한 미적 규율을 통과한 언어예술작품'으로서의 문학이라는 개념이 사실은 아놀드와 리비스 등에 의해 성립된 19세기 '영문학'의 소산이며 거기에는 문학을 부르주아지의 탐욕과 프롤레타리아트의 반란을 공히 견제하는 일종의 유사종교로 만들고자 한 영국 소부르주아 비평가들의 근대기획 혹은 이데올로기가 내재되어 있다는 것,[12] 또한 소설을 중심으로 한 근대 국민(민족)문학이 근대주체들에게 최적의 계몽서사체임은 물론 국어(국민공용어)의 형성에 일조하여 '국민(국가)만들기'에 다대한 기여를 했고 그럼으로써 대표적 근대예술로 자리매김 되었다는 것 등은 이제 별로 새로울 것도 없는 상식이 되어 버렸다.

---

12 테리 이글턴, 김명환 외역, 『문학이론입문』, 창작사, 1986, 제1장 '영문학 연구의 발흥' 참조.

'역사'라는 개념 역시 위기에 처하기는 마찬가지다. 우리에게 익숙했던, 시간적으로 선형적이고 공간적으로 총체적이며 형이상학적으로 목적론적이고 발전론적이면서 자기완결적인 보편 역사, 이른바 '대문자 역사' ─신의 의지, 절대정신, 생산력 발전, 혹은 민족혼 등에 의해 추동되고 예정된─ 라는 관념은 이제 더 이상 환영받지 못하는 낡은 관념이 되어 버렸다. 왜냐하면 그러한 역사관 혹은 역사서술에는 필연적으로 폭력적인 선택과 배제와 억압의 논리가 작동하게 되고 그리고 그것은 곧 위계와 차별을 근저로 하는 근대성의 논리를 반복적으로 강화시키는 일이 되기 때문이다. 또한 그러한 역사관은 19세기의 서구세계를 필두로 국민국가들이 등장하면서 국민국가의 통합을 위해 과거를 상상된 국민적 기억의 집적물로 재구성하는 작업으로, 즉 배타적 국민국가들의 민족사 만들기로 현실화되었는데 그것은 제국-식민의 근대세계사의 토대가 됨으로 인해 오늘날 더욱 더 환영받지 못하는 역사관이 되었다. 그리하여 이제는 배제되고 억압된 것들의 역사, 소수자들의 역사, 기억의 역사, 복수의 역사, 우연의 역사 등 이러한 근대적 대문자 역사관에 포섭되지 않는 '소문자 역사들의 탈주'가 성황을 이루고 있는 것이다.

그러므로 이상 두 개의 낡은 개념의 조합에 의해 지탱되어 온 '문학사'라는 개념 역시 '물에 빠진 개' 신세가 될 수밖에 없다. 문학사라는 것은 극단적으로 말하면 근대 국민국가의 부르주아 지배권력이 문학이라는 이데올로기 형태를 매개로 자기들의 권력을 역사적으로 재구성하고 정당화한 '민족문학사'라는 이름의 상상의 서사에 불과한 것이기 때문이다. 그 국민국가가 제국인가 식민지인가는 부차적인 차이일 뿐이며 '민족문학사'는 같은 형태로 반복될 뿐이다. 이러한 인식이 확산되고 있는 현실에서 주체의 의지와 욕망으로서의 '문학사 쓰기'는 근본적인 난관에 봉착하지 않을 수 없는 것이다.

그렇다면 이제 '민족문학사 쓰기'는 하나의 근대적 미망이 되어 버린 것일까? 그렇게 볼 수는 없다. 민족문학사 쓰기는 '그럼에도 불구하고' 하나의 현재적 과제로 여전히 우리 앞에 있다. 그토록 많은 탈근대적 사유와 담론들에 의한 타매와 조롱 앞에서도 '민족국가들'과 그에 기초한 근대세계체제(질서)는 여전히 의연하게 현실적으로 작동하고 있다. 아무리 그 기원을 고고학적으로 탐색하여 폭로하여도, 그 권위와 아우라를 추문으로 만들어 버려도 자본주의 시스템이 엄존하는 한, 근대성은 여전히 우리들의 내면과 민족국가의 내부에서 작동하는 제1 원리이다. 근대에 대한 환멸과 우상파괴가 곧 근대의 물리적 극복은 아니기 때문이다. 우리의 머리는 근대 바깥에 있어도(과연 그런지도 따져봐야 하지만) '몸'은 여전히 근대 내부에 사로잡혀 있다. 그렇기 때문에 근대의 물리적 기본단위인 자본주의적 민족국가라는 현실조건을 물리적으로 극복하지 않고서는 근대로부터의 탈출도 근대의 전복도 불가능하다. 이런 상황에서 탈주적 사유만큼이나 주목받지 않으면 안 되는 것이 '내파(內破)적 실천'이다. 근대민족국가는 설사 그 기원에서는 상상된 것이라 할지라도 현실에서는 완강한 물리적 실체이며 그것의 극복은 물질적 저항으로서만, 즉 정치적 투쟁을 통해서만, 나아가 그 전복적 재전유를 통한 해체작업을 통해서만 가능하다. 따라서 그 기원을 은폐하고 자기동일성을 옹호하는 나르시시즘적 민족(문학)사/쓰기가 아니라 그 기원과 바깥을 성찰하면서 이루어지는 내파적 글쓰기로서의 민족(문학)사/쓰기는 유효하고 필요하며, 또 가능하지 않으면 안 된다. 이제 그 필요성과 유효성과 가능성을 따져 볼 차례이다.

2. 세 층위의 역사/쓰기의 가능성에 대한 모색

1) 총체적 역사/쓰기

앞에서도 잠깐 언급했듯이 '시간적으로 선형적이고, 공간적으로 총체적이며, 형이상학적으로 목적론적이고 발전론적이면서 자기완결적인 보편 역사'에 대한 환멸과 거부 역시 하나의 유행을 넘어 새로운 지적 관습이 되어간다고 할 수 있다. 그렇다면 역사는 그 반대로 비선형적이고 분산적이며 무목적적이며 그 어떤 완결성도 갖지 않는 것인가? 만일 그렇다면 그것은 '역사'라고 불릴 수 없을 것이다. 그런 역사는 인간에게는 무의미한 상태로 그냥 널려져 있는 사건들의 무덤이며 지나간 시간들의 파편에 불과한 것이기 때문이다. 역사란 곧 역사/쓰기이다. 인간이 지나간 시간의 특정한 도막들을 역사로서 의식한다는 것은 그 순간에 어떤 인과관계와 내력을 인식한다는 것이고 그것은 곧 주체의 욕망과 의지에 의해 분절되거나 접합된 시작과 끝, 원인과 결과가 있는 이야기(narrative)를 구성한다는 것을 의미한다. 그러므로 실재했던 역사적 사실들이 필연의 연쇄로 이루어진 직선적이고 '적분적인'[13] 발전의 과정이거나 산물인지, 아니면 우연과 비약의 과정이자 산물인지는 아무도 알 수가 없다. 그러한 판단들에는 각각 너무나 많은 입증과 반증이 가능하며 어쩌면 애초부터 그 판단들은 처음부터 실험되거나 논증된 것이 아니라 주체의 욕망에 따라 구성된 것이기 때문에 진위판단의 대상이 될 수가 없는 것인지도 모른다. 중요한 것은 역사라는 내러티브를 구성하는 주체의 인식론적 자리이다.

지금은 분명히 근대성에 대한 환멸과 탈근대적 인식론들의 편만에 의해 근대적인 발전론적 역사인식이 열세에 놓여 있는 상황이다. 하지만 역사를 '절대정신의 자기소외'(헤겔)나 '생산력과 생산관계의 변증법적 발전'(마르크스)로 보는 인식이 틀렸다거나, 반대로 역사를 우연과 비약, 돌발 혹은 이탈(클리나멘), 혹은 수목적인 것이 아닌 리좀적인 것으로 보는 인식[14]이 더 정당하다고 말할 수는 없다. 헤겔과 마르크스의 역사인식이 기독교와 그리스 고전철학의 유구한 전통 위에 놓여 있는 것과 마찬가지로 후자의 역사인식들 역시 그 신선함에도 불구하고 서구정신사에서는 그리 낯설지 않은 아나키즘이나 니체를 비롯한 많은 '이단적 전통'과 이어져 있다고 할 수 있다. 그리고 다양성과 차이, 그리고 서로 다른 복수의 역사시간들의 각축[15]이라는 문제의식에 대체로 공감하지만 그것이 총체적 역사인식과 완전히 양립 불가능한 것도

---

13 이 표현은 한 논자가 "하나의 척도적인 직선을 따라 동질화되고 양화된 시간, 그리고 그러한 시간적 변화의 누적과 통합을 통해 정의되는 진보의 개념"을 한 마디로 요약하기 위해서 사용한 표현이다. 이진경, 『역사의 공간』, 휴머니스트, 2010, 119면.

14 위의 책 참조. 마르크스와 들뢰즈의 흥미로운 접합을 토대로 하여 독특한 역사인식을 피력하고 있는 이진경의 근작 『역사의 공간』에 대해서는 추후 고를 달리하는 비평적 언급의 기회를 가지고자 한다.

15 위의 책, 51면.

문학적 근대의 자의식

아니다. 총체적 역사인식, 다른 말로 변증법적 역사인식은 그 통합에의 강박이 문제라면 문제겠지만 그 이전에 기본적으로 다양성과 차이들과 그 주체성을 적극적으로 인정한다. 오히려 더 나아가 그 관계와 상호작용, 운동들에 주목한다는 점에서 여전히 전자의 인식들을 포섭하면서 넘어서는 측면이 있는 것이다.

문제는 존재론이 아니라 인식론이다. 존재가 필연인지 우연인지, 그 변화가 발전인지 비약인지는 누구도 단언할 수가 없다. 다만 특정한 상황적 조건에서 인식주체들의 존재론적 위상과 이데올로기적 지향에 따라 그 인식론적 지평이 달라질 뿐이다. 역사/쓰기는 특정 주체가 자신의 동일성, 혹은 주체성을 확인하기 위한 서사 욕망의 산물이다. 어떤 상황 속의 어떤 주체에게는 그것이 세계 전체를 설명하는 거시서사가 되고, 다른 상황 속의 다른 주체에게는 그것이 자기만의 고유한 시간을 설명하는 미시서사가 되는 것이다. 근대 시민계급이 세계를 장악했다고 생각했을 때 헤겔의 부르주아 근대국가는 절대정신의 정화가 될 수 있었고, 프롤레타리아트가 부르주아지에 대적할 가장 강력한 가능적 힘이었을 때 마르크스의 공산주의사회는 인류 최후의 유토피아가 될 수 있었으며, 부르주아지도 프롤레타리아트도 근대의 늪 속으로 가라앉게 되자 이제는 그 나머지의 온갖 하위주체들이 탈근대의 깃발 아래서 자기들의 해방의 서사를 써 나가게 되었다. 인식주체들의 각축과 승패에 따라 역사/쓰기는 가능할 수도 불가능할 수도 있는 것이다.

그런 관점에서 세계적 수준에서, 또 한국사회에서 역사를 포함한 모든 인식범주들 속에서 탈근대적 인식들의 대두라는 현상을 그 상황적 조건과 인식주체들의 존재론적 위상의 변화라는 맥락에서 검토해 볼

필요가 있다. 앞에서도 언급했듯이 서구에서 주요한 탈근대담론은
1960년대 이후 본격적으로 전개되었다.[16] 주지하다시피 1960년대의
세계는 2차 대전 이후, 즉 전후의 침체를 넘어서 고도소비사회 단계로
진입한 자본주의와, 관료주의와 전체주의로 더 이상 세계혁명의 기지
로서의 역동성을 상실한 현실사회주의로 양분되어 경쟁적으로 보수화
되어가고 있었고, 그 틈새를 뚫고 베트남전쟁과 중국의 문화혁명, 아
프리카 각국의 민족해방 등 아시아와 아프리카를 중심으로 한 제3세
계운동이 대두되던 시기였다.

이 시기 서구의 지식인사회는 자본주의의 왕성한 생명력과 사회주
의의 타락을 목도하며 서구적 근대에 대한 환멸로 가득했다고 할 수
있다. 그 환멸은 서구의 기존 주류사상 체계에 대한 심각한 회의와 함
께 국가나 계급정당 등 제도적 권력집단에 의한 인간해방에 대한 낡은
기대의 포기를 낳았다. 그 대신 그러한 권력집단으로부터 자유로운 시
민주체의 아래로부터의 자율적 투쟁에 대한 새로운 기대의 형성과 학
생청년, 여성, 다인종, 소수자, 조직화되지 못한 룸펜 프롤레타리아트,
그리고 제3세계 민중이라는 새로운 주체의 발견으로 이어졌다. 그것
은 곧 68혁명의 문화사적 동력으로 작용하기도 했다.

68혁명을 포함한 이러한 60년대 서구 지식/문화계의 근대체제로부
터의 탈주의 기획은 이처럼 근대 자본주의적 인간상과 또 다른 근대기
획으로서의 현실사회주의적 인간상 모두를 뛰어넘는 새로운 인간주체

16　『광기의 역사』(푸코, 1961), 『재생산』(부르디외, 1964), 『말과 사물』(푸코, 1966),
　　『논문집 *Écrits*』(라캉, 1966), 『그라마톨로지』(데리다, 1967), 『차이와 반복』(들뢰즈,
　　1969), 『지식의 고고학』(푸코, 1969) 등.

의 탄생과 그들에 의한 제3의 세계질서 건설을 도모했다는 점에서 그 의의가 크다고 할 수 있겠지만, 한편으로 거기에는 민족(국가)과 노동계급이라는 오랜 장애를 제거하려는 자본의 간계와, 근대성의 압도적 위력에 대한 지식인들의 공포와 패배의식이라는 어두운 그림자가 드리워져 있음을 간과할 수 없다. 이미 68혁명의 한 중간에 앙드레 말로가 이 혁명을 두고 "파괴 이외의 어떠한 것에서도 희망을 발견하지 못한" "검은 깃발을 든 (…중략…) 낡은 허무주의의 소생"이라고 말한 것처럼 이는 진보의 가치, 계몽주의의 가치가 모두 붕괴된 이후의 서구사회를 잠식해 가는 허무주의의 반영일 수 있으며,[17] 프랑스의 경우 특히 두드러졌던 자본의 자유로운 운동에 대한 민족국가와 노동자계급이라는 장애를 제거하여 자본과 개인 사이를 직결시키고자 했던 자본의 충동에 시민들이 개인의 회복이라는 명분 아래 성공적으로 동원된 사건이라고 할 수 있다.[18]

서구 탈근대 담론들의 이러한 양면적 기원은 1990년대 이래 한국의 지식인사회에서의 탈근대담론의 세찬 유입과 토착화(?)와 관련해서 좋은 시사를 제공해 준다. 한국사회는 서구사회가 본격적으로 근대의 피로에 노출되기 시작한 1960년대에 식민지와 전쟁을 빠져나와 권위주의적 군부엘리트들에 의해 본격적으로 근대적 자본주의 국민국가의 토대를 건설하는 길로 들어섰고, 1970년대를 지나면서 그 공정이 어느 정도 완성에 이르게 되자 그에 어울리는 상부구조, 즉 부르주아 민주

---

17 뤽 페리・알렝 르노, 구교찬 외역, 『68사상과 현대 프랑스철학』, 인간사랑, 1995, 80면.
18 Regis Debray, *Modeste Contribution aux cérémonies officielles du dixième anniversaire*, Maspero, 1978. 위의 책, 89~93면과 제2장의 미주 18(119면) 참조.

주의제도의 수립을 요구하게 되었다. 그리고 그것이 어느 정도 실현된 것이 바로 1980년대 후반의 일이었다. 하지만 이 과정은 단순히 한국이라는 민족국가 내부의 역학의 소산만은 아니었다. 70년대에 큰 위기를 맞은 세계자본주의는 전 세계적으로 국민국가적 장애들을 철폐함으로써 새로운 이윤획득의 활로를 열고자 했고 한국의 '민주화'는 신자유주의라는 이름의 이러한 새로운 세계자본기획의 추동에 힘입은 바가 컸다. 그러므로 민주화로 요약되는 87년체제라는 것은 사실은 신자유주의의 착근으로 요약되는 98년체제에 대하여 종속적일 수밖에 없었다.[19]

이 과정에서 전통적인 일국적 변혁프로그램을 추구해 나가고자 했던 한국의 진보세력은 두 가지 측면에서 난관에 봉착했다. 하나는 일반민중의 민주주의적 요구와 급진세력의 변혁적 요구를 분리통제 (devide & rule)할 수 있을 정도로 한국자본주의의 축적이 고도화되었다는 것이고, 또 하나는 신자유주의 세계화가 '민족'과 '계급'을 해체하고 민중들을 개인 주체화하는 속도가 엄청나게 빠르다는 것이다. 게다가 이러한 세계적 규모의 국민국가 경계 지우기의 기세 아래서 사실상 '국가자본'의 형태로 세계자본주의 체제에 기생해 왔던 현실사회주의 국가들이 속속 붕괴되었다. 이러한 난관들 앞에서 전통적 변혁담론은 전혀 속수무책이었다. 민족도 계급도 시장논리 앞에서 추풍낙엽이 된 상태에서 어떤 근대기획이 힘을 쓸 수 있겠는가. 90년대 이후 탈근대담론의 유입과 빠른 착근과정은 이런 맥락에서 설명될 수 있는 것이고

19　이에 관해서는 김명인, 「1987, 그리고 그 이후」, 『황해문화』 54, 2007 봄 참조.

이런 점에서 한국의 탈근대담론들 역시 서구의 그것들과 같은 기원의 양면성을 그대로 가질 수밖에 없다는 생각이다.

이것이 오늘날 우리가 놓인 상황적 조건이고 그 속에서의 인식주체들의 존재론적 위상이라고 할 수 있다. 민족과 계급을 주체로 한 계몽적 근대기획들이 낡아빠진 것처럼 보이지만, 그 외의 다른 억압된 주체들을 내세우고 있는 탈근대기획들의 처지 역시 그다지 당당하고 밝아 보이지는 않는다. 그렇다면 이제 남는 것은 선택의 문제이다. 역사의 문제로 좁혀 말한다면 자본주의 시스템이 영원한 것이 아니고 그 외부가 아닌 내부로부터의 해체 가능성이 여전히 존재한다면 비록 어렵지만 아직 총체적이고 주밀한 반근대기획의 가능성은 끝나지 않은 것으로 보이고, 그것의 근거가 될 총체적 역사관 역시 그 시효를 잃지 않은 것으로 보인다. 민족과 계급을 포함하여 가능한 모든 근대 극복의 역량을 전부 끌어 모아 이 가능성을 천착하는 일은 여전히 우리 앞에 막중한 과제로 놓여 있다.

2) 민족사/쓰기

현재 한국의 일부 지식사회에서 '민족'이 다루어지는 방식은 대단히 폭력적이고 단순화되어 있다. 세계의 일부 지역에서 민족국가가 형성된 사례가 과도하게 일반화한 형태로 우리의 '민족사' 경험에 연역적으로 들씌워지고 있으며,[20] '민족'과 '민족담론'과 '민족주의'가 지닌 각기 다른 맥락들이 무차별적으로 '배타적 민족주의'라는 이름 아래 강제통합되어 가고 있다. 이것은 가히 '본질주의적 단순화'라고 할 만하다.[21] '민족'을 사유의 중요한 매개로 삼고 있는 측에서 이미 민족담론의 근대 이데올로기적 성격을 충분히 고려하고 그 문제점을 유보적 전제로 삼고 있음을 누차 밝히고 있음에도 불구하고 그러한 입장은 상호논의의 대상으로도 채택되지 못하고 대개 일방적으로 무시되며 대신 아주 정형화된 공격적 민족주의의 표상들만 자신들의 탈민족 담론의 대당으로 선택된다.[22]

이는 한국의 탈근대 담론들이 근대성의 억압적 성격을 비판하고 해체하는 작업에 나서면서 민족담론에 대한 무차별적 단순화를 그 방법적 전제로 하고 있는 것은 아닌가 하는 의심을 자아낸다. 이는 다른 말로 하면 '민족'이라는 의제가 지닌 특수한 맥락적 의미에 한 걸음 다가서는 순간 그들의 (탈)근대인식의 일관성에 어떤 균열이 일어나는 것은 아닌가 하는 의심이다. 그들은 서구형의 제국주의적 민족주의 속의 민족이건, 비서구 식민지의 저항적 민족주의 속의 민족이건, '민족'은 근대 개별주체의 정체성을 억압하고 종속적으로 편제하는 대문자 주체로 규정해야 하고, 그렇게 함으로써 온갖 소문자 주체들의 고난과 반

---

20 베네딕트 앤더슨의 '상상의 공동체'론은 그가 속한 서구 구제국과 그가 연구한 동남아시아를 연구대상으로 한 것임에도 특히 한국사회에서 부당하게 일반화되는 경향이 있다. 이에 대해서는 김홍규, 「정치적 공동체의 상상과 기억 – 단절적 근대주의를 넘어선 한국/동아시아 민족담론을 위하여」, 『현대비평과 이론』 30, 2008 참조.

21 이에 대해서는 하정일, 「탈민족담론과 새로운 본질주의」, 『민족문학사연구』 25, 2004 상반기, 392면.

22 이를 테면 고미숙의 『한국의 근대성, 그 기원을 찾아서 – 민족·섹슈얼리티·병리학』(책세상, 2001)이나 강명관의 『국문학과 민족, 그리고 근대』(소명출판, 2007) 등의 도입부는 자신들의 탈민족적 상상력을 위해 과거의 국수주의적 민족담론들과 현재의 대중적 차원에서의 공격적 민족주의들을 그 논거로 배치하고 있다.

란의 이미지를 효과적으로 부각시킬 수 있는 것으로 보인다. 그러나 이것은 온당한 학문적 진술형식이라기보다는 일종의 계몽적 진술전략, 혹은 더 나아가 아지프로의 형식에 가깝다. 근대성 일반에 대한 적개심과 '탈근대적 계몽'에 대한 과잉결정된 사명감이 이러한 비합리적 진술형식을 낳은 것은 아닌가 생각된다. 어쩌면 마치 한 20여년 전에 사회주의적 변혁을 꿈꾸던 사람들의 진술형식이 오늘날 탈근대론자들에 의해 전도된 형태로 반복되고 있는 것은 아닌지 모른다.

오늘날 민족/국가라는 개념은 사실 대단히 오염된 개념이며 그 사용은 일종의 필요악에 가깝다. 과거건 현재건 제국주의 혹은 제국의 질서에 대항하는 단위라고 해서 그것이 특권화될 수는 없다. 그것이 특권화되는 순간 그 '민족'은 초월적이고 억압적인 존재로 변화하게 되기 때문이다. 어떤 맥락에서건 '민족'이 초월적으로 특권화되어서는 안 된다는 것은 이제 기본적인 상식에 속한다. 다만 아직도 이 세계는 민족/국가 단위로 작동되는 근대세계이기 때문에 민족/국가를 하나의 인식소로 삼아 사유하지 않을 수 없다. 민족/국가는 근대세계체제를 지탱하는 역사적 단위라는 점에서도 아직 삭제될 수 없으며, 동시에 그것이 근대 극복의 전략(전술)적 거점으로도 유효하다[23]는 점에서도 아직 소거되어서는 안 된다. 또 하나 민족/국가는 추상적이고 초월적인 대문자 주체로서가 아니라 즉 개인·계급·젠더·인종·지방·지역·세계가 역동적으로 상호작용하고 자기를 관철해 나가는 하나의 장(場)[24]으로서의 실재하는 것이기 때문에 이 개념은 살아있을 수밖에

---

23 하정일, 앞의 글, 393~394면.
24 김명인, 「민족문학과 민족문학사 인식의 전환을 위하여」, 『민족문학사연구』 19, 2001,

없다. 필요악이라는 말은 제국, 자본, 남성, 백인 등과 더불어 '나쁜 근
대 대문자 주체'의 하나로서 오염된 '민족/국가' 개념을 이처럼 재활용
(재영토화)할 수밖에 없다는 점에서 그렇다는 것이다. 지금은 의도적으
로 단순화시키고 왜곡된 근대적 민족관념을 불변의 전제로 삼은 채 고
고학적 발견과 우상파괴의 쾌감에 젖어 탈근대 관념유희를 즐기고 있
을 때가 아니라, 현실의 세계체제 속에서 하나의 운동주체로서 실재하
는 당대의 민족/국가를 실천적 사유의 상대로 삼아 이 악몽 같은 현실
의 근대를 넘어설 대안을 모색해야 할 때이다.

그렇다면 '민족사'는 어떤가? 대문자 주체로서 의인화된 민족의 자
기전개라는 정통적 민족사 관념과 결별한 위에서 각기 다른 역사적 시
간들을 가지는 여러 주체들[25]을 승인하면서도 그 상호작용과 관계가
역동하는 하나의 '차이들의 전체'인 민족단위의 이야기로서 '민족사'를
재전유하는 것은 가능하고도 필요한 작업이 아닐까? 이 작업을 통해서
우리는 최소한 지나간 근대의 시간들이 남겨놓은 수많은 억압과 폭력
의 흔적들을 추적하고, 그 기원과 경로를 밝히면서 나아가 그로부터의
해방의 가능성까지도 모색할 수 있지 않을까?

3) 문학사/쓰기

'문학' 역시 근대의 창안물로 규정되어 그 자동성 혹은 자명성을 박탈

17~22면.
25 이진경, 앞의 책, 49~55면.

당한 지 오래다. '근대문학'은 19세기 이래 미적 자율성의 이데올로기와 독서시장을 중심으로 한 문학장을 두 축으로 하여 형성되어 온 것으로 그 기원이 폭로된 이래 다른 근대적 창안물들과 마찬가지로 탈신화화, 혹은 탈영토화의 운명을 걷게 되었다. 우선 '작가의 죽음'이 선포되었다. 작가에 관한 낭만주의적 신화화가 중단되고 작가는 창조하는 존재가 아니라 받아쓰는 존재로 전락했다. 그리고 동시에 '작품의 죽음'도 선포되었다. 작품의 절대적 고유성은 해체되고 그 의미는 끝없는 차이의 연속에 의해 미궁에 빠져 버려, 작가주체의 분신이었던 작품은 열린 텍스트로 탈주체화되어 버렸다. 그에 따라 '작가–작품' 중심의 내부적 독법은 낡은 것이 되어 버렸다. 그리고 그와 함께 문학의 특권적 지위도 함께 사라져 다른 비문학적 서사물들과 같은 차원에서 근대성을 운반하는 문화적 기호들로 환원되어 버린 듯하다. 이에 따라 전통적인 '문학'연구가 광범한 서사연구로 대체되어 가는 양상도 역력하다. 이런 상황에서 '문학사'에 대한 관심은 저절로 약화될 수밖에 없다. '문학사'는 더 이상 문학연구자의 마지막 '로망'이 아니게 된 것이다.

하지만 이런 추세들을 긍정적으로 수용한다고 해도 근대문학이 근대서사물들 중 가장 중요한 텍스트라는 사실은 부정될 수 없다. 근대문학은 근대가 낳은 예술사의 특정한 한 형식으로서 사실상 국민(민족)문학의 실체를 이루며 당대 최고의 지적인 집중과 집적이 이루어진 정신적 구조물이다. 나아가 근대문학의 '작품들'은 결코 다른 서사물들과 같은 차원으로 환원될 수 없는, 근대정신 혹은 근대적 욕망과 무의식들이 고도의 미학적 형식을 빌려 서사화된 실체로서, 계몽적 근대성이 구현되는 현장이면서 동시에 그 어떤 경지에서는 근대시스템 자체를 넘어서는 '돌발적이고도 외부적인 사건'들을 종종 일으키는 텍스트들이다. 그것들은 근대성을 이행하면서 근대성의 부정을 꿈꾼다.

이를테면 염상섭의 소설이나 총독부의 훈령집이나 똑같이 1920~30년대의 식민지 근대성의 양상을 드러내는 일종의 문화적 텍스트/기호이겠지만 전자에는 억압된 주체의 욕망과 정치적 무의식이 당대의 검열체계나 독자지평과의 관계 속에서 고도로 집중되어 있고 그럼으로써 위반과 전복의 긴장을 유지하는 반면, 후자는 기성의 권력과 질서를 상투적으로 반복, 복제함으로써 그 어떤 가능성도 못 만들어 낸다. 둘 다 식민지 근대의 텍스트라는 점에서는 같으나 전자는 새로움을 만들어 내고, 후자는 새로움을 못 만들어 낸다. 전자는 해방과 전복의 서사로 이어지지만, 후자는 그렇지 못하다. 이처럼 '문학'은 여전히 더 위반적이고 더 모험적이며 더 의미산출적이라는 의미에서 더 중요하고 우월한 텍스트이며, 이 텍스트들의 위반과 전복의 서사지평들은 식민지 근대의 극복이라는 보다 큰 서사지평, 즉 역사라는 지평으로 이어질 수 있게 된다. 이와 관련하여 문화연구라는 우리 시대의 한 패션에 대한 한 연구자의 다음과 같은 지적은 경청할 만하다.

근대적 지식의 체계(學知)에 대한 계보학적 이해를 통해 근대성의 새로운 이해를 추구하고자 하는 일련의 연구들이 문학사 서술의 고고학적 수정을 가능하게 만들어 줄 것인가, 혹시 문학사라는 이름의 거대서사 기술의 가능성을 애초부터 부정한 자리에서 생성된 일련의 문화–풍속 연구들이 생산하고 있는 다양한(잡다한) 관심의 확장은 작은 이야기들의 생성조차도 근본적으로 불가능한 것으로 구상하고 있는 것은 아닌가.[26]

근대문학사/쓰기는 필요하며 또 가능하다. 아니 필요하기 때문에 가능하다는 말이 맞을 것이다. '민족'이라는 장(場) 내부에서 문학작품, 문학적 서사가 지닌 고도의 미학적 긴장 위에서 구축된 위반과 전복의 가능성과, 그 가능성에 탑재된 다양한 근대주체들의 세계해석과 욕망들을 탐색하는 작업으로서의 문학사/쓰기는 아직 충분히 이루어지지 못했다. 그토록 많은 한국 근대문학들의 흔적들에 대한 서사학적, 미학적, 정치적 연구는 아직 더 많이 이루어져야 한다. 오늘날의 연구자들은 문학사를 곧 '민족'이나 '민중'이라는 대문자 주체의 서사로 간주하든지, 문학을 하나의 문헌기록으로 단순화시키든지, 혹은 둘 다이든지 하는 이유로 문학의 역사/쓰기를 방기하고 있는 것으로 보인다. 근대문학사/쓰기는 이제 다시 시작되어야 하는 것이다.[27]

---

26 허병식, 앞의 글, 66면.

27 그러면 이른바 '고전문학사'는 어떻게 할 것인가 하는 물음이 남는다. '문학사/쓰기'는 어떤 주체를 상정하건 근대적 욕망의 산물이라는 점에서 '전근대'의 '문학적' 텍스트들은 (탈)근대적 문제의식에 의해 해석되고 전유될 수밖에 없다. 그런데 '민족'이라는 대문자 근대주체를 포기할 경우 고대–현대라는 시간적 일관성은 분절·해체되고 그에 따라 텍스트들도 사실상 분할되어 버리게 될 것이다. 그러니까 (탈)근대적 문제의식으로 해석·전유될 수 있는 텍스트들은 사실상 '탈고전화'할 수밖에 없고, 그렇지 못한 텍스트들은 그야말로 순수 역사고고학적 연구대상으로, 일종의 잉여로 남게 되는 것이 아닐까 생각된다. 물론 이에 관해서는 더 많은 논의가 필요할 것이다.

3. 정치적 실천으로서의 민족문학사/쓰기를 위하여

이제까지 역사, 민족, 문학이라는 세 개의 '근대적' 개념들을 둘러싸고 근대적 사유와 탈근대적 사유가 어떻게 충돌하고 있는지, 그러한 충돌에도 불구하고 그 세 개의 유동적 개념들을 모두 포괄하는 '민족문학사'를 생각하고 또 서술하는 것이 과연 가능한 것인지 거칠게나마 검토해 보았다. 결론은 몇 가지 단서와 유보를 충분히 감안한다면 '가능하다'는 것이지만, 그러나 단지 관습적으로 '민족문학사'를 살려내기 위해서이거나, 아니면 대문자 민족을 주체로 하는 '민족주의'를 끝까지 움켜쥐고 낡은 상징권력을 보존하려는 구차한 생각 때문에 그러한 결론을 쥐어짜낸 것은 아니다.

근대적 사유가 되었건 탈근대적 사유가 되었건 중요한 것은 사유대상의 존재론적 성격(이것은 늘 유동적일 수밖에 없다)이 아니라 그 사유주체의 인식론적 위치와 입장이라고 생각한다. 그리고 그 인식론적 위치와 입장은 피할 수 없이 정치적인 것이다. 즉 현재 우리가 살고 있는 이 세계를 살만한 것으로 수락하는가, 아니면 도저히 수락할 수 없는가? 또 수락할 수 없다면 어떻게 할 것인가, 단지 냉소하거나 비판적으로 관조할 것인가 아니면 맞서 싸울 것인가? 맞서 싸운다면 이 체제 내부에서 싸울 것인가, 아니면 외부에서 싸울 것인가? 이 물음들에 대해 어떤 대답을 하는가에 따라 사유주체의 인식론적 위치와 입장이 정해진다는 것이다.

우선 이 세계를 이대로 살만한 것으로 수락하는 사람들은 이 글을 읽을 필요가 없다. (미안하지만 이 글은 이 세계를 이대로 수락하지 않는 사람들에게만 해당된다.) 그 다음에 수락할 수는 없지만 맞서 싸우지는 않고(못하고) 관조하거나 냉소하는 위치를 선택한 사람들의 경우이다. 수락할 수는 없지만 너무나 압도적인 이 세계의 존재감 앞에서 단지 비판적 관조의 자세를 유지하는 것만으로도 대단한 근기가 필요한 일로서 그 자체로 충분히 존중받아 마땅하다. 하지만 이런 위치선택은 종종 어떤 착각으로 이어지기 쉽다는 사실을 부연하고자 한다. 사실은 수락하고 있음에도 불구하고 자신은 수락하고 있지 않다고 하는 착각인데, 조금 폭력적인 단순화가 될지도 모르지만 오늘날 근대나 근대성 일반을 철저히 타자화하고 외부화하는 상당수의 탈근대담론 수행자들이 여기 해당될 수 있다. 근대성은 현실적으로 내부에서 작동하고 있는데 이를 외부화함으로써 결과적으로 현존하는 근대성에는 맹목이 되어 이를 결과적으로 승인하거나 방기하는 것이 되어 버린다.

맞서 싸우기, 이것은 현존하는 구체적 적대성과의 구체적 투쟁이다. 그리고 이 현존하는 적대성이란 여지없이 이 지독한 근대세계이다. 그리고 이 내부에서 싸운다는 것은 궁극적으로 바깥을 사유하되 현실적으로는 이 근대 내부의 구체적 경로를 매개로 해서 싸운다는 것을 뜻한다. 그리고 아마도 외부에서 싸운다는 것은 바로 이 내부의 경로를 매개로 한다는 일에 잠재된 악순환의 고리에서 벗어나기 위해 방법과 경로 모두 비(反) 내부적인 것, 즉 탈근대적인 것을 모색함을 뜻할 것이다. 결론적으로 말해서 이 글이 말하는 '정치적 실천으로서의 민족문학사/쓰기'는 바로 이 세계를 수락하지 않고 맞서 싸우되 외부에서가 아니라 내부에서 싸우기라는 정치적 의식에 의해 추동된 인식론적 위치선정의 소산이라고 할 수 있다. 그렇기 때문에 그것의 계보학적 기원을 인지하면서도, 그리하여 근대성의 악순환 고리에 포섭될 위험을 무릅쓰면서도, 불가피하게 현존하는 근대세계의 논리와 개념들을 매개로 삼지 않을 수 없다. 역사, 민족, 문학을 포기하지 못하고 그것을 주요 개념으로 여전히 구사하는 것은 그 때문이다. 말하자면 역사 개념에 의지해야 그 안에 들어 있는 근대적 경향성, 즉 '총체성과 필연성의 연쇄'라는 내용을 비판적으로 보존할 수 있으며, 민족 개념을 유지해야 그것이 지닌 '정치적 역장(力場)'으로서의 우선성이 방법적으로 확보될 수 있으며, 근대문학의 의의를 포기하지 말아야 근대극복의 의식과 무의식을 섬세하게 읽어내고 그 거점을 상상할 수 있는 것이다.

물론 외부에 대한 상상 없이 내파(內破)에 성공할 수는 없는 일이다. 민족문학사를 쓰는 주체에게는 당연히 총체성과 필연성의 연쇄를 발견하고자 하는 근대적 서사충동과 그 총체성과 필연성의 고리로부터 탈주하고 균열을 일으키고자 하는 탈근대적 서사충동의 모순적 긴장이 요구된다. 과거의 것이건 현재의 것이건 특정한 역사적 맥락 속에서 산출된 문학적 텍스트들이 갖는 정치적 의미와 성과를 당대의 최선의 전술/전략적 과제와의 관련 속에서 배치하면서도 동시에 내부/외부, 구심/원심, 다수/소수의 긴장을 견지하고 그 어떤 차이도 타자화하지 않는 성찰적 태도도 필요하다. 이것은 일종의 곡예일 수 있겠고 그 구체적 서술에 이르러서 어떤 모습으로 나타날지 묘연하기도 하다. 하지만 필요는 가능을 낳게 마련이다. 이렇게 해야만 수락할 수 없는 세계와 맞서서 이를 내파할 수 있다는 간절함이 있다면 방법이 없지는 않을 것이며, 설사 실패하더라도 그 실패로써 다시금 내일을 기약할 수 있게 될 것이다.

물론 이러한 민족문학사/쓰기는 이제 시작이다. 그리고 아직은 여전히 다양한 문학사적 실체들에 맞서는 해석투쟁의 단련이 더 필요하다. 그리고 그 결과가 제법 격을 갖춘 통사의 형태로 나타날지, 장르사, 주체사, 주제사, 편년사 등으로 나타날지는 오늘의 이 물음의 무모함에 비하면 아직 너무 이른 문제일 것이다.

제
2
부

『귀의 성』과 한 친일개화파의 세계인식

1. 신소설의 압권 『귀의 성』

본고는 신소설 작가이자 한일합방의 주요한 막후인물의 하나였던 국초(菊初) 이인직(李人稙)이 쓴 장편소설 『귀의 성(鬼의 聲)』[1]에 나타난 세계

---

[1] 1906년 10월 14일부터 1907년 5월 31일까지 천도교 기관지인 『만세보(萬歲報)』에 15장 134회에 걸쳐 연재되었으며, 1907년 10월 3일 김상만책사에서 상권이, 1908년 7월 25일 중앙서관에서 하권이 각각 단행본으로 간행되었다(田尻浩幸, 「국초이인직론」, 연세대 석사논문, 1991 참조). 본고는 위의 상·하권을 『혈의 누』, 『빈상설』과 함께 1978년 아세아문화사에서 『한국개화기문학총서─신소설·번안(역)소설』이라는 전집 제1권으로 묶은 영인본(이하 영인본)을 저본으로 삼되, 본문 중의 인용문은 편의상 현대문으로 고쳐진 안치경 편, 『한국대표신소설전』(번양사, 1992) 소수본(이하 번양사본)에서 취할 것이다.

인식을 검토하여 그가 어떻게 하여 한 사람의 '친일개화파'[2]가 될 수밖에 없었는가를 살펴보는 것을 목적으로 한다.

작품을 읽을 때 작가의 세계관이나 정치적 입장을 지나치게 의식하는 것은 종종 작품의 진정한 숨은 가치를 간과하게 만들고 오독을 일으키기도 하지만 작가의 전기적 사실에 대한 이해와 이에 기초한 작품에 대한 가설적 예단은 하나의 필요악이라고 할 수 있다. 이인직의 전기적 사실 중 유년기와 청년기의 행장의 대부분은 아직도 베일에 싸여 있지만[3] 1900년 일본유학 이후의 그의 행장은 비교적 소상히 밝혀져

---

2 '친일개화파'라는 용어는 자주 사용됨에도 불구하고 사실상 정확한 개념규정이 이루어지지 못한 용어라고 할 수 있다. '개화파'라는 말이 1860년대의 오경석, 유대치, 박규수 등의 '초기 개화파'에서부터 1880년대의 '개화당'으로 묶이는 급진개화파, 이른바 '경장내각'을 구성하는 1890년대 초의 온건개화파, 그리고 1890년대 말의 독립협회로 대표되는 '후기 개화파' 등에 이르기까지를 광범하게 지칭하는 것과 마찬가지로 이 용어 역시 개화파를 구성하는 다양한 인물들 중에서 친일적 경향을 보이는 인물들에 대한 범칭으로 쓰이는 경우가 많기 때문이다. 더구나 '친일'이라는 규정이 갖는 협소하고 자극적인 인상 때문에 이 용어를 과학적으로 적용하기가 그리 쉽지 않은 것도 사실이다. 예컨대 김옥균과 이인직을 똑같은 '친일개화파'라 부를 수 있지만 두 사람에게 있어서 '친일'의 성격은 상당한 차이가 있는 것이다. 이 용어를 정확히 규정하기 위해선 보다 엄정하고 광범위한 연구가 요구된다고 할 수 있다. 본고에서는 일단 1905년 을사조약 체결 이후 한일합방에 이르는, 이른바 애국계몽기라고 일컫는 시기 동안의 '친일개화파' 즉 '친일-매국'의 등식이 성립하는 시기의 보다 노골적인 '친일개화파'들을 일컫는 말로 한정하기로 한다.

3 '국초 이인직은 1862년 7월 27일(음력) 한산(韓山)이씨 윤기(胤耆)와 전주이씨 사이의 차남으로 태어났다. 그리고 몇 살쯤인지 알 수 없으나, 3대조 면채(冕采)의 직계 은기(殷耆)가 양자로 들어간다. 그의 주거는 경기도 음죽군 거문리(현재의 이천군)이었던 것 같고, 연소기에는 한문을 배웠다고 한다. 족보에 의하면 그가 5세(1866) 때 그의 실부 윤기가, 11세(1872) 때 의모 남원윤기가(의부 은기의 사망연도는 기재되지 않음), 18세(1879) 때는 실모 전주이씨가 사망한 것으로 되어 있다. 그런 사정으로 미루어 그는 고아와 거의 같았고 어린 시절은 결코 행복하지 않았던 것 같다'(田尻浩幸, 앞의 글, 5~6면). 이것이 그의 유·소년기의 행장에 관한 가장 최근의 연구성과인데, 그가 1900년 39세가 되기 이전까지 어떤 일을 했으며 또 어떤 연유로 관비유학생으로 뽑히게 되었는지는 아직도 전혀 밝혀진 바가 없다.

있으며 그 결과 그가 한일합방에 깊숙이 관여한 적극적 친일파라는 사실은 이제 상식이 되었다.

그는 1900년 2월 관비유학생으로 일본유학의 길을 떠나 동년 9월 일본 헌정당(憲政黨)이 설립한 동경정치학교에 입학하여 1903년 7월에 이학교를 졸업한다.[4] 이 학교에서 이인직은 1883년 일찍이 일종의 친일론인 북방남개론(北防南開論)을 펴다가 유배되고 갑오경장 무렵 개화관료로 활약하다가 일본으로 망명하여 있던, 후에 특사로 귀국하여 친일내각에서 농상공부대신까지 지내게 되는 조중응(趙重應)을 만난다. 그는 이 조중응과 함께, 후에(1906년) 통감부 외사국장이 되는 소송록(小松綠)의 제자가 되어 사실상 합방의 조선측 공작원이 되기 위한 준비를 시작하였다. 그러던 중 러일전쟁이 발발하자 이인직은 1904년 2월 일본군의 조선어 통역관으로 종군하였고, 5월 통역에서 해고되었다. 1905년 3월에는 일본의 식민지지배를 위한 일종의 괴뢰단체로 여겨지는 동아청년회[5]에 참여하고, 1906년 2월에는 일진회의 송병준에 의해 창간된 『국민신보(國民新報)』의 주필로 취임한다. 그러다가 4개월만에 『국민신보』의 대항지로 창간된 천도교의 기관지 『만세보』의 주필로 자리를 옮긴다.[6] 이 『만세보』의 지면을 빌려 이인직은 자신의 대표작들인

---

4   이 학교의 성격에 대해 최원식 교수는 '일본의 아시아침략을 위한 거점의 하나'라고
     보고 있다. 최원식, 「애국계몽기의 친일문학」, 『한국근대소설사론』, 창작과비평사,
     1986, 287면.
5   이 단체의 설립주체자와 활동내용은 뚜렷이 알 수 없으나, '지식과 사교에 의해 동아
     인의 단경을 일으키고 동아의 전국면에 문명의 보급을 꾀하려는' 취지를 보면 일제의
     식민지침략을 합리화하는 일종의 대동아공영권적 발상에 기초하는 친일적 단체임
     을 알 수 있다. 田尻浩幸, 앞의 글, 7면 참조.
6   이인직이 『국민신보』에서 『만세보』로 자리를 옮긴 것에는 일본제국주의 세력 내의
     군부와 민간세력 간의 갈등과 구 동학교 내에서의 일진회 세력과 손병희의 천도교 세

『혈의 누』『귀의 성』을 연재한다. 『만세보』는 1907년 6월 29일, 1년을 채 못 채우고 운영난으로 종간을 고하고 7월 8일 모 일본인에게 7천원에 팔린다. 이 무렵 이인직은 쇠락해가는 『만세보』의 주필을 겸하면서 동시에 이해조(李海朝), 박정도 등과 함께 잠시 『제국신문』의 편집사원으로 일하게 되지만,[7] 『만세보』가 이완용의 후원으로 『대한신문』으로 바뀌어 7월 18일 재간행되자 바로 그 사장으로 취임한다. 그리고 9월 7일부터는 이 신문에도 「강상선(江上船)」이란 소설을 연재하였다고 한다. 이 신문은 이완용 내각의 기관지 역할을 했으며 이인직은 당시 법부대신이었던 조중응과 함께 이완용 일파의 선봉에서 친일활동의 주도권을 놓고 일진회 세력과 항쟁했다. 1908년이 되자 이인직은 한편으

력 간의 갈등이라는 이중의 갈등이 작용한 것으로 보인다. 원래 일진회는 일본군부의 조종을 받는 송병준과 손병희의 지휘 아래 있던 망명객 이용구의 연합세력이었으나 이용구가 손병희를 배반하고 일본 군부의 영향력 아래 들어가면서 손병희와 결별, 독자세력화하게 된다. 이에 손병희는 1906년 특사로 귀국하자 동학을 천도교로 개명하여 세력을 재정비하였고 이 과정에서 일제의 민간인 세력을 대변하는 이등박문의 통감부와 일정하게 손을 잡게 된 것으로 보인다. 이인직이 『국민신보』에서 『만세보』로 옮기게 된 것은 그가 이완용-소송록-이등박문으로 이어지는 일제 민간인 세력과 밀접하게 닿아 있었다는 점에서 자연스러운 것이라고 할 수 있다. 이러한 전반적 사정에 관해서는, 최원식, 앞의 글, 289~290면; 田尻浩幸, 위의 글, 7~8면 참조. 동학세력 내의 갈등양상에 관해선, 김경택, 『한말 동학교문의 정치개혁사상운동』, 연세대 대학원, 1990, 참조. 다만 최원식은 『만세보』가 1906년 2월에 『국민신보』와 함께 창간된 것처럼 기술하였으나, 田尻의 글에 의하면 그해 5월 10일 허가를 받아내서 6월 17일 창간과 함께 그 주필을 맡게 되는 것으로 되어 있다. 또한 田尻은 같은 글에서 『국민신보』의 경우도 송병준에 의해 그해 2월 창간되기 전인 1905년 9월에 같은 이름으로 이인직이 서병길, 이윤종 등과 함께 창간준비를 했던 것으로 기술하고 있는데 이는 이인직이 언론을 장악하기 위해 얼마나 애썼는지를 알려주는 좋은 증거가 된다.

7 『데국신문』, 1907.6.8, 社告. 田尻浩幸, 위의 글, 각주 26에서 재인용. 이 『제국신문』은 1898년 8월 10일 창간된 애국계몽운동 세력의 민족주의적 입장을 반영하는 신문으로 1910년 8월 2일 폐간되기까지 반일적 경향을 유지해온 한글 전용의 대표적 민족지였던 바, 이인직이 한 달 남짓이나마 이 신문의 기자로 참여했고, 이 신문에 『혈의 누』 하편을 연재했다는 사실은 흥미롭다.

로는 『치악산(雉岳山)』 상편과 『은세계(銀世界)』 상편 등을 간행하고 『은세계』를 원각사(圓覺社)에서 공연하는 등 문예활동을 벌였지만, 다른 한편으로는 그해 8월 3일 일본연극계 사찰이라는 명목으로 도일하여 1909년 5월 귀국하고, 다시 7월 말경 도일하여 9월 23일 귀국하는 등 잦은 일본행을 하게 된다. 이러한 잦은 도일은 1910년에도 8월 22일 한일합방이 이루어지기 직전까지 두 차례나 더 이어지는데 이 일본행이 합방을 앞두고 이인용일파가 일진회세력에 대항하여 합방의 주도권을 확보하기 위한 비밀공작의 일환이었다는 것은 이미 당시에도 널리 알려져 있었던 사실이었다.[8] 또한 이 시기에 이인직은 대동학회(大同)에서 공자교회로 이어지는 친일수구적 유림들의 조직화를 위한 활동에도 적극 참여한다.[9] 이러한 그의 적극적 친일행각은 합방 이후 한미한 출신임에도 불구하고 그가 경학원 사성(經學院 司成)이라는 관직에 진출하고 연봉 900원이라는 적지 않은 보수를 받게 되는 것[10]을 가능하게 했을 것이다. 이 한국문학 사상 한 봉우리를 이루는 신소설 작가이자 누구보다도 열성적으로 일본 제국주의 침략의 앞잡이 노릇을 수행한,

---

8 『대한매일신보』, 『대한민보』, 1909. 12. 17. 田尻浩莘, 위의 글, 각주 48에서 재인용. 특히 1910년 8월 4일의 도일은 합방을 위한 소송록과의 막바지 밀담 때문이었으며 그 정도로 이인직은 이완용의 신임을 받은 합방정국의 중요인물이었다.

9 강명관, 「일제 초 구지식인의 친일적 문예활동」, 『창작과비평』, 1988 겨울.

10 경학원 사성이라는 직책은 관직 서열로는 대단한 것은 아니었다 할지라도 정식의 환로를 밟지 않은 이인직 같은 인물에게는 결코 낮은 직책은 아니었다고 할 수 있다. 게다가 그가 합방 전부터 대동학회, 공자교회 등 친일유림 조직화에 앞장섰음을 감안한다면 이 직책은 단순한 한직은 아니었을 것이다. 실제로 이인직은 죽기까지 이 직책을 상당히 정력적으로 수행한 것으로 나타나고 있다. 田尻浩莘, 위의 글, 18면. 또한 그의 연수당(연봉) 900원은 경학원 고문인 박제순, 조중응 등 13인의 1,600원, 찬의 18인의 1,000원에는 조금 못 미치지만 같은 사성인 박치상의 600원에 비하면 특별대우라고 할 만큼 많은 것이다. 이로써 미루어볼 때 "그러나 이인직은 합방 후 오히려 버림받는다"는 최원식의 기술(앞의 글, 291면)은 약간의 재고를 요한다고 할 수 있다.

삶의 많은 부분이 아직도 비밀에 싸여 있는 '문제적 인간' 이인직은 1916년 11월 25일 총독부병원에서 신경통의 악화로 인해 죽음을 맞았다. 그의 죽음에는 총독부에서 내린 병기위독 상여금 450원과 연봉 승급액 1,000원이 따랐고, 아현 화장장에서 거행된 장례식은 이완용의 형, 조중응의 아들을 비롯, 경학원 직원 일동과 다수의 총독부 관리들이 참석한 가운데 천리교 식으로 치러졌다고 한다.[11]

이상으로 친일로 일관된 그의 공적 생애를 조금 장황하게 더듬어 보았지만 그 생애의 기록 자체만 가지고는 그가 왜 그토록 일관되게 친일의 길을 걸었는지 알 수가 없다. 하지만 다행히 그는 한 사람의 친일파이기 이전에 한 사람의 작가였으며, 작가로서 그는 작품을 남겼다. 그가 남긴 몇 편의 신소설 작품들은 그의 생애에 관한 어떤 기록도 알려주지 않는 사실, 즉 그의 친일이 새로운 시민계급에 의한 자주적 근대화를 가로막아온 봉건조선사회에 대한 극도의 적대감과 그런 현실에 대한 비극적 인식의 소산이었다는 사실을, 그를 대신해 소설 속에서 생동하는 형상들을 통해 자세히 일러주고 있다. 물론 이는 단지 이인직의 작품에만 한정된 사실이 아니라 당시의 신소설 일반의 보편적 특질임은 이미 임화(林和)가 정확히 밝힌 바 있다.

그러나 신소설이란 거울 가운데는 새로이 발아하고 성장하고 있던 개화의 조선, 청년의 조선의 자태보다는 더 많이 낡은 조선, 노쇠한 조선의 면모가 크고 똑똑하게 표현되었다. 전혀 와해과정 가운데 있는 봉건조선의

---

11 윤명구, 「이인직과 그의 소설」, 『개화기소설의 이해』, 인하대 출판부, 1986, 90면; 田尻, 위의 글, 18면.

도회(圖繪)를 그린 것이 신소설의 주요한 목적이었다고 말해도 과언이 아닐지도 모른다. 그만치 신소설의 전편이 모두 배경도 양반의 세계요, 인물도 낡은 인물이 주요, 사건도 낡은 배경과 낡은 인물 가운데서 일어났다.

이것은 아마 그때 아직 개화조선에 비하여 봉건조선의 실재력의 강대한 반영이기도 할 것이며, 타방 개화조선의 당면목표가 새로운 것의 전설에 있는 것보다 낡은 것의 파괴에 있었기 때문이기도 하다.

그렇기 때문에 본래로 말할 것 같으면 개화조선의 성장 앞에 무참히 붕괴되는 구세계 봉건조선의 몰락비극이 그려져야 할 것임에 불구하고 오히려 **강대한 구세계의 세력하에 무참히 유린당하고 노고하는 개화세계의 수난역사**로서 모든 신소설이 쓰여진 것이다.[12] (강조는 인용자)

하지만 오직 이인직의 작품들만이 이러한 개화세계의 비극적 수난사를 온전히 담을 수 있는 예술적 품격을 제대로 갖추었다는 평가도 과장은 아닐 것이다. 을사조약 이후 한일합방이 되기 전인 1906년에서 1908년의 짧은 기간 동안 집중적으로 쓰여진 그의 몇 안 되는 신소설 작품들은 동시대에 쓰여졌던 다른 개화기소설들이 지닌 단순소박한 계몽적 도구성과는 분명히 구별되는 문학적 품격을 지니고 있다. 그의 소설들을 그의 정치적 소신인 친일개화사상의 단순한 메가폰은 아니라는 것이다. 비록 그의 작품들 속에는 그러한 정치사회적 입장들이 여러 군데 산전되고 있으며 주제적 측면에서도 궁극적으로 조선의 현실에 대한 절망과 그 필연적 귀결로서의 친일의 선택이라는 그의 내면

---

12 임화, 『개설신문학사』(『조선일보』, 1940. 2. 7), 임규찬 · 한진일 편, 『임화신문학사』, 한길사, 1993, 163면.

의 지향이 자연스럽게 드러나고 있다는 점이 그를 동시대에 보기 드문 근대적 예술가로서의 작가의 반열로 끌어올리고 있다.

『혈의 누(血의 淚)』는 이인직의 데뷔작이자 신소설의 효시로서 주인공 옥련의 기구한 운명을 통해 봉건구세계의 붕괴와 근대 신세계의 필연적 도래를 역설함으로써 신소설의 일반적 주제의식을 대표하는 역할을 한 것으로 평가되고 있다. 하지만 이 작품을 이인직의 대표작으로 삼기에는 주저스러운 점이 없지 않다. 이인직의 작품세계의 본령은 이런 식의 주인공의 파란 많은 '개화행장'에 있다기보다는 그야말로 '강대한 구세계의 세력하에 무참하게 유린당하고 노고하는 개화세계의 수난역사'에 있다고 할 수 있다. 『귀의 성』과 『은세계』를 지배하는 주제가 바로 그것인데 특히 이 두 작품은 표층적으로 개화사상을 역설하고 있을 뿐인 『혈의 누』나 『모란봉(牡丹峰)』과 달리 왜 봉건체제가 붕괴되어야 하고 근대세계가 도래해야 하는가를 그 압도적인 비극성을 배경으로 심층적으로 설득력 있게 보여주는 신소설의 압권이라고 할 수 있다.

이 중 『은세계』가 이인직의 독창성 여부가 논란의 대상으로 떠올라 아직 좀 더 검토되어야 할 소지를 남겨놓고 있다고 할 때,[13] 현재까지 이인직의 명실상부한 대표작은 『귀의 성』이라고 할 수 있으면 『귀의

---

13 최원식 교수의 『은세계 연구』(『민족문학의 논리』, 창작과비평사, 1982)와 이상경 교수의 『은세계 재론』(『민족문학사연구』 5, 1994)은 이 논란의 양 극점을 이루고 있는 바, 전자가 『은세계』의 전·후반부의 이질성을 이인직의 독창성에 대한 부정으로 이끌어갔다면, 후자는 그 이질성을 부르주아작가로서의 이인직의 한계의 노정으로 볼 뿐 독창성은 긍정하는 쪽이다. 엄밀한 실증적 검토가 다시 이루어져야 하겠지만, 작품에 관한 논란을 해결하는 열쇠는 늘 작품 자체에 있는 것이라면 현재로서는, 세계관뿐이 아니라 작품 내적 양상에서의 이질성의 여러 증좌들을 꼼꼼히 보고하고 있는 최원식 교수의 입장에 좀 더 무게를 실어주게 된다.

성』을 제대로 읽는 것이야말로 이인직의 문학세계에 본질적으로 접근하는 길이 될 것이다.

2. 강대한 구세계, 유린당하는 개화세계

1) 『귀의 성』의 서사구조

이 작품은 몰락해 가는 봉건적 지배계급과 이로부터 벗어나고자 하지만 아직도 그 속박에 갇혀 있는 신흥계급 간의 갈등을 기본축으로 하고 있다. 그 갈등은 다음과 같은 경로를 통해 형성되고 고조되고 해결된다.

① 춘천 사는 강동지라는 사람은 일정한 부를 축적한 평민인데 부임해 오는 춘천부사들의 탐학에 의해 축적한 재산을 거의 다 빼앗겼다.

② 호색한인 김대감이 부사로 부임해서 강동지의 딸 길순이를 탐하자 강동지는 딸을 김대감의 첩으로 보내 그 대가로 탐학의 모면과 부의 회복을 도모한다.

③ 이 사실을 알게 된 서울의 김대감 부인의 투기로 김부사는 임기도 못 채우고 귀경하여 승지의 자리에 오르게 되며 강동지와 그 딸은 김대감의 불투명한 약속을 믿고 서울로 올라가 측실이 될 날만을 기다린다.

④ 기다리다 지치고 부인과 임신한 딸의 재촉에 몰리던 강동지는 딸을 데리고 무작정 서울의 김승지 집으로 올라가 김승지의 조처로 성내에 기거하게 되고 강동지는 일단 귀향한다.

⑤ 우유부단한 김승지가 본부인과 춘천집(길순)의 사이를 별 대책없이 오가는 동안 춘천집은 출산을 하고 본부인은 몸종 점순을 통해 춘천집의 소재를 파악한 후 점순과 함께 춘천집 모자를 죽일 흉계를 꾸민다.

⑥ 오래도록 춘천집의 환심을 사둔 점순은 정부 최가를 하수인으로 삼아 춘천집을 속여 서울 근교에서 마침내 춘천집 모자를 살해한다.

⑦ 불길한 꿈을 꾼 강동지 내외는 즉시 딸을 찾아 상경하였다가 점순과 최가가 살해범이라는 사실을 알아낸다. 김승지 역시 그 사실을 알게 되고 우연히 춘천집 모자의 시신까지 목격한다.

⑧ 일이 탄로난 것을 안 점순과 최가는 김승지 부인으로부터 돈을 얻어 부산으로 도망갔으나 돈보따리를 도둑맞아 재차 김승지 부인과 연락하는 과정에서 소재를 파악당하고 강동지는 이들을 추적하여 모두 척살한다.

⑨ 김승지 부인마저 척살하고 이미 김승지로부터 많은 돈을 받아낸 강동지는 부인과 함께 부산에서 배를 타고 함경도를 거쳐 해삼위(블라디보스톡)로 종적을 감춘다.

이러한 줄거리를 축약하여 윤명구는 이 소설이 크게 동기-살인-보복의 삼단 구조로 나뉘며 그 동기는 다시 김승지 부인의 축첩관습 거부와 강동지의 신분상승 및 재물욕으로 나뉜다고 보았다.[14] 그런데 이

---

14 윤명구, 앞의 책, 102면.

두 인물의 각기 다른 두 개의 동기는 하나의 동일한 원인에 뿌리를 두고 있다. 그것은 곧 김승지의 축첩행위이다. 이 소설이 봉건지배계급과 신흥계급 간의 갈등구조로 이루어져 있다고 할 때. 그것은 구체적으로 김승지로 대표되는 이미 사멸화되어 가고 있는 봉건적 질서를 하나의 안타고니스트로 하고, 그 질서로부터 해방되고자 하는 김승지 부인, 강동지 그리고 점순으로 대표되는 반봉건적이고 그대적인 인간형들을 프로타고니스트로 하는 구조임을 알 수 있다. 사건의 표층적 전개과정에서는 강동지와 김승지 부인·점순은 대립하지만 심층구조에서 보면 이들은 모두 우유부단하고 무능하면서도 고비고비마다 사건을 이끌어가는 주동적 역할을 수행하는 김승지와 대립하고 있다. 그리고 김승지를 제외한 이들 모두는 죽음을 당하거나 이 땅을 떠나야 하는 비극적 운명을 맞는 것이다.

여기서 우리는 다시금 '강대한 구세계의 세력하에 무참하게 유린당하고 노고하는 개화세계'라는 예의 임화의 고전적 명제를 떠올리게 된다. 강인하고 자주적인 개성을 지닌 근대적 인물들이 그 온갖 책략과 노고에도 불구하고 우유부단하고 나약한 전근대적 인물과 그가 대표하고 있는 완강한 봉건적 잔재 앞에서 서로 대립하고 서로를 파멸시키면서 비극적으로 소멸해가는 것이 이 작품의 기본줄기인 것이다. 작가 이인직은 이러한 비극성을 관철하기 위하여 권선징악과 해피엔딩이라는 구소설적 장치들을 과감하게 포기하는 대신 욕망과 광기가 적나라하게 펼쳐지고 그것이 남김없는 파탄에 이르는 섬뜩하고 잔인한 역정을 그로테스크할 정도의 사실적 필치로 비정하게 이끌어가고 있다. 그리고 이러한 비정한 사실성은 이미 다른 논자들로부터도 크게 주목을 받은 바 있다.

한국 근대소설의 원조의 榮冠은 이인직의 『귀의 성』에 돌아갈밖에는 없다. 당시의 많은 작가들이 모두 작중 주인공을 재자가인으로 하고 사건을 선인 피해에 두고 결말도 악인필망을 도모할 때 이 작가 뿐은 『귀의 성』으로서 학대받은 한 가련한 여성의 일대를 우리에게 보여주었다. (…중략…) 여하튼 이 『귀의 성』뿐으로도 이 작가를 조선 근대 소설가의 祖라고 서슴지 않고 명언할 수 있다.[15]

특히 재래의 고대소설이 고진감래·권선징악을 내세우기 위하여 사건을 해피엔딩으로 끌고 갔는데, 『귀의 성』에서 작자는 끝까지 객관적 위치에서 냉정하게 사건을 다루어 참상에 빠지는 인물을 가는대로 내버리고 하등의 설교도 하지 않았다.[16]

그러나 다시 강조한다면 중요한 것은 냉정한 객관성이나 사실성 자체가 아니라, 그 객관성과 사실성이 드러내고 있는 조선 후기의 근대 지향적 인물들이 겪는 파탄적 비극성이다. 바로 이 점이 『귀의 성』을 리얼리즘 소설로 자리매김하게 만든다. 새로운 세계에의 전망은 엿보이지만 그 현실적 성취는 가로막힌 상황 ― 이것이 이인직이 파악한 금세기 초의 조선민중, 특히 새로운 세계의 주체로서 발돋움하고자 하는 신흥시민계급이 처한 비극적 상황이었고 『귀의 성』은 『은세계』와 함께 이 상황을 생동하는 형상으로 보여준 것이다.

---

15 김동인, 『한국근대소설고』, 182면. 전광용, 앞의 책, 123~124면에서 재인용.
16 전광용, 위의 책, 141면.

2) 『귀의 성』의 주요 인물들

(1) 김승지

아마도 우리 소설사를 통틀어서 이처럼 우유부단하고 중심없는 인물은 좀처럼 찾아보기 힘들 것이다. 일찍이 임화는 그를 두고 이렇게 말했다.

> 그런데 전체로서 역시 주목할 바는 전술에도 접촉한 것처럼 '김승지'라는 인물이다. "춘천집을 보면 춘천집이 불쌍하고 부인을 보면 부인이 불쌍하여" 어디에도 외우치지 못하고 결단할 수 없고 무능력하고 그저 호색, 탐재한 양반의 전형으로, 소설에 등장하는 모든 인물이 유형적이거나 혹은 어느 때에 가서는 과장되어서 현실성이 없으나 김승지만은 끝까지 산 인간이었음은 특필할 가치가 있다. 나중에 침모하고 부부가 되는 것도 조금도 부자연하지 않았다. 조선의 부오로모프라고 할 수도 있다. 이 인물은 아마 신소설이 창조한 최대의 인간형일 것이다.[17]

그는 우선 공처가로 등장한다. 본부인이 '칠거지악'에 해당되고도 남을 투기와 패악을 일삼는데도 꼼짝 못하고 모든 일을 본부인의 주장에 따른다. 그러면서도 그는 끊임없이 다른 여자를 넘본다. 춘천부사로 부임하자 강동지의 딸 길순이를 탐내어 첩으로 삼고, 그 춘천집이 서울로 올라온 후에도 그냥 내치지 않고 집을 마련하여 주고 지속적인

---

17 임화, 앞의 책, 187~188면.

관계를 갖는다. 게다가 우연한 사건으로 춘천집과 함께 기거하게 된 침모와도 관계를 갖고 나중에는 결국 이 침모를 아내로 맞는다. 이는 결국 그가 문자 그대로의 공처가가 아님을 보여준다. 그가 다른 등장인물들과 맺는 관계는 전부 형식적이고 편의적인 관계이다. 그는 자신의 아내뿐만 아니라 그 누구와도 진정한 관계를 맺지 않는다. 그는 어떤 인간관계에서도 고통이 빠지지 않고 그 관계를 철저히 즐기는 그런 인간형이다. 그는 벼슬아치로서 나라에 충성을 바친 적도 없고 지아비로서 아내와 첩에게 진정으로 사랑을 준 적도 없는 사람이다. 그저 매 상황을 기회주의적으로 모면해 나가면서 결국은 아무런 상처도 입지 않고 자신을 보존해 나간다.

> 김승지가 그 첩의 집에 간 것을 그 부인이 소문을 듣고 그렇게 말하는 줄로 알고, 역적 모의하다가 발각된 놈의 마음과 같이 깜짝 놀라던 차에. 그 부인이 천연히 말하는 것을 듣고 일변 안심도 되고 의심도 난다.[18]

짧은 순간이지만 이 인용문은 우유부단하면서도 본질적으로 교활한 그의 인간성을 정확히 보여준다. 그런데 그의 이러한 우유부단하고 기회주의적인 삶의 방식은 타인들에게는 여러 겹의 비극을 안겨주는 가장 결정적인 요인이 된다. 무책임한 축첩, 부인의 투기와 행악의 방임, 가정 내에서의 무능 등의 그가 지닌 인간적 약점은 모두 비극의 씨앗이 되는 것이다. 이렇게 볼 때 이 김승지라는 인물이야말로 이 소설

---

18 『귀의 성』 영인본 174면, 번영사본 364면.

의 진정한 주동이라고 할 수 있다.

　이렇듯 타락하고 무능한 김승지 같은 봉건지배층이 김승지 부인, 점순, 강동지 등 근대적 욕망에 불타는 인물들을 비극적 파국으로 몰아넣게 되는 아이러니는 이 작품이 지닌 가장 냉혹한 리얼리티를 이루며 이 점이야말로 작가 이인직의 탁월한 현실인식의 소산이라고 할 수 있다. 붕괴되고 몰락해야 할 인물은 살아남고 일어서야 할 인물들은 죽거나 도망해야 하는 이런 상황은 곧 봉건말기의 조선사회에 대한 허무주의적 부정을 낳게 되는 것이다.

(2) 강동지

　소설 속에서의 이 인물의 성격의 급격한 변모와 그에 따른 소설 후반부의 문제는 이미 평자들에 의해 하나의 약점을 지적된바 있다.[19] 하지만 강동지의 성격에 어떤 급격한 변화가 있었다고 보는 것은 속단이다. 강동지는 원래 양반과 돈, 두 가지를 무서워하는 사람이다.

> 　강동지가 성품이 강하고 힘은 장사이라 하늘에서 떨어지는 벼락도 무섭지 아니하고 삼학산에서 내려오는 범도 무섭지 아니하나, 겁나는 것은 양반과 돈이라, 양반과 돈을 무서워하면 피하는 것이 아니라 어린애 젖꼭지 따르듯 따른다. 따르는 모양은 한 가지나, 따르는 마음은 두 가지다. 양반을 보면 대포를 놓아서 무찔러 죽여 씨를 없애고 싶은 마음이 있으면서 거죽으로 따르고, 돈을 보면 애미 애비보다 반갑고 계집 자식보다 귀해하는

19　임화, 앞의 책, 187면; 윤명구, 앞의 책, 102면.

마음이 있어 속으로 따른다.

그렇게 따르는 돈을 이전 시절에 남부럽지 아니하게 가졌더니, 춘천부사인지 군수인지 쉽게 말하면 인피 벗기는 불한당들이 번갈아 나려오는데, 이놈이 가면 살겠다 싶으나 오는 놈마다 그놈이 그놈이라, 강동지의 돈은 양반의 창자 속으로 다 들어가고 강동지는 피천 대푼없이 외자 술이나 먹고 집에 돌아와서 화풀이로 세월을 보내더니 서울 양반 김승지가 춘천군수로 내려와서, 지방정치에는 눈이 컴컴하나 어여쁜 계집 있다는 소문에는 귀가 썩 밝은 사람이라[20]

그는 마치 『은세계』에서 최병두가 그린 것처럼 원래 평민부농이랄 수 있는 사람이었으나 여러 해에 걸친 지방관리들의 탐학에 재산을 모두 빼앗겨 양반계급과 그들이 지배하는 세상을 뼛속 깊이 미워하는 사람이지만 한편으로는 이 세상에서는 그들을 의지하지 않고는 아무것도 할 수 없다는 사실을 너무나 잘 아는 터이라 그 지독한 탐학을 겪고도 마지막 수단으로 자기의 딸을 세도가의 후취로 보내 '겉으로 따르는' 양반을 업고 '속으로 따르는' 돈을 안전하게 모으려 한 것이다. 그런데 그 마지막 수단이었던 딸이 비참한 죽음을 당하자 그는 양반에 대한 면종복배의 태도마저 벗어버리고 이 비정한 세계에 대한 처절한 복수를 감행하는 것이다.

혹자는 이러한 잔혹한 복수극을 일본 신파나 탐정소설의 영향으로 보거나[21] 사회 동요와 기강의 해이, 안전성의 상실의 반영 혹은 상업주

---

20   영인본 126~127면, 번양사본 338면.
21   임화, 앞의 책, 187면.

의적 전략으로 보지만[22] 적어도 강동지의 복수행위가 보여주는 거침
없는 잔혹성은 더 이상 이 세계에서 기대할 것이 없어진 한 비극적 인
간의 허무주의적 충동의 소산이라고 봄이 더 온당하리라 생각된다. 그
리고 그렇게 본다면 강동지의 전반부와 후반부의 행동 간에 모순은 없
다. 그는 처음부터 교활한 인간은 아니었으며 세상이 그에게 잠시 교
활하고 비정한 아버지의 역할을 맡겼을 뿐이었다.

　　강동지에 관하여 문제가 될 수 있는 것은 그의 힘이 장사라는 사실이
다. 작가로서는 그렇게 설정해야 악인들에 대한(사실은 그들도 그릇된 체제
의 희생자들인데) 통렬한 복수가 가능하고 그럼으로써 신문연재소설을 읽
는 독자들의 구소설적 취미를 만족시킬 수 있다고 생각했겠지만 사실
은 그럼으로써 이 작품의 후반부는 현저히 신파적 또는 구토소설(仇討小
說)적[23] 수준으로 떨어져 가게 되었다. 진정한 비극성은 오히려 강동지
가 복수를 향한 열망에도 불구하고 그 복수를 수행할 만한 육체적 능력
이 부족하다거나 실패할 때 비로소 완벽하게 구현될 수 있었을 것이다.
점순이나 최가나 김승지 부인이나 이미 간계가 드러난 상황에선 사회
적으로 '죽은 목숨'이며 작품에서의 그들의 끔찍한 죽음은 말하자면 덧
없는 것이며 불필요한 군더더기에 지나지 않는다.

　　강동지의 운명은 곧 조선 말기 봉건의 굴레 속에서 성장해온 신흥시
민계급의 운명이며 『은세계』에서 양반의 장두에 맞아죽은 최병두의
운명이다. 차이가 있다면 최병두는 맞아 죽었고 강동지는 죽지 않고
지옥 같은 조선땅을 떠났다는 것밖에 없다. 그들은 처음 봉건제라는

22　　이재선, 『한국개화기소설연구』, 일조각, 1972, 213면.
23　　윤명구, 앞의 책, 102면.

새장 속에서 태어나 성장했으나 몸이 커지는데도 태어날 적 그대로인 좁은 새장에 갇혀 결국은 질식사하고 만 것이다. 이 역시 조선말기 신흥시민계급의 문학적 대변자 이인직의 절망적이고 허무주의적인 세계인식의 소산이다.

(3) 점순

점순은 김승지와 더불어 이인직이 만들어낸 가장 탁월한 인물형상의 하나라고 할 수 있다. 김승지 부인의 몸종인 그녀는 속량과 일확천금이라는 신분상승의 기회를 놓치지 않기 위해 남편인 순돌과도 헤어지고 아들마저 남에게 맡기고 김승지 부인, 정부 최가와 공모하여 죄 없는 춘천집 모자를 죽이는데 그 교활함과 잔혹함, 그리고 냉정함과 임기응변, 그리고 배포와 지략은 거의 악마적인 수준에 달해 있으며 〈오델로〉의 유명한 악인 이아고[24]를 오히려 능가한다.

이 인물형상은 흔히 구소설에서 많이 볼 수 있는 '질투 많은 부인에 따라 다니는 간악한 비녀의 형'[25]으로서 하나의 상투형이라고 볼 수도 있겠으나 구소설적 상투형과 질적으로 다른 점은 속량과 독립이라는 명백한 근대적 욕망이 봉건윤리의 붕괴라는 아노미적 상황과 결합하여 만들어 낸 인물형상이라는 점이다. 따라서 이 점순이라는 인물의 작품 속에서의 행동은 이러한 맥락에서 완연히 설득력을 얻게 된다.

---

24 이아고는 셰익스피어의 비극 〈오델로〉에 나오는 인물로서 오델로를 속여 그 아내 데스데모네를 살해하게 하고 결국 오델로조차도 자살하게 만드는 타고난 악인이다.
25 임화, 앞의 책, 186면.

우리가 춘천집을 미워서 죽인 것도 아니요 다만 돈 하나, 바라고 죽인터
인데, 돈도 보내주지 아니하고 편지답장도 아니 하니 이런 기막힌 일이 있
소. 여보 최서방, 이것 참 분하여 못 살겠구려[26]

이 인용문은 부산으로 도망간 점순이 김승지 부인이 돈을 안 보내준
다고 최가에게 넋두리를 늘어놓는 대목인데 돈이 모든 것의 중심에 서
고 나머지의 일체의 윤리적 가치는 하등의 의미를 지니지 않게 된 한
'근대인'의 살아있는 형상을 보여주고 있는 것이다.

(4) 김승지 부인과 기타 인물형상들

김승지 부인은 축첩제를 거부하는 자주적이고 근대적인 면모를 지
닌 여성으로 볼 수 있다.

김승지의 가족구조는 유습적인 일부다처제에 바탕을 두고 있는데, 김승
지 부인은 이 제도를 수용하지 않는다. 비극의 한 출발은 일부다처제를 거
부하는 본처의 태도에서 기인되며, 어떤 의미에서 본처의 이러한 태도는
자아를 확립하려는 의식과도 관련이 있다 할 수 있다.[27]

그리고 그 강렬하고도 일관된 성격으로 이 작품의 한 주동의 역할을
수행하고 있는 인물이기도 하다. 하지만 아무리 축첩제를 거부한다고
해도 살인까지 도모하고 그를 위해 집안의 쇠락을 감수할 정도의 강력

---

26 영인본 339면, 변양사본 454면.
27 윤명구, 앞의 책, 102면.

한 동기가 작품 속에선 충분히 설득력 있게 제시되지 못하고 있다는 점, 그리고 후반부에 강동지의 성적요구를 수락하여 일부일처제의 고수라는 통일성을 무너뜨림으로써 하나의 개성으로서의 일관성을 유지하지 못하게 된다는 점 등이 이 인물형상의 생동성을 상쇄하는 요인이다.

길순 즉 춘천집은 철저히 봉건적 가족제도의 이중의 희생물로서의 비극성 — 부친에 의해 일종의 인신매매 대상으로 전락하는 것과 본부인의 투기에 의해 살해되는 것 — 을 담지한 인물형상이지만 이 작품의 주제와 관련해서는 한갓 조연의 역할 밖에는 수행하지 못하고 있다.

이외에도 침모와 침모의 모친, 그리고 점순의 남편인 작은돌 등은 작품 속에서 긍정적 역할을 수행하는 인물들로 볼 수 있다. 침모는 원래 과부로서 김승지댁 침모가 되었으나 점순의 꾐으로 자칫 춘천집 길순을 죽이는 음모에 가담할 뻔하였다. 하지만 양심의 가책으로 그 음모에서 빠져나와 나중엔 김승지와 함께 살게까지 되는 인물이다. 침모의 모친은 장님이지만 자신의 딸을 음모로부터 구해내면서도 자기 딸이 음해를 받지 않게 하기 위해 춘천집의 예정된 죽음은 냉정하게 방치할 줄도 아는 지혜롭고도 현실적인 인물이다. 순돌은 점순에게 버림받기는 하지만 양반계급에 대해 자주적 태도를 견지하는 인물이다.

결론적으로 이 작품에서 가장 주동적 역할을 수행하는 인물들이자 작가 이인직이 가장 심혈을 기울인 생동하는 인물들은 김승지와 강동지와 점순이라고 할 수 있다. 작가는 이 세 인물을 축으로 하여 붕괴해 가는 봉건조선의 파국적 사회·인간관계들을 사실적으로 드러낸 것이다.

3) 디테일에 나타난 이인직의 생각

이 대사나 지문 등을 통해 주제를 찾거나 작자의 사상적 경향을 짐작하는 것은 바람직한 독법이 아니지만 그것이 전혀 무의미한 것은 아니다. 작품에 따라서는 여기저기 작가의 입장을 노골적으로 드러내는 방식으로 전개되어 그러한 표층적 독법이 훨씬 더 유효한 경우도 있다. 이 『귀의 성』은 물론 그런 작품은 아니지만 신소설 일반이 지닌 계몽적 충동으로부터 충분히 자유로운 것도 아니어서 여기서 작가 이인직의 견해들이나 입장들이 산견되고 있는 것이 사실이다. 양반계급에 대한 비판은 거의 적의의 수준에서 작품 내에 스며들어 있지만 그 외에도 일반적인 수준에서의 봉건윤리 비판, 자주적 근대의식, 그리고 무엇보다 친일적 태도 등이 작품의 흐름과 관계없이 발견되므로 이를 적절히 검토해 보는 일도 작가의 세계인식을 이해하는 데 일정한 도움이 될 것이다.

(1) 봉건적 윤리규범 비판

이인직의 작품에는 예외없이 봉건적 윤리규범들에 대한 강도 높은 비판이 여기저기 들어 있다. 실은 이인직의 모든 작품은 그 자체가 바로 유명무실화되고 질곡이 되어버린 봉건적 제 윤리에 대한 통렬한 비판인 것이다. 『귀의 성』 역시 마찬가지이지만 구체적으로 예시하면 다음과 같다.

> 우리 같은 상사람이 수절이니 기절이니, 그따위 소리는 하여 무엇하느냐. 어데든지 고생이나 아니할 곳으로 보내주마. 나는 사위도 바라지 아니한다. 사람만 착실하면 걸인이라고 계관없다.[28]

하늘같이 믿고 있던 우리 아버지도 나를 속이거든 남남끼리 만난 남편을 믿을소냐. 부모도 믿을 수 없고 남편도 쓸데없는 이 세상에 누구를 바라고 살아 있으리요[29]

이 두 인용문은 말하자면 삼강오륜적 윤리의식의 붕괴를 보여준다. 전자는 춘천집 길순이 서울 올라가기 전에 그 모친이 딸을 두고 하는 넋두리이며 후자는 서울에 온 길순이가 김승지 집에서 쫓겨나 박참봉 집에 온 날 밤에 혼자 하는 넋두리이다. 부부유별도, 부자유친도 무의미하고 진정한 믿음이 가능한 인간관계가 더 중요하다는 생각이 이 넋두리들의 저변에 깔려있다.

(2) 자주적 근대의식

이인직의 인물들 중 피지배민중에 속하는 사람들은 봉건적 미망에서 벗어나 근대적 각성에 이른 모습을 적지 않게 보여주고 있다.

요새같이 법률 밝은 세상에 내가 잘못한 일만 없으면 아무것도 겁나는 것 없네. 김승지 댁 숙부인도 말고, 하늘에서 나려온 천상 부인이라도 남의 집에 와서 야단만 쳐 보라게. 나는 순포막에 가서 우리 집에 미친 여편네 왔으니 끌어내어 달라고 망신 좀 시켜 보겠네. 미닫이 살 하나만 분질러 보라 하게. 재판하여 손해를 받겠네.[30]

---

28 영인본 123면, 번양사본 336면.
29 영인본 148면, 번양사본 350면.
30 영인본 144면, 번양사본 348면.

두 내외가 의만 좋으면 평생을 같이 살려니와, 의가 좋지 못하면 하루바삐 갈라서는 것이 제일 편한 일이라. 계집 둘 두는 놈도 망할 놈이요, 시앗 보고 강짜하고 있는 년도 망할 년이라. 요새 개화 세상인 줄 몰랐느냐.[31]

앞의 인용문은 김승지 부인으로부터 김승지와의 관계를 의심받고 김승지집을 나온 침모가 춘천댁이 있을까하여 염탐하러 온 점순에게 하는 대거리로 양반-상민의 관계가 점차 수평화되고 있거나 그렇게 되어야 한다는 인식이 자리잡고 있음을 보여주며, 뒤의 인용문은 점순의 남편 작은돌이가 주인인 김승지 부부의 '축첩과 행악을 경멸적으로 비판하고 나름대로 애정에 입각한 결혼관을 펼치는 부분으로 작가의 근대적 결혼.애정관념을 드러내 주고 있다. 일체의 봉건적ㆍ계급적 속박으로부터 자유롭고자하는 자주적 근대의식이 이 두 인용문에 담겨져 있는 것이다.

(3) 친일적 성향

봉건적 윤리의식에 대한 비판이나 자주적 근대의식의 고취는 비록 등장인물들의 대사 속에서 돌출적으로 나타난다고 해도 전체적으로는 '봉건적 질곡으로부터의 해방'이라는 이 소설의 중심사상에 용해되어 있는데 반해, 이 친일적 지문이나 대사는 아무런 주제상의 인과관계와 무관하게, 난데없고 부자연스럽게 삽입되어 있다.

---

31   영인본 179면, 번양사본 367면.

『귀의 성』과 한 친일개화파의 세계인식

　　박참봉이 그 길로 다시 한성병원으로 가서 춘천집을 보니 베개는 눈물에
젖었는데 춘천집이 눈을 감고 누웠더라. 머리에서부터 발끝까지 백로같이
흰 복색한 일본 간호부가 서투른 조선말로 춘천집을 부른다.[32]

　　애 네 말이 이상한 말이로구나. 제가 잘 될 경륜으로 사람 죽이고 당자에
버력을 입어서, 만리 타국 감옥에서 열두 해 징역하고 있는 고영근의 말을 못
듣고, 사십 년 전에 지나간 일을 말하는 것이 이상하고나. 이경하는 제가 사
람을 죽였다더냐. 나라 법이 사람을 죽였지. 나라에서 무죄하고 착한 사람
을 많이 죽이면 그 나라가 망하는 법이요, 사람이 간악한 꾀로 사람을 죽이면
그 사람이 버력을 입나니라. 왜 무슨 일 있느냐. 누가 너를 꾀이더냐.[33]

　앞의 인용문은 춘천집이 우물에 빠져 자살하려다가 부상만 입고 한
성병원에 입원했을 때 그 병원의 일본 간호부가 나타난 광경을 그린
것으로 '백로같이 흰' 복색을 하고 서투른 조선말이나마 친절하게 말을
거는 일본 간호부에 대한 상당한 호감을 드러내고 있다.
　뒤의 인용문은 침모의 모친이 점순의 살인계략에 빠질뻔한 침모를
깨우치느라 하는 말 중의 일부인데 이경하와 고영근이라는 실존인물
들을 대비적으로 등장시켜 교묘하게 친일적 입장을 강변하고 있다. 그
러면 이경하와 고영근은 어떤 사람들인가? 이경하(李景夏 : 1811~1891)는
대원군 집권시 포도대장으로 천주교도들을 수없이 학살한 인물이고,
고영근(高永根 : 생몰년 미상)은 조선말의 관리 출신으로 처음엔 보부상들

32　영인본 156면, 번양사본 354면.
33　영인본 227~228면, 번양사본 393~394면.

의 단체인 황국협회의 부회장을 지냈으나 이를 곧 탈퇴하여 독립협회 총대의원, 만민공동회 회장 등을 역임하며 애국계몽운동을 벌이던 중, 1903년 민비시해에 가담했다가 일본에 망명한 우범선을 살해하고 일경에 피체되어 오래도록 투옥되었던 인물이다. 그런데 침모의 모친은 이경하는 나라에서 시킨 일이니 죄가 없고 고영근은 '제가 잘될 경륜으로' 우범선을 죽였기 때문에 벌을 받는다는 논리를 펴고 있다 이 궤변에 가까운 강변이 직접적으로 친일과 관련된 것은 아니지만 여기엔 이인직이 친일파로서 반일적 애국지사들에 대해 갖고 있는 적대감과 약간의 공포감이 개재되어 있다. 그렇기 때문에 그는 소설의 흐름을 파괴하는 것을 감수하면서까지 이러한 논리를 노출시킨 것이다.

3. '친일개화'로 가는 길

이상으로 이인직의 『귀의 성』이 지닌 서사구조와 그 주요인물들의 개성적 면모들을 검토해 보았다. 그 결과 이 작품의 기본적인 서사적 갈등구조는 김승지로 대표되는 봉건 구세력과 김승지 부인·점순·강동지로 대표되는 근대지향적 세력 사이에 형성되어 있으며, 이 소설의 서사구조와 인물형상의 상관관계에는, 김승지는 우유부단함과 소극성에도 불구하고 끝까지 살아남고, 나머지 인물들은 그 발랄성과 적극성에도 불구하고 각기 파국적 운명에 봉착하게 되는 일종의 비극적 아이러니가 내재하고 있음을 알게 되었다. 결국 이 작품이야말로 임화가 말한 바 있는 '강대한 구세계의 세력하에 무참히 유린당하고 노고하는 개화세계의 수난역사'라는 신소설의 일반적 주제에 적절히 부합하는 작품이라고 할 수 있다.

그러면 이 작품의 이러한 서사구조·인물형상·주제의식과 '친일개화파' 이인직의 세계인식 및 삶과는 어떤 연관이 있는 것일까? 일단 가장 가능한 추론은 이러한 작품상에 나타난 근대지향적 인간들의 세계인식, 즉 봉건세력의 완고한 저항에 부딪쳐 더 이상의 자주적 전망을 잃고 좌절하는 근대세력의 비극적 세계인식을 내면화한 작가 이인직이, 타락한 구세계를 붕괴시킬 수 있는 전망을 모색하는 과정에서 자주적이고 내발적이지는 않더라도 더 강한 새로운 힘, 즉 일본제국주의를 만나게 되었고 이것이 바로 그의 그토록 열성적인 친일행각의 근원적 동기가 되었으리란 것이다.

하지만 이런 이론이 정당화되기 위해선 다음의 두가지 문제가 해명되어야 한다. 우선 유독 이인직의 작품들에서 이런 비극적 세계인식이 두드러지게 나타나는 이유는 무엇인가 하는 점, 또 하나 이런 비극적 세계인식이 왜 하필 친일로 이어지는가 하는 점이 그것이다 첫 번째 문제는 물론 두 번째 문제를 해결하기 위해서도 필수적인 것은 그의 전기의 완성이다. 즉 그가 1900년 서른아홉의 나이로 일본유학을 떠나기 전까지 베일에 싸여 있는 소년 혹은 청년기의 삶의 사실들이 온전히 밝혀져야 하는 것이다. 거기엔 물론 그의 가계와 관련된 사실들의 발굴도 포함된다. 정확히 그의 가계의 계급적 지위는 어떤 것이었는지, 예컨대 그의 가계가 봉건 구세계로부터 최병도나 강동지가 당했던 것과 같은 수탈을 당한 일이 있는지 아니면 어떤 다른 형태로건 그와 유사한 비극적 수난의 경험이 있는지를 아는 것은 그의 세계인식을 이해하는 데 결정적인 기여를 할 것이다. 또한 그가 20대와 30대를 어떤 생각과 어떤 활동을 하며 보냈는지는 그가 왜 다른 자주적 민족운동들이 아닌 친일을 선택했는지를 아는 데 역시 결정적일 것이다.

비극적 자아의 형성과 소멸, 그 이후

1920년대 초반 염상섭 소설세계의 전환과 관련하여

1. 염상섭과 '민족문학사'

　모든 '민족문학사'는 곧 근대문학사이며, '문학사'를 구성해야 한다
는 요구 자체도 하나의 근대적 강박임에는 틀림없다. 하지만 그것을
알면서도 어쩔 수 없이 그 '근대적 강박'에 사로잡힐 수밖에 없는 것이
또 '근대' 속을 살고 있는 문학사가들의 숙명이기도 하다. 어쩌면 이러
한 속박감과 부자유함이야말로 생산적인 것일 수도 있다. 역사를 폐기
하고 싶으면서도 역사 안에 있고, 근대를 폐기하고 싶으면서도 근대
안에 있고, 민족을 폐기하고 싶으면서도 민족 안에 있을 수밖에 없는
이 이중상황과 자기분열을 사는 동안만 우리는 행복할 수 있는지도 모

른다. 저자는 수년 전에 '민족문학사'의 방향을 모색하면서 잠정적으로 다음과 같은 결론을 내린 적이 있다.

새로운 '민족문학사' 구성 작업은 (…중략…) 아직은 당분간 해석의 단계에 있을 수밖에 없다는 생각이다. 총체성을 온전히 갖춘 문학사 서술은 대단히 높은 수준의 이론적 실천 작업이며 하나의 모험이기도 하다. 과거의 우리 문학의 모든 자취들을 '이식론과 내재적 발전론을 넘어', 근대와 탈근대의 긴장이라는 커다란 정신사적 장(場) 속에서 재해석해 내는 일만으로도 당분간 우리 '문학사' 작업은 각론적 차원에 머무를 수밖에 없을 것이다. 우선은 그동안 반복적으로 성마르게 구축되어 온 '중심과 위계'에 의해 배제되고 방치되었던 수많은 '다른 것들'을 발견해서 해석하고 이러한 '다른 것들' 사이의 부단한 상호작용과 모색의 관계틀로서 역사를 폭넓게 받아들이는 방법적 해체의 작업이 선행되어야 한다고 생각된다. 그리고 그 결론으로서의 민족문학사가 '중심과 위계의 역사'가 될지 아니면 자유롭게 발산하는 '차이들의 역사'가 될지조차도 열어두는 자세가 필요할지 모른다.[1]

느슨하기 짝이 없는, 어쩌면 있으나마나한 결론임에 틀림없지만, 이런 문자 그대로의 '암중모색'을 통과하지 않은 문학사 연구는 억압이 아니면 유희로 전락할 가능성이 크다.

이 글은 우리 근대소설사의 대작가 중의 한 사람으로 평가되어 온 염상섭의 작품들에 대해 이러한 암중모색을 수행하는 첫 시도라고 할

---

1 김명인, 「민족문학과 민족문학사 인식의 전환을 위하여」, 『민족문학사연구』 19, 2001. 12, 30~31면.

수 있다. 어디서부터 시작해야 할지 막막하기 그지없지만 일단 그의 작품들에 대한 '다시 읽기'에서부터 이 작업을 시작하고자 한다. '다시' 읽되 그냥 다시 읽는 것이 아니라 당연히 "'중심과 위계'에 의해 배제되고 방치되었던 수많은 '다른 것들'을 발견해서 해석"한다는 최소한의 방법적 원칙은 지켜져야 하는데 그렇다면 그간 염상섭 소설에 작용했던 '중심과 위계'의 구심화 논리가 무엇이었던가를 먼저 고려하는 것이 중요할 것이다.

그간 염상섭은 여러 비평가와 연구자들에 의해 때로는 근대 초기 문학에서 계몽주의와 신경향파를 잇는 매개가 되는 대표적인 자연주의 작가로, 때로는 한국 근대 리얼리즘의 구현자로, 때로는 식민지적 근대화의 본질을 일상성 안에서 '민족문제'로서 포착한 작가로 조금씩 각도를 달리해서 '발견'되어 왔다.[2] 30편에 가까운 장편과, 250편에 달하는 단편으로 이루어진 방대한 염상섭 문학의 전모를 파악하는 일 자체가 아직 버거운 일이 아닐 수 없어서 염상섭은 앞으로도 계속 더 이러저러하게 '발견', 또는 '재발견'될 수밖에 없는 대상이 아닐 수 없다.

염상섭에 대한 이러한 발견과 재발견의 결과물들 중에서 가장 최근의 것이라고 할 수 있는 것은 '염상섭이 식민지적 근대화의 본질을 민족문제로서 포착했다'고 보는 연구결과들이다.[3] 그에 대한 연구자적

---

2   양문규, 「근대성·리얼리즘, 민족문학적 연구로의 도정」, 문학과사상연구회 편, 『염상섭 문학의 재인식』, 깊은샘, 1998, 223~226면.
3   문학과사상연구회가 엮은 『염상섭 문학의 재인식』(깊은샘, 1998)에 실린 일련의 연구성과들인 이선영의 「주체와 욕망 그리고 리얼리즘」, 하정일의 「보편주의의 극복과 '복수(複數)의 근대'」, 김재용의 「염상섭과 민족의식」, 이현식의 「식민지적 근대성과 민족문학」, 그리고 양문규의 「근대성, 리얼리즘, 민족문학적 연구로의 도정」 등이 이에 해당된다. 같은 관점과 패러다임에 입각한 다른 연구들도 있겠지만 미처 확인

공감 여부에 관계없이 이러한 경향의 연구는 '식민지', '근대', '민족' 등 이른바 '거대담론적' 인식소들을 그 핵심개념으로 구사한다는 점에서 이른바 '중심과 위계'의 논리에 기대고 있을 가능성이 높다고 할 수 있으며, 앞서 말한 필자의 '차이들의 역사'를 발견한다는 방법적 전제가 기대기에 적당한 성과들이라고 할 수 있다.

이선영의 「주체와 욕망, 그리고 리얼리즘」은 염상섭의 작품세계를 근대부르주아적 개인주체의 욕망의 투사물로 이해하고 그것이 「만세전」, 『사랑과 죄』, 『삼대』 등 그의 식민지 시대의 대표작들에서 '민족주체적' 방향으로 정향되어 나간다고 파악했다. 하정일의 「보편주의의 극복과 복수의 근대」는 이른바 '초기 삼부작'(「표본실의 청개고리」, 「암야」, 「제야」)이 보편주의적 계몽주의와 조선현실 사이의 괴리와 그로 인한 환멸의 비애를 그렸고, 「E선생」, 「해바라기」 등 그 이후의 작품들이 계몽정신의 퇴조와 좌절, 그리고 타협으로 이어졌으며, 「만세전」의 경우 '식민지성' 혹은 '식민지적 근대'에 대한 전면적 성찰이 '복수의 근대'에 대한 인식으로까지 발전하여 식민지적 근대화의 허구성에 대한 통렬한 비판에 도달했으나 그 후속작들부터는 민족문제 인식의 약화와 자본주의적 욕망에 대한 관심으로 이동했다고 평가했다. 김재용의 「염상섭과 민족의식」은 염상섭의 '민족의식'이 민족주의와는 다른 것이라고 전제하면서도 『삼대』, 『효풍』 등 염상섭의 대표 장편들의 핵심에 '민족문제'에 대한 인식이 놓여 있으며, "민족의식과 근대에 대한 통일적 관찰"이 돋보인다고 보고 있다. 이현식의 「식민지적 근대성과 민족문학」은 염상섭

할 시간을 갖지 못했다.

의 식민지시대 소설들이 "내용과 형식의 측면에서 식민지 근대적 삶의 양면성과 모순을 고스란히 드러내고 있"으며 "일제하 한국 근대 민족문학의 양상을 가장 명징하게 드러내는 바로미터"라고 본다. 그의 식민지적 근대성에 대한 인식, 즉 근대의 부정성과 긍정성에 대한 인식은 근대 완수와 근대극복이라는 전망을 가능하게 하고, 이런 점에서 근대 민족문학의 지향과 일치한다고 보는 것이다.

이 글들은 각기 논의의 대상 설정과 논의의 전개과정에서 차이가 있지만, '민족주체', '민족문제', '민족의식', '민족문학' 등 다양한 수준의 민족담론들을 그 핵심 축으로 하고 있다는 점에서는 같은 맥락에 있으며 이는 양문규가 「근대성·리얼리즘, 민족문학적 연구로의 도정」에서 언급한 대로 "염상섭이 우리 근대작가들 중에서 민족문제를 가장 심층적으로 탐구한 작가 중의 대표적인 사람이라는 점에서 염상섭 문학의 의미를 다시금 환기하는" 경향을 대표하는 글들이라고 할 수 있다.

한국의 근대문학을 이해하는 데 있어서 '민족적' 관점은 분명 중요한 것이다. 근대라는 것은 자본주의적 민족국가의 형성을 통해 물적으로 완성되는 어떤 것이며, 식민지화라는 발전경로에 의해 국가 없는 민족 단위의 삶이라는 특수한 근대경험을 겪은 한국 근대사에서 '민족'은 자본주의 국가라는 물적 토대를 갖춘 여타 비 식민지국들에서의 민족과는 다른 의미를 갖기 때문이다. 그것은 국가와 구별되지 않는 어떤 존재가 아니라, 국가와 분리되어 아무런 물적 토대도 갖지 못했음에도 불구하고, 아니 바로 그렇기 때문에 더 독자적으로 그 존재감이 강화되는 실체라고 할 수 있다. 그리고 바로 이 점이 무엇보다 식민지 시대의 문학사가 '민족문학사'일 수밖에 없는 이유인 것이다.

하지만 그것이 곧 모든 문제가 '민족문제'로 수렴된다거나, '민족적 관점'이 제1의적인 것이어야 한다는 것을 의미하는 것은 아니다. 식민지 질서 아래라고 하더라도 인간의 삶이 늘 '민족문제'로 연결되는 것은 아니기 때문이다. 특히 근대(성)의 문제와 연결되는 경우 식민지시대 인간의 삶이 큰 틀에서 '식민지적 근대성' 속을 살아간다고 하더라도 그 삶의 각론들은 전근대적인 것, 근대적인 것, 식민지적인 것 등 다양한 수준과 범주들로 나뉘어 독립적으로 이루어지게 되는 경우가 대부분이다. 삶의 대부분은 보편적인 인간의 문제이고 근대적 삶 일반의 문제인데 그것이 어떤 특수한 계기나 매개를 통과할 때 우리가 흔히 말하는 '식민지 근대성'이라는 자장으로 휘어져 들어가게 되는 것이다. 부분과 전체는 그렇게 손쉽게 통일되는 것이 아니다. 그것은 어떤 특수한 매개들의 사다리를 요구한다.

분명 식민지 시대 조선 땅에서 벌어진 모든 일들은 최종심급에서 식민지 근대성이라는 문제상황으로 수렴될 수 있다. 그리고 식민지 근대성이라는 범주는 틀림없이 근대적 민족국가 건설의 실패와 그 재이행이라는 역사적 경험과 과제를 내재적으로 동반하고 있다. 따라서 식민지 근대성의 문제는 곧 민족문제이기도 한 것이다. 그러나 이러한 대전제를 식민지 시대의 삶과 경험 전반에 연역적으로 적용하려는 시도에 대해서는 재고가 필요하다. 설사 그러한 연역이 정당한 것이라 할지라도, 그 정당성은 인간 삶의 풍부성과 복잡성, 특정 역사단계의 특수한 성격 등에 대한 넓고 깊은 관찰과 통찰에 의해서만 보장될 수 있다. 이 글은 바로 그러한 시도의 일단이다.

2. 연역적 작품읽기를 넘어서

하정일은 「표본실의 청개구리」, 「암야」, 「제야」 등 이른바 '초기삼부작'을 보편주의적 계몽주의와 구체적 현실 사이의 괴리를 보여주는 것으로, 후속작들인 「E선생」, 「해바라기」를 보편주의의 좌절과 그 극복책으로서의 현실과의 '타협'(파멸이 아닌) 추구이자 "보편주의의 허구성에 대한 씁쓸한 자기 확인"으로 파악하고, 「만세전」을 그 "보편주의적 계몽주의의 실패 원인에 대한 자기성찰과 반성의 결과"로서, 보편주의적 근대라는 틀을 넘어 식민지라는 특수성을 깨달은 "식민지적 근대에 대한 전면적 성찰'을 보여주는 작품으로 보는 데서 일관성을 갖는다고 할 수 있다. 즉 이 견해대로 하면 초기의 염상섭은 추상적 보편주의(적 근대 인식)로부터 구체적인 식민지적 근대에 대한 성찰로 나아간 것이다.

하지만 이러한 하정일의 일관성과 외견적 설득력을 그대로 용인하는 데에는 약간의 장애가 있다. 주지하다시피 「만세전」은 『신생활』 1922년 7월호에서 9월호까지 연재 중 중단되었다가 1924년 4월부터 6월까지 『시대일보』에 연재된 후 그해 고려출판공사에서 단행본으로 간행되었다. 한편 「E선생」은 『동명』 1922년 9월에서 12월호까지 연재되었고, 「해바라기」는 『동아일보』에 1923년 7월부터 8월 사이에 연재되었다. 창작순서상 분명히 「만세전」이 「E선생」과 「해바라기」보다 앞서는데 하정일의 설명대로 하면 '식민지적 근대성'에 대한 성찰로 나아간 「만세전」을 썼던 염상섭이 다시 뒤늦게 보편주의의 허구성에 대한 확인과 현실타협의 길로 나아간 것이 된다. 물론 『신생활』 연재가 중단되던 1922

년 9월에서, 『동명』에 연재가 속개되던 1924년 4월 사이에는 1년 7개월이라는 짧지 않은 간격이 있었고 「E선생」과 「해바라기」, 그리고 장편 『너희들은 무엇을 어덧느냐』가 그 간격 안에 발표되었다.

만일 「만세전」 전반부(『신생활』 연재분)와 후반부(『시대일보』 연재분) 사이에 이 세편의 작품이 있고 후반부가 미리 씌어졌던 것이 아니고 이 세 편을 거친 후에 다시 씌어진 것이라면 하정일의 논리에는 큰 문제가 없는 것이 된다. 그러나 『신생활』 9월 연재분에는 귀국선상에서 식민지현실을 날카롭게 인식하고 눈물을 흘리는 유명한 장면이 포함되어 있다. 물론 이것이 「만세전」의 그 빛나는 식민지 근대인식의 핵심은 아니지만, 이 부분만으로도 식민지 현실인식의 예각성이나 농도로만 보자면 「E선생」과 「해바라기」를 훨씬 넘어서는 것은 어떻게 이해할 것인가.

설사 이런 창작순서에서 야기되는 장애를 무시하더라도 남는 문제가 있다. 「만세전」 이후 이러한 식민지적 근대에 대한 인식이 왜 더 이상 심화되지 않고 원경화되거나 평면화되는지 잘 해명이 되지 않는다. 하정일 자신도 인정하듯 "「만세전」에서 보여준 식민지적 근대에 대한 깊은 인식은 이후 급속히 약화된다" 왜 그런가? 하정일은 그 이유를 염상섭의 민중에 대한 태도에서 찾는다. 즉 「만세전」에서 보편주의 비판을 통해 부르주아 계몽주의의 한계를 입증했다면 이제 새로운 이념과 주체를 세워야 할 텐데 그 자리에 들어가야 할 민중을 염상섭은 주체로 보지 않고 철저히 객체로 보았다는 것이다. 이러한 주체설정의 어려움이 염상섭으로 하여금 식민지 체제와의 정면대결에서 한걸음씩 후퇴하게 만들고 식민지적 수탈구조에 착목하게 하는 대신 '욕망'으로 대변되는 "자본주의의 추악한 작동방식과 자본의 논리가 초래한 물신화 현상에 대한 통찰"로 이행하게 된다는 것이다. 그는 이런 "욕망에 대한 관심이 계몽정신의 퇴조와 보조를 같이하고 있다"고 본다.

그러나, 민중을 주체로 받아들이지 못하는 것이, 기왕의 식민지 근대화의 본질인 '수탈구조'에 대한 비판적 관심의 희석과 필연적 연관이 있다고 볼 수는 없다. 문학사상 이른바 '비판적 사실주의'에 속한 많은 작품들이 민중에 대한 주체로서의 신뢰의 결여에도 불구하고 기왕의 자본주의 체제에 대한 날카로운 비판의식을 작동시킬 수 있는 경우는 흔하기 때문이다. 「만세전」 이후 이러한 현실인식의 둔화가 있었다면 그 원인은 뭔가 다른 곳에 있는 것으로 보인다.

하정일이 설정한 '추상적 계몽주의-식민지적 근대 통찰-자본주의적 물신성 인식'이라는 염상섭 소설의 현실인식의 추세는 결과론적으로는 수용할 만한 것이긴 하지만, 그 각각의 단절적 이행과정에 대한 발생론적 해명이 충분하지 못한 문제가 있다. 이는 그가 「만세전」에서 '식민지적 근대의 인식' 또는 '복수의 근대 인식'을 발견하고 이를 중심으로 서둘러 염상섭의 소설세계를 연역적으로 재구성하려고 한 의욕의 결과라고 생각한다. 이런 식의 '연역주의'는 민족문학론이건 근대성론이건 통시적 거대담론에 의존하여 문학사적 사실들을 포착하고자 하는 시도들에는 적건 많건 대부분 내재해 있는 것이다. 현실인식의 내용을 추출하는 것도 중요하지만, 그럴 경우 자칫하면 작품 자체의 미학적 실체가 총체적으로 드러내는 작품의 본질적 측면을 놓치기 쉽다.

「표본실의 청개구리」에서 「만세전」을 거쳐 「해바라기」에 이르는 염상섭의 1920년대 초기작들의 경우 염상섭 스스로가 강조한 바 '개성'의 문제, 즉 '근대적 주체'의 문제를 먼저 사고하는 것이 본질적이라는 생각이다. 염상섭은 『개벽』 1922년 4월호(22호)에 평론 「개성과 예술」
을 발표한다. 1922년 1월이면 「표본실의 청개구리」와 「암야」, 「제야」
등 초기삼부작이 한창 씌어지고 발표되던 때이다. 이 평론에서 염상섭
은 '자아의 각성'과 '개성의 발견'을 근대인의 대표적 특색이자 가치로
보면서 다음과 같이 그 본질을 갈파한다.

　一旦覺醒한 以上, 自己의 周圍를 疑心하고, 批評的 態度로 一切를 探究評價하
려 할 뿐 아니라, 自己自信에까지 疑惑의 眼光을 向하게 되는 것은 當然한 事
라 하겠다. 그리하야 自覺한 彼等은, 第一에 爲先 모든 權威를 否定하고, 偶像
을 打破하며, 超自然的 一切를 물리치고 나서, 現實世界를 現實 그대로 보랴고
努力하얏다. (…중략…) 只今까지는 모든 것이 美麗한 것, 偉大한 것, 敬虔한
것으로 보이는 것이, 一旦 깨인 사람의 눈으로, 細密히 解剖하야 보고 檢討하
야 보면, 醜惡하고 平凡하고 卑俗한 것으로 비추임을 깨다랐다는 의미이다.
　(…중략…) 이러한 心理狀態를, 보통 이름하야, 現實暴露의 悲哀, 또는 幻滅
의 悲哀라고 부르거니와, 이와 가티 信仰을 일허버리고, 美醜의 價値가 顚倒
하야 現實暴露의 悲哀를 感하며, 理想은 幻滅하야, 人心은 歸趣를 일허버리고,
思想은 中軸이 부러져서, 彷徨混沌하며, 暗澹孤獨에 울면서도, 自我覺醒의 눈
만은 더욱더욱 크게 뜨게 되엇다.[4]

　그리고 그는 이어서 이 각성한 자아가 감당하는 "현실폭로의 비애,
환멸의 애수, 또는 인생의 암담추악한 일반면으로 여실히 묘사"하는

4　『개벽』, 1922.4, 2~3면(문예면).

자연주의가 이상주의와 낭만파문학에 대한 반동으로 대두했다고 설명한다. 염상섭이 작가-비평가라는 사실을 굳이 환기하지 않더라도 이 글은 그 기세와 열도에 있어 하나의 작가적 출사표라고 할 만하다. 각성한 자아, 독이(獨異)한 개성의 눈으로 현실세계를 있는 그대로 보고 그 현실폭로의 비애, 환멸의 비애를 감내하겠다는 강렬한 작가적 의지가 강하게 노출되고 있는 것이다. 염상섭의 초기 삼부작은 이 선언적 평론 「개성과 예술」의 강한 자장 속에 놓여 있다고 할 수 있다. 즉 이 글에서처럼 이 시기 염상섭의 자기 소설에서의 무게 중심은 현실세계 자체의 양상이나 그 현실인식의 내용에 두어졌다기보다는 '비애'로 표현되는 '각성한 자아'가 세계를 바라보는 태도, 혹은 그 내면의 양상 쪽에 두어져 있었다고 보아야 한다. 그리고 그 각성한 자아의 내면의 추이에 초점을 맞출 때에야 비로소 「만세전」 이후의 급격한 현실인식의 둔화로 표현되는 염상섭 소설세계의 전환이 제대로 설명될 수 있을 것이다.[5]

---

5 본고의 이러한 문제의식이 전적으로 새로운 것이라고는 할 수 없다. 박상준은 그의 논문 「지속과 변화의 변증법」(『관악어문연구』 22, 서울대국문과, 1997)과 「환멸에서 풍속으로 이르는 길—「만세전」을 전후로 한 염상섭 소설의 변모양상 논고」(『민족문학사연구』 24, 2004.3) 등에서 이미 이와 유사한 문제의식을 피력하고 논급한 바가 있다. 그 역시 근대성의 성취와 현실의 인식이라는 요소에 초점을 맞춘 기존의 연구들이 「만세전」을 전후한 염상섭 소설세계의 '환멸에서 풍속으로'라는 변화양상을 제대로 해명하지 못하고 있다는 점에 착목하고, 이 시기 염상섭의 소설들이 '주체와 세계의 맞섬'의 과정에서 '현실이 현상으로, 내면이 심리로' 대체되어 가는 과정을 드러내고 있음을 규명하고 있다. 본고는 하정일의 논문 외에 박상준의 상기 논문들과의 이중의 생산적 긴장 아래서 전개되고 있음을 밝힌다.

3. 근대적 자아의 고통스러운 정립과정 — 초기 삼부작

「표본실의 청개구리」와 「암야」, 「제야」 등 '초기 삼부작'은 염상섭이 3·1운동 이후 유학생활 및 인쇄소 직공생활을 중단하고 귀국하여 기자생활과 더불어 작가의 길로 들어선 후 처음 발표하기 시작한 세 편의 단편들이다.

이처럼 「암야」와 「제야」는 염상섭이 진리와 자유연애의 신봉자란 점에서 계몽주의자임을 말해주는 동시에 그의 계몽주의가 시대와 현실을 초월한 절대진리와 유사한 어떤 것임을 보여준다. 이러한 계몽주의란 현실 바깥—즉 탈일상—에서만 존립 가능하고 어떠한 차이도 인정하지 않는다는 점에서 김창억의 세계평화론과 동일한 보편주의의 일종이다. 초기 삼부작의 주인공들이 적응이나 저항 대신 동요나 파멸로 나아가는 것은 그 때문이다. 다시 말해 보편주의적 계몽주의와 조선의 현실적 조건 사이의 거리가 너무도 멀어 양자 간의 상호작용이 불가능하기 때문에 그러한 단절적 거리에 당황해 어찌할 바를 모르고 동요하거나 이상의 실현 불가능성을 견디지 못하고 스스로를 파멸시키는 것이다.[6]

이처럼 하정일은 이 작품들을 보편주의적 계몽주의의 파탄의 과정으로 읽는다. 하지만 하정일의 무게중심은 계몽주의의 파탄 쪽에 가

---

6 하정일, 「보편주의의 극복과 '복수의 근대'」, 문학과사상연구회 편, 『염상섭 문학의 재인식』, 깊은샘, 1998, 53면.

있고, 그것을 매개하는 인물들, 즉 '근대적 자아'의 성격 쪽에는 상대적으로 소홀하다. 다른 방향으로 말하면, 근대적 자아가 계몽주의의 파탄과 그 상처를 통해 어떻게 형성되는가에는 충분한 시선을 주지 못하고 있는 것이다.

1) 표본실의 청개구리

「표본실의 청개구리」는 권태와 피로, 그리고 죽음충동(tanathos)에까지 빠져들던 환멸의 자아 '나'가 역시 환멸을 살고 있는 타자 '김창억'을 관찰한 기록이다. 하정일에 의하면 이 소설은 탈일상의 이념인 보편주의적 계몽주의가 일상 속에서 무력화될 수밖에 없음을 보여주는, "일상과 탈일상의 승패가 뻔한 비대칭적 대립"을 간파한 환멸의 정서가 지배하는 소설이다. 김창억이라는 기인이 일정하게 보편주의적 계몽주의의 무력화, 또는 파탄을 구현하고 있다고는 볼 수 있지만 그것이 곧 이 작품의 핵심이라고 볼 수는 없다. 하정일은 이 작품에서 김창억을 일상 속의 '나'의 탈일상의 욕망을 구현하고 있는 존재라고 보았는데 그렇다면 그런 탈일상적인 삶의 몰락을 바라보는 '나'는 누구인가. 그는 단지 일상 속에 이미 갇혀버린 한갓 관찰자일 뿐인가.

김창억은 타자이지만 사실은 '나'인 타자이다. 그리고 소설 속에 격자형태로 들어 있는 김창억의 생애는 타자의 생이지만 곧 미구에 닥쳐올 '나'의 삶에 대한 생생한 예시이자 현현이다. 그리고 그 삶이란 바로 내장을 다 빼앗기고 핀에 꽂혀 진저리치는 개구리의 삶, 곧 표본실의 청개구리의 삶과 같은 것이다. 작품 전편을 통해서 주인공 '나'는 이 김창억에게 동정이나 공감 이상의 친연성을 느낀다.

알코-올 以上의 效果? …… 狂이냐? 信念이냐? ― 이 두 가지밧게 아모것도 업슬 것이요. …… 그러나 五官이 明確한 以上, …… 에 ― 疲勞, 倦怠, 失望, …… 이외에 아모것도 업은 이상, ― 그것도 狂人으로 一生을 마츨 宿命이 잇다면 하는 수 업겟지만 ― 할 수 업지 안흔가.[7]

感電한 것가티, 가슴이 선듯하며, 甚한 戰慄이 全身을 壓倒하얏다. 그리고 그 다음 瞬間에는 多少安心된 가슴에 異常한 疑惑과 猛烈한 好奇心이, 一時에 물 밀 듯하얏다. 中學校實驗室의 博物先生이 딸아온 줄로만 안 것이엇다. 그러나 아모 理由업시 無意識的으로, 敬虔한 혹은 崇嚴한 感이, 머리 뒤를 떠미는 것 가타야서, 無心中間에 帽子를 벗고, 人事를 하얏다.[8]

무엇이라고 썻스면, 只今 나의 이 心情을, 가장 闡明히, 兄에게 전할 수 잇슬가! 큰 驚異가 잇슨 뒤에는, 큰 恐怖와 큰 沈痛과 큰 哀愁가 잇다 할 地境이면, 지금 나의 調子를 일흔 心臟의 間歇的 鼓動은, 반듯이 그것이 아니면 아닐 것이오. ― 人生의 眞實된 一面을 추켜들고, 거침업시 肉迫하야올 때, 全靈을 애워싸는 것은, 驚愕의 戰慄이요. 그리고 한업는 苦悶이요. 샘솟는 憐憫의 눈물이요. 가슴이저린 哀愁요 …… 그다음에 남는 것은 미치게 깃븐 痛快요. …… 三圓五十錢으로 三層집을 짓고, 悠悠自適하는 失神者를, ― 아니요, 아

---

7   『개벽』, 1921.8, 128면.
8   『개벽』, 1921.9, 143면.

니요, 自由의 民을, 이 눈압혜 노코볼제, 나는 놀라지 안홀 수가 업섯소. 現
代의 모든 病的 딱, 사이드(dark side - 인용자)를 기름가마에, 몰아너코, 煎
縮하야 最後에 가마 밋혜 졸아부튼, 懊惱의 丸藥이, 바지직 바지직 타는 것
갓기도 하고, 우리의 慾求를 홀로 具現한 勝利者 갓기도 하야 보입듸다……
나는 암만하야도 남의 일가티 생각할 수 업슴듸다[9]

이것은 아무래도 자신의 탈일상의 욕망을 대리구현한 인물에 대한
친연성이나 공감, 또는 동경의 표현이라고 보기에는 그 도를 넘는다.
"광이냐? 신념이냐?" 하는 선택의 문제, 즉 '나'에게 김창억의 광기는 일
종의 시대에 대한 순사(殉死)의 다른 모습으로 다가온다. 그것은 김창
억의 문제이기 이전에 바로 전존재를 건 자신의 문제이기 때문에 그는
전율하는 것이다. 이것을 두고 '탈일상의 욕망의 구현'이나 '보편주의
적 계몽주의의 패배'를 말하는 것은 표피적인 것이다. 김창억의 톨스
토이즘과 윌슨주의자로서의 면모야말로 에피소드적인 것에 불과하다.
그리고 이러한 톨스토이즘이나 윌슨이즘, 또는 동서친목회라는 이름
에서 떠오르는 세계주의, 사해동포주의 등의 보편주의는 김창억 자신
에 말에 의해 사실상 허구화된다.

그중에서도 牧師-ㄴ지, 하는 것들, 한참때에 大院君이나 뫼신 듯이, 西洋
놈들 입다 남은, 洋服조각들을 떨쳐입고, 그 더러운 놈들미테서 굽실굽실
하며 돌아단이는 것들을 보면, 이 주먹으로 대구리들을……[10]

---

9   『개벽』, 1921.10, 108면.
10   『개벽』, 1921.9, 147면.

朝鮮말이 잇고 朝鮮글이 잇서도 漢文이나 西洋놈들의 혀 꼽으러진 말을 해야, 사람 구슬을 하는, 이 쌍놈의 세상이 아닙니까.[11]

이런 배타적 민족의식과 톨스토이즘, 윌슨이즘, 동서친목주의가 꼭 양립불가능한 것은 아니지만, 김창억은 세계주의자가 되기에는 너무 원한이 많은 인물이다.[12] 문제는 탈일상의 욕망이나 보편주의의 좌절에 있는 것이 아니라, 그 이전에 있다. 즉 신념에 몸바치거나 미치거나를 강제하는 '나'를 둘러싼 비극적 세계 속에서 어떻게 살아남을 수 있는가 하는, 즉 내장을 다 빼앗기고도 어떻게든 푸들거리고 살아가야 한다는, 자아의 한계상황에 관한 문제인 것이다. 여기서 작품의 마지막 부분 '나'가 북국의 어느 한촌 자신의 거처 주변을 산책하다가 기괴한 움집 한 채를 발견하고 김창억의 삼층양옥을 떠올린 장면을 주목하지 않을 수 없다.

사람하나나 艱辛히 통행할 만한 길 右便언덕에, 검으스름하게 썩어서, 문정문정하는 집으로 에워싸흔한間집이 잇고, 그 알에는 비스듬하게 짓다가 둔 허간 가튼 것이잇다. 나는 늘 보앗건만, 그것의 本體가 무엇인지는, 아즉것 무러도 보지안핫섯다. 그러나 三層洋屋의 失火事件의 通知를 밧고는 나는, 새삼스럽게 눈여겨보이엇다.[13]

---

11 『개벽』, 1921.9, 148면.

12 이선영은 김창억이 강조하는 '동서양의 친목'이라는 것이 "일본의 제국주의적 침략에 대한 대립 개념 내지 민족주체적 이념의 내포로 읽을 수 있을 것"이라고 보지만, 이 역시 연역주의적 과잉해석에 가깝다. 이선영, 「주체와 욕망 그리고 리얼리즘」, 문학과사상연구회 편, 『염상섭 문학의 재인식』, 깊은샘, 1998, 24면.

이 村에서 난 사람은, 누구나 조만간 그곳을 거처가야만 한다는 黙契가 잇다는 그의 말에는 무슨 嚴肅한 意味가 잇는 것가티 들리엇다. (…중략…) 그瞬間에 나는 人生의 全局面을 平面的으로 俯瞰한 것 가튼 생각이, 머리에 떠오르는 同時에, 무거운 恐怖가 머리를 누르는 것 가타얏다.[14]

이것은 무엇을 말하는가. 김창억이 살다가 종적을 감춘 그 삼층양옥이 '나'에게는 이 마을 죽은 사람들이 들렀다가 "天堂에 올라가는 停車場"인 기괴한 움집과 오버랩되고 있는 것이다. 그 순간은 '나'가 김창억의 삶과 사라짐이 자신의 삶 속으로 그대로 전이되고 있음을 깨닫는 끔찍한 자각의 순간이었던 것이었다. 다르지만 사실은 같은, 타자이지만 사실은 동일체인 두 개의 생을 병립시켜, 이 닫힌 세계, 한 사람의 신념을 기어이 광증으로 바꾸어놓는 이 가혹한 세계에서 절규하는 비극적 자아의 모습을 그린 소설, 그것이 「표본실의 청개구리」이다. 박상준은 이 부분에서 주인공 X가 느끼는 공포를 '봉건성에 침윤되어 있는 사람들의 생기있음'에서 추론되는 '사회에 미만해 있는 봉건적인 생활방식'에서 연유하는 것으로 받아들이고 있는데 이는 이 움집에서 김창억의 불타버린 '삼층양옥'을 연상하는, 그리고 거기에서 어떤 엄숙한 의미를 깨닫는 X의 내면의 광경과는 전혀 어울리지 않는 견강부회에 가깝다.

물론 여기서 작가가 왜 이 세계를 신념이 곧 광증이 되는 세계로 받아들였는지는, 왜 환멸을 느끼게 되었는지는 따로 물어야 할 성질의

13 　『개벽』1921.10, 125면.
14 　『개벽』1921.10, 126면.

문제이다. 흔히 말하듯 '3·1운동의 실패와 좌절 ······'을 그 이유로 내세우는 것은 이제 식상한 대답이다. 과연 3·1운동의 전말을 당대의 조선 사람들이 어떻게 받아들였는가, 특히 이른바 '유학생 근대주의자들'이 어떻게 받아들였는가 하는 문제 역시 별도의 심층적인 고찰이 필요한 문제일 것이다. 하정일이 말한 '보편주의적 계몽주의'나 박상준이 다음과 같이 말하는 바 '(부르주아) 자유주의'라는 것이 과연 3·1운동의 '실패'(?)과 함께 덩달아 좌절했다는 가설 ─ 물론 하정일과 박상준이 곧바로 3·1운동의 실패를 운위한 것은 아니지만 ─ 은 어디까지 온당한 것인가?

> X가 일종 선망의 눈길을 보내는 김창억이, 비록 광인이긴 하지만, 세계의 평화를 꿈꾸는 정치지향적인 인물이라는 점도 이와 관련해서 음미해 볼만하다. 이렇게 보면, X가 지향하는 바를 (부르주아) 자유주의의 구현'이라는 범주 속에서 사고하는 것이 온당할 듯싶다. (···중략···) 유학을 통해 얻게 된 자유민의 이상을 품은 주체가, 봉건적인 현실에 던져짐으로써 갖게 된 실망과 피로가 신경과민과 우울함을 낳은 것이라고 말이다. 조금 단순화하면, 자유주의 이념의 실현불가능성이 알코올에 기대는 무기력증으로 X를 몰아넣었다고 할 수 있다.[15]

과연 1920년대 초반의 염상섭은 얼마나 자각적인 보편주의적 계몽주의자이고, 얼마나 근본적인 자유주의자였을까? 만일 정말로 그가 제

---

15 박상준, 「환멸에서 풍속으로 이르는 길」, 『민족문학사연구』 24, 2004.3, 314∼315면.

대로 정치적인 계몽주의자요 자유주의자였다면 3·1운동이 '실패'했다고 그토록 쉽게 환멸하고 좌절했을까?[16] 어쩌면 그에게는 「개성과 예술」에서 그가 말한 바의 '각성된 자아'와 그것에 의한 '현실폭로의 비애', 다시 좀 더 축약하면 '자아의 비애'가 먼저 구성되었고 그것을 정당화하기 위해 계몽주의가 되었든 자유주의가 되었든 정치적, 이념적 기호들이 그 다음에 구성되고, 다시 3·1운동의 '실패'와 그에 따른 우울한 정조가 거기에 동원된 것은 아니었을까? 김윤식처럼 염상섭이 일본문학의 새로운 '제도'였던 '고백체'를 수입하여 거기다가 고백할 거리를 채워 넣은 것[17]이라고 냉소적으로 처리하는 것은 좀 지나치다. 그러기에는 이 「표본실의 청개구리」를 비롯한 '초기 삼부작'의 '내면의 진정성'이 너무 강하기 때문이다. 하지만 이 식민지 청년 염상섭에게 고백할 내면의 과잉이 다른 어떤 것보다 선차적이었던 것은 사실이었을 것이다. 계몽주의나 자유주의의 한계의 노정(실제로 그것들은 3·1운동의 중요한 기여이다)이라든가 3·1운동의 '실패'라든가 하는 것들은 좌절하고 싶은, 환멸하고 싶은, 식민지 근대적으로 조정된 자아에게는 이를테면 '울고 싶은데 마침 누가 뺨을 때려준 것'과 같은 일이었던 것이다.

---

16 단적으로 말해 3·1운동은 실패한 운동이 아니다. 당시 운동에 참여했던 주체들 중 '순진한 축들이' 혹 이 운동을 통해 '독립'을 기대했을 수도 있으나, 그것은 그야말로 순진한 생각이고 사실상 3·1운동은 민중적 입장에서 보든(민족해방운동 헤게모니의 민중적 이양이라는 점에서), 아니면 개량적 민족부르주아의 입장에서 보든(문화통치로의 변환이라는 점에서) 대단한 성취를 이룬 운동이었다. 실제로 당시 식민지 조선의 정치적 제세력들은 3·1운동 이후 변혁적 입장에서건 개량적 입장에서건 훨씬 더 적극적으로 운동을 전개해 나가게 된다.

17 김윤식, 『염상섭연구』, 서울대 출판부, 1987, 77면.

2) 암야

「암야」는 한 지식인의 분열적 자아형성의 기록이다. 주인공 '彼'는 룸펜인텔리이다. 그는 자신을 '진리의 탐구자'로 자부하면서도 동시에 '소위 진리의 탐구자'라고 고쳐 부르면서 자조한다. 그는 기개와 용기로 진리를 탐구하지만 탐구의 무의미성 또한 자각하는 자아이다. 그는 순수한 사랑을 원하지만 자신의 불순성을 먼저 의식한다. 그가 배회하는 세계는 "망량(魍魎)들이 준동(蠢動)하는", "교활(狡猾)과 탐람(貪婪)의 생활"이 지배하는 '무덤'과 같은 곳이다. 그리고 사람들은 "생활을 유희하고, 연애를 유희하고, 교정을 우롱하고, 결혼문제에도 유희적 태도 …… 소위 예술에까지 유희적 기분으로 대하는 말종들"이며, "진지, 진검, 진면목, 성실, 노력이란 형용사는 모조리 부정하고 덤비는 사이비 떼카당스"인데, 그것을 "피둥이라 하며 매도하는 자기자신이, 벌써 그 한 분자"이며 그 '수괴'라고 생각한다.

진리탐구, 사랑, 성실성, 진지성 등등의 계몽적 근대 자아의 덕목들은 미처 고개도 들기 전에 무자비한 환멸의 보복 앞에 거꾸러진다. 남는 것은 말 그대로 '현실폭로의 비애'일 뿐이다. 그러면 무엇이 남는가? '현실폭로의 비애'를 감내하는 또 다른 자아가 남는다. 그것은 확실히 환멸의 자아이며 부정의 자아이지만, 그것조차 부정할 수는 없는 것이다. 다시 말하지만 여기서 중요한 것은 계몽주의의 파탄이 아니라, 그 파탄을 그대로 받아들여야 하는 자아의 문제이다. 한번도 발랄한 계몽적 이상주의의 세례를 받지 못하고 오직 환멸의 세례만을 통해서 형성된 자아, 환멸의 과정이 곧 형성의 과정인 비극적 자아, 그것이 이 「암야」의 자아이며 그것은 바로 '식민지 근대적 자아'라고 불러도 좋을 것이다. 이것을 환멸 그 자체로만 본다면 이 소설의 다음과 같은 결말은 제대로 이해될 수 없다.

> '…… 아!, 大地에 업들어저, 이 눈에서 흘너떠러지는, 쓰고 짠 눈물을, 이 붉은 입술로 쪽쪽 빨며, 大地와 抱擁하고 뺨을 문즈를가?! …… 머리 우에 기리나리운 夜光珠가튼뭇별의 永遠히 끈어지지 안는 金銀의 굿센실(絲)로, 이 全身을 에워매우고, '永遠'의 압혜 무릅을 꿀코 "永遠이시여! 이 可憐한 작은 生命에게 힘을 내리소서. 그러치 안으면 이 작고 弱하고 醜한 그림자를, 영원히 비추이지마소서." ― 祈禱를 바치고 십다' 하고 彼는 혼자 생각하얏다.
>
> 彼의 눈에는 눈물이 그렁그렁 괴이고, 彼의 心臟에는 懇切하고 哀痛한 마음이 미여저서, 全血管을 壓搾하는 듯하얏다 ……
>
> ― 彼는 確實치 못한 발끗을 操心하며, 無限히 뻐친듯한 넓고 긴 光化門通, 太平通을, 뚜벅뚜벅 거러나갓다.[18]

비록 비애로 가득하고 불확실한 걸음이지만, 그의 발길은 "무한히뻐친듯한 넓고 긴 광화문통, 태평통을, 뚜벅뚜벅거러나"가고 있다. 그가 뚜벅뚜벅 걸어나가는 길은 계몽적 낙관주의의 대로는 아니지만 그렇다고 환멸의 미로뿐이라고도 할 수는 없는 것이다. 식민지 근대의 자아는 환멸의 자식이지만 동시에 환멸 속에서도 어떻게든 견뎌나가야 할 전혀 새로운 미지의 자아이기 때문이다. 이 점은 박상준의 다음과 같은 판단과도 맥락을 같이 한다.

---

18 『개벽』, 1922.1, 64면.

사정이 이러함에도 불구하고 「암야」의 이러한 면모(주체의 환멸의 진정성을 묻는 것-인용자)가 중요한 것은, 염상섭 소설의 주목적 혹은 시선의 선택을 보여주는 까닭이다. 당겨 말하자면, 현실보다는 주체의 내면에 집중하는 것이 염상섭 소설문학의 선택이라 할 수 있다. 현실이 주체를 환멸에 이르게 하는 '힘', '폐색성'만으로 드러나는 반면에, 내면은 자기 반성적인 시선의 조명까지 받으며 그 절실함을 한껏 띠고 있다. 이를 두고, 실정적으로 규정될 수는 없지만 그만큼 더 절실한 내면의 동경·좌절이 현실의 구체성이 휘발되는 자리를 차지하며 전경화되었다고 할 수 있겠다.[19]

3) 제야

세 번째 작품 「제야」는 편지의 형식을 빌린 이른바 '고백체'의 소설이다. 편지도 그냥 편지가 아니라 유서이다. 유서는 생물학적 생명의 중단이라는 극적 장치에 의해 그 진정성을 보증받는 절대적 고백의 형식이다. 그것은 이 소설이 유서를 쓰는 이의 내면적 자아의 현실성과 진실성을 보증받으려는 강한 의지에 의해 뒷받침되고 있음을 뜻한다. 그러면 염상섭이 이러한 장치를 동원하면서까지 그 현실성과 진정성을 보증받으려는 내면적 자아의 정체는 무엇인가. 그것은 역설적이게도 '자살하는 자아'이다. 즉 자신의 생명을 자신의 논리와 의지에 의해 포기할 정도로 강한 자아인 것이다.

---

19 박상준, 앞의 글, 2004, 317면.

이 소설에서 유서의 형식으로 자기고백을 수행하는 주체는 여성이다. 그 여성은 이른바 교육받은 신여성으로서 이른바 분방한 남성편력 끝에 불가피한 사정으로 사랑하지 않는, 하지만 부유한 남성과의 위선적 결혼에 이르게 되는데 결국 그 남성의 관용적 사랑에 감명을 받고 섣달 그믐날, 바로 제야에 자살을 통해 자신 스스로를 구원하고자 한다. 아마도 남성작가에 의해 씌어진 최초의 여성 고백체 소설이겠지만 이 작품이 보여주는 여성상은 역시 작가의 남성적 시각에 의해 적지 않게 왜곡되어 있다. 가부장제적 결혼제도에 대한 초반부의 날카로운 비판은 뒤로 갈수록 여성의 비극은 여성 개인의 문제에서 비롯되는 것이라는 방향으로 모아지고, 그 자살이란 것도 결과적으로는 일종의 '회개한 열녀'의 정화제의에 가까운 것으로 보인다.

하정일은 이 소설에서의 주인공의 자살이 "현실에서 근거지를 마련할 수 없었던 보편주의적 이념(자유연애사상-인용자)이 스스로의 순결성을 지키는 마지막 방책"으로 선택되었다고 보았지만 여기서 주인공의 자살은 자유연애와 그를 통한 여성해방이라는 보편주의적 이념의 좌절의 산물이라기보다는 오히려 환멸의 세계와 충돌하고 갈등하는 자아의 강력한 자기 선언으로 보아야 할 것이다. 이 자살이 한 해가 가고 새로운 해가 시작되는 제야의 시점에 이루어지고 있다는 사실 역시 그 자살이 패퇴하는 이상주의에 대한 순장(殉葬)이라는 과거지향적 의미보다는, 환멸의 세계에 대한 목숨을 건 대결의 선포로서의 미래지향적 의미가 더 크다는 것을 시사한다.

또 하나, 이 작품은 「표본실의 청개구리」, 「암야」와 결정적으로 다른 면모를 가지고 있음이 지적되어야 한다. 앞의 두 작품에서 환멸의 자아가 형성되는 세계는 주관적이고 추상적인 것인데 반해 이 작품에서 자아를 자살에 이르게 하는 세계는 결혼제도를 둘러싼 구체적인 풍속의 세계라는 것이다. 이 작품에서 비로소 염상섭의 시야가 사회적 풍경에 도달하고 있으며, 비록 이 작품에서는 자살이라는 극한적 선택으로 닫혀버렸지만, 초기 염상섭의 환멸의 자아는 이제 사회와 역사라는 또 하나의 독자적 운동체 속에서 동시에 움직이면서 자신의 자리를 확보해 나가야 하는 '사회역사적 지평'을 얻게 된다. 제야의 종소리는 울리고, 새날은 열리고, 「만세전」은 이미 시작된 것이다.

4. 미숙한 시선, 적라(赤裸)의 세계 - 「만세전」

하정일은 「만세전」을 이렇게 집약한다.

> 요컨대 「만세전」은 자기 해방을 불가능하게 만드는 근본원인을 식민지 체제에서 발견하고 식민지 체제의 극복, 즉 사회적 해방을 통해 자기 해방을 이루고자 한다. 다른 한편 식민지 체제의 극복은 자기해방으로부터, 다시 말해 개성의 자각을 바탕으로 해서만 가능하다고 「만세전」은 또한 강조한다. 「만세전」은 이처럼 양자의 끝없는 상호 조회를 통해 조선적 근대의 특수성과 보편성을 결합시켜 나가고 있는 것이다.[20]

한편, 「만세전」을 이렇게 보는 연구자도 있다.

　거의 병적인 냉소주의와 결합된 이인화의 우울증은 개인의 해방을 열렬히 염원하면서도 가족적 유대를 끊어버리지 못하고, 민족의 해방을 동경하면서도 일본에 유학 온 자기 존재의 근본적인 모순에서 비롯된다. 이인화야말로 식민지 지식청년의 전형적인 포즈의 하나를 리얼하게 보여주는 인물인 것이다.[21]

　두 사람의 다른 연구자에 의한, 「만세전」에 대한 이상의 두 언급에서 나타나는 가장 두드러진 차이는 「만세전」에서 자아와 세계의 관계가 통일되어 있는가 분열되어 있는가 하는 점이다.[22] 구체적인 검토에 들어가기 전에 먼저 생각해 볼 것은, 앞에서도 말했지만 만일 전자의 견해처럼 이 소설이 식민지 체제의 극복은 개인의 자각에서 가능하다는 인식에 도달했다면, 왜 후속작품들은 이 소중한 인식을 더 발전시키지 못했는가하는 문제이다. 바로 이 점 때문에 저자는 후자의 견해에 더 기울지 않을 수 없다.

　「만세전」이 식민지 조선의 무덤처럼 참담한 현실, 즉 "사회적·경제적·심리적" 측면에서 '식민지 근대의 수탈구조'를 그토록 다양하고 통

20　하정일, 앞의 글, 65면.
21　최원식, 「식민지 지식인의 발견여행」, 『만세전』, 창작과비평사, 1993(2판), 172면.
22　물론 전자의 인용문은 비교적 낙관주의적인 작품의 결말부를 근거로 한 것이고, 후자의 인용문의 필자도 이 작품의 결말부를 언급할 때는 "이인화는 (…중략…) 그 자신의 고뇌가 개인적인 문제일 뿐만 아니라 민족전체의 문제임을 이 참담한 귀국여행을 통해서 확연히 깨닫게 되었던 것"이라 함으로써 전자의 견해에 근접해 가고 있기는 하다.

렬하게 폭로하는 동안, 한편으로 내내 그것을 관찰하고 드러내는 주인공의 불안한 동요의 시선이 마음에 걸리는 것을 피할 수 없게 된다. 완전히 내부의 것도 아닌, 그렇다고 외부의 것도 아닌 그 시선의 위치와 동선의 양상이야말로 「만세전」의 백미라고 할 수 있다. 한마디로 말해 그 시선은 때로는 뜨겁고 눈물까지 떨구지만 여전히 환멸의 자아의 시선이다. 다만 「표본실의 청개구리」, 「암야」에서 그 환멸의 자아는 관념 속에서 추상적으로 적대화된 세계에 직면했고, 「제야」에서는 풍속 세계의 일부와 직면한 반면, 이 「만세전」에서는 거대한 식민지적 근대와 직면했다는 차이가 있을 뿐이다. 그 환멸의 자아는 자기 내부에서 이제 바깥으로 나와 세계의 한복판에 서게 되었을 뿐, 전혀 성숙한 자아는 아니다. 그것 역시 근대적 자아이기는 하되, 형성과 동시에 잠식을 강요당한, 희망과 동시에 좌절을 맛본, 태어나면서 사형선고를 받은, 그렇게 비동시성의 동시성이라는 형식으로 존재한 자아였다. 다시 말하면 계몽적 낭만적 자아의 형성과, 환멸의 자아의 형성이라는 서구 근대에서는 일정한 시차를 두고 일어났던 사건이 염상섭 소설의 자아에게는 압축적으로 동시에 일어났던 것이며, 그것은 한 마디로 요약한다면 '식민지 근대적 자아'라고 부를 수 있을 것이다.[23] 「만세전」은 그 식민지 근대적 자아의 미숙한 시선에 포착된 적라의 세계, 혹은 적라

---

[23] 박상준은 "현실의 문제를 인식하기는 하되 실천으로 나아가지 않는 이인화의 태도야말로 근대자본주의 사회의 부르주아 개인 주체의 진면목"에 해당된다고 하고 이인화가 "자신의 동경과 이상을 무참히 꺾는 적대적인 현실을 냉철하게 인식"한다고 했지만(박상준, 앞의 글, 2004, 321면) 이인화는 현실을 냉철하게 인식하되 실천으로 나아가지 않는 것이라기보다는 현실인식과 그 현실 속의 자기 존재의 위상과의 관계를 올바로 설정하지 못함으로써 어떤 실천을 해야 할지 알지 못하고 있는 인물이라고 보는 것이 더 적절할 것이다. 대개 그런 모순에서 냉소와 환멸이 비롯된다.

의 세계에 놀란 미숙한 시선이라는 근본적 문제 상황 위에 놓인 소설이라고 할 수 있다. 이는 염상섭의 평론 「개성과 예술」에 관한 다음과 같은 글에서도 시사 받을 수 있다.

낭만주의와 리얼리즘이라는 서로 대립적인 두 요소는, 자아의 각성이라는 매개를 통해 교묘하게 습합되어 있다. 이러한 양상은 근본적으로 염상섭과 그의 시대가 가지고 있는 미숙성에서 기인하는 것이라 해야 할 것이다. 곧 리얼리즘의 정신을 가동하는 힘은 자아의 각성 즉 근대성인데도, 아직 그의 시대는 이러한 힘을 충분히 지니고 있지 못하다는 사실의 표현으로 보인다는 것이다. 이미 세계사적인 힘으로 군림하고 있던 근대성의 주변부에 있던, 그것도 일제의 식민지로 전락해버린 처지였던 당시 한국의 반봉건적 상황을 고려한다면 이는 너무나 당연한 것일 수밖에 없다.[24]

한편 「만세전」에는 판본의 문제가 중요하다. 주지하다시피 「만세전」의 판본에는 『신생활』, 『시대일보』를 거쳐 고려공사본으로 정착된 1924년판이 있고, 해방 후에 개작을 가한 1948년판 수선사본이 있다. 최원식은 일반독자를 위한 보급용을 만든다는 단서가 있기는 하지만, "작가 생존 시 최후로 손질한 본을 확정본으로 삼는"[25]것이 관례라고 하여 문고본 「만세전」을 만들 때 수선사본을 저본으로 삼았고, 김윤식은 "문학사적인 연구라면 마땅히 고려공사판에 관심을 두어야 하지만,

24   서영채, 「염상섭 초기 문학의 성격에 대한 한 고찰」, 문학사와비평연구회 편, 『염상섭 문학의 재조명』, 새미, 1998, 42~43면.
25   최원식, 「식민지 지식인의 발견여행」, 『만세전』, 창작과비평사, 166면.

작가론의 처지에 설 땐, 수선사판이 오히려 큰 비중을 차지하게 될 것"[26]이라고 한 바 있다. 하지만 문제는 이러한 차원을 훨씬 넘어서 있다고 할 수 있다. 고려공사본과 수선사본 사이에는 상당한 차이가 존재하는 것이다.

일단 확인할 수 있는 가장 큰 차이는 수선사본은 여러 곳에서 작가의 전지적 개입이 드러난다는 점이다. 이는 고려공사본에는 나타나지 않는 현상이다. 해방후의 개작인 수선사본이 검열로부터의 자유를 누린 흔적이 보이는 것은 불가피한 일이지만, 그것 때문에 고려공사본에서 보이는 미숙한 환멸의 자아가 드러내는 불안한 동요의 시선이 은폐되고 있다는 점은 큰 문제라고 할 수 있다.[27]

5. 낭만과 환멸의 봉인 ─「해바라기」

「만세전」의 다음 위치에 오는 것이 「E선생」과 「해바라기」이다. 「E선생」에서는 학교사회라는, 「해바라기」에서는 결혼제도라는 구체적인 풍속의 논리가 펼쳐지되, 주인공들이 그 풍속과 「만세전」에서와 같이 팽팽하게 대립하는 게 아니라 그 논리 속에 함몰되어 들어간다는

---

26 김윤식, 『염상섭연구』, 서울대 출판부, 1987, 227면.
27 이에 관해서는 권희선, 「만세전의 두 판본 읽기」(인하대, 2002.12, 미발표)에서 많은 참조를 얻을 수 있다.

점에서 박상준이 말한 바 "소설을 구성하는 배경 요소 및 인물들을 풍부하게 마련하기는 하되 주체의 내면이 그들과 직접 맞서지는 않게 함으로써, 현실의 묘사는 현상 차원으로 떨어지고 주체의 내면 또한 그열도를 잃게 되었음"[28]을 웅변한다고 할 수 있다. 「E선생」에서 추상적 이상주의자 E선생이 학교사회의 문제라는 현실 앞에서 무기력하게 퇴행하는 모습은 그 전형적인 양상이라고 할 수 있다. 「해바라기」 역시그 제목이 말해 주듯 한때는 이상주의자였던 한 '신여성'이 돈 많은 남자와 결혼하면서 기존질서에 편입해 들어간다는 점에서는 「E선생」과같은 맥락에 놓이지만 이 작품은 염상섭의 1920년대 초반 작품세계의전환의 정신사적 근거를 드러낸다는 점에서 「E선생」에 비해 훨씬 문제적이다.[29]

「해바라기」는 이제 막 결혼식을 마친 한 여성이 남편과 함께 나선신혼여행길이 바로 죽은 연인이 묻혀있는 곳이고, 그곳에서 남편과 함께 죽은 연인의 무덤에 묘비를 세워준다는, 요즘 감각으로도 다소 충격적인 줄거리를 가진 소설이다. 이 작품의 상황은 「제야」와 유사한점이 많다. 과거의 연인(들)을 가진 인텔리 여성이 안정된 직업을 지닌남성과 결혼한다는 기본 구조가 그렇다. 다만 「제야」는 혼전의 연애가좀 더 치명적이고 현재진행형에 가까워서 현재의 결혼생활을 파멸로몰고 가는 반면, 「해바라기」는 혼전의 연애는 조금 더 정제된 형태로과거화되었고 현재까지 영향을 미치기는 하지만 궁극적으로는 현재의삶이 승리하는 것으로 나타난다.[30]

---

28   박상준, 앞의 글, 2004, 324면.
29   박상준의 글에서 이 「해바라기」에 대한 언급이 전혀 나오지 않는 것은 이해하기 힘들다.

무엇보다 큰 차이는 「제야」의 주인공 '나'와 「해바라기」의 주인공 '최영희' 사이의 개성의 강도에 있다. '나'는 거의 팜므파탈적인 파멸적 개성으로 무장되어 있는 반면, 최영희는 비록 결혼식에서 연설을 하고, 남편을 뜻대로 이끌고 다니는 등 녹록치 않은 점은 있지만, 결코 파멸적인 개성이라고는 할 수 없다. 또 하나 「제야」 역시 환멸의 자아가 처음 풍속의 세계와 직면한 작품이기는 하지만, 같은 결혼풍속이기는 해도 역시 어느 정도 관념화되어 있는 반면, 「해바라기」에서는 결혼식이라는 풍속이 풍부하게 전면화되어 인물의 개성 역시 삶과 분리된 독자적 존재공간을 갖는다기보다는 그 풍속과 일상성의 논리와 운동을 매개로 해서 드러나게 된다. 「제야」에서 「해바라기」 사이에는 1년여의 시간차밖에는 없지만 그 사이에는 많은 변화가 생긴 것이다.

그런 점에서 9장으로 이루어진 「해바라기」의 첫 4개 장을 차지하는 1920년대의 상류층 결혼식 풍속 묘사는 대단한 중요성을 지닌다. 염상섭의 소설에 풍속이 본격적으로 큰 비중을 차지하게 되는 것이다. 물론 그 풍속은 아직도 예민한 개성임에 틀림없는 주인공 최영희의 자아와 대립하고 있는 양상이기는 하지만 때로는 평화롭게 공존하거나 종종 거꾸로 그 괴까다로운 자아를 압도하기도 한다. 신혼여행 과정에서도 풍속은 부단히 개성에 간섭해 들어온다. 그것은 「만세전」의 풍경들과도 다르다. 「만세전」의 풍경들은 이인화라는 프리즘을 통해 심하게 주관화되어 자립하지 못했는데 「해바라기」의 풍경들은 풍속으로 독립하여 어딘가 자본주의적 일상의 알큰한 단맛을 풍기고 있는 것이다.

---

30 김윤식은 이 두 작품의 주인공인 여성의 실제모델을 나혜석으로 추정한다. 김윤식, 앞의 책, 178 · 266면.

꼬창이가튼 굽이 놉다란 큰유리곱보에 철철넘는 빨간포도주를 영희는 날신한 하얀 손가락으로 모시듯이 살금언히 드르다가 볼그레한 입술에 대이고 호르륵 마시고나서 남편을 치어다보고 생긋웃엇다.[31]

이런 풍속의 점증하는 개입 속에서 최영희는 남편 리순택에게 행선지를 알리지 않고 서울을 떠나 남도의 바닷가를 찾아간다. 거기는 몇 년 전에 폐병으로 죽은 그녀의 애인이 누워있는 곳이다. 그 애인 홍수삼은 최영희의 예술적 생명을 이끌어 준 인물인데 그녀가 일본유학을 가 있던 동안 병을 얻어 죽음에 이른 것이다. 이제 그는 없고 최영희는 그의 죽음과 함께 자신의 예술적 성취의 꿈도 접고 대신 바야흐로 유복한 남자의 재취로 새로운 삶을 시작하려는 것이다. 옛 애인의 무덤에 비를 세우는 일은 한편으로는 추억을 되새기는 일이지만 다른 한편으로는 돌이킬 수 없는 과거를 과거의 것으로 완전히 장송하는 일이기도 하다. 이 소설의 압권은 비석을 세우기 전 그 초석 부분에 그에게 보냈던 자신의 편지를 태운 재와 사진 한 장을 묻는 장면이다.

— 이와가치하야 영희의 사랑의 전량과 반생의청춘을석냥한개피로 살라버리고난 검은재와 사랑의 절정에 이르럿슬때의 긔넘이든 영희의 사진은 영희의 정성으로 세이는 한조각돌멍이의 비석미테턴변디리가잇슬그때까지 고요히 감츄어지게되엇다. 홍수삼의 살과뼈가 시신도업시 녹아버리고 최영희의몸이 이세상에서 자최을 감초이는 날에도 털끗만치 변함업

---

31   『염상섭전집』1, 민음사, 1987, 139면.

시 이땅우에아즉 남아잇슬 것은 백지에싼이괴요 이굇속에 내 사진이며 그 재뿐일 것이다.[32]

　그것은 예술과 낭만주의의 봉인이고 환멸의 자아의 봉인이다. 산역이 끝나고 마지막 제사를 올릴 때, 여기까지 남편을 압도하면서 이끌고 온 아내는 울고, 아내에게 끌려와 참을성 있게 이 모든 것을 묵묵히 견딘 남편은 껄껄 웃고 싶은 충동을 참아야 했다. 낭만의 시대도 환멸의 시대도 갔다. 대신 막막한 일상성의 시대가 왔다. 죽은 연인 홍수삼은 낭만과 환멸의 시대를 살다 갔고, 최영희는 그의 연인이었던 과거를 마침내 장송하고 리순택의 아내로서의 현재로 돌아왔다. 그리고 리순택은 이제 새로운 일상성의 시대의 주역으로 등장하는 것이다.

6. 지리멸렬한 식민지근대성과 잔인한 관찰자의 등장

　「제야」에서 보여주던 고백체, 「암야」에서 보여주던 내면의 세계가 「해바라기」에 오면 완전히 극복되어 심리적 묘사의 세계에로 전개된다. (…중략…) 「해바라기」 이후의 세계는 그야말로 염상섭의 본령이라고 할 수 있다. 그렇지만 염상섭의 이러한 심리적 묘사의 세계는 고백체, 내적 독백

체의 과정을 거치지 않았다면 결코 달성될 수 없는 곳이다.[33]

김윤식의 이런 언급대로 「해바라기」 이후 염상섭의 문학은 완전히 다른 곳으로 건너간다. 이전까지 염상섭 초기 작품세계를 지배했던 도저한 환멸과 그 환멸을 지탱했던 비극적 자아의 모습은 어디론가 깊이 숨어버리고 대신 광막한 평면적 일상세계가 그 자리에 들어선다. 당연히 강력한 개성을 뿜어내던 일인칭 화자(「표본실의 청개구리」, 「제야」) 혹은 선택적 전지시점의 주인공화자(「암야」, 「만세전」)의 모습 역시 염상섭의 소설에서 자취를 감춘다. 그것은 김동인이 말한 대로 조선인 염상섭이 조선문학을 발견하면서 '침착과 번민', 하므레트 식의 '다민다한(多悶多恨)이 사라졌다는 바로 그 경지인지도 모른다.

여기까지 온 결과 하정일이 설정한 염상섭 초기작품들에 대한 가설들은 일정한 해명과 비판이 이루어진 것으로 보아도 좋을 것이다. 또 남는 문제가 있다. '조선인 상섭의 조선문학 발견'이 염상섭 소설의 깊이와 힘을 소멸시킨 근원이라고 한다면 역시 비슷한 시기에 나타나기 시작한다고 하는 염상섭의 '민족의식'은 무엇인가. 낭만과 환멸의 긴장이 사라진 곳에서 '민족문학'이 시작될 수 있을까.

의식은 전지적 작가의 의식으로 원경화되었을 뿐이고, 그 의식을 담보할 현실적 주체, 굳이 민중이 아니더라도, 근대적 자의식을 담지한 인물은 사라진 상황에서 '민족의식'이란 무엇인가, 무엇일 수 있는가? 본고는 바로 이 물음에 제대로 된 대답을 하기 위한 하나의 도입부에 불과

---

33 김윤식, 앞의 책, 275면.

하다. 그리고 이에 대한 본격적인 대답은 「만세전」 이후 『삼대』가 씌어지기 전까지 발표되었던 『너희들은 무엇을 어덨느냐』(1923), 『진주는 주었으나』(1925), 『사랑과 죄』(1927), 『이심』(1928), 『광분』(1929)과 『삼대』 이후의 장편들인 『무화과』(1931), 『백구』(1932), 『목단꽃 필 때』(1934), 『무현금』(1934), 『그 여자의 운명』(1935), 『청춘항로』(1936), 『불연속선』(1936) 등 지금까지 충분한 조명을 받지 못하고 방치되어 오다시피 했지만 사실은 염상섭의 식민지시기 문학세계의 거의 전부를 차지하고 있는 끔찍한 분량의 장편의 세계를 온전하게 해명할 때에만 가능할 것이라고 생각한다.[34]

그 세계는 이현식의 말을 빌면 "돈에 대한 욕망과 애욕이 지배하는 공간"[35]이며 "우연성의 빈발, 사건에만 지나치게 의존하는 플롯 전개, 개운치 않은 결말 처리, 통틀어 인물과 환경보다는 사건 위주의 소설 전개"[36]와 "고소설의 악한들"[37]과 방불한 인물들이 동원되어 근대소설로서의 취약성을 지닌 세계일 수도 있다. 그리고 이 작품들이 전부 신문연재소설로서 이현식의 말대로 "중세소설의 이야기성이 신소설을 거쳐 그 흔적을 남기고 있는 것은 아닌가 하는 생각"[38]이 온당한 것일 수도 있을 것이다.

---

34 이 「만세전」 이후 『무화과』까지의 염상섭 장편소설에 관해서는 이현식의 「식민지적 근대성과 민족문학」이 주목에 값하는 선행연구라고 할 수 있다. 다만 이 논문은 『삼대』의 '민족문학적 성취'를 중심에 두고 다른 작품들을 그 작품들에 대한 일종의 결여태로 본다는 점에서 기존의 염상섭연구의 시각을 넘어선 것이라고는 할 수 없다.

35 이현식, 앞의 글, 122면.

36 위의 글, 119면.

37 위의 글, 110면.

38 위의 글, 119면.

하지만 그것이 단지 일급의 리얼리스트 염상섭의 상대적 태작들의 세계였을까? 어쩌면 그 작품들을 지배하는 '지리멸렬'한 외양을 띠고 밑도 끝도 없이 전개되어가는 그 물욕과 애욕의 세계와 그것을 요설과 냉소의 눈으로 바라보는 잔인한 관찰자의 시선이야말로 염상섭이 파악한 1920~30년대 조선이 경험해 나간, 환멸의 식민지 근대성이 획득한 소설적 형식일지도 모른다. 「해바라기」를 끝으로 염상섭의 소설에서 사라진 것처럼 보이는 조로한 낭만과 조숙한 환멸의 자아는 이제 잔인하고 냉소적인 숨은 관찰자가 되어 이 지리멸렬한 세계를 조감해 나가는 것이다. 그리고 그것이 어쩌면 염상섭 소설의 본령이고, 『삼대』의 세계는 어쩌면 그 위에 불안하게 얹혀진 섬과 같은 존재일지도 모른다. 전지적 관찰자의 시선에 사회주의나 민족운동이 하나의 풍속으로서 포착되는 것은 자연스럽고 그것이 끝내 전망의 형식으로 전화되지 않는 것 또한 자연스럽다고 할 수 있다. 또한 이러한 잠정적 판단은 염상섭을 올바로 이해하는 데 있어서 '민족의식', 혹은 '민족문학'이라는 키워드는 아무래도 그다지 적합한 것 같지는 않다는 생각으로 이어진다.

1920년대 전반기의 염상섭 소설문학은 부르주아 개인의 탄생을 그리는 과정에 해당된다. 부르주아 개인주의의 영역에서 환멸을 느낀 것이고, 바로 그 영역에서 정관적인 현실인식을 보인 것이며, 동일한 영역에서 부르주아 개인들의 삶의 공간 및 그 풍속을 담아낸 것이라 할 수 있다. (…중략…) 따라서 계몽자유주의의 환상이 3·1운동이라는 구체적인 역사적 계기로 해서 깨어진 자리에서, 환멸에서 풍속에 걸치는 부르주아 개인의 역정을 보여준 것이 1920년대 염상섭의 소설 세계라고 할 수 있다.[39]

결론적으로 말해 위와 같은 박상준의 '환멸에서 풍속으로'라는 명제는 전적으로 공감할 만한 것이다. 그리고 박상준의 결론 역시 염상섭이 식민지 근대성에 대한 '민족적 인식', 하정일이 말하는 바 '복수의 근대성'에 대한 인식을 충분히 갖추었는가 하는 데 대한 회의에 일조하고 있다고 볼 수 있다.

하지만 박상준의 '부르주아 개인의 탄생' 혹은 '부르주아 개인주의 영역에서의 환멸'이라는 1920년대 전반기 염상섭 소설에 대한 규정에 대해서는 여전히 비판적 유보가 필요하다. 근대적 부르주아의 형성이 불구화된 식민지 시대의 '부르주아 개인주의'는 본질적으로 허구적인 것이며 설사 그것이 존재할 수 있었다고 해도 염상섭의 소설세계에는 적용되기 힘든 것이다. 염상섭 초기 소설에서의 '비애와 환멸의 자아'도, 「너희들은 무엇을 어덧느냐」 이후의 '잔인한 관찰자'도 부르주아 개인주의의 환멸이나 풍속탐구라는 정도의 규정으로는 채 포착할 수 없는 정도로 그 비애와 환멸, 잔인성의 정도가 과도하게 부과되어 있다. 이 과도성, 혹은 과잉에서 아마도 환멸의 식민지근대성의 어떤 본질적 부분이 채굴될 수 있을 것이며 그로부터 염상섭은 물론이고 채만식을 비롯한 식민지 시대의 '비판적 리얼리스트들'의 정신사적 지향과 그 역사적 위상을 제대로 파악해 낼 수 있을 것이다. 그리고 그것은 염상섭의 이 방대한 장편의 세계를 좀 더 치밀하게 읽어내고 아울러 같은 시기의 단편들 역시 전반적으로 재검토해야만 제대로 입증될 수 있을 것이다.

---

39 박상준, 앞의 글, 2004, 329면.

근대소설과 도시성의 문제

박태원의 「소설가 구보씨의 일일」을 중심으로

1. 근대도시와 문학

우리 문학은 매우 뿌리깊은 농업적 체질을 가지고 있는데, 그것이 바로 낭만주의의 온상입니다. 그것은 우리 문학에 도시를, 이 새로운 단떼적 연옥을 제대로 다룬 작품이 그처럼 드물다는 사실에서도 드러납니다. 다시 말하면 자본주의를 움직이는 기제에 대한 집요한 분석 대신에 자본주의에 대한 체질적 거부에 기인한 일종의 투정 또는 낭만적 초월의 욕구가 혁명문학에도 계승된 점이 없지 않습니다. 그렇다고 농촌을 버리고 도시화의 물결 속에 즐거이 자맥질하자는 것은 아닙니다. 매우 미묘한 문제지만, 유구한 농업의 기억을 자본주의적 생활의 산문성을 극복할 창조적 힘의 원천으로

삼는 것과 농업적 체질의 극복은 차원을 달리하는 문제입니다. (강조는 인용자)[1]

'단떼적 연옥'으로서의 도시, 그것은 근대자본주의의 산물이자 동시에 그 재생산의 공간일 것이다. 우리에게 근대는 태생부터 굴욕적 식민지체험을 그 다른 얼굴로 지니고 있는 까닭에 그것은 늘 할 수만 있다면 되물리고 다시 시작했으면 싶은 하나의 저주로 인식되어온 측면이 있다. 이러한 '저주로서의 근대'라는 인식은 지난 100년에 가까운 시간 동안 우리의 삶에 서서히 뿌리내려온 근대의 산물들 모두를 일종의 헛것으로 간주하게 했다. 이 헛것들을 어서 거두어내고 그 자리에 뭔가 다른 것을, 우리 것을 다시 심어야 한다는 하나의 강박, "껍데기는 가라"(신동엽)로 대표되는 도저한 반근대적 낭만주의의 강박이 우리의 의식을 오래도록 지배해온 것이 사실이다.

이러한 강박은 우리의 현재적 삶을 지배하고 규정하고 추동하는 자본주의적 근대의 운동과 그 산물들에 대한 엄정한 이해와 인식을 일정하게 방해해왔다. 사실상 우리의 삶은 대공장과 백화점과 지하철과 멀티채널 텔레비전과 사이버스페이스로 이루어진 연옥 속을 헤매면서 마음의 정처는 목가적 세계에 두고 마치 언제라도 일거에 이 연옥을 벗어날 수 있기라도 하는 양하는 이 이율배반적 의식과 그로 인한 세

---

1 최원식 「80년대 문학운동과 오늘의 문학」, 민족문학사연구소 제2회 심포지엄 '해방 50년과 한국문학' 자료집, 1995.5.10, 37면. 이 글은 「80년대 문학운동의 비판적 점검」이라는 제목으로 평론집 『생산적 대화를 위하여』(창작과비평사, 1997)에 재수록된다.

근대소설과 도시성의 문제

계인식의 소박성 혹은 피상성을 최원식은 문제삼고 있는 것이다. 낭만적 초월의 욕구가 뿌리깊은 농업적 체질에서 오는 것이라는 그의 지적은 옳은 것이지만 이 자본주의라는 이름의 블랙홀은 이제 그 농업적 체질이나 그 산물인 낭만적 초월의 욕망조차도 상품화하거나 교묘하게 이용하는 지경에까지 이르렀다고 할 수 있다.

'새로운 단떼적 연옥'으로서의 도시는 상품의 생산과 잉여의 창출이라는 자본주의의 추상적 운동기제가 공간적으로 구체화된 형상이라고 할 수 있다. 바로 이 점에서 문학은 도시를 문제삼게 된다. 문학은 도시라는 구체적 공간적 매개를 통해 자본주의적 근대가 인간들에게 안팎으로 관철되는 양상을 형상화할 수 있는 것이다. 도시를 제대로 탐구한다는 것은 곧 자본주의가 움직이는 기제를 탐구하는 일이라는 최원식 교수의 말은 바로 이런 의미를 갖는다.

우리 근대문학사에서 도시가 단순한 공간적 배경이 아니고 그 자체가 인간의 삶을 규정하는 하나의 역동적 공간으로서 인식되기 시작한 것은 언제인가 하는 문제는 근대 이후의 문학작품들에 대한 면밀한 실증적 독서를 통해 밝혀질 일이다. 하지만 본격적 의미에서의 근대도시가 우리나라에서 형성되기 시작한 1930년대는 이상과 같은 문제의식에 부분적으로나마 값하는 소설작품들을 적잖이 산출하고 있다. 이 시기에는 식민지 수도 서울(京城)을 중심으로 한 도시풍경을 근대충격으로 받아들이고 도시적 일상성을 작품의 중심에 두는 소설들이 하나의 추세를 이루면서 집중적으로 씌어지기 시작했다. 박태원(朴泰遠), 이상, 이효석, 유진오, 김남천, 최명익, 채만식, 염상섭 등의 이 시기 작품들은 다양한 편차를 지니고 있기는 하지만 이러한 '도시성'[2]을 하나의 기본적 소여(所與)로 삼고 있다는 점에서 공통성을 지닌다.

주지하다시피 30년대는 우리의 식민지적 근대체험의 특수성이 가장 집약적으로 드러난 시기였다. 군국주의적 팽창정책에 의존할 수밖에 없었던 일본자본주의의 특수성이 식민지경영의 특수성으로 관철된 결과이지만 이 시기 우리나라에선 이른바 '식민지 산업자본주의화'가 급격하게 진행되어 근대적 산업시설들이 자리를 잡고 상당량의 생산재가 수입초과되며 농업부문에서 이탈하여 상대적 과잉인구를 형성했던 많은 사람들이 근대적 산업프롤레타리아로 전화하는 등 일종의 산업자본주의적 붐이 일어나고 있었다. 이러한 붐은 그 이전까지 우리나라를 짓누르던 식민지적 정체의 일각을 깨뜨리는 해방적 기능을 수행했다. 일본산업자본의 대량유입은 금융자본의 유입을 낳았고 이는 다시 통화량의 증가와 이에 기댄 유통경제의 활성화를 낳았으며 이는 전반적으로 일종의 골드러시를 낳아 도시를 발달시켰고 그에 따르는 문명적 분위기를 극적으로 연출하게 되었다.

이는 물론 식민지 민중의 절대적 궁핍을 해결할 수도 본질적인 식민지적 사회구성을 자본주의적 사회구성으로 변질시킬 수도 없는 제한된 변화였지만 그것은 최소한 서울을 비롯한 몇몇 대도시들을 식민지 내의 자본주의적·근대적 특구(特區)로 장식하기에는 부족하지 않은 변화였다. 이제 몇몇 식민지 도시, 특히 서울은 근대적 도시로서의 자기완결성을 확보하여 자본주의의 메커니즘이 여일하게 작동하는 하나

2　'도시성(都市性)'이라는 말은 여기서는 도시적인 것 일반을 의미하는 것이 아니라 자본주의가 공간적으로 구체화된 형상으로서의 도시의 성격이라는 의미로 한정하여 사용될 것이다.

의 '공간화된 자본주의'의 형상을 띠게 된 것이다. 이것이 '도시성'을 기본적인 소여로 하는 문학이 탄생하는 발생적 조건이라고 할 수 있다.

하지만 이러한 기본적 소여의 공유가 곧 당대의 소설들로 하여금 '공간화된 자본주의'로서의 도시탐구라는 방향성까지 공유하게 하지는 않았다. 도시탐구를 통한 자본주의 혹은 근대성의 탐구라는 문제는 사실상 근대 리얼리즘 소설에서도 가장 고도의 과제에 속한다고 할 수 있다. 가령 염상섭이 단편 「전화」(1925)에서 전화라고 하는 도시적(근대적) 소품 하나를 둘러싸고 시정인들 사이에서 일어나는 삽화들을 그려내면서 어렴풋이나마 일종의 물신숭배적 상황의 도래를 예감한 것과 같은 그런 예민한 현실감각이 전제되어 있어야 하고, 나아가 그것을 단지 자본주의적 세태탐구에 그치지 않고 자본주의 극복이라는 역사적 전망의 차원으로까지 밀어올리는 힘이 있어야 하는 것이다. 당대의 작가들에게 있어서 도시는 아직 관찰의 대상으로 지나치게 바깥에 있거나 반대로 소외의 원천으로 지나치게 안쪽에 있었다. 박태원, 채만식이 전자의 경우라면 이상, 이효석, 김남천, 최명익 등은 후자의 경우라고 할 수 있다. (박태원은 엄밀히 말하면 양자에 걸쳐 있다.)

이러한 현상의 원인은 어디에 있는가? 여기에는 30년대의 특수한 문학사적 경험들이 가로놓여 있다. 우선 KAPF의 해소로 상징되는, 일본제국주의의 전면적 탄압과 혁명적 전망의 상실로 누구도 현실의 객관적 반영이 곧 현실의 법칙적 극복을 보장한다는 믿음을 갖지 못하게 되었고 파시즘에 대한 패배주의는 문학의 전반적 내성화를 몰고 와 현실에 대한 리얼리즘적 치열성이 약화되었다. 이렇게 리얼리즘적 치열성이 약화된 상태에서 가장 복잡화한 자본주의 탐구인 도시탐구가 제대로 이루어질 수 없었을 것이다. 둘째, 새로운 도시세대인 모더니즘 작가군들의 등장이 이 시기의 문학사적 사건일 텐데 이들은 30년대의 자본주의적 '발전'의 산물인 도시문명에 대한 매혹과 관념적 비판이라는 이중적 태도를 지니고 있었지만, 매혹이 관념적 비판보다 우세하여 도시를 근본적으로 객관화할 수 없었다.

이러한 문학사적 원인들 말고도 어쩌면 도시 자체가 리얼리즘적 해명을 거부하는 특성을 지닌 데서 연유할 수도 있다. 자본주의가 무한대의 이윤추구라는 비합리적 욕망의 소산이고 근대도시 역시 그러한 불멸의 욕망이 공간적으로 결정화된 형상이며 본질적으로 디오니소스적 공간[3]이라면 도시로부터 어떤 핵심적 형상을 추출하려는 리얼리즘의 모든 시도는 극도의 난관에 봉착할지도 모른다. 제임스 조이스 (James Joyce)가 『율리시즈(Ulysses)』에서 의식의 흐름, 내적 영역의 확장, 지향없는 단편적 의식들의 집적이라는 모더니즘적 접근법에 의존한 것은 더블린이라는 도시에서의 분열된 인간과 삶의 해명을 위해 차라리 필연적인 것이었다고 할 수 있다.

---

3   Monroe K. Spears, *Dionysus and the City*, Oxford Univercity Press, 1970, p.70. 전혜자, 「1930년대 도시소설연구」, 『한국의 현대문학』 3, 한양출판, 1994, 19면에서 재인용.

2. 근대소설에 있어서 도시의 의미

소설(Novel)은 기본적으로 자본주의적 시정(市井)의 산물이다. "신에 의해서 버림받은 세계의 서사시"[4]라는 소설에 대한 고전적 규정은 자본주의의 발전과 그에 따른 도시화를 그 역사적 전제로 하고 있다. 인간의 세계가 신에 의해 버림받았다는 것은 근대의 합리주의와 휴머니즘에 의해 인간의 세계가 신적인 것의 지배로부터 해방되었다는 것을 의미하는바 도시는 바로 그 해방된 인간들이 건설한 새로운 해방공간이다. 소설 이전의 서사양식들인 서사시나 로맨스는 신의 지배가 직접적으로 관철되는 세계, 혹은 신의 의지가 인간의 시련과 모험을 통해 관철되는 세계의 이야기로서 그 서사공간은 다분히 자연친화적이고 비합리적이다. 중세적 도시건 농촌이건 아니면 숲이나 산, 바다 같은 자연 그대로이건 이 공간들은 인간의 의지나 욕망에 의해 영향받지 않는, 아니 오히려 인간에게 불가해한 영역으로 다가오고 따라서 공포감과 경외감을 불러일으키는 공간이다. 바로 여기에 신적인 것이 틈입하는 것이다.

하지만 새로운 해방공간으로서의 도시에는 신적인 것이 깃들일 여지가 없다. 봉건적 질곡(종교적 질곡까지 포함한)에서 벗어난 인간들이 자신의 욕망과 이성에 의해 건설한 도시에는 더 이상 신비롭고 불가해한 공간은 남아 있지 않다. 도시라는 공간은 인간에 의해 기획되고 건설

---

4 G. Lukács, *Die Theories des Romans*(Lutherland, 1971), 반성완 역, 『소설의 이론』, 심설당, 1985, 113면.

되고 장악되는 하나의 의식적 생산물이기 때문에 거기에 해명될 수 없는 부분이라고는 존재할 수가 없다. 인간의 삶도 도시 속에서 비로소 합리적 인과관계 속에 놓이고 그 이성적 해명이 가능하게 된다. 근대 리얼리즘 소설은 사실상 이러한 합리주의와 휴머니즘이라는 자주적 정신과 그 정신이 재생산되는 자본주의적 생산·소비시스템, 그리고 이 정신과 시스템을 담는 공간적 외연으로서의 근대도시라는 세 요소를 떠나서는 탄생할 수 없었다고 할 수 있다.

하지만 이렇게 위대한 근대 리얼리즘 소설들을 낳은 도시라는 해방공간이 인간으로 하여금 자기를 낱낱이 해명할 수 있도록 허락한 시간은 불행히도 아주 짧았다. 예컨대 그것은 소상품생산과 그 유통을 위한 소박한 경제체제만이 존재하던 이행기의 자본주의에서 신흥부르주아의 합리성과 진보성이 지배하던 산업자본주의 초기에 이르기까지만, 즉 자유와 이성이 절대의 가치로 숭상되고 '보이지 않는 손'의 예정조화가 지배하던 초기 자본주의시대에만 가능했던 하나의 기적이었는지도 모른다. 현실과 인간을 객관적으로 인식할 수 있었고 그 객관적 인식이 곧 전망을 보장하던 시기는 아마도 그 시기뿐이었을 것이다.[5] 자본주의의 발달에 따라 경쟁에 의해 자본가계급 내부에서 상승과 몰

---

5 그런데 이 시기를 대표할 만한 리얼리즘 소설이라고 할 수 있는 발자끄의 『인간희극』에 대해서조차 루카치는 "혼돈되고 마성적인 비합리성의 형식"을 갖는다고 했고 (위의 책, 141면), 아도르노는 "환상을 기반으로, 소외된, 즉 주체에 의해 이제는 전혀 체험되지 않는 현실을 재구성한 것"(「강요된 화해」, 『문제는 리얼리즘이다』, 실천문학사, 1985, 207면)이라고 하여 그것이 합리적 근대이성에 의한 세계탐구의 산물이라기보다 하나의 소설사적 우연으로 간주하고 있다는 사실은 이른바 '위대한 리얼리즘'이 설 수 있었던 역사적 토대가 얼마나 좁고 위태로운 것인가를 시사한다고 할 수 있다.

락의 드라마가 벌어지고 소수의 자본가계급에 의한 과두지배가 이루어지고 노동자계급과 자본가계급 간의 계급투쟁이 격화되어 '평등한 인간'의 환상이 다시 깨지기 시작하면서, 무정부적 생산에 의한 재화의 과잉과 궁핍화에 의한 과소소비, 풍요와 빈곤의 공존 등에 의해 '합리적 이성'의 환상이 깨지기 시작하면서, 먼저 자본주의적 발달을 이룬 나라들이 이윤착취를 위해 전자본주의 혹은 비자본주의 단계에 있던 나라들을 침략하기 시작하면서, 즉 자본주의가 독점자본주의 단계를 넘어 제국주의 단계로 이행하면서 이제 신이 사라진 세계에 물신(物神)이 대신 자리잡게 된다. 다시 불가해하고 신비로운, 그러면서도 신보다는 훨씬 세속적인 어떤 것이 인간과 세계를 지배하게 되는 것이다. 그리고 자본주의가 낳은 자유와 해방의 공간이었던 도시는 이제 통제되지 않는 욕망과 비합리와 소수에 의한 다수의 억압과 인간의 인간에 대한 적의가 끝없이 들끓는 거대한 도가니가 되었다.

이 새로운 도시에서 소설의 운명도 바뀌게 된다. 소설이 소박한 추수적 현실묘사로 객관세계의 본질을 드러낼 수 있는 시기는 지나가고 물신적 현실이 창출해내는 중첩된 장애물들을 온갖 고투 끝에 넘어서야만 비로소 본질의 한 끝자락을 접할 수 있게 된 것이다. 그러나 그나마 만만치 않은 것은 에밀 졸라(Emile Zola)류의 자연주의가 그 엄청난 현실재현을 위한 고투에도 불구하고 끝내 이 타락한 부르주아적 물신세계의 제대로 된 형상적 전유에 이르지 못한 것에서도 잘 알 수 있다. 그리고 이 자연주의의 고투가 실패임이 판명된 그 자리에서 모더니즘 소설의 역사가 시작되는 것이다.

나중에는 사회주의리얼리즘에 기대어 소설의 운명에 관해 낙관적인 전망을 지니게 되지만 젊은 시절의 루카치(Georg Lukács)가 『소설의 이론』(1915)에서 그려낸 근대소설의 초상은 훨씬 어둡고 절망적인 것이었다. 그에 의하면 소설은 이 세계가 아무런 내재적 의미도 가지고 있지 않다는 것을 확인하기 위한 도로(徒勞)의 여행이다. 하지만 그 여행을 하지 않고는 이 세계의 무의미성조차 확인할 길이 없다. 즉 부재의 확인이 곧 존재의 입증이 되는 아이러니가 소설을 통해 비로소 실현된다. 이렇게 아이러니의 형식을 빌리지 않고는 아무런 의미도 찾을 수 없다는 것은 가장 절망적인 궁경(窮境)이며 이는 사실상 모더니즘의 세계인식과 궤를 같이하는 것이다. 루카치의 계승자인 골드만(Lucien Goldmann)이 내린 바 있는 "타락한 세계에서 타락한 방식으로 진정한 가치를 추구하는 이야기"[6]라는 소설에 관한 역시 아이러니컬한 정의가 모더니즘 소설을 이해하고 그에 의미를 부여하는 하나의 고전적 레퍼런스가 되고 있다는 사실은 이를 잘 뒷받침하고 있다.

물론 이러한 근대소설의 어두운 초상이 자본주의적 근대도시의 물신적 성격에서 기인한다는 생각은 하나의 가설일 뿐이다. 하지만 20세기의 근대소설들 — 흔히 현대소설이라는 이름으로 불리지만 — 이 거의 공통적으로 지닌 비관적 세계인식, 고립되고 소외된 인간형상과 분열된 내면의 표현, 불연속적이고 뒤틀린 서사구조, 해체된 시간과 공간 등의 특징들은 제국주의시대 이후의 도시가 갖는 일종의 악마적 성격과 일치한다. 루카치는 도스토옙스키(Dostoevskii)를 일컬어 "현대의 자본주의적 대도시를 그린 최초의 위대한 작가인 셈"이라고 했던바 그

6　Lucien Goldmann · Pour une sociologie du Roman, 조경숙 역, 『소설사회학을 위하여』, 청하, 1982, 12면.

것은 도스토옙스키가 "현대의 대도시생활이 필연적으로 초래한 영혼의 왜곡을 최초로 — 그리고 지금까지의 누구보다 탁월하게 — 그려냈"으며 그가 "대도시의 빈궁 속에서 내적 구조와 외적 구조, 즉 영혼구조와 사회구조의 통일성을 문학적으로 통찰"했다고 보기 때문이다.[7] 이는 근대도시는 영혼의 왜곡을 낳으며 이 영혼의 왜곡은 바로 도시사회의 근원적 왜곡과 상사적(相似的)이라는 사실을 말해준다.

근대사회에서 인간 영혼의 문제를 제대로 다루기 위해선 근대사회의 여러 성격들을 집약적으로 대표하는 '공간화된 자본주의'인 도시의 문제를 다루어야 한다. 근대인간의 운명을 다루는 근대소설은 필연적으로 근대도시라는 '단떼적 연옥'을 통과해야만 하며 이 통과의례가 바로 소설적 서사의 중심에 놓이게 되는 것이다. 여기에 섣부른 초월은 있을 수 없다. 부르주아 혹은 쁘띠부르주아의 민중과 유리된 고독한 내면을 다루든, 아니면 프롤레타리아의 빈궁에 의해 왜곡된 영혼을 다루든 그것은 이 연옥의 한가운데를 철저하게 통과해야만 그것의 올바른 지양이라는 대가를 얻을 수 있는 것이다.

사회주의리얼리즘에 입각한 소설쓰기가 만들어낸 『어머니』나 『고요한 돈강』 같은 성과는 사회주의혁명에 성공한, 즉 자본주의의 사슬을 의식적으로 끊어낸 러시아 민중의 혁명적 앙양이 만들어낸 '성격과 환경의 극적인 일치'의 결과라고 해야 할 것이다. 그것은 극히 짧은 혁명적 고양기의 산물이며 그 시기의 극적인 삶들을 포섭했을 뿐 그것이 그

---

7   G. 루카치, 「도스토예프스키」, 조정환 역, 『변혁기 러시아의 리얼리즘 문학』, 동녘, 1986, 136~137면. "새로운 단떼적 연옥"이라는 표현도 이 글에서의 루카치의 표현이다(135면).

나머지 시간을 지배하게 된 일상성(그것이 자본주의적인 것이든 자본주의를 극복했다고 주장하는 사회주의적인 것이든)조차도 포섭했다고는 볼 수 없다.

80년대 후반 한국 노동소설과 이를 둘러싼 비평적 논쟁을 잠시 돌이켜보자. 당시 사회주의리얼리즘의 원칙을 노동소설에 적용하고자 했던 작가들이나 비평가들, 즉 프롤레타리아적 당파성을 미학적 원리로까지 밀어올리려고 했던 사람들이 산출한 노동소설들은 늘 낭만주의적 딜레마에 빠져들었다. 그 소설들은 노동자계급의 승리(현재적인 것이든 예비된 것이든)를 그리고자 하였으며 비평가들은 승리적 전망을 요구했다. 하지만 그 승리는 늘 소국면의 특정현장의 것으로 위축되었고 그저 그 상태에서 환유적인 이해를, 즉 '이 소국면에서의 승리는 곧 전면적 승리를 상징하는 것이다'라는 식의 이해를 독자들에게 강요했다. 하지만 이러한 승리는 결코 전면적 승리와 이어질 수 없었다. 왜냐하면 그 소설들은 지금 이 글이 말하고 있는 '도시적 연옥'을 제대로 통과하지 않았기 때문이다.

80년대의 그 어느 작가도 자기 소설의 인물들로 하여금 후기자본주의의 연옥을, 들끓는 도시적 삶의 한가운데를 통과하게 할 수 없었다. 그리고 타 계급 계층의 삶을 그려라, 노동자들의 일상생활을 그려라 하고 작가들에게 주문했던 그 어느 비평가도 그렇게 했을 경우 과연 당파성에 입각한 승리적 관점을 끝내 견지할 수 있을 것인지 여부를 제대로 고민하지 않았다. 계급적 당파성의 이론으로 철저히 무장한 한 사람의 노동자가 이 자본주의적 연옥 속을 통과했다고 할 때, 그가 우리에게 보여주는 모습은 두 가지 중의 하나 즉 철저히 무장해제를 당해 만신창이로 쓰러진 패배자의 모습이거나 그럼에도 불구하고 아직도 창을 휘두르며 풍차를 향해 돌진하는 돈 끼호떼(Don Quijote)의 모습일 것이다. 전자는 회의했고 후자는 회의하지 않은 것, 그것이 차이이다. 회의하지 않는 영웅의 시대를 향한 돌진, 그것은 로맨스의 영원한 주제이다.

다행히도(?) 우리 소설사는 이러한 자본주의에 대한 전방위투쟁을 감행하는 노동자 돈 끼호떼를 만들지는 않았지만, 그 전방위적 차원의 소설적 사유를 회피한 채 작은 노동현장에서, 소시기의 소국면에서, 노동자들만의 자족적 테두리에서 자가발전된 수많은 소영웅들의 낭만적 모험과 검증되지 않은, 혹은 검증될 수 없는 작은 승리, 혹은 승리에 대한 강박적 전망만을 무수히 산출해낸 것이다. 사회주의리얼리즘에 입각한 소설들이 현대사회에서 처한 운명은 자기시대를 한꺼번에 초월하고자 하는 모든 낭만주의의 운명이며 극단적으로 말하면 다음의 인용문이 보여주는 '추상적 이상주의'의 운명일 수도 있다.

영혼의 좁혀짐에 상응하는 마성이란 곧 추상적 이상주의의 마성이다. 그것은 이상을 실현하기 위해 곧장 앞으로만 치닫는 내적 상태이고 또 마성에 현혹되어 이상과 이념, 보편적 정신과 개인의 영혼 사이에 존재하는 일체의 거리를 망각한 마음의 상태이다. 그것은 또한 가장 순수하고 또 조금도 흔들리지 않는 확고부동한 믿음을 가지고서는 이념이란, 그것이 당위적으로 존재해야 하기 때문에 응당 존재할 수밖에 없다고 결론을 내리는 마음의 태도이다.[8]

---

8   G. 루카치, 앞의 책, 1985, 123~124면.

근대극복의 전망을 지니든 지니지 못하든, 연옥을 답사하려는 의식적 전제를 지녔든 지니지 않았든, 리얼리즘 소설이라 불리든 모더니즘 소설이라 불리든, 진정한 근대소설은 이 자본주의적 근대도시의 연옥한가운데를 통과하는 소설이다. 그 과정 중에 소설의 행로는, 구체적으로 문제적 인물의 행로는 바로 그 연옥의 형상처럼 일그러지고 길을잃기도 한다. 어느 작가도 이것을 두려워해서는 안 된다. 이를 두려워한 그 어느 작가도 위대한 작가의 반열에 오른 적이 없고 또 오를 수도없다. 중요한 것은 이 연옥의 궁극에까지 도달하는 일이고 그 끝에서절망을 얻든 희망을 얻든 그것은 차라리 나중의 문제이다.

3. 박태원 소설과 도시성

1) 「소설가 구보씨의 일일」과 『천변풍경』의 발생적 근거

이제까지 근대도시의 발전이 근대소설에 미친 심대한 영향과 그 근본적 상사관계를 가설적 수준에서 거칠게 살펴보았다. 이제는 그 같은문제의식을 가지고 원래의 주제, 즉 30년대 소설에서 나타난 도시성의문제를 본격적으로 고찰할 차례이다.

박태원의 장편 『천변풍경』(1936)이 발표된 후 최재서는 이 작품이 '객관적 태도로 객관을 보았고' '주관의 먼지'가 앉지 않은 카메라, 즉 객관

적인 '소설가의 눈'으로 '선명하고 다각적인 도회묘사'를 이루어냈으며
이는 '리얼리즘의 확대'라고 할 수 있다고 평한 바 있다. 그러나 반면에
이 작품에선 작가의 개성이 부재하며 '묘사의 모든 디테일을 뚫고 나가
는 통일적 의식' 즉 '사회에 대한 경제적 비판'이거나 '인생에 대한 윤리
관' 말하자면 비판의식이나 모랄이 부족하고 청계천변을 하나의 '밀봉
된' 공간으로 만들어 더 큰 외부사회와의 관련을 놓치고 있다는 점 등
을 한계로 지적했다.[9] 이에 대해서 임화는 『천변풍경』은 파노라마적
인 트리비얼리즘일 뿐 리얼리즘이라 불리는 것은 적절하지 않으며,[10]
세부묘사와 시추에이션의 집합물에 불과한, 현실에 무력한 세태소설
일 뿐[11]이라고 하면서 최재서의 비평태도를 "문학의 한 부분 조그만 측
면에 악착하고 있는 슬픈 상태를 너무나 안일하게 긍정해버리는 태만
한 비평정신"[12]이라고 비판했다.

　이 두 비평가의 『천변풍경』에 대한 이러한 평가는 당시에 벌어졌던
실제 논쟁의 전개과정 여하와 상관없이 30년대 소설의 성격을 규명하
는 데에 하나의 실마리를 제공해준다. 최재서가 『천변풍경』을 '리얼리
즘의 확대'라고 한 것이 리얼리즘에 관한 그의 단순소박한 인식과 「날
개」와 짝을 이루어 확대/심화로 도식화하는 가운데 저질러진 하나의
지적 태만의 소산이라고 할 수 있지만 그는 『천변풍경』이 작가의 개성
이 부재하며, 디테일을 뚫고 나가는 통일적 의식으로서의 비판의식이
나 윤리가 부족하다는 점을 날카롭게 지적했다. 이러한 인식은 표면적

9　　최재서 「리얼리즘의 확대와 심화」, 『조선일보』, 1936. 10. 31~11. 7.
10　　임화, 「사실주의의 재인식」, 『문학의 논리』, 학예사, 1940, 73면.
11　　임화, 「세태소설론」, 위의 책, 361면.
12　　위의 글, 360면.

인 견해차에도 불구하고 사실상 당시 임화의 「세태소설론」에서 「본격소설론」으로 이어지는 일련의 평론들의 기저를 이루는 인식, 즉 30년대 후반 소설들이 '사상성의 감퇴'와 그에 이어지는 '예술적 조화의 상실'이라는 증후를 앓고 있다는 인식과 그리 멀지 않은 거리에 있다. 비판의식이나 모랄의 부족은 곧 사상성의 감퇴에 기인하는 것이며, 작가의 개성이 부재한 카메라 워크로서의 현실묘사는 결국 임화의 '말하려는 것과 그리려는 것과의 분열' 즉 예술적 부조화를 피하고자 하는 작가 박태원의 서사전략의 소산이기 때문이다.

하지만 이러한 동일한 사태판단에도 불구하고 두 비평가의 결정적 차이는 이 사태를 받아들이는 태도에 있다. 『천변풍경』의 이러한 문제가 최재서에게는 하나의 비평적 이슈에 불과하지만 임화에게는 하나의 '위기'로 다가왔다는 점이다. 임화는 KAPF의 해체로 문학을 규정하는 공식적이고 운동론적인 외재적 기준은 사라졌지만 그렇다고 해서 올바른 문학적 현실인식의 내재적 기준까지도 함께 사라졌다고는 생각하지 않았다. 그럼에도 불구하고 30년대 후반의 소설문학은 그 이전과는 본질적인 차이를 드러내며 전직 카프 서기장이자 일급의 마르크시스트 비평가인 그에게 새로운 해명을 요구하고 있었다. 이것은 그에겐 문학적·비평적 위기이자 동시에 삶의 위기에 다름 아니었을 것이다. 「세태소설론」(1938.4)과 「본격소설론」(1938.5)은 그러한 위기에 대한 하나의 자각으로 쓰어진 것이다.

「세태소설론」에서 임화는 세태묘사의 번성이 사상성의 감퇴 이후 새로이 소설문학의 특징으로 등장했다고 보았다. 세태묘사의 소설은 당대 소설의 또 다른 방향인 내성(內省)의 소설과 대척되는 것인데 임화는 이 두 경향이 사실은 하나의 뿌리를 지니고 있음을 밝힌다.

나는 이것을 작가의 내부에 있어서 '말하려는 것'과 '그리려는 것'과의 분열에 있지 않은가 하고 생각한다. 더 자세히 말하자면 작가가 주장하려는 바를 표현하려면, 묘사되는 세계가 그것과 부합되지 않고, 묘사되는 세계를 충실하게 살리려면, 작가의 생각이 그것과 일치할 수 없는 상태다.

(…중략…)

그러므로 자연 작자의 생각을 살리려면 작품의 사실성을 죽이고 작품의 사실성을 살리려면 작자의 생각을 버리지 아니할 수 없는 '띄렘마'에 빠지는 것이다. 이것은 작자에게 있어선 창작심리의 분열이고, 작품에 있어선 예술적 조화의 상실이다.

(…중략…)

이런 현상은 말할 것도 없이 우리의 사는 시대의 이상과 현실이 너무나 큰 거리로 떨어져 있는 현실 자체의 분열상의 반영일 것이다.

(…중략…)

성격과 환경과의 '하아모니'가 본시 소설의 顧望임에도 불구하고 작가들이 이런 조화를 단념한 데서 內省에 살든가 描寫에 살든가의 어느 일방을 자연히 택하게 된 것이다.[13]

의식과 세계의 불일치는 작가에게는 치명적인 아포리즘이다. 세태묘사와 내성화는 그 아포리즘을 피해가는 방식이다. 따라서 세태묘사

---

[13]   임화, 앞의 책, 346~349면.

에는 본질적으로 작가의 의식이 결여되고, 내성화에는 본질적으로 객관세계의 형상이 결여된다는 것이다. 임화는 여기서 "성격과 환경과 그 사이에 얽어지는 생활과 생활의 부단한 연속이 만들어내는 성격의 운명"[14]을 소설구조의 기축으로 하는 이상형의 본격소설의 상을 제시함으로써 그 위기를 상대화하고자 했다. 하지만 이 '묘사(환경의!)와 표현(자기의!)의 하아모니!'를 기초로 하는 고전적 소설상은 이 '무력한 시대'에는 단지 과거지사거나 미래의 막연한 숙제로서의 의미밖에는 지니지 못한다.

임화의 당대 소설문학의 경향에 대한 이러한 비관적이고도 아이러니컬한 인식을 가장 잘 뒷받침해주는 작가가 바로 박태원이었다. 1934년에 쓴 중편 「소설가 구보씨의 일일」과 1936년에 완성한 장편 『천변풍경』은 각각 30년대의 내성소설과 세태소설을 대표한다고 해도 과언이 아닌데 이 두 작품이 한 작가에 의해 씌어졌다는 점이 문제가 된다. 그런데 임화는 두 소설은 박태원이라는 하나의 정신 속에 일관되게 들어 있는 같은 뿌리의 다른 두 열매임을 밝힘으로써 자신의 당대 소설의 딜레마에 관한 입론을 강화할 수 있었다.

> 그러나 나는 「구보씨의 일일」과 『천변풍경』과의 사이에는 작자 박태원씨의 정신적 변모가 잠재해 있다고는 생각지 않는다. 똑같은 정신적 입장에서 씌어진 두 개의 작품이라고 보는 게 가장 타당한 관찰일 것이다.
>
> 「구보씨의 일일」에는 지저분한 현실 가운데서 死體가 되어가는 자기의

---

14 위의 책, 367면.

하로 생활이 내성적으로 술회되었다면 『천변풍경』 가운데는 자기를 산송 장으로 만든 지저분한 현실의 여러 단면이 정밀스럽게 묘사되었다.

그러므로 이 두 소설이 훌륭한 의미에서 조화 통합되었다면 우리는 어떤 본격적인 예술소설을 연상할 수가 있다. 그러나 「구보씨의 일일」에 나타난 작자는 『천변풍경』의 세계의 지배자가 될 자격이 없었고, 『천변풍경』의 세계는 「구보씨의 일일」의 작자를 건강히 살릴 세계는 또한 아니었다.

즉 兩個가 다 작자의 예술적 정신적인 飛翔을 위하여는 각각 하나의 重荷이었다. 그러므로 박태원 씨는 아직도 두 개의 경향을 兩手에 들고 좀처럼 놓지 못하며 양자의 조화를 시험해보려는 일이의 단편에선 작자의 자기무력은 저조한 感傷으로 변하고 마는 것이다.[15]

'지저분한 현실과 산송장이 되어가는 작자'라는 임화의 말을 다른 말로 바꾸면 '타락한 세계와 타락해가는 인간'일 것이다. 임화에 의하면 박태원의 딜레마는 타락한 객관세계를 묘사할 때는 타락해가는 인간이라는 주체가 빠져 있고, 타락한 주체를 표현할 때는 타락한 객관세계에 대한 탐구가 부족하다는 데 있는 것이다.

어떻게 심지어 한 작가에게서조차 이런 분열이 일어날 수 있었을까? 그것은 박태원 개인의 특수한 문제인가? 아니면 당대 소설의 보편적 딜레마인가? 임화에 의하면 그것은 작가 개인의 역량문제라기보다는 보편적 딜레마 쪽에 가깝다. '작가가 주장하려는 바를 표현하려면 묘사되는 세계가 그것과 부합하지 않고, 묘사되는 세계를 충실하게 살리

---

15 위의 책, 350~351면.

려면 작가의 생각이 그것과 일치할 수 없는 상태'가 그것인데 이는 '현실 자체의 분열상의 반영'이라는 것이다. 즉 현실 자체가 분열되었기 때문에 성격표현과 현실묘사의 불일치는 필연적이 된다는 말이다.

30년대 후반의 변화된 현실에 관한 섬세한 천착이 요구되는 것은 바로 이 지점에서다. 이 글의 앞부분에서 잠시 기술한 바 있지만 30년대 후반은 식민지 자본주의의 급격한 발달이 이루어진 시기이며 동시에 군국파시즘이 기승을 부리던 시기이다. 또한 국내의 대부분의 사회운동세력들이 궤멸되거나 지하화하고 전향이 속출하는 민족해방운동의 일대 수세기이기도 하다. 한편으로는 이제까지 지탱되어온 민족해방, 계급해방의 이념이 그 구체적인 토대를 잃고 붕괴해가는 절망적 상황이 전개되는 반면 다른 한편으로는 제한적일망정 유사 산업자본주의의 굉음이 지축을 울리고 휘황한 자본주의문명의 환상이 도시를 중심으로 펼쳐져 식민지 민중의 넋을 사로잡아간 시기가 바로 30년대 후반이었던 것이다.

이는 한편으로는 변혁의 대상으로서의 '현실'이 저 멀리 물러나고 대신 생존의 대상으로서의 '일상'이 앞으로 대두한 시기이기도 하다. 절망과 환상의 공존, 현실과 일상의 자리바꿈이라는 이 배반적이고 분열적인 상황에서 주관과 객관의 분열이 일어나는 것은 차라리 당연한 일이다. 이 시기의 어느 작가도 이런 미증유의 혼돈 속에서 주체를 확립하고 그 확립된 주체의 힘으로 이 분열적인 현실의 중심을 꿰뚫어나가기란 불가능했던 것이다. 그것은 일본제국주의의 파멸과 민족해방운동의 승리와 식민지 자본주의의 허구성과 이를테면 식민지적 근대성의 본질을 궁극적인 수준에서 인식하는 철저함이 없이는 힘든 일이었다. 그 수준까지는 도저히 이를 수 없었던 대부분의 식민지 지식인작가들의 경우 양심의 고뇌가 깊을수록 자아와 세계 사이의 분열 또한 깊을 수밖에 없었을 것이다.

박태원의 두 작품이 보이는 분열적 양상 역시 이러한 보편적 딜레마에서 연유한 것이다. 하지만 박태원의 소설은 임화가 말하듯 주체와 객체 간에 서로 도저히 넘을 수 없는 만리장성을 쌓은 것은 아니었다. 「소설가 구보씨의 일일」은 분명 내성소설이기는 하지만 그 내성지향은 도시의 배회라는 일정한 수준의 객체탐구를 대부분 매개로 하고 있으며, 『천변풍경』은 주체의 탈색이라는 결정적인 한계는 있지만 그러한 객관주의의 지향 자체가 주관에 의한 간섭을 피하고자 하는 하나의 서사전략이라는 측면이 강하다. 무엇보다 이 두 작품은 드물게도 30년대 후반의 식민지 도시와 그 일상성에 대한 의도적인 탐구의 소산이라는 점에서 주목에 값한다. 근대도시라는 환경 자체가 인간과 세계에 대한 사실적 접근을 용이하게 허락하지 않는다고 할 때, 그리하여 성격과 환경 간의 조화라는 본격소설적 이상의 실현이 불가능하다고 할 때, 박태원의 두 작품이 보여주는 실험적 성격은 단순히 분열의 결과가 아니라 분열을 전제한 후의 도시적 환경에 대한 새로운 형태의 적응의 결과라고도 볼 수 있다. 그것은 박태원 나름대로 연옥을 통과하는 하나의 행로는 아니었을까?

이러한 맥락에서 「소설가 구보씨의 일일」은 임화가 내세운 바 "성격과 환경과 그 사이에 얽어지는 생활과 생활의 부단한 연속이 만들어내는 성격의 운명"을 다루는 이상형의 본격소설이 불가능해진 30년대 후반의 상황에서 자본주의적 도시성과 근대적 주체 사이의 갈등과 충돌

그 자체를 기록함으로써 전통적 본격소설의 범주를 뛰어넘는 새로운 소설양식의 창조에 근접해가고 있다고 할 수 있다. 그의 또 다른 작품 『천변풍경』의 경우가 주관의 간섭을 배제하는 객관주의적 서사전략을 의도적으로 적용하여 30년대 서울의 단순반복적이며 순환적인 도시적 일상의 시·공간을 그려내는 데는 성공하였지만, 바로 그 주체를 배제한 소박객관주의와 작품 속의 인물들에 대한 작가의 온정주의의 간섭으로 말미암아 그러한 단순반복적이고 순환적인 도시적 일상의 시·공간 안에 그러한 일상성을 끊임없이 초월하는 자본의 초시간적·초공간적인 운동이 은폐되어 있음을 발견하지 못함으로써, 즉 자본운동의 관철양상을 추출해내지 못함으로써 임화가 말한 바 트리비얼리즘을 벗어나지 못했다는 점과 비교해서도 이 「소설가 구보씨의 일일」의 문학사적 존재감은 자못 큰 것이다.

2) 「소설가 구보씨의 일일」 ─ 도시성과 근대적 주체의 충돌의 기록[16]

이 소설을 두고 임화는 지저분한 현실 가운데 사체가 되어가는 자기의 하루 생활을 내성적으로 술회한 소설이라고 하였다. 여기서 중요한 것은 '지저분한 현실'과 '사체가 되어가는 자기'가 맞물리는 방식이다. 그리고 그것을 어떻게 내성적으로 인식하는가 하는 점이다.

소설은 말 그대로 소설가 구보 씨의 하루를 그리고 있는데 그가 바

---

16 텍스트로는 창작과비평사 판 『한국현대대표소설선』 제3권(1996)에 수록된 것을 취했다.

라보는 도시의 풍경과 그와 맞물리는 자기성찰의 궤적을 살피기 위해 이 소설의 시간적 흐름을 따라가는 방식을 취하고자 한다.

이 소설은 마치 고소설처럼 문장의 첫 어절을 장제목으로 취하고 있는데 처음 두 개의 장, 즉 **어머니는**과 **아들은**은 일종의 프롤로그로서 어머니의 시점으로는 외출할 즈음을, 아들의 시점으로는 외출에서 돌아올 즈음을 그려 보이고 있다.

어머니는 ─ "직업과 아내를 갖지 않은" 아들의 대책없는 외출을 걱정하는 늙고 쇠약한 어머니의 아들에 대한 우려와 포기할 수 없는 기대가 그려지고 있다. 직업과 아내를 갖는 것, 그것은 생활을 건설하는 일이고 일상을 갖는 일이다. 그리고 세계의 주변에서 중심으로 이동해 들어오는 것이다. 하지만 아들은 좀처럼 어머니의 기대에 접근하려 하지 않는다.

아들은 ─ 외출에서 돌아온 아들은 어머니의 그런 기대를 부담스러워한다. 아들 역시 생활에 뿌리내리는 일과 뿌리내리지 않고 떠도는 일 사이에서 갈등한다.

이 프롤로그 이후로는 아들은 일개 가족단위의 한 성원으로서의 사적 존재인 '아들'로서가 아니라 한 사람의 사회적 공적 단위인 '소설가 구보'로서 도시 배회에 나선다. 그 배회는 곧 이 주인공이 자신의 존재함을 확인하는 유일한 매개가 된다.

구보(仇甫)**는** ─ 청계천변 집을 나선 구보는 잠시 어머니 생각을 하지만 곧 잊고 본격적인 배회에 나선다. "그는 어딜 갈까, 생각하여본다. 모두가 그의 갈 곳이었다. 한 군데라 그가 갈 곳은 없었다." 로맨스의 주인공이나 근대 리얼리즘 소설의 주인공의 특징은 갈 곳이 있다는 데에 있다. 그들에게는 운명이 있고 그 운명이 지시하는 행로가 있다. 그 행로는 곧 그 주인공의 전기적 삶의 한 부분이 되며 거기엔 시대의 운명이 함께한다. 소설미학적으로 그것은 곧 플롯의 역동성에 다름 아니다. 하지만 이 소설의 주인공 구보씨에겐 그 갈길이 막혀 있다. '어디든 갈 수 있으나 아무 데도 갈 곳이 없는' 주인공은 출발도 하기 전에 주저앉은 형국이다. 이 막막함, 그것은 곧 모더니즘 소설 일반을 지배하는 가장 강력한 분위기라고 할 수 있다. 이렇게 갈 곳 몰라하는 구보는 설상가상으로 두통과 왼편 귀 이상이라는 병증을 자각한다. 하나의 신경증으로서의 병증의 자각이라는 설정은 이제는 차라리 상투적이라고 할 정도로 모더니즘 소설에 많이 등장하는, 말하자면 세계와의 불화 혹은 부적응(물론 소극적 부정적인)을 상징하는 내면상황의 설정이다.

구보는 — 그는 지금 광교를 거쳐 종로를 향하고 있다. 우두머니 서 있는 것이 무의미하여 종로를 향하지만 무슨 사무(事務)가 있어서가 아니다. 머무르는 것도 무의미하고 움직이는 것도 무의미하다. 하지만 그 무의미의 지평에서 문득 욕망이 떠오른다. 그의 발길은 종로 네거리에 있는 화신상회, 즉 백화점으로 향한다. 그의 첫 행선지가 백화점인 것은 의미심장하다. 그것은 물신적 욕망의 문제가 도시의 배회자인 그에게 가장 먼저 다가선다는 의미는 아닐까? 백화점은 무한대의 소비가 이루어지는 곳이고, 상품물신이 완성되는 곳이며 도시적 욕망의 가장 큰 거처이다. 그곳에서 구보가 본 것은 오찬을 즐기고 쇼핑을 하게될, 아이를 거느린 젊은 내외이다. 구보는 그들에게 경멸과 부러움을 동시에 느낀다. 경멸은 소비대중으로서의 속물적 삶에 대한 것이고 부러움은 그들이 누리는 소시민적인 행복에 대한 것이다. 그들을 바라보고 있는 자신의 손에 들린 단장과 공책에는 행복은 없다. 이 상황은 곧 도시적 환경 속에서 지식인이 겪는 분열적 상황이다. 그는 자본주의의 순환구조 안에 있으면서 동시에 그 바깥에 있고자 한다. 도시와 그 속에서의 '생활'은 그 순환구조 안에서의 삶을 강제한다. 하지만 그는 끝없이 주변을 배회하며 그 안쪽을 관찰한다. 단장은 배회의 도구이고 공책은 관찰의 도구이다. 그의 손엔 도시가 요구하는, 자본주의가 요구하는 생산도구는 들려 있지 않다. 그 안에서 생활하는 사람들에게는 갈 곳이 있다. 그들은 부지런히 전차에서 내리고 또 탄다. 이 '생활'이 없는 주변인의 삶, 한계인의 삶에는 갈 곳이 없다. 하지만 혼자 남는 것은 힘들다. '외로움과 애달픔.' 그는 움직이는 전차에 올라탄다.

전차 안에서 — 전차 안에서도 그는 "제 자리를 찾지 못한다." 자기가 있어야 할 곳이 아니기 때문이다. 단지 그는 주변인으로서의 고독을 혼자 견디지 못해 다른 사람들의 정해진 행로에 편승했을 뿐이기 때문이다. 백화점에서 받은 '행복의 충격'은 그에게 행복에 대한 기대를 갖게 했지만 어디에 그 행복이 있을지는 알 수 없다. 전차는 종로에서 종묘로 종묘에서 동대문으로 움직인다. 전차 안에서 아는(아마도 선을 보았을) 여자를 만난 그는 그 여자와 시선이 마주칠 것을 겁낸다. 그것은 '안쪽의' 사람들과 그 생활에 얽혀드는 일이고 자기를 그곳에 밀어넣는 일이기 때문이다.

여자는 — 구보는 전차 안에서 우연히 만난 여자를 두고 공상을 전개한다. 여자를 아는 체해야 할지 아니면 모른 체해야 할지 그는 고민한다. 그는 자신이 그 여자를 진정으로 사랑하는지 어떤지도 알 수 없다.

여자가 청량리행 전차를 갈아타려고 전차에서 내렸을 때 그는 그 여자를 따라 내리려다 만다. 그리고 다시 따라 내리지 않은 것을 후회한다.

행복은 — 그가 여자를 두고 그토록 마음을 쓴 것은 그 여자와의 만남을 '행복'과 연루시켰기 때문이다. 그 행복은 이중의 의미, 혹은 이중의 욕망으로 채워져 있다. 하나는 여자와 결혼하여 영위해나갈 소시민적 삶에 대한 욕망이며, 다른 하나는 청년 구보의 자연스러운 성적 욕망이다. 하지만 그는 그 욕망의 현실화를 감당하지 못했다. 전차는 다시 동대문 훈련원에서 한강교를 향하여 돌아간다.

일찍이 — 구보의 욕망의 표백은 계속된다. 그는 예전에 짝사랑했던 친구의 누이를 생각했다. 그 여자는 이미 두 아이의 어머니로 속물성의 늪에 깊숙이 빠져 있었다. 그는 그것은 행복이 아니라고 생각한다. 시계를 들여다보면서 그는 '사원 팔십전짜리 십팔금 팔뚝시계'와 '삼원 육십전짜리 벰베르크 실로 짠 보일 치마'를 사는 것을 행복의 절정이라고 믿는 한 소녀를 생각했다. 구보의 성적 욕망과 여자들의 세속적, 혹은 물신적 욕망이 교직된다. 그는 "자기는, 대체, 얼마를 가져야 행복일 수 있을까"를 묻는다. 물론 구보의 행복은 교환가치적 척도로 잴 수 있는 것은 아니지만 교환가치의 척도로밖에는 표현할 수 없음을 그는 문득 깨닫는 것이다. 그는 조선은행 앞에서 전차를 내려 장곡천정(長谷川町, 소공동)으로 들어선다.

다방의 — 다방에는 오후 두시인데도 '일을 가지지 못한' '피로한' 젊은이들이 "제각각의 우울과 고달픔을 하소연"하고 있었다. 그럼에도 그들은 "탄력있는 발소리"나 "호화로운 웃음소리"를 업신여겼다. "근대적 고아(高雅)한 감정"을 모른다며 비웃고 심지어는 가엾어하는 것이다. 일을 가지지 못한 피로한 젊은이들은 말하자면 고등실업자들이고 탄력있는 발소리나 호화로운 웃음소리의 주인공들은 일을 가지고 돈을 버는 사람들일 것이다. 그런데 전자가 후자를 비웃고 가엾어한다. 그 이유는 후자가 근대적인 고아한 감정을 모르기 때문이다. 여기에도 아이러니와 자기분열이 존재한다. 자본주의의 운동행정 속에 생산과 소비의 주체로 편입하지 못한, 그리하여 생활을 갖지 못한 실업자들이, 생산과 소비의 주체인 생활인들을 경멸하는데, 즉 근대의 주변인들이 근대의 중심인들을 경멸하는데 그 기준이 "근대적 고아한 감정"의 소지 여부라는 사실, 그것이 아이러니다. 주변인들의 고아한 감정과 내부인들의 속물성, 주변인들의 편입욕구와 내부인들의 일탈욕구 (물론 박태원은 여기까지는 다루지 못하고 있지만) 사이의 역설적 긴장은 기실 자본주의사회를 지탱하는 생산적 긴장이며 이를 통해 자본주의는 이윤을 창출하고 동시에 문화도 건설하는 것이다. 물론 바로 이 점 때문에 자본주의하의 인간은 늘 분열을 경험한다. 구보 역시 예외일 수 없다. 조금 전 여인들의 속물성을 비웃었던 그는 유학 아니면 여행을 꿈꾸며 '금전과 시간이 가져다줄 수 있는 행복'을 꿈꾸는 것이다. 그리고 그런 꿈을 꾸는 자신을 '애닲고 또 사랑스럽게' 생각한다. 그것이야말로 대표적인 소시민적 욕망이며 또 그에 대한 자기변명이다.

그 사내와, ― 이 다방에서 구보는 자기의 벗은 아니지만 벗의 소개로 인사를 한 적이 있는 한 사내를 만난다. 하지만 전에 그가 구보를 알아보았을 때 구보는 그를 못 알아보아 그에게 불쾌감을 주었고, 이제 그가 누구인지 알아보게 되었는데도 구보는 그에게 알은체를 하지 못하고 그를 피하면서 "사람과 사람 사이의 교섭의 번거로움"을 느낀다. 교섭은 상호침투를 낳고 상호침투는 변화를 강제한다. 구보는 그것을 견디지 못하는 것이다. 구보는 다방을 나와 부청(府廳) 쪽으로 걷다가 한길 위에서 덕수궁의 정문인 대한문을 바라보며 그 "너무나 빈약한 옛 궁전"을 보고 우울함을 느낀다. 식민지 현실에 대한 비감일 것이다. 그는 다시 다방 옆의 벗이 경영하는 골동점을 찾았으나 벗은 없고 "한길 위에 사람들은 바쁘게 또 일있게 오고갔다." 그는 문득 창작을 위한 의식적 답사라는 자신의 일을 깨닫는다. 그에게 배회는 단지 무의미한 걸음이 아니라 하나의 일일 수도 있는 것이다. 모더놀로지오, 즉 고현학(考現學)이 곧 그의 일이다. 그 목적의식적 답사가 의도대로 실천된다면 그에게 있어서 도시는 객관화되고 그의 글은 내성의 좁은 영역을 넘어서 전체 현실의 상을 그려 보일 수 있게 될 테지만 그러기에 그의 심신은 너무 피로했다. 그의 심신은 환경을 이길 수 없었던 것이다.

얼마 있다 ─ 그는 다시 걸으며 자신의 신경쇠약을 생각한다. 그는 이 손상된 건강이 소년시대의 남독(濫讀)에서 비롯된 것이라 진단한다. 이는 중의적인 의미를 지닌다. 그의 남독은 육체적 건강과 함께 정신적 건강도 해쳤던 것이다. 그는 몸이 약해서도 식민지 자본주의의 중심부에 편입할 수 없지만 그가 읽은 책들은 그의 정신이 그에 쉽게 편입되지 못하도록 가로막아온 것이다. 구보의 저 "보잘것없는, 아니, 그 살풍경하고 또 어수선한 태평통의 거리" "저, 불결한 고물상들"에 대한 신경증적 혐오는 반자무늬가 눈에 시끄럽다고 문을 양지로 바른 서해(曙海)의 신경증과 통하는 것이 아니라 사실은 이효석의 다음과 같은 신경증과 통하고 있다.

거리는 왜 이리도 어지러운가.

거의 삼십년 동안이나 걸어온 사람의 거리가 그렇게까지 어수선하게 눈에 어리운 적은 없었다. 사람의 거리란 일종의 지옥 아닌 수라장이다.

(신경을 실다발같이 헝클어놓자는 작정이지.)[17]

이런 신경증 속에는 모더니스트들 특유의 근대인식이 잘 나타나고 있다. 즉 근대의 합리적 기획이 만들어낼 어떤 조화로움과 완미함에 대한 기대와 그 비합리적 발산이 만들어낸 무질서와 혼돈에 대한 혐오가 뒤섞인 인식이 그것이다. 그것이 근대추종과 근대혐오의 공존을 낳는다.

다시 구보는 길을 걷다가 아주 영락한 보통학교 시절 옛 동무와의 어색한 만남을 경험하고 "울 것 같은 감정을 스스로 억제하지 못한다." 그는 그 동무의 영락에 작용한 사회적 역사적 힘을 생각했을 것이다.

조그만 — 그는 한 개의 기쁨을 찾아 "사람들 있는 곳으로, 약동하는 무리들이 있는 곳으로" 가고 싶어 남대문을 향한다. 그것은 고독을 이기는 길이기도 하다. 하지만 거기엔 약동은커녕 큰 고독이 기다리고 있다. 수많은 인총들 사이에 흐르는 것은 가난과 불신과 소외, 즉 '군중 속의 고독'이었다. 그리고 그를 결정적으로 우울하게 만든 것은 "문 옆에 기대어 섰는 캡 쓰고 린네르 쯔메에리 양복 입은 사내의, 그 온갖 사람에게 의혹을 갖는 두 눈"이었다. 형사의 눈이다. 부청 앞에서 남대문을 지나 서울역에 이르는 동안 구보의 현실인식이 유난히 예민해지고

17 이효석, 「인간산문」, 『이효석전집』 2, 창미사, 1983, 37면.

있다. 빈약한 옛 궁전, 영락한 옛 동무, 가난과 불신에 묻힌 민중과 그에 대한 억압적 감시와 처벌의 눈길 …… 이런 것들은 비록 파편적인 것이긴 하지만 구보의 배회가 단지 자본주의적 근대도시와 그것의 내면적 작용의 탐구가 아니라 식민지 현실의 탐구이기도 하다는 사실을 환기시키는 대목들이기 때문이다.

개찰구 앞에 — 대합실에서 구보는 금광 브로커로 보이는 사람들을 여러 명 발견한다. 때는 바야흐로 서정시인조차 황금광으로 나서는 때다. 대합실에서 중학시대의 열등생 한 명을 만난다. 그도 황금광이다. 그는 애인도 한 명 동반하고 있었다. 속물적 자본주의에 대한 혐오감이다.

월미도로 — 역 밖으로 나와 조선은행 쪽으로 걸으며 구보는 총명한 여자가 야비한 남자에게 몸을 허락하는 이유가 황금 때문이리라 생각한다. 그들은 황금과 성을 교환하는 것이며, 구보는 야비한 황금과 가벼운 성에 대한 경멸과 선망 사이에서 동요한다. 그런 동요는 구두를 닦으라는 구두닦이의 권유를 불쾌하게 거절하는 것으로 이어진다. 구보는 벗을 갈구한다. "벗과 같이 있을 때, 구보는 얼마쯤 명랑할 수 있"기 때문이다.

다행하게도 — 구보는 다방에 들어가서 마음을 안정시키고 강아지와 수작하며 무료한 시간을 보낸다. 하지만 강아지와 마음을 나누는 일조차도 쉬운 일을 아니었다. 소통의 어려움과 고독의 완강성에 대한 확인일 것이다.

마침내 — 신문사 사회부기자인 벗이 나타났다. 그는 시인이기도 하다. 그는 구보의 작품을 즐겨 읽고 즐겨 비평하는 독지가이다. 그는 구보의 소설이 "분수보다 엄청나게 늙었음"을 말했다. 구보는 그런 벗의 비평을 실없는 말놀음으로 맞받았다. 역시 진지한 의사소통의 어려움이다.

문득 — 창밖 아이의 울음소리를 실마리로 해서 한 벗의 무분별한 여성편력과 그로 인한 한 사생아의 불행한 탄생의 이야기를 생각해낸다. 『율리시즈』를 논하는 벗에게 "그야 제임스 조이스의 새로운 시험에는 경의를 표하여야 마땅할 게지. 그러나 그것이 새롭다는, 오직 그 점만 가지고 과중평가를 할 까닭이야 없지"라고 받는다. 이 부분에서 구보의, 즉 박태원의 작가적 자의식이 드러난다. 똑같이 도시를 다룬 조이스의 『율리시즈』를 두고 그저 새로울 뿐이라고 말하는 그의 말에는 「소설가 구보씨의 일일」은 새로운 것이 아닌 좀 더 본질적인 어떤 것을 지닌다는 자의식이 들어 있는 것이다. 그것은 식민지 작가 박태원의, 자기 문학이 지니고 있는 고뇌와 통찰의 깊이에 대한 나름대로의 숨은 자부심의 표현이라고 할 수 있다. 다방을 나온 벗은 집으로 가고 구보는 다시 "대체 누구와 이 황혼을 지내야 할 것인가 망연하여한다." 그는 다시 갈 곳 없는 도시의 배회자로 돌아온 것이다.

전차를 타고 — 벗의 귀가를 두고 구보는 "생활을 가진 사람은 마땅히 제집에서 저녁을 먹어야 할 게다"라고 인정한다. 종로 네거리에서 구보는 '노는계집(遊女)'들의 위태로운 걸음걸이를 보고, 그 위태로움에서 그들의 세상살이의 불안정함을 생각한다. 그리고 그 생각은 생활을 가진 사람들이 '하루의 고역 뒤의 안위를 찾아' 그렇게도 기꺼이 집으로 집으로, 걸어가는 것에까지 이른다. 구보는 자신이 아직 집에 돌아가지 않아도 좋은 것을 다행으로 여기기까지 한다. 여기서는 생활을 가지지 않은 구보가 모처럼 생활을 가진 사람들을 제압한다. 생활을 가지지 않은 구보의 아웃사이더적인 시선에 생활을 가진 사람들의 반복되는 일상성이 지닌 근본적인 공허함과 위태로움이 날카롭게 포착되고 있는 것이다. 이 순간이 도시에 있으면서도 도시성에 매몰되어 있지 않은 주변적 배회자의 비판적 시선이 빛나는 순간이다. 하지만 구보는 종로서 옆의 작은 다료에서 그 주인인 벗을 다시 기약없이 기다려야 한다.

여자를 / 다료에서 / 이곳을 / 광화문통, ─ 구보는 다료에 앉아 사랑하는 남녀의 모습을 보고 질투와 선망을 느끼다가 문득 동경유학 시절의 연애사를 떠올린다. 이때부터 소설은 현재의 환경과 내면의 교호에 과거의 회상까지 가세하여 다소 복잡한 전개를 보인다. 그새 다료의 주인인 벗이 돌아오고 함께 설렁탕집을 가고 그들은 다시 헤어진다. 동경에서의 연애의 회상은 회상 특유의 아름다움으로 반추된다. 하지만 그 연애는 역시 구보의 우유부단함 때문에 깨지고 말았다. 구보는 회억과 그리움에 젖어 거리를 걷는다.

이제 ─ 겨우 회상에서 빠져나온 구보는 다시 다방으로 향하는 도중 아버지가 시골에서 딴살림을 차린, 어떤 벗의 조카아이들을 만난다. 그리고 그들로 인하여 웃음을 찾았다.

그래도 ─ 구보는 밤거리를 다니는 여자들로부터 성욕을 느낀다. 그리고 그 성욕은 역시 그 한 변형이라고 스스로 생각하는, 편지나 엽서를 받아보고 싶은 욕망으로 이어진다. 성욕이건 서신을 받고자 하는 욕망이건 사람 사이의 소통을 원한다는 점에선 마찬가지이다. 구보가 진정 원하는 것은 소외된 관계가 아닌 서로 소통되는 따뜻한 인간관계였던 것이다.

다방을 ─ 구석진 자리가 없어 다방의 한가운데에 앉아 벗을 기다리던 구보는 생명보험회사 쎄일즈맨인 중학 동창을 만난다. 그는 구보를 구포라 부르고 최독견의 『승방비곡』이나 윤백남의 『대도전』을 걸작이라 여기는 무식한 인물이다. 구보는 벗이 오자 그를 피해 다방 밖으로 나간다.

조선호텔 ─ 시인인 벗은 뜻하지 않은 엽서를 받는 것 같은 조그만 기쁨을 가진 적 있느냐는 구보의 질문에 석달 밀린 다료의 집세를 독촉하는 내용증명의 서류우편을 받았다는 말로 대답했다. "가난한 소설가와, 가난한 시인과 …… 어느 틈엔가 구보는 그렇게도 구차한 내 나라를 생각하고 마음이 어두웠다." 구보의 생각은 다시 궁핍한 식민지 현실로 옮겨간 것이다. 그리고 그 생각은 이내 애인을 갖고 싶은 생각으로 이어진다. 구보는 더 나아가서 아내와 애인과 딸 모두를 갖고 싶다는 욕망을 품어본다. 그러나 그 욕망이 이루어지더라도 마음의 안위는 얻을 수 없으리라고 생각한다. 구차한 식민지 지식인의 고독은 어떠한 위안으로도 덜어질 수 없는 성질의 것이기 때문이다. 고통스런 현실인식과 여성을 통한 위안이라는 남자들의 오래된 마음의 절차. 그들은 결국 까페를 찾는다. 술과 여자를 찾는다.

처음에 ─ 벗은 기력과 정열이 결핍되어 있었다. 까페에서 그의 음주 불감증을 놀리던 구보는 이내 온갖 종류의 정신병명을 떠올리다가 그러고 있는 자기 자신도 이미 한 개 환자에 틀림없다고 생각한다.

그러면 ─ 세상사람들이 다 미친 사람이다. 구보는 자신은 다변증환자라 한다.

구보와 벗과, ― 구보는 까페의 여급들에게 연민과 동정을 느낀다. 그들의 무지에 대해서도 관대하고 비오는 날 단벌옷이 젖을까 걱정하는 그들의 염려에도 동정하였다. 갑작스런 불행 때문에 여급모집 광고에라도 기대를 걸어야 했던 어떤 여인과 지금 눈앞의 여급들 중 누가 더 불행할까를 저울질해보기도 하였다. 그러나 이런 연민은 확실히 값싸고 감상적인 것이다. 박태원의 30년대 민중현실에 대한 인식은 아직 저급했던 것이다.

오전 두 시의 ― 종로 네거리에서 구보는 벗과 헤어져 집으로 향했다. 그러나 그 하루는 위안받지 못한 것이고 잊었던 아들로서의 정체성이 다시 돌이켜진 그의 귀가는 무거운 것이었다. 그러나 그는 "이제 나는 생활을 가지리라. 생활을 가지리라. 내게는 한 개의 생활을, 어머니에게는 편안한 잠을"이라고 다짐한다. 그리고 친구에게는 "내일, 내일부터, 나, 집에 있겠소, 창작하겠소"라고 단언한다. 그리고 심지어는 "어머니가 이제 혼인 얘기를 꺼내더라도, 구보는 쉽게 어머니의 욕망을 물리치지는 않을지도 모른다"고까지 생각하는 것이다.

이 작품이 비록 일관된 서사구조를 지니지 못했다 해도 기본적 갈등은 있는바, 그것은 바로 생활과 비생활 간의 내면적 갈등이다. 어머니와 구보의 갈등이 바로 그것이고 백화점에서의 한가족과 구보의 갈등도 그것이며 금광 브로커인 옛 동무와 구보의 갈등, 일찍 귀가하는 벗과 구보의 갈등도 그것이다. 그리고 귀가를 재촉하는 무수한 발길들을 바라보는 일찍 귀가하지 않아도 좋은 구보의 시선을 그리는 부분에선 오히려 구보의 비생활적 입장에 더 많은 무게가 실리고 있다.

그러나 동경유학 시절의 연애에 얽힌 추억을 돌이키면서부터 생활

205

과 비생활의 긴장은 팽팽함을 잃기 시작하여 사람 사이의 소통을 갈구하고 여성적인 것으로부터의 위안을 구하면서, 여급들에게 연민의 시선을 보내면서 점차로 생활 쪽으로 기울기 시작한다. 생활을 획득하겠노라는 구보의 선언은 배회의 결심에 맞먹는 중대한 의미를 갖는 것임에는 틀림없다. 그것은 자본주의적 근대도시의 안쪽에서 정공법으로 승부를 하겠다는 본격소설의 선언일 수 있기 때문이다. 하지만 그것이 이처럼 소시민적 위안에의 갈구에 의해 촉발된 것이라면 그 건강성은 쉬이 의심받게 된다.

이상과 같은 분석적 독서의 결과 이 소설은 식민지 근대(자본주의)라는 30년대의 삶의 조건과 그 공간적 현상형태인 식민지도시 서울에 대한 한 주변인적 주체의 답사와 배회의 기록이라고 할 수 있다. 이 소설은 근대추종/근대혐오, 식민지적 현실인식/소시민적 안주의식, 생활/비생활의 갈등을 기본축으로 하여 전개되지만 그 전개과정이 전통적인 선형적(線形的) 서사구조, 즉 발단-전개-절정-대단원을 축으로 하는 서사구조에 의존하지 않고 도시공간에서의 무지향적 배회와 그 배회과정에서 만나는 다양한 도시공간 및 현상들과의 비연속적 충돌과 그 반응에 대한 무작위적 기록이라는 비선형적 서사구조에 의존하는 것을 가장 주요한 특징으로 하고 있다.

구보씨는 소설가이지만 소설을 써서 생계를 유지할 수는 없는 룸펜 쁘띠, 고등실업자로서 '생활을 가지지 않은 자'이다. 그의 도시답사는 처음부터 '갈 곳 없음'을 특징으로 하는 무방향적 배회의 방식으로 시작된다. 왜냐하면 생활을 가지지 않은 자에게 도시는 정해진 행로를 제공하지 않으며 그 역시 도시의 내부에서 관철되는 자본주의 운동논리로부터 소외되어 있기 때문이다. 그러한 배회는 또한 내면의 질병으로서의 신경증을 동반하는데 이는 도시에서의 공간적 배회와 내면의 배회가 일치함을 나타낸다.

이러한 이중의 배회는 화신상회에서 시작하여, 장곡천정의 다방, 덕수궁 대한문, 태평통, 남대문, 서울역, 조선은행, 광화문통, 낙원정의 까페 등을 지향없이 전전하면서 이루어진다. 배회는 상품물신적 소비의 공간인 백화점에서 시작하는데 여기서 구보씨는 소비대중의 속물적 삶에 대한 경멸과 그들이 누리는 소시민적 행복에 대한 선망 사이에서 동요한다. 그는 이어 전차를 타지만 갈 곳이 있는 사람들의 행로에 단지 편승했을 뿐, 소외는 여전하다. 그리고 여자와 결혼에 대한 몽상을 계속함으로써 소시민적 행복에의 욕망에 계속 시달린다.

그는 그와 같은 처지의 생활없는 룸펜들의 공간인 다방에 들어서야 비로소 근대도시의 주변인으로서 근대도시의 중심을 사는 '생활을 가진 자'들에 대한 비판의식을 회복한다. 그러나 그 비판 역시 중심으로의 편입욕구로부터 자유롭지 못함으로써 아이러니와 자기분열을 면치 못한다.

다방을 나온 그는 길 위에서 자신의 이 배회가 단순한 배회가 아니라 창작을 위한 의식적 답사이며 고현학(modernology)이라는 사실을 문득 자각하지만 살풍경하고 어수선한 태평통 길 위에서의 피로는 그 자각을 압도한다. 도시의 적대성이 피로라는 이름으로 이 주변인을 쓰러뜨리는 것이다. 그리고 이것은 부적응과 근대혐오의 증세인 신경쇠약이라는 형태로 구체화된다. 그는 이 고독과 신경쇠약으로부터 벗어나기 위해 남대문을 거쳐 경성역으로 '약동하는 무리들이 있는 곳으로' 향하지만 그가 그곳에서 만난 것은 적나라한 식민지적 현실, 즉 가난과 불신에 묻힌 민중과 그에 대한 억압적 감시와 처벌의 눈길이었다.

도시의 저녁, 생활을 가진 사람들이 집으로 가는 발걸음을 재촉할 때 생활을 가지지 않은 구보의 눈에 그들의 반복적인 일상성이 지닌 근본적 덧없음과 위태로움이 포착된다. 그러나 그것도 잠시 그는 다시 무료한 주변인으로 돌아가고 벗과 술을 마신 뒤 새벽 두시 그도 역시 어쩔 수 없이 어머니로 상징되는 생활의 중압이 기다리는 집으로 돌아갈 수밖에 없다. 이것이 배회의 끝이며 그 끝은 결국 처음으로 돌아가는 것이다.

구보씨의 이런 하루 동안의 배회의 전말에는 어떠한 인과적 필연도 존재하지 않는다. 단지 한 주변인적 지식인이 식민지 자본주의의 이런저런 도시공간과 충돌하면서 부단히 자신의 자의식과 그 자의식을 위협하는 환경 사이에서 동요하는 모습을 분산적이고 파편적으로, 때론 반복적으로 보여주고 있을 뿐이다. 그러나 이처럼 비총체적 · 비인과적 서사구조야말로 이 소설이 도시성을 일정하게 내면화하고 있음을 말해준다. 비록 철두철미하게 공간화된 자본주의로서의 도시의 비인간적이고 냉혹한 작동원리를 반영하지 못하고 그에 대한 저항과 회의에 많은 무게를 싣고 있다는 점에서 아직은 본격적인 도시탐구소설이라고 할 수 없겠지만 이제 도시화의 충격이 막 현실화되고 있던 30년대의 현실에서 이 소설은 도시성을 최대치로 반영한다고 할 수 있다.

3) 배회형 소설 — 도시성에 대응하는 소설양식

어찌되었든 이 같은 비교적 자세한 독서의 결과 임화의 '주관과 객관의 분열'이라는 설득력 있는 도식은 이 작품에 한해서는 지나친 단순화로 보인다. 특히 '주장하려는 바를 표현하려면 묘사되는 세계가 그것과 부합되지 않고'라는 말은 더욱 그렇다. 이 작품에서 여러 곳의 도시공간으로 나타나는 외부세계, 즉 화신상회, 장곡천정의 다방, 덕수궁 대한문, 태평통, 경성역, 낙원정의 까페 등은 각각 물신적 소비공간, 생활 없는 고등실업자들의 공간, 나라 상실의 상징, 비합리적 도시발달의 형상, 식민지 민중의 질곡의 공간, 대안없는 위안의 공간 등으로 그려지고 있어 주인공 구보씨의 내면성찰에 적절히 부합하고 있으며 이는 단순한 지향없는 배회의 시간적 기록을 넘어서는 일정하게 계산된 서사전략의 결과라고 할 수 있다.

아마도 임화가 말하는 '묘사되는 객관세계'라는 말은 단순한 배경이나 공간의 의미가 아니라 스토리와 플롯에 의해 재구성된 세계를 의미하는 것인지도 모른다. 그렇다면 30년대 소설에 있어서 주장하려는 바와 묘사되는 세계의 불일치라는 말은 타당할 것이다. 그러나 이 작품은 애초부터 스토리와 플롯에 의해 객관세계를 재구성하고자 하는 의도와는 무관한 작품이었다. 어쩌면 이 작품은 인물과 스토리와 플롯의 일치를 전제하지 않고 분산적이고 파편적인 서사구조에 의존했기 때문에 이런 심리와 환경의 일정한 일치를 이룰 수 있었는지도 모른다. 스토리와 플롯의 매개 없이 내면의식과 객관세계를 직접적으로 조응시키는 방법이야말로 이 작품의 득의의 성취가 아닐까?

앞에서 언급한 것처럼 제국주의시대 이후의 도시가 지닌 충만한 물신성은 그 메커니즘과 그 안에서의 삶의 성격을 손쉽게 이해할 수 없게 만들었다. 도시는 공간적으로는 통일성과 파편성이 공존하고 시간적으로는 연속성과 불연속성이 공존하며, 계획성과 무정부성, 법칙성과 비법칙성이 공존하는 독특한 전체를 형성하고 있다. 하나의 전체적 도시공간은 우연하고 파편적인 공간들의 집적인 것처럼 보이지만 사실 그것은 자본의 필요에 의해 고도로 통합된 공간이며, 시간적으로도 역시 반복 순환적인 일상적 시간구조 안에는 비일상적이고 초월적이며 연속적인 시간구조가 공존하고 있다.

이런 도시 속에서의 인간을 문학적으로 올바로 형상화하기 위해서는 그에 알맞은 소설적 크로노토프가 제시되어야 한다.[18] 이런 점에서도 「소설가 구보씨의 일일」은 시사하는 바가 크다. 미로 속에서의 배회와 그 속에서의 몰시간적 내면성찰이라는 서사구조 자체가 위와 같은 도시의 성격, 즉 도시성에 적합한 구조이며 도시적인 크로노토프를 구현하고 있다고 하겠다. 구보의 하루 동안의 지향없는 배회는 비록 현실극복의 전망을 보여주지는 못했지만 이러한 적절한 크로노토프의 설정에 힘입어 30년대 지식인의 눈에 포착된 도시적 일상성과 그에 조응하는 내면의식의 추이를 풍부하게 드러내주고 있다.

이러한 성취는 이 작품이 '여행형 소설'이 아니라 '배회형 소설'이라는 점과 밀접하게 연결되어 있다. 스토리와 플롯을 매개로 인물의 삶의 어떤 시기에서 어떤 시기까지의 기간 동안의 경험을 재구성하여 결

---

18 미하일 바흐찐, 전승희 역, 『장편소설과 민중언어』, 창작과비평사, 1988, 259~468면. 공간적 지표와 시간적 지표가 용의주도하게 짜여진 구체적 전체를 말한다.

국 어떤 행로를 따라 전개되는 하나의 여행을 그리는 것이 '여행형 소설'이다. 루카치는 "소설의 진행은 문제적 개인이 자신을 찾아가는 여행이다"라고 했다.[19] 그리고 이 여행을 통해 문제적 개인은 현실 속에 침울하게 갇혀 있던 즉자적 상태에서 명백한 대자적 자기인식으로 나아가게 된다는 것이다. 루카치는 다시 "소설은 시작과 끝 사이에 그 자체의 총체성이 갖는 본질을 포함한다"고 했다.[20] 그러니까 이 '여행형 소설'은 작가의 현실에 대한 총체적 감각을 전제로 하는 것이다. 또는 적어도 성실한 현실탐사는 계기적으로 세계의 총체성을 드러낼 수 있다는 믿음이 전제된 것이다.

사실 이 여행형의 서사구조는 원래 소설의 것이 아니라 서사시와 로맨스로부터 이어져 내려오는 유구한 서사전통이다. 그리고 그 서사시와 로맨스에서는 어떤 초현실적인 운명의 계시가 사건의 인과적 전개과정 속에 궁극적으로 구현되는 것이 가장 큰 특징이다. 즉 여행이 진행되는 매국면이 곧 운명, 즉 총체성이 자기 모습을 드러내는 계기가 되지 못하면 그 여행은 금세 미궁에 빠져들게 된다. 그러나 고도 자본주의의 공간적 현현인 도시에서의 소외되고 물신화된 삶은 그 같은 미궁의 형상을 하고 있다. 그러므로 여행형 소설은 도시성을 드러내는 데 적합한 양식이 되지 못한다. 그것은 말하자면 전(前)도시적 서사양식이다.

이에 비해 스토리와 플롯의 매개에 의존하지 않고 인물의 공간적으로 전방위적이고 시간적으로 단속적인 세계답사의 과정을 추적하는

---

19   G. 루카치, 앞의 책, 1985, 103면.
20   위의 책, 106면.

것을 '배회형 소설'이라고 할 수 있다. '여행형 소설'에는 예정된 운명의 행로가 있는 반면, '배회형 소설'에는 아무런 운명의 계시도 없는 미로만이 존재할 뿐이다. 그것은 여행이 아니라 미로찾기이다. '여행형 소설'에서는 총체성을 해명하는 운명의 계시를 푸는 매개가 되는 선형적 서사구조의 여러 시간적 계기들이 존재하지만 '배회형 소설'에서는 그런 시간적 계기들은 소멸되고 부단히 부딪쳐 확인해야 할 미로형의 공간적 매개들만 존재한다. 그러나 그 공간적 매개들은 선적으로 계기화되어 있지 못하고 우연하고 비연속적인 형태로 흩어져 있다. 이 미로화된 공간들은 그러므로 적대적이다.

20세기 이래의 이른바 모더니즘 소설들은 모두 이러한 적대적 미로로서의 도시성 속에서 문제적 개인이 길을 찾는 고투의 기록이라고 할 수 있으며 그런 면에서 '배회형 소설'은 '여행형 소설'을 넘어서 도시성의 형상에 적합한 새로운 소설양식으로 개념화되어도 좋으리라 생각된다. 「소설가 구보씨의 일일」은 바로 이러한 미로찾기를 근골로 하는 배회형 소설의 훌륭한 모델이 되고 있다.

한편 「소설가 구보씨의 일일」을 '산책자 소설'로 규정한 연구가 있어서 이 글의 배회자 개념과 관련하여 일고를 요한다.[21] 이 연구에 의하면 구보는 "근대화된 서울 거리를 헤매는 소외된 룸펜 인텔리겐치아"이다. 이 연구에서 광인도 일상인도 아닌 산책자의 정신구조가 '의식의 흐름'이라는 모더니즘적 소설형식을 낳았다고 보는 부분과, "리얼

---

21 최혜실 「「소설가 구보씨의 일일」에 나타나는 '산책자(flaneur)' 연구」『관악어문연구』13, 1988. 정현숙 편, 『박태원』(『새미작가론총서』2), 새미, 1995에 재수록. (이 글에서는 이 재수록본을 참조한다.)

리즘에서 자본주의 극복의 이상적 인물로 '문제적 개인'이 나타남에 비해, 모더니즘에서는 '현재의 파편들 속에서 과거의 진실을 끌어 맞추려고 노력하는 자', '역사의 천사'인 '산책자'가 나타나게 된다"고[22] 한 부분은 이 글이 '여행형 소설'과 '배회형 소설'을 대비시킨 것과 관련하여 주목할 만하다.

그러나 발터 벤야민(Walter Benjamin)이 보들레르(C. P. Baudelaire)에 관해 쓴 평론[23]에서 처음 구사된 '산책자'의 개념은 이 글의 '배회자'와는 상당한 차이가 있다. 벤야민의 '산책자'는 자본주의적 도시에 대한 관조적 관찰자이다. 그는 도시에 대한 매혹이 없는 것은 아니지만 도시의 모든 것들을 우월한 위치에서 거리를 두고 유유자적하게 관찰하는, 일종의 반근대적 귀족적 낭만주의자라고 할 수 있는데 이는 보들레르적 의미에서의 '댄디'를 연상하게 한다.[24] 하지만 배회자는 그처럼 관조적 여유를 지닌 인물이 아니다. 처음부터 근대적인 것들에 대해 근원적인 거리감을 유지하고 있던 산책자와는 달리 배회자는 근대에 대한 매혹과 거부 사이에서, 근대적 욕망의 추구와 그 억제 사이에서, 심하게 동요하는 인물이다. 그리고 도시성에 대한 근원적인 성찰은 바로 그 매혹과 거부 사이의 동요와 긴장에서부터 나오는 것이기도 하다. 이런 면에서 「소설가 구보씨의 일일」에서 구보는 산책자라기보다는 배회자라고 할 수 있다. 무엇보다 '산책자' 혹은 '산책자 소설'이라는 개념은

---

22   정현숙 편, 위의 책, 223면.
23   발터 벤야민, 「보들레르의 몇 가지 모티브에 관하여」, 이태동 역, 『문예비평과 이론』, 문예출판사, 1987.
24   김정란, 「랭보 혹은 타락천사 ─ 댄디를 찾아가는 여행」, 『아웃사이더』 창간호, 2000.4, 28~31면.

모더니즘 소설의 한 양상을 지칭하는 것인데 반하여 '배회형 소설'이라는 개념은 자본주의적 도시성이 미만한 현대세계에서의 소설의 근본적 존재양상을 지칭하는 양식적 개념이라는 큰 차이가 있다.

4. 새로운 미학적 모험의 탄생

도시는 근대자본주의의 산물이자 그 재생산의 공간이며, 상품생산과 잉여창출이라는 자본주의의 추상적 운동기제가 공간적으로 구체화된 형상이다. 그리하여 문학이 도시를 문제삼는 일은 곧 자본주의적 근대가 일상적으로 관철되는 양상을 탐구하는 일이다. 우리 문학사에서 도시적 일상성의 탐구가 시작된 것은 아마도 30년대의 소설문학에서였을 것이다.

30년대에는 전쟁수행을 목전에 둔 일본 군국파시즘의 필요에 의한 것이기는 했으나 식민지조선에서 제한적으로나마 일종의 산업자본주의 초기의 활력과 문명적 분위기가 피어나기 시작했고 그 결과 최소한 서울이라는 공간은 공간화된 자본주의, 즉 근대도시로서의 외양을 띠게 되었다. 하지만 이 당시 우리 문학은 이러한 근대도시, 혹은 도시성에 대한 리얼리즘적 탐구를 수행하기에는 대단히 열악한 조건에 놓여 있었는데 이는 파시즘의 대두와 관련하여 문학에서의 내성화와 리얼리즘적 치열성의 약화가 두드러진 상태였고 도시에 대한 비판보다는 매혹이 더 강했기 때문이다.

그러나 무엇보다도 도시 자체가 그 리얼리즘적 해명을 거부하는 측면이 있다. 초기 도시는 '신이 사라진 시대의 서사시'로서의 소설의 모태였다. 즉 신의 지배로부터 벗어난 인간의 손에 의해 만들어진 투명하게 인간화된 최초의 공간인 이 도시에서 비로소 인간의 이야기인 근대소설이 탄생한 것이다. 그러나 자본주의 발전과 더불어 신의 자리를 자본주의적 물신이 차지하게 되면서 도시는 그 투명성을 잃고 오히려 가장 불가해한 '물신의 고향'이 되고 만다. 이로부터 도시는 소박한 추수적 현실묘사로는 그 본질을 알 수 없게 되고 좀 더 복잡한 미학적 고투를 통해서만 그 본질의 한 자락을 드러낼 수 있게 된다.

여기서 모더니즘 소설의 역사가 시작된다. 즉 이 물신적이고 불가해한 도시의 탐색을 통한 부재의 확인이 곧 존재의 입증이 되는 비극적 아이러니가 바로 소설의 본질이 되는 것이다. 대부분의 모더니즘 소설들이 지니고 있는 비관적 세계인식, 고립되고 소외된 인간상, 분열된 내면상, 불연속적이고 뒤틀린 서사구조, 해체된 시·공간 등의 특징들은 제국주의시대 이후 근대도시의 악마적 성격과 일치한다.

하지만 그것은 피해가야 할 어떤 것이 아니라 통과해야 할 어떤 것이다. 근대극복의 전망을 지니든 지니지 못하든 진정한 근대소설은 이 자본주의적 근대도시의 연옥 한가운데를 통과해야만 그 궁극적 의의를 보장받을 수 있는 것이다. 물론 여기엔 그에 걸맞은 미학적 모험이 따라야 하며 그것은 리얼리즘인가 모더니즘인가 하는 낡은 구분을 넘어서는 문제이다.

이상과 같은 관점에서 이 글은 우리 소설사상 최초의 본격적 도시탐구 소설이라고 할 만한 박태원의 「소설가 구보씨의 일일」과 『천변풍경』을 통해 자본주의적 도시성과 근대 모더니즘 소설과의 근본적 상사관계를 유추해내고 이 작품들이 그 관계를 여하한 미학적 장치를 통해 구현하고 있는가를 고찰해보았다.

그 결과 박태원의 두 작품은 동시대에 임화가 비판한 것과는 달리 의식과 세계의 불일치와 분열의 결과가 아니라 그 분열을 처음부터 전제하고 들어간 박태원 나름의 고도의 서사전략의 소산임을 알 수 있었다. 「소설가 구보씨의 일일」은 처음부터 스토리와 플롯의 일치를 전제하지 않고 분산적이고 파편적인 서사구조에 의존하고 있으며 이는 스토리와 플롯의 도움 없이 내면의식과 객관세계가 직접적으로 조응하게 하는, 근대도시 그 자체의 성격에 걸맞은 효과적인 미학적 전략이라고 할 수 있다. 도시의 미로 속으로의 배회와 그 속에서의 몰시간적인 내면성찰이라는 이 작품의 서사구조는 도시성의 탐구에 적합한 구조인 것이다. 그리고 이는 스토리와 플롯을 매개로 문제적 인물의 운명적 행로를 그려나가는 전통적인 '여행형 소설'과 달리 스토리와 플롯의 매개에 의존하지 않고 인물의 전방위적이고 단속적인 세계답사의 과정을 추적하는 '배회형 소설'이라고 할 수 있는데 이야말로 근대도시의 비의를 파고들어가는 새로운 미학적 모험이 아닌가 한다.

임화는 이 소설을 '말하려는 것과 그리려는 것의 분열' 또는 '주체와 객관의 분열'을 보여준 작품으로 읽었다. 하지만 이 소설은 처음부터 이 분열을 전제로 인식하고 들어간 작품이었다. 이 분열을 관념적으로 서둘러 봉합하는 것이 아니라 이 분열을 서사적 매개를 통하지 않고 직접적으로 확인하여 이를 더 두드러지게 드러나게 하는 것이 이 작품의 목적이었던 셈이다. "성격과 환경과 그 사이에 얽어지는 생활과, 생활의 부단한 연속이 만들어내는 성격의 운명"을 이상형의 본격소설 구조로 내세워 주체와 객관의 분열을 극복하려는 임화의 소설관이 아직도 '여행형 소설'의 범주에 묶여 있었다고 한다면 그것은 '배회형'의 불연속적 서사전략을 택하여 주체와 객관의 분열을 극명하게 드러낸 박태원의 소설전략에 한걸음 뒤처지는 것이었다고 말할 수 있다. 새로운 것이 늘 낡은 것보다 더 나은 것은 아니지만 이 소설에서 드러난 박태원의 새로움은 지금까지도 많은 해명을 요구하는 문제적인 새로움임에 틀림없다.

어쨌든 박태원의 두 작품은 도시성과 근대소설의 상사성을 거칠게나마 확인하게 해주었고 그 미학적 결과물인 '배회형 소설'이라는 개념의 일정한 적실성을 뒷받침해주기도 하였다. 이 '배회형 소설'이라는 개념은 좀 더 충분한 이론적 구성과 검증을 요하는 개념이기는 하지만 30년대 소설에 대해서뿐만이 아니라 차후 한국 현대소설 전반의 해명에 유효한 하나의 시각을 제공해줄 수 있는 개념이 아닐까 생각된다. 훗날의 더 심화 · 확대된 후속작업을 약속하면서 글을 닫는다.

근대도시의 바깥을 사유한다는 것

이상과 김승옥의 경우

1. 근대성에 대한 시간적 사유와 공간적 사유

2008년 현재 한국의 농촌인구 수는 318만 6,753명, 어촌인구 수는 19만 2,341명으로 둘을 합하여 전체 인구 4천 800만여 명에서 차지하는 비율은 고작 6.6%에 불과하다.[1] 이는 역으로 한국사회 인구의 93.4%가 도시인구라는 것을 말해 준다. 1980년경만 해도 1천만을 넘어 전 인구의 30%에 가까웠던 농어촌 인구가 불과 30년도 되지 않아 5분의 1로 감소한 것이다. 전 지구적 차원에서도 약 100년 전인 1900년

---

[1]   통계청, 「2008년 농업 및 어업조사」, 2009.2.24.

에는 세계 인구 중 도시 인구가 10%에 불과했던 것이 2007년을 고비로 역전이 일어났고 오는 2050년엔 전 세계 인구의 75%가 도시에 살게 될 것으로 관측된다고 하니[2] 한국사회만의 예외적 현상은 아니지만 그 속도가 주는 현기증은 피할 수가 없다. 이제 도시는 한국인 절대 다수의 거주 및 생활공간이 되었고 도시적 삶은 그들의 기본적인 삶의 양식이 되었으며 도시적인 삶 이외의 삶은 목하 인류학적 예외현상이자 타자로서 겨우 존재하는 소수자적 삶으로 전락하게 되었다.

현대 한국인에게 도시는 곧 세계 전체라고 해도 과언이 아니다. 농어촌 인구의 격감과 그 경제, 사회 부문에서의 지위 몰락은 말할 것도 없고 문화적으로도 비도시 지역은 완전히 도시에 의해 식민화된 지 오래다. 자연의 순환적 질서와 공동체적 사회관계를 기초로 하던 농촌의 삶의 양식은 이제 거의 모든 농촌에서 해체되어 갔고 농촌 거주자들의 삶 역시 직업이 농업일 뿐 대부분 도시적으로 재편되었다. 속도와 효율성, 개인성과 익명성, 그리고 소외된 노동과 소외된 욕망의 악무한에 이르기까지 도시 거주자들을 지배하는 정신적 심리적 메카니즘과 이에 기반한 도시문화는 이제 누구랄 것도 없이 현대 한국인 전체가 지니고 있는 후천적 형질이 되었다고 할 수 있다. 문학이 동시대인의 삶에 대한 기록이자 보고라고 한다면 이제 도시는 우리 당대문학의 불변의, 의심할 수 없는 공간적 배경이 된 것이다. 실제로 1980년대 이후 한국문학에서 농민문학 등 비도시 공간을 배경으로 한 작품의 존재는 하나의 유의미한 경향으로서는 거의 소멸했다고 보아도 좋을 것이다.

---

2   *Foreign Policy*, Jan-Feb, 2008.

한국사회 자체가 하나의 거대한 도시가 되었기 때문이다.

주지하다시피 한국 근대문학 비평과 연구는 오래도록 역사, 즉 시간의 문제를 기본 축으로 하여 전개되어 온 시간적 사유의 집적이었다고 할 수 있다. 한국사회와 한국문학의 근대, 혹은 근대성이라는 문제가 지나간 한 세기 남짓의 한국문학의 기본 주제였다고 한다면 그와 관련된 전통과 이식의 문제, 민족주의적 전망과 민중주의적 전망의 문제, 리얼리즘과 모더니즘의 문제 등 한국문학 비평과 연구의 잘 알려진 아포리즘들은 모두 이 지연된 근대의 시간을 어떻게 하면 따라잡는가 하는 시간적 강박의 각각 다른 표현들이었다고 해도 지나친 말은 아닐 것이다. 이러한 시간적 사유는 현상 속에 숨은 변화의 계기에 주목하고 그 계기들의 시간축 속에서의 발전 방향에 집중한다. 모든 소여는 지양되어 한 단계 높은 차원으로 옮겨가기 위해 존재하기 때문이다. 그렇기 때문에 한국 근대문학 비평은 종종 공간적 문제들, 농촌이나 도시 등을 다룰 때에도 그 안에 잠재한 시간성(객관적 조건에 따른 주체적 조건의 변화)에 주목했을 뿐 그 공간 자체의 기능과 의미에는 주의를 기울이지 않았다.

하지만 한국 근대문학이 그토록 집착했던 그 시간은 너무 늦게 흘러 때로는 거의 정지된 것처럼 보이기도 한다. 오죽하면 역사의 종말이 운위되었겠는가. 이렇게 시간이 멈춘 것 같은 상황에서 좀처럼 변하지 않을 것 같은 현실의 견고한 구조와 논리가, 그 악마적이고 공교로운 메카니즘들이 대신 눈에 띄는 것도, 또 그것을 깊이 천착하게 되는 것도 자연스러운 일이다. 한국사회 전체의 운명을 걸고 운위되던 변혁담론들이 빛을 잃고 그 대신 의제적 민주주의의 허울 아래 후기 자본주의의 막막한 일상성만이 지속되는 1990년대 이후에 자본주의적 근대를 지탱하는 사유체계와 담론 및 언어들, 생산과 교환, 유통과 소비, 욕망과 그 충족 혹은 불충족의 일상적 메커니즘들, 그리고 그로부터 형성된 아비투스와 문화, 온갖 기호와 상징체계들에 대한 계보학적 고찰들, 즉 넓은 의미에서의 일종의 모더놀로지(고현학)가 번성하게 된 것이다. 그것은 이제 근대세계를 이해함에 있어서 공시적 방법이 통시적 방법을 압도하게 된 결과라고 할 수 있다. 도시화의 압도적 진전과 도시적 배경의 절대화라는 조건 속에서 사람들의 삶의 양상이 점차 도시적인 것의 틀 속에 갇혀져 가는 것과 함께 근대도시와 그 고유한 성격으로서의 도시성(urbanism)에 대한 학문적 관심이 증가하고 도시라는 공간적 배경 혹은 존재조건이 한국문학에 가해 온 영향에 주목한 연구들이 적지 않게 산출되어 온 것은 이런 맥락에서 자연스러운 현상이라고 할 수 있다.[3]

---

3   석·박사학위논문을 예로 들면 '도시' 혹은 '도시성'이라는 제목을 내세운 것으로 한정하더라도 1990년대 이전에는 이은정, 「1970년대 도시소설에 나타난 도시적 삶에 대한 연구」, 이화여대 석사논문, 1979; 최진우, 「1930년대 도시소설의 전개」, 서강대 석사논문, 1981; 강혜경, 「1930년대 도시소설 연구」, 이화여대 석사논문, 1984; 장춘화, 「1930년대 도시배경의 소설 연구」, 대구대 석사논문, 1986; 김재용, 「1930년대 도시소설의 변모양상 연구」, 연세대 석사논문, 1987 등 다섯 편으로 전부 석사학위논문이며 대부분 1930년대의 도시소설에 집중되었던 것이, 1990년대 이후에는 나병철, 「1930년대 후반기 도시소설 연구」, 연세대 박사논문, 1990; 박연걸, 「1930년대 도시소설 연구」, 건국대 석사논문, 1993; 이규헌, 「1930년대 모더니즘 소설에 나타난 도시성 연구」, 국민대 석사논문, 1993; 김창식, 「일제하 한국 도시소설 연구」, 부산대 박사논문, 1994; 한성봉, 「1930년대 도시소설 연구」, 원광대 박사논문, 1995; 김남영, 「1930년대 도시소설의 공간 연구」, 영남대 석사논문, 1998; 박미아, 「박태원 소설의 도시성 연구」, 전남대 석사논문, 1998; 이성욱, 「한국 근대문학과 도시성 문제」, 연세대 박사논문, 2002; 류희식, 「1970년대 도시소설에 나타난 '변두리성' 연구」, 영남대 석사논문, 2003; 방경태, 「1930년대 한국 도시소설의 시간과 공간 연구」, 대전대 박사논문, 2003; 강정아, 「자본주의 도시공간에 대한 문학사회학적 연구」, 부산대 석사

이 연구들 중에서 문학작품에 나타난 도시사회상에 주목한 사회학적 경향의 연구들을 제하고 나면 대부분의 도시소설 연구는 근대성이 공간화된 장소로서의 도시가 어떻게 도시거주민들의 생활과 의식과 감각을 지배하고 그 양상이 어떻게 특정한 경향의 문학작품들 — 주로 모더니즘 소설들에 현상하는가에 집중되어 있다. 그리하여 도시공간에 체현된 근대성에 대한 매혹과 거부, 그로부터의 해방감과 소외감이 작가와 인물들의 의식과 무의식에 작용하는 양상들을 해석해 내고 그것이 소설의 형식으로까지 육화되고 있음을 주로 입증해 내고 있다. 이들의 연구는 거대도시에서의 소외된 개인이라는 문제의식을 최초로 제기한 게오르그 짐멜, 근대도시가 인간의 감각, 특히 시지각에 미치는 충격이 근대예술의 미학적 성격을 배태했다고 본 벤야민, 근대도시가 개인의 성격과 운명, 그리고 소설의 형식에까지 깊은 영향을 미친다고 본 겔판트 등의 입장에 크게 영향을 받아 이루어졌으며 앞서 말한 계보학적 연구경향들과 결합하여 비판적 근대연구의 양상을 띠면서 전개되고 있는 것으로 보인다.

그러나 이러한 연구들은 종종 근대도시 자체를 물신화하고 인간을 단지 도시생태학의 수동태로 간주하는 오류에 빠지게 된다. 도시는 원인이 아니라 결과이다. 근대도시는 자본주의적 생산-소비활동과 그를 지탱하는 정치, 사회, 문화, 이데올로기 활동을 가장 효율적으로 수행하게 하는 물질적 공간에 불과하며 근대도시를 무대로 벌어지는 대규

논문, 2003; 오창은, 「한국 도시소설 연구」, 중앙대 박사논문, 2005 등 12편이며 그중 6편이 박사논문이고 그 범위도 1930년대를 넘어 훨씬 확대된 것으로 나타나 1990년대 이후 질과 양에서 그 연구성과가 크게 증가했음을 알 수 있다.

모의 인간소외와 물신화, 그리고 그로부터 비롯되는 온갖 비극과 고통은 근대도시가 만들어내는 것이 아니라 근대도시를 만든 자본주의의 운동이 만들어 내는 것이라는 사실을 몰각할 경우 도시 자체가 하나의 독립된 마몬처럼 인간을 지배한다는 환각을 가지게 된다. 그리고 그럴 경우 도시의 마성으로부터 빠져나올 길은 찾아질 수 없다. 자본주의를 상대화·역사화하는 것과 마찬가지로 근대도시 역시 상대화·역사화할 때 그로부터 자유로워질 방법도 나올 수 있는 법이다. 여기서 다시 시간적(역사적) 사유가 필요하게 된다.

1990년대 이래 이러한 역사주의적 근대기획들이 이러저러한 현실적이거나 이론적인 한계에 부딪쳐 표류하는 동안 근대적인 시간적 사유 자체에 깃든 목적론적이고 이(다)분법적인 차별과 배제의 논리를 문제 삼는 이른바 탈근대적 사유가 대두하게 되는 것은 이해할 수 있다. 하지만 이는 근대적 사유와 담론체계의 기원을 거꾸로 탐색한다는 점에서는 제한적으로 시간적 사유이지만, 기본적으로 그 구조를 문제 삼는다는 점에서는 무시간적, 혹은 초시간적 사유라고 할 수 있다.

1990년대 중반 이래 한국문학 비평 및 연구 풍토를 지배하기에 이른 각종의 탈근대/근대비판적 경향과 방법들은 그것이 지닌 계몽적, 전복적 의의에도 불구하고 바로 이 무(초)시간성 때문에 일종의 '양날의 칼'과 같은 딜레마를 가지게 된다. 즉 근대라는 패러다임의 숨은 기원을 밝히고 그것을 해체하는 한쪽 날과, 근대 이후에 대한 어떠한 전망도 수립할 수 없어 결국 근대의 덫 안에 갇혀 있을 수밖에 없다는 또 한쪽의 날이 그것이다. 이러한 비판의 과잉과 전망의 과소라는 세계인식은 비극적이지만 허무적이며 종종 아이러니칼하게도 주어진 세계를 절대화하는 보수적인 인식에 도달하게 된다. 시간적(역사적) 사유가 없이는 어떤 비판적 사유도 하나의 환상방황(環狀彷徨 : Ringwanderung)에 머물게 되는 것이다.

그러므로 근대도시를 비판적으로 연구할 때에도 자본주의적 근대의 이후를 생각하고 그 이후와 관련된 근대도시의 '바깥'을 생각할 때에만 제대로 된 비판이 가능하다고 할 수 있다. 한국 근대문학상의 작품이건 연구건 이제까지 도시를 주제로 삼은 경우는 적지 않았지만 근대 이후/도시 바깥에 대한 상상에 기초한 성과는 찾아보기가 쉽지 않다. 그것은 한국 근대문학 자체가 근대도시의 감옥에 갇혀 있거나 고작해야 더 좋은 근대도시의 꿈밖에는 꾸지 못했기 때문이다. 근대 이후까지 지속가능했던 농촌 공동체사회의 기억이 희박했던 상황에서 농촌적 거점에 근거하여 도시적 삶을 비판적으로 상대화하는 낭만주의적 문학전통은 한국문학에서는 대단히 찾아보기 힘들었고[4] 자본주의 이후에 대한 적극적 성찰이 뒷받침된 대안적 삶의 공간에 대한 문학적 모색은 더군다나 희박하기 그지없다.

하지만 근대성의 문제를 근대도시라는 공간의 차원에서 사유하고, 거기서 머물지 않고 나름대로 이를 근대도시의 바깥에 대한 사유와 연결시켜 보고자 한 문학작품이 전혀 없었던 것은 아니다. 1930년대의 이상과 1960년대의 김승옥의 작품에서 그런 흔적을 찾아볼 수 있다. 이 글은 이상과 김승옥에게서 근대성에 대한 그들 나름의 비판적 성찰이 어떻게 근대도시 바깥에 대한 사유와 연결되었는지 살펴보고, 그들

---

4 이문구의 연작소설 『관촌수필』은 아마도 그 희귀한 흔적 중의 하나일 것이다.

의 한계를 넘어서 진정한 근대극복의 공간적 사유를 보여주는 다른 모색은 없었는지, 또 그런 모색은 어떻게 가능할지 점검해 보는 하나의 시론이라고 할 수 있다.

2. '근대 바깥'을 사유한 흔적들

1) 은폐된 낭만주의 – 이상의 경우

오래도록 한국문학사상 가장 난해한 텍스트로 알려져 왔던 이상(李箱)의 작품들은 그가 즐겨 취한 위악의 포즈와 그가 즐겨 택한 '위트와 파라독스' 그리고 아이러니의 수사학들의 안쪽을 조금만 주의 깊게 탐색해 보면 생각보다는 어렵지 않게 독해할 수 있는 텍스트라고 할 수 있다. 그의 시와 소설, 그리고 수필들은 사실상 미학적 거리감이 거의 존재하지 않는 은유적 고백문에 가까운 것이기 때문이다.[5] 그러므로 그의 수사학에 익숙해지고 그의 전기적 사실들에 좀 더 치밀하게 주목할 경우 그의 문학세계는 어렵지 않게 그 정체를 드러낸다.

그것을 한 마디로 거칠게 요약하자면 '20세기적 환경을 탐색하는 19세기적 자아'라고 할 수 있을 것이다. 그는 행복할 수 없었던 가족사와

5　이에 관해서는 강상희, 「이상 소설의 서사전략」, 경기대 인문대 『인문논총』 7, 1999.2, 6면 참조.

폐결핵으로 인해 발랄한 근대적 삶을 부단히 저지당한 불행한 존재였다. 그의 발랄한 상상력과 예술적 감수성은 20세기(근대성)를 능히 감당하고 또 앞서 나갈 수 있는 수준이었으나 가족을 부양하고 자신의 병을 다스려야 하는 그의 열악한 존재조건은 그러한 기회를 좀처럼 허락하지 않았기 때문에 그의 문학은 오직 이 열악한 존재조건과 싸우는 방식으로서만 20세기와 대결할 수 있었다. 하지만 이 자칭 '천재'의 나르시시즘은 자신이 겨우 19세기의 수렁에서 허덕이는 방식으로밖에 20세기와 대면할 수 있다는 사실을 받아들이는 것, 또 그 사실을 독자들에게 드러내는 것을 견디기 힘들었고, 그 자의식이 그의 '독자를 속임으로써 자기만족을 얻는' 특유의 위악적 수사학으로 나타나게 된 것이다.

그러나 바로 이 '19세기의 수렁에서 허덕이는 방식으로 20세기와 대면하는' 것이야말로 식민지적 지성의 가장 전위적인 모습이 될 수 있다는 점에서 이상 문학의 문학사적 문제성, 혹은 전형성이 드러난다. 1910년에 경성 한복판에서 태어나 고급교육과정을 이수하고 총독부의 하급관리가 된 인물이 식민지 근대성의 본질을 이해하기란 쉽지 않았을 것이다. 하지만 그의 가족사적 질곡과 개인적 질병은 그의 입사(入社)를 결정적으로 방해했고 대신 그에게 '개체발생이 계통발생을 반복하는' 방식으로 근대성의 한없는 지체를 경험하게 하였다. 그에게 이 두 개의 질곡은 식민지적 현실에 대한 일종의 '환유적 체험'이 되었던 것이다. 그리고 그는 결국 20세기를 자기의 시대로 살아보지는 못했지만 이 질곡에 대한 성찰과 투쟁을 통해 자기에게 들씌워진 '19세기'의 너머에 존재하는 20세기의 일각을 들여다볼 수 있는 기회를 가질 수 있었다. 섣불리 근대성의 환각에 빠지지 않고 자신의 식민지적 조건에 대한 성찰을 통해서 근대성을 조망하는 것이 식민지적 지성이 설 수 있는 가장 정확한 지점이라고 한다면 이상은 스스로 원한 것은 아니지만 바로 이러한 지점에 설 수 있었던 흔치 않은 식민지 지성의 하나라고 할 수 있을 것이다.

19세기적 입각지에서 20세기를 탐색했던 이상의 이러한 여정은 여성과 공간을 주요한 매개로 해서 이루어진다. 전근대적 가족관계의 폭력과 억압에 시달렸던 이상에게 기존의 가족의 굴레에서 탈주하고 새로운 가족을 만들어야 한다는 가족로망스의 실현은 절박한 문제가 아닐 수 없으며 그런 점에서 그에게 여성은 20세기적 인간관계 형성의 첫 매개가 된다. 또한 그는 여성과의 생활을 통해 근대적 일상성과도 접촉하게 된다. 그러나 '금홍'이건 '단발소녀'건 불문하고 그는 새로운 가족을 만드는 데 실패한다. 단지 그는 이 여성들을 통해 근대성의 논리들 — 교환가치, 화폐물신, 소외된 일상성 — 을 실감할 뿐이다.

이상의 대표작 「날개」는 한편으로는 이상의 가족로망스 실현의 불가능성을 확인하는 기록이지만 또 한편으로는 화폐에 의해 지배되는 근대 도시공간과의 불화를 발견하는 기록이기도 하다. 혈연의 가족과 분리되어 소망대로 새로운 가족을 꾸린 주인공은 도시에 거주하기는 하지만 오직 매춘을 하는 아내를 통해서만 도시와 관련을 맺는 '부적응자'이자 주변인으로 20세기적 삶을 시작한다. 그의 거주공간이 '집'이 아니라 '방' — 그것도 반쪽짜리 — 인 것은 그의 가족로망스와 더불어 그의 도시적 삶도 불구적이라는 것을 잘 보여준다. 그는 이렇게 불완전한 것임에도 불구하고 이 새로운 삶에 만족을 느낀다. 구가족과의 절연이 확보되었기 때문이다. 하지만 그가 이 새로운 근대도시의 생활세계의 논리에 접하게 되면서 그의 자족적 주변인으로서의 삶은 곧 위기를 맞게 된다. 그 논리는 곧 화폐를 매개로 하지 않고서는 어떤 관계도 가능하지 않다는 논리이다. 교환가치가 곧 사용가치인 화폐를 획득하고 소유하고 사용함으로써만 그는 아내의 성을 살 수 있고, 거리에서 일정한 시공간을 자신의 것으로 전유할 수 있다. 그는 몇 차례의 외출을 통해 이 논리를 학습해 나가지만 그 학습과정은 결과적으로 아내가 구축한 상대적으로 견고한 일상성을 방해하는 작용을 하게 된다. 그 갈등이 이 부부의 관계를 파탄에 이르게 한다. 그가 화폐를 획득하는 생산관계 속에 편입되지 않고 화폐를 매개로 하는 사회관계에 참여하고자 하는 데에서 문제가 발생한 것이다. 19세기적 생활관습 위에서 20세기적 삶의 지속성은 확보될 수 없었다.

그는 마지막 외출에서 "피곤한 생활이 똑 금붕어 지느러미처럼 흐늑흐늑 허비적"거리는, "사람들의 모두 네 활개를 펴고 닭처럼 푸드덕거리는 것 같고 온갖 유리와 강철과 대리석과 지폐와 잉크가 부글부글 끓고 수선을 떨고 하는" "회탁의 거리"와 마주서게 된다. 그가 만일 20세기를 살고자 한다면 그 역시 이 금붕어나 닭과 같은 사람들의 무리 속으로 들어가서 그 자신 한 마리의 금붕어나 닭이 되어야 했다. 이 도시에서 살기 위해서는 이러한 '변신'은 필연적이다. 하지만 그는 이 최악의 변신을 택하는 대신 공간을 바꾸기로 결심하였다. 그것이 그의 동경행이었다.

동경에서 보낸 생의 마지막 반년 동안(1936. 10. ~1937. 4) 그는 철저히 산책자적인 삶을 살았다. 그는 "살아야겠어서, 다시 살아야겠어서"[6] 동경에 왔다고 했지만 의욕과는 달리 악화될 대로 악화된 건강과 동경에 대한 실망은 그에게 동경에서의 '생활'을 불가능하게 하였다. 대신 그는 동경 거리를 배회하며 이 제국의 수도가 지닌 사이비성을 통찰하고 이를 글로 남겼다. "와 보니 실망이오, 실로 동경이라는 데는 치사스런 데로구료!"라고 토로한 동경에 온 지 한 달도 못 되어 김기림에게 보낸 편지(1936.11.14)에서부터 "표피적인 서구적 악취의 말하자면 그마저도 그저 분자식이 겨우 여기 수입이 되어서 혼모노 행세를 하는 꼴이란 참 구역질 날 일이요"라고 쓴 김기림에게 보낸 그 다음 편지(1936.11.29), 그리고 『문장』 1939년 5월호에 유고로 남긴 "몹시 깨솔링 내가 나는구나"로 시작되는 「동경」이라는 제목의 수필, 그리고 동경에 대한 환멸의 분위기로 가득한, 역시 『문장』 1939년 3월호에 유고로 발표된 소설 「실화」 등에서 그는 종주국 수도의 모조근대성에 대한 환멸과 조소를 여러 차례 드러내었다. 동경에 와서야 그는 혈관에 "너무도 많은 19세기의 엄숙한 도덕성의 피가 위협하듯이 흐르고"[7] 있는 자기에게 20세기, 즉 근대를 사는 일은 불가능하다는 것을 확연히 깨닫게 된 것이다.

그는 마침내 자기가 바로 얼마 전에 탈출한 식민지 수도 경성을 그리워하게 된다. "예다 대면 경성이란 얼마나 인심 좋고 살기 좋은 '한적한 농촌'인지 모르겠습니다"[8]라는 진술이 그것이다. 이미 1935년 가을에 쓴 일련의 성천기행문들을 통해 "도회에 화려한 고향"[9]을 가진 근대

---

6   사신(9), 『이상문학전집 3 – 수필』, 문학사상사, 1993, 241면. 1937년 1~2월경 서울의 H형에게 보낸 편지이다.
7   사신(7), 위의 책, 235면.
8   사신(7), 위의 책, 234면.
9   「산촌여정」, 위의 책, 105면.

인의 눈으로 본 낙후된 농촌풍정을 그리면서 경성-성천 간의, 도시-농촌 간의 오리엔탈리즘적 위계를 확고하게 진술했던 그가 이번엔 동경-경성을 다시 그 도시-농촌의 위계구도로 치환하고 있다는 것은 의미심장하다. 이런 점에서 한 연구자가 동경에서의 그를 대도시를 관조하며 산책한 댄디가 아니라 메트로폴리스에서 좌표를 상실한 경성 촌놈으로 평가절하한 대목은 설득력이 없지 않다고 볼 수 있다.[10]

그러나 동경에 대한 이상의 환멸을 한갓 메트로폴리스에서의 길 잃기의 결과로 보는 견해는 이상이 지닌 자신의 19세기성에 대한 어떤 확고함을 충분히 이해하지 못한 데서 오는 것일 수도 있다. 이상의 동경 비판에는 더 많은 모더니티에 대한 이상의 집착보다 오히려 그가 지닌 19세기적 도덕성이 더 강하게 작용한 것이라고 보는 것이 더 올바른 것이 아닐까 싶다. 어쩌면 그가 동경한 진짜 근대성이란 19세기를 폐기한 어떤 것이 아니라 19세기를 지양한 어떤 것일지도 모른다. 그럴 경우 마치 '세트 같은' 동경에서 그가 생각하는 진정한 모더니티는 찾을 수 없었던 것이 당연했을 것이다. 그러니까 그가 경성을 두고 "인심 좋고 살기 좋은 '한적한 농촌'"이라고 했을 때 오히려 주목해야 할 부분은 이 **인심 좋고 살기 좋은**이라는 부분일지도 모른다.

이 지점에서 그의 수필 「권태」를 다시 주목할 필요가 있다. 이 작품은 일련의 성천기행 시리즈 중의 하나로 취급되어 있으나 사실은 1936년 12월 19일 동경에서 쓴 것이다. 그러니까 다른 성천기행 시리즈들 —「산촌여정」, 「이 아해들에게 장난감을 주라」, 「어리석은 석반」, 「모

---

10   이성욱, 『한국 근대문학과 도시문화』, 문화과학사, 2000, 185~191면.

색」, 「무제(초추)」, 그리고 「첫번째 방랑」 등과 같은 제재를 가졌지만 전혀 다른 맥락에서 산출된 글이다. 그는 왜 식민 종주국 수도 동경의 한복판에서 하필 식민지의 시골 성천의 권태를 떠올렸을까? 이 글에는 서로 다른 두 개의 권태가 존재한다. 하나는 글 전체를 도배하는 시골 성천의 권태, 즉 표면적 권태이다. 또 하나는 이렇게 권태로움에 대해 쓰지 않을 수 없게 하는 동경의 권태, 즉 이면적 권태이다. 동경의 권태가 성천의 권태를 불러온 형국이다. 이 글은 권태에 대해 쓰고 있지만 문체는 전혀 권태롭지 않다. 그 뒤에 동경에 대한 환멸과 거부가 불러온 권태와 거기서 기인한 병적 신경증에 가까운 초조함이 자리하고 있기 때문이다.

> 끝없는 권태가 사람을 엄습하였을 때 그의 동공은 내부를 향하여 열리리라. 그리하여 망살할 때보다도 몇 배나 더 자신의 내면을 성찰할 수 있을 것이다.
> 현대인의 특질이요 질환인 자의식과잉은 이런 권태치 않을 수 없는 권태 계급의 철저한 권태로 말미암음이다. 육체적 한산, 정신적 권태 이것을 면할 수 없는 계급이 자의식과잉의 절정을 표시한다.
> 그러나 지금 이 개울가에 앉은 나에게는 자의식과잉조차 폐쇄되었다.
> 이렇게 한산한데 이렇게 극도의 권태가 있는데 동공은 내부를 향하여 열리기를 주저한다.[11]

---

11   위의 책, 146~147면.

이렇게 진술했지만 사실상 권태는 외부세계에서 오는 것이 아니라 외부세계를 권태롭다고 느끼는 내부의 공허에서 오는 것이라고 할 때 정작 그는 권태로움을 빙자하여 그 권태로움을 불러온 자신의 내면을 똑바로 들여다보는 것을 회피하고 있는 것에 지나지 않는다. 그런데 여기는 성천이 아니라 동경이다.

암흑은 암흑인 이상 이 좁은 방 것이나 우주에 꽉 찬 것이나 분량상 차이가 없으리다. 나는 이 대소 없는 암흑 가운데 누워서 숨실 것도 어루만질 것도 또 욕심 나는 것도 아무것도 없다. 다만 어디까지 가야 끝이 날지 모르는 내일 그것이 또 창밖에 등대하고 있는 것을 느끼면서 오들오들 떨고 있을 뿐이다.[12]

그 권태, 즉 자의식의 방기를 불러온 것은 공포였다. 그는 동경의 좁은 방 어둠 속에서 어찌할 줄 모르는 공포에 오들오들 떨면서 마치 그 공포에 대적이라도 하려는 듯이 필사적으로 성천의 권태를 쓰고 있었던 것이다. 여기서 성천은 가위 동경의 거울 저편의 대당(對當), 혹은 등가물은 아니었던가?[13] 그는 거울 저편에 성천의 권태를 양립시킴으로써 동경의 공포를 이기고자 했던 것이다. 그런데 왜 하필 그가 "기갈의 향수"를 말하며 돌아가고 싶어 했던 경성[14]이 아니라 성천을 거울 저편에 세웠을까. 경성은 '화려한 고향'이었다. 비록 동경에 대해서는 '한적한

---

12 위의 책, 153면.
13 이상에게서 거울이라는 장치가 어떻게 공포를 이기는 그 나름의 방법론이 될 수 있는가에 관해서는 김윤식, 『이상 연구』, 문학사상사, 1987, 100면 참조.
14 사신(9), 앞의 책, 242면.

농촌'이었지만 그곳은 어쨌든 근대도시의 형상을 하고 있었고, 이미 동경에서 모조품 근대도시에 대한 환멸과 공포를 충분히 맛본 그로서는 그 하위모조품인 경성은 더 이상 거울 저편에 세울 대상이 되지 못했다.

성천은 비록 도시 출신인 그에겐 미지의 낯선 곳이었지만 바로 그렇기 때문에 모조품 근대도시에 능히 맞세울만한 새로운 공간으로 발견될 수 있었다. 그는 성천의 풍경들이 권태를 일으킨다고 했지만 그 권태는 동경의, 가짜 근대도시의 권태가 투영된 것일뿐, 실상 성천 풍경들 그 자체는 여전히 낯설고 파악 불가능한 어떤 것으로 남아 있다. 그것들은 그가 아는 근대/사이비 근대의 풍경과는 전혀 다른 어떤 것, 즉 비(전)근대의 풍경이며 근대/사이비 근대에의 환멸 이후 그의 기억 속에 유일하게 남아 있던 탈주의 공간이 될 수 있었다. 그는 동경의 한 좁고 어두운 방 안에서 필사적으로 성천의 단조로움을 생각했다. 그것은 어쩌면 권태로운 풍경이 아니라 그의 의식 깊은 곳에서 하나의 낭만적 풍경으로 상상되었을지도 모른다. 그리고 그것은 어쩌면 20세기도 아니고 19세기도 아닌 그 이전, 정말로 '인심 좋고 살기 좋은' 시절의 아르카디아에 대한 낭만적 지향의 무의식적 표현이었다고 보아도 좋을 것이다.

2) 비극적 현실주의-김승옥의 경우

식민지하의 도시화가 두드러지게 진행되었던 1930년대에 이상이 은폐된 낭만적 방식으로 도시의 바깥을 사유했다면 이른바 한국적 자본주의의 형성기이자 2차 도시화가 시작되었던 1960년대에 김승옥은 또 다른 방식으로 도시의 바깥을 사유한 작가라고 할 수 있다. 주지하 다시피 1960년대는 한국자본주의가 전쟁의 파괴와 천민자본에 의한 파행적 원시축적 단계를 넘어, 미국의 원조와 차관, 일본의 식민지배 보상 등을 주요한 물적 토대로 하여 대단히 대외의존적이고 비내포적 인 방식으로나마 본격적 발전의 길로 들어선 시기였다.

물론 거기엔 저임금 산업노동자 및 노동예비군을 지속적으로 보충하 기 위해 저농산물가 정책을 통한 농민층의 분해와 농촌사회의 균열, 그 리고 급격한 도시화라는 초기 자본주의 발전의 피할 수 없는 원시적 축 적의 논리가 작동하지 않을 수 없었다. 1948년의 농지개혁과 전쟁기간 중의 토지소유관계의 혼란과 변동, 그리고 산업 및 유통체계의 파괴 등 을 통해 비교적 안정된 소농경제와 일종의 국지적 시장권의 형성으로 어느 정도 자주적 민족경제의 토대를 마련해 가고 있던 한국사회는 이 급격한 비내포적 산업화 드라이브에 의해 다시금 커다란 혼돈과 재편 의 소용돌이에 빠져들게 되었다. 이 시기부터 농촌에 기반을 둔 소농적 지역경제 중심의 한국사회는 도시 중심의 근대적 산업사회로 이행하게 되었으며 이에 따라 수많은 농촌인구가 때로는 몰락에 이해 때로는 기 회를 찾아 고향을 떠나 도시로 도시로 향하기 시작한 것이다.

식민지시대나 전쟁기의 이향(離鄕)이 대부분 비자발적이고 강제된 것으로 몰락의 길로 이어졌던 것에 비해 이 시기의 이향은 구조적으로 강제된 것이기는 하나 상당 부분 자발적인 측면이 강했고 또 몰락의 길로 이어질 수도 새로운 기회의 길로 이어질 수도 있는 것이었다. 즉 이 시기의 고향상실의 감각은 비극적인 정조 속에서도 자발성을 내포한 복합적인 것일 수밖에 없었다. 고향상실이라는 주제를 중심으로 쓰여진 김승옥의 1960년대 초기작들이 문제적인 것은 이 때문이다.

1960년대 초·중반에 몰려 있는 그의 작품들은 지방에서 서울로, 비도시에서 도시로 이주했지만 서울이라는 근대도시의 비인간적 본질을 간파해버린 인물들을 중심에 배치하고 있다. 이 인물들은 그러나 다시 귀향할 수도 없다. 왜냐하면 그들이 떠나온 비도시(지방)도 이미 더 이상 목가적 고향이 아니라 근대적인 것들과의 교잡과 혼종으로 변질되었고, 고향도 이미 강력한 근대의 자장에 포획되어 버렸기 때문이다. 그리하여 김승옥 소설의 주요 인물들은 서울도 아니고 지방도 아닌 중간 어디쯤에서 부유하는 비극적 존재들로서 남게 된다. 이 점에서 김승옥의 소설들은 우리 문학에서 '고향상실'이라는 주제를 가장 두드러지게, 그것도 명확하게 의식된 공간적 대비를 통해 보여주고 있다.

「환상수첩」(1962)은 서울에 유학을 와서 "사람을 미워하는 법"을 배워버린, 그리하여 더 이상 서울에서의 삶을 견디기 힘들어진 한 대학생이 다시 살기 위해 지방의 소읍인 고향을 찾지만 "고향도 어두우리라"는 예감과 "규모가 작기는 하지만 고향도 도시였다. 도시이기 이전에 저 사조라는 맘모스와 그리고 그것이 찍고 가는 발자국에 괴는 구정물의 시간이었다"라는 예감의 확인 끝에 결국 자살에 이르게 되는 이야기이다.

「누이를 이해하기 위하여」(1963) 역시 화자의 누이의 서울행과 비극적 귀향의 이야기를 축으로 한다. 여기서도 서울의 불모성과 고향의 변질은 잔인하게 확인된다. "아름다운 황혼과 설화가 실려 있지 않은 해풍 속에서 사람들은 영원의 토대를 장만할 수 없다. 그래서 사람들은 도시로 몰려갔다"고.

김승옥의 대표작 「무진기행」(1964)은 그의 이러한 이중의 환멸과 비극적 현실인식이 가장 극명하고 의식적으로 드러나 있는 작품이다. 이 작품에서 '무진'은 지방의 소읍으로 전근대성과 반(半)근대성이, 공동사회와 이익사회가, 개방성과 익명성이, 근대적 욕망과 그 실현장애가 공존하는, 이른바 '비동시적인 것의 동시성'이 두드러지게 나타나는 혼종적 공간이다. 일시적 귀향의 형식으로 이 공간을 찾은, 근대도시 서울에서 성공한 주인공은 이 혼종성이 빚어내는 혼돈 속에서 다시금 정체성의 위기를 경험한다. 물론 이 위기는 흔히 설정되는 목가적 농촌적 정체성과 도시적 정체성 사이의 위기가 아니고 반(半)근대적 혼종공간의 삶과 근대적 도시공간의 삶 사이에서 빚어지는 정체성의 위기이다.

반근대적 혼종공간으로서의 '무진'도 근대적 도시공간으로서의 '서울'도 훼손되어 있기는 마찬가지다. 하지만 전자에는 후자의 길에 놓여 있는 더 거대한 훼손 이전으로 돌아갈 수 있는 일말의 가능성이 놓여 있다. 비록 그것이 "외롭게 미쳐가는" 길이고 "배반"의 길이고 "무책임"의 길이라 할지라도 그 길에는 아직 대안적 가능성의 지평이 열려 있다. 그것을 다른 말로 하면 '비자본주의적 근대의 길'이라고 해도 좋을 것이다. 그러나 후자로의 길은 그러한 지평은 닫혀 있다. 결국 주인공은 아내의 전보를 받고 '무진'의 기억을 청산하고 서울로 떠나버린다. 그리고 다시는 돌아오지 않을 것이다. 이 지점에서 김승옥의 현실주의적 감각이 작동한 것이겠지만, 그가 지니고 가는 "심한 부끄러움"은 그만의 것이 아닌, 그처럼 비주체적인 방식으로 떠밀려서 자본주의적 근대도시의 삶 속에 안주한 동시대 한국인 모두의 가슴 속에 지워질 수 없는 곤혹스런 비극적 감각의 한 조각으로 남아 있을 것이다.

그렇게 볼 때 「서울, 1964년 겨울」(1965)에서 나타난 도시적 감각의 표백과 마지막 장면에서의 그것에 대한 짙은 회의는 '새로운 도시적 감수성의 출현'의 장면이라기보다는 차라리 이러한 곤혹감의 여운이자 후일담에 불과한 것이라고 할 것이다.

3. 시/공간적 탈근대 사유의 가능성

김승옥 이후, 즉 1970년대 이후 한국문학의 진전과정은 사실상 도시적 감수성과 아비투스의 지배과정, 즉 근대도시의 승리의 과정이었다. 세대를 거듭하면서 농촌/지방의 기억을 유지하고 있던 작가들이 점차 회소해지고, 그 농촌/지방조차도 김승옥이 일찌감치 통찰했듯 자본주의적 근대의 논리에 포획되어간 상황 속에서 도시의 문학지배는 필연적인 것이라고 할 수 있다. 하지만 이에 대한 저항의 흔적과 가능성이 전무한 것은 아니었다. 먼저 『관촌수필』 연작과 『우리동네』 연작을 통해 농촌공동체의 붕괴과정을 고통스럽게 그려냄으로써 근대에 대한 공간적 저항과 그 패배의 양상을 낭만주의적 방식으로 보여준 바 있던 이문구의 경우가 있다. 하지만 그가 상상한 비도시적, 반근대적 공간은 그야말로 봉건귀족이 지배하는 장원적 공동체로서 이를테면 19세기 영국작가들이 그리워했던 16~17세기의 고전적 이상사회와는 달리, 그 실체가 매우 박약하여 동시대인 모두의 고향이 되기는 힘든 것이었다. 그리고 도시 안에서 근대도시의 필연적 부산물이자 동시에 근대도시의 영원한 타자인 도시빈민 거주구역의 서발턴적 거주민들의 이야기를 통해 도시공간의 모순적 이중성을 드러낸 박태순, 황석영, 송영, 이정환, 윤흥길 등의 성과가 있었고 이를 계급투쟁의 전망과 연결시킨 조세희의 『난장이가 쏘아올린 작은 공』도 기억할 만한 성과라고 할 수 있다.

그러나 아직 한국문학은 시간적으로 근대 이후를 상상하고, 공간적으로 탈도시를 상상하는 성과를 산출해 내지는 못했다. 미약하나마 자본주의적 시장질서와 도시적 삶을 능동적으로 포기하고 비(反)시장적이고 농(村)적인 생산 및 교환관계를 자율적으로 구축하고자 하는 적극적 움직임이 일어나고 있는 지금 우리 문학에도 이러한 상상력의 현실화가 필요하고 또 가능한 단계에 이르렀다고 볼 수 있다. 도시의 바깥을 사유하는 상상력으로 근대 이후를 내다보는 이러한 문학적 노력은 우리 문학창작과 비평과 연구를 근대의 감옥, 도시의 감옥으로부터 해방시키는 한 계기가 될 수 있을 것이다.

제3부

한국 근대 문학개념의 형성과정

'비애의 감각'을 중심으로

························

1. 다시, 문학이란 무엇인가?

1) 문학이라는 이데올로기

문학이란 무엇인가? 금방, 그것도 한 두 마디로 대답하기가 쉽지 않은 질문이다. 따지고 보면 모든 개념정의가 다 그렇다. 요즘에는 자연과학적 개념들도 그 내구성을 보장받기 힘든 상황이 되었지만 특히 인문학적 개념의 경우엔 절대 진리란 있을 수 없으며 한 개념은 늘 다른 개념들과 연관되어 있기 때문에 더욱 그러하다. 질문하는 쪽의 상황과 대답하는 쪽의 상황에 따라 수많은 변수가 생기는 것이다. 그저 역사적으로만, 상대적으로만 정의가 가능할 뿐이다. 문학이라는 개념에 대한 정의도 물론 같은 처지에 놓여 있다.

그럼에도 불구하고 다시, 문학이란 무엇인가? 문학개론류를 참조하면 틀림없이 이러저러한 여러 가지 상대적 정의들이 나열되어 복잡할 것이므로 조금 더 간명하고 단정적일 국어사전을 찾아보기로 한다.

> 문학(文學) (명) ① (넓은 의미로는) 자연과학·정치학·법률학·경제학 등의 학문 이외의 학문을 통틀어 이르는 말. [순문학(純文學)·사학(史學)· 철학·언어학 따위.] ② (좁은 뜻으로는) 정서와 사상을 상상의 힘을 빌려 문자로 나타내는 예술 및 그 작품. [시·소설·희곡·수필·평론 따위.][1]

①항의 정의는 이제 대학에서 학위를 수여할 때 외에는 사용하지 않게 되었으므로 우리가 말하는 '문학'이라는 개념에 해당하는 정의는 ②항, 즉 "정서와 사상을 상상의 힘을 빌려 문자로 나타내는 예술 및 그 작품"이 될 것이며 아마도 여기에 "그러한 예술이나 작품들을 쓰거나 연구하는 활동"이라는 정의만 추가한다면 이 정도의 정의가 현재로서는 문학에 대한 가장 보편화된 정의일 것이다.[2] 이런 정의는 비록 찬찬

1　『동아 새국어사전』, 동아출판사, 1990.

2　『日本國語大辭典』(小學館, 1975)의 '문학' 항목의 ④항은 "예술체계의 한 양식으로 언어를 매개 재료로 한 것, 시가, 소설, 희곡, 수필, 평론 등, 작가가 주로 상상력에 의해서 구축한 허구의 세계를 통해서 작가 자신의 사상, 감정 등을 표현하고, 인간의 감정이나 정서에 호소하는 예술작품. 문예"라고 되어 있으며, *OLAD*(*Oxford Advanced Leader's Dictionary*, 제4판, 1989)의 'literature' 항에는 ①항의 (a)에 "예술작품으로서 가치가 있는 저작, 특히 픽션, 드라마, 시" (b)에 "그것들을 쓰거나 연구하는 활동"이라고 되어 있다(이상은 鈴木貞美, 김채수 역, 『일본의 문학개념』, 보고사, 2001, 제1장 참조). 여기서 보면 『日本國語大辭典』의 경우는 『동아 새국어사전』과 거의 유사하고 *OLAD*의

히 뜯어보면 이차 삼차의 개념정의의 도움을 받아야 할 정도로 여전히 어수룩하지만 이제 거의 상식이 되었으며 가장 보수적이며 대중적인 말뜻의 집이라고 할 수 있는 '국어사전'에까지 정착되기에 이르렀고 (지금은 그 위의가 현저하게 줄어들었지만) 건조한 사전적 정의를 뛰어넘는 어떤 아우라로 둘러싸인 것처럼 여겨지고 있다. '문자로 기록된 모든 것'이라거나 '문자 혹은 책에 관한 지식'이라거나 특정한 관직명이라거나 하는 '문학'에 대한 다른 정의들이 거의 경쟁에서 탈락하고 위와 같은 정의가 문학에 대한 가장 적당한 근대적 정의로, 즉 제1의적인 근대적 문학개념으로 살아남게 된 이유는 무엇일까?

'문학'이 '모든 저작물', 혹은 '문자로 된 것에 대한 지식'을 뜻하다가 '가치 있는 기록물'이라는 의미를 거쳐 '창조적 상상력의 산물'로 자리매김 되고 나아가 종교에 필적하는 영향력을 갖는 하나의 이데올로기의 지위에 오르게 된 것은 분명히 일련의 역사적 과정의 산물이다. 그것은 간략하게 정리하자면 18세기에서 20세기 초반에 걸쳐 첫째, 학문, 예술의 사회적 소외와 그에 따른 낭만주의 이념의 작용으로 '상상력'이라는 것이 영토화, 혹은 특권화된 것의 결과이며, 둘째, '영문학'의 형성 과정에 대한 이글턴의 잘 알려진 서술에서 보듯 산업사회 이후 종교의 세속화에 따라 '문학'이 종교를 대신하는 '도덕적 이데올로기'로 창안된 결과이고, 셋째, 근대적 국민국가의 형성과정에서 '문학'이 국민적 통합을 위한 민족어(국어)와 민족서사의 담지체로 새롭게 주목

경우는 '예술작품으로서의 가치가 있는'이라는 말의 함의를 '상상력에 의해 사상, 감정을 표현하는'이라고 본다면(이는 19세기 이후 영문학에서 일반화된 것이다) 역시 크게 다르지 않음을 알 수 있다.

받은 결과라고 할 수 있다.[3]

시, 소설, 희곡, 평론, 수필 등 우리가 알고 있는 문학의 제 장르들은 이 시기를 통과하는 동안 때로는 적절하게 변용되고 때로는 주변에서 중심으로 진입하고 때로는 새롭게 창안되면서 시민적, 혹은 국민적 교양의 주요한 원천으로 부상하여 점차 규범화, 제도화되기에 이르는데 각국의 대학 및 중등교육과정에서 정식 교과목으로 채택되는 것을 통해 그러한 규범화, 제도화는 정점에 이르게 된다.[4] 그것은 지금 우리가 알고 있고 사전에도 나와 있는 바로 그 '문학'이란 것이 궁극적으로는 근대 국민국가 형성을 위한 하나의 이데올로기 기획에 다름 아니라는 사실을 말해 준다.

2) 근대적 문학개념 형성과정의 한국적 특수성

앞에서 보았듯 영미권에서나 일본에서나 한국에서나 현재 문학에 관한 정의에는 거의 차이가 없다. 개념적 통일이 이루어져 있는 것이다. 하지만 현재의 통일된 정의에 이르기까지 각국에서의 문학개념의

---

3 테리 이글턴, 김명환 외역, 『문학이론입문』, 창작사. 1986, 제1장 '영문학연구의 발흥' 27~71면 참조.

4 영국에서 '영문학'이 옥스퍼드나 캠브리지대학의 정식 학과목이 된 것은 20세기 초반 이었고, 일본에서 일본문학을 뜻하는 '和文學'이 동경대학의 정식 교과목으로 등장한 것은 1870년, 즉 메이지유신 직후였다. 물론 영국의 경우 19세기 후반부터 여러 학교 에서 영문학이 교과로서 채택되어 있었지만 옥스퍼드, 캠브리지라는 최고학부에 진 입하는 것은 상대적으로 늦었고, 뒤늦게 근대 국민국가 형성 경쟁에 뛰어든 일본의 경우 일문학의 제도화는 훨씬 급진적이고 본격적이었다고 할 수 있다(위의 책; 스즈 키 사다미, 앞의 책 참조).

형성과정은 전혀 다르다. 영국은 영국대로의 형성과정이 있고 일본은 일본대로의 형성과정이 있고 우리는 우리대로의 특수한 형성과정이 있다. 영국의 경우가 앞에서 잠깐 언급했듯 낭만주의적 문학관과 유사 종교적 역할 부여, 그리고 민족문학적 상징화의 순차적이고 계기적인 형성과정이었다면 일본의 경우는 후발 자본주의국가의 경우답게 서구문학과 일본의 토착문학과의 긴장된 길항을 통한 비교적 급격한 융합적인 형성과정이었다고 할 수 있다. 하지만 두 나라의 경우 공히 문학은 현실적으로 진행되고 있던 근대적 국민국가 형성과정에서 정상적인 제도적 구조화과정을 거쳐 '국민문학'으로 정착되었다. 즉 근대적 문학개념과 제도의 형성과정은 동시에 근대적 국민국가의 형성과정의 한 축으로 기능하였던 것이다.

하지만 한국의 경우 식민지화로 말미암아 근대적 문학과 문학개념은 내재적 논리에 의해 계기적, 연속적으로 형성되지 못하고 단절적, 불연속으로 형성되었다. 전통적인 전근대 문학의 제형태들이 식민지화 과정 중의 장르각축을 통해서 극적으로 탈락하는 과정에서 한국의 자생적인 근대적 문학인식, 혹은 적어도 전통성과 이식성의 충돌과 습합을 통과한 문학인식의 형성은 난망한 것이 되었고 그 대신 서구의 근대문학과 문학개념이 식민모국인 일본을 통해 한번 굴절된 형태로 이식되어 주류적 문학과 문학개념으로 정착되어 갔던 것이다.

또한 한국의 경우 가장 큰 차이는 문학개념과 제도의 형성과정이 근대적 국민국가의 형성과정의 한 계기로 현실화되지 못했다는 것, 즉 국민국가의 형성이 불가능한 식민지라는 조건 속에서 문학개념과 제도는 상상된 국민, 상상된 국가를 상정하고 형성되었을 뿐이다. 단적으로 말해서 '조선어'가 일개 지방어로 전락했으며 '조선문학'이 교육과정에서 제도화되어 '국민문학'으로 추장(抽獎)되지 못했던 상황에서 문학의 개념을 비롯한 문학인식은 비록 기본적으로는 이식된 것의 내재화라는 형식으로 나타났지만, 그렇다고 이식된 그대로 고착되지도, 아니면 보다 주체적인 어떤 것으로 형성되지도 못한 채 표류하는 독특한 상황 — 이것을 식민성과 탈식민성의 동시적 공존이라 부를 수도 있을 것이다 — 에 놓였던 것이다.[5] 그리고 이는 식민지적 조건의 역사적 변화에 따라 분명히 나름의 내적 논리에 의한 특수한 행로를 거쳐 왔던 것이다.

3) 근대 문학개념의 기원과 형성을 보는 시각

이런 관점에서 볼 때 한국에서의 근대 문학개념의 기원과 형성과정을 돌이켜보는 일은 일차적으로는 고착된 상태로 절대화된 '근대적' 문학개념에 대한 '탈근대적 해체작업'과 같은 경로를 거치지만 한 계단만 더 내려가면 그것은 이러한 불구적 조건 속에서 한국의 근대문학이 어떻게 자생적이고 주체적인 방식으로 그 개념화를 이루어 나갔는가를 탐색하는 '근대적 축조작업'이 된다. 비록 지금은 어차피 거의 전 세계적 차원에서 문학개념의 통일이 이루어진 상황이지만 그렇게 되기까

---

5 이것은 황종연이 말한 바 "서양 근대 미학의 원용을 비롯한 근대의 번역 전체가 민족자주의 정치와 유리된 식민지 상황"과 방불하다(황종연, 「문학이라는 역어」, 『한국문학과 계몽담론』, 새미, 1999, 38면).

지의 일련의 과정 동안 우리는 내내 이식성이라는 '부채'에 시달려 왔고 과연 그러한 '부채'를 딛고 진정한 주체적 창조성에 도달했는가의 여부는 지금껏 하나의 숙제가 되어 오고 있다.

한갓 문학개념의 문제인가라고 물을 수 있겠지만 무엇이 문학인가 하는 문제는 곧 무엇이 민족문학인가 하는 문제와 직결되는 것이고 무엇이 민족문학인가 하는 문제는 곧 무엇이 우리의 근대성인가 하는 문제와 또한 직결되는 것이라고 할 수 있기 때문이다. 이 문제에 대한 성찰이 아직 충분히 이루어지지 않은 상태에서 문학적 근대성, 혹은 '근대문학'을 해체하려는 시도는 새로운 식민주의에의 투항으로 이어질 수도 있다는 생각이다.[6] 그런 의미에서 우리의 탈근대적 해체작업은 곧 근대적 축조작업이 되어야 한다. 보다 정확히 말하면 해체하는 일은 곧 재축조하는 일인 것이며 이는 곧 우리의 근대성의 정체를 제대로 묻는 작업이 되어야 하는 것이다.

1910년 이광수의 「문학의 가치」에서 시작된 한국 근대 문학개념 형성의 역사는 1920년대 중반 민중예술론이 제기되고 이를 필두로 프롤레타리아 문예론이 본격적으로 정립되기 전까지 거칠게 말하면 '정(情)' →'생명'→'인생'→'생활'→'현실' 등으로 그 개념의 핵심 자질을 발

---

6 근대성에 대한 이제까지의 탈근대적 해체작업들은 근대적 계몽에 대한 역계몽의 성격을 띠고 있는데 이것이 서구세계와 비서구세계, 식민모국과 식민지, 1세계와 3세계, 북과 남에 무차별적으로 적용될 경우 적지 않은 문제를 낳게 된다. 근대성 자체가 전 세계적 규모에서 보면 대단히 불균질적이기 때문이다. 어떤 근대성은 억압적이고 도구적이며 식민주의적이지만 또 다른 근대성은 해방적이고 탈식민주의적일 수 있다. 근대성 비판, 혹은 해체가 무차별적으로 적용될 때 그것은 어떤 경우에는 역계몽이 아닌 반계몽의 야만이 될 수도 있으며 이는 억압적이고 식민주의적 근대성에게는 타자들을 무장해제하여 포섭하고 지배해 나가는 데 대단히 유효한 정지작업이 될 가능성이 높다.

전시키면서 전개되어 나간다. 비록 일본의 경우처럼 문학개념의 형성 과정이 오랜 시간에 걸쳐 논쟁적인 방식으로 전개되지 못하고[7] 극소수 의 '아마추어' 문인들에 의해서 산발적으로 제기되는 방식으로 전개되 었다는 한계는 있지만 그 변화 속에는 낭만주의에서 자연주의로 이행 하는 방향성이 존재하고 이는 곧이어 민중예술론과 프롤레타리아 문 학론을 만나면서 본격적이며 논쟁적으로 이루어지기 시작하는 주체적 인 근대 문학개념 형성 과정의 기초가 되고 있다.[8]

본고는 1910년에서 1925년경에 이르는 15년여에 이르는 기간 동안 식민지 조선에서의 문학개념의 형성·변모 과정을 살펴보는 것을 목 적으로 한다. 1920년대 중반을 고비로 프롤레타리아 문학론이 등장하 면서 문학인식상의 격렬한 전환이 이루어지기 전의 시기라는 점에서 이 시기는 한국에서 근대 부르주아 문학개념의 형성기라고도 불릴 수 있을 것이다.

---

7 일본의 경우 근대적 문학개념이 등장한 것은 거의 메이지 초기부터였으며 그 이후 동 경제대에 '국문학과'가 생기는 1904년(명치 37년)에 이르는 30년 이상의 오랜 기간 동안 근대적 문학개념의 정착을 둘러싸고 대단히 역동적인 논의들이 펼쳐져 왔다(스 즈키 사다미, 앞의 책 참조)

8 이러한 생각은 황종연이 언급한 바 있는 '한국문학에 있어서의 근대적 기획의 출발과 그 기획이 겪어갈 굴곡과 착종이 이광수 이후 구체적으로 어떤 계보를 이루어 나가는 가' 하는 문제의식에 대한 하나의 대답이 될 수도 있을 것이다(황종연, 앞의 글, 39면).

2. 최초의 시도 – '情'으로서의 문학

이광수가 1910년에 『대한흥학보』에 발표한 「문학의 가치」는 짧은 글이지만 이광수 자신이 이 글에서 "지금(至今)껏 아한문단(我韓文壇)에 한 번도 차등(此等) 언론(言論)을 견(見)치 못하였나니, 이는 곧 '문학(文學)'이라는 것을 한각(閒却)한 연유(緣由)로다"라고 했듯이 현재까지 알려진 바로는 한국 최초의 '근대문학론'이다. 이 글에서 이광수는 문학이 원래 '일반학문'을 뜻했으나 점차 학문이 복잡하게 되면서 '문학'도 "시가(詩歌)·소설(小說) 등(等) 정(情)의 분자(分子)를 포함(包含)한 문장(文章)"으로 축소규정되었으며 영어의 'literature'라는 자와 "약동(略同)한 역사(歷史)"를 지닌다고 하고 있다. 하지만 그는 이어 "인류(人類)가 지(智)가 유(有)하므로 과학(科學)이 생기며, 또 필요(必要)한 것과 같이 인류(人類)가 정(情)이 유(有)할진댄 문학(文學)이 생길지며 또 필요(必要)한지라"라고 하며 다시 "원래(元來) 문학(文學)은 다만 정적(靜的) 만족(滿足), 즉 유희(遊戲)로 생겨났음이며 또 다년간(多年間) 여차(如此)히 알아 왔으나, 점점(漸漸) 차(此)가 진보(進步)·발전(發展)함에 급(及)하여는 이성(理性)이 첨가(添加)하여 오인(吾人)의 사상(思想)과 이상(理想)을 지배(支配)하는 주권자(主權者)가 되며, 인생문제(人生問題) 해결(解決)의 담임자(擔任者)가 될지라"라고 하고 있다.

여기에는 약간의 착종이 존재한다. 문학은 정(情)이라는 자질 때문에 일반학문에서 독립하게 된 것이므로 '정'은 근대문학의 핵심자질이라고 할 수 있다. 그런데 그는 이어서 다시 정(적 만족)이 곧 문학의 통시대적 자질이었는데 근대문학은 거기에 이성이 덧붙여진 것이라고 하여 근대문학의 자질을 '정+이성'으로 재정의하고 있다. 그리고 전근대문학과 근대문학은 정적 만족을 추구한다는 점에서는 동일하되 전자는 유희적이며 후자는 침중, 정밀, 심원하다는 차이를 갖는다고 한다.

> 故로, 今日 所謂 文學은 昔日 遊戱的 文學과는 全혀 異하나니, 昔日 詩歌·小說은 다만 鎖閑遺悶의 娛樂的 文字에 不過하며, 또 其 作者도 如等한 目的에 不外하였으나(悉皆 그러하다 함은 아니나 其 大部分은) 今日의 詩歌·小說은 決코 不然하여 人生과 宇宙의 眞理를 闡發하며, 人生의 行路를 硏究하며, 人生의 情的 狀態(卽, 心理上) 及 變遷을 攻究하며, 또 其 作者도 가장 沈重한 態度와 精密한 觀察과 深遠한 想像으로 心血을 灌注하나니, 昔日의 文學과 今日의 文學을 混同치 못할지로다.[9]

그리고 마지막으로는 "일국(一國)의 흥망성쇠(興亡盛衰)와 부강빈약(富强貧弱)은 전(全)히 기(其) 국민(國民)의 이상(理想)과 사상(思想) 여하(如何)에 재(在)하나니, 기(其) 이상(理想)과 사상(思想)을 지배(支配)하는 자(者) ― 학교교육(學校敎育)에 유(有)하다 할지나, 학교(學校)에서는 다만 지(智)나 학(學)할지요, 기외(其外)는 부득(否得)하리라 하노라. 연즉(然則) 하(何)오. 왈(曰) '문학(文學)이니라'"라고 함으로써 다시 이상과 사상의 존재 여하가 '국가 발전'의 요체인데 '지'만으로, 즉 학교 교육만으로는 부족하니 문학을 통해 '지' 이상의 것을 얻어야만 '이상과 사상'을 얻을

---

9 이광수, 「문학의 가치」, 『이광수 전집』 1, 삼중당, 1962, 505면.

수 있다고 하고 있다. 여기서 '지' 이상의 것이 바로 '정'임은 물론이다.

'정' 혹은 '정적인 것'은 문학의 통시대적 자질이고, 바로 문학을 다른 학문으로부터 독립시킨 핵심자질이다. 하지만 그 유희적 본질 때문에 이성과 결합해야지만 사상과 인생을 지배하는 주권자가 될 수 있다고 한다면 '정'은 근대문학적 자질로서는 자격미달이라고 할 수 있다. 그런데 다시 '지육(智育)'만이 아닌 문학을 통한 '정육(情育)'이 있어야 이상과 사상을 온전히 얻어 일국의 근대적 부강을 이룰 수 있다고 한다면, 이것은 대단히 자가당착적인 논리가 아닐 수 없다. 왜 이런 착종과 당착이 일어나는가?

그것은 이광수의 근대기획 속에서 낭만주의와 합리주의가 충돌하고 있기 때문일 것이다. 서구에서는 봉건사회가 붕괴되고 근대사회가 흥기하면서 순차적, 혹은 계기적으로 일어났던 낭만주의와 합리주의를 이광수는 자신의 문학론에 동시에 끌어들여 근대국가 건설의 바탕으로 삼고자 했고, 그 때문에 '정'과 '이성'이라는 변별적이고 상호충돌적인 자질이 이런 식으로 동서하게 된 것이다. 이처럼 서구적 근대 문학개념은 한국 최초의 근대문학론인 「문학의 가치」에서부터 단순 이식과는 거리가 먼 방식으로 첫선을 보이고 있는 것이다.

이광수는 그 후 6년 뒤인 1916년 매일신보에 11월 10일에서 23일에 걸쳐 14일 동안 장편 논문 「문학이란 하오」를 연재함으로써 다시 이 근대 문학개념의 정립이라는 과제에 본격적으로 도전한다. 이는 '신구의 의의 상이', '문학의 정의', '문학과 감정', '문학의 재료', '문학과 도덕', '문학의 실효', '문학과 민족성', '문학의 종류', '문학과 문', '문학과 문학자', 그리고 마지막으로 '조선문학' 이렇게 11개의 하위주제를 설정하여 각각에 대한 본격적 논의를 전개하여 조선 근대문학론의 기초적 체계를 마련하고자 한 야심적인 기획이라고 할 수 있다. 이 글에 대해서는 그 중요성에 비추어 고(稿)를 달리하는 본격적인 고찰이 있어야 할 것이고, 여기서는 문학의 개념정의와 관련된 부분만 고찰하도록 하겠다.

'문학의 정의'에서 이광수는 "문학(文學)이란 특정(特定)한 형식(形式) 하(下)에 인(人)의 사상(思想)과 감정(感情)을 발표(發表)한 자(者)를 위(謂)함"이라고 정의한 뒤 그 명제를 하나하나 해설해 나간다. 우선 '특정한 형식'이라는 것은 먼저 문자로 기록될 것, 다음엔 시·소설·극·평론 등 문학상의 제형식에 부합할 것 등의 두 가지이다. 6년 전의 「문학의 가치」에서 '시가·소설 등의 문장' 운운한 것에 비하면 문학의 근대적 장르에 대한 인식이 일층 명확해 졌음을 알 수 있다. 그 다음 "인의 사상과 감정"은 「문학의 가치」에서의 '이성'과 '정'에 해당하는 것일 텐데 이 글에서는 정작 "문학(文學)은 마치 자기(自己)의 심중(心中)을 독(讀)하는 듯하여 미추희애(美醜喜哀)의 감정(感情)을 반(伴)하나니 차(此) 감정(感情)이야말로 문학(文學)의 특색(特色)"이라고 하여 감정, 즉 '정'의 문제에 초점을 집중한다. 그리고 문학은 학이 아니라고 단언한 뒤 다음과 같이 말한다.

文學은 某 事物을 研究함이 아니라 感覺함이니, 故로 文學者라 하면 人에게 某 事物에 關한 知識을 敎하는 者가 아니요, 人으로 하여금 美感과 快感을 發케 할 만한 書籍을 作하는 人이니, 科學이 人의 智를 滿足케 하는 學問이라 하면 文學은 人의 情을 滿足케 하는 書籍이니라.[10]

여기서 다시 "문학은 인의 정을 만족케 하는 서적"이라는 정의가 나오는데 이는 「문학의 가치」에서 말한 '문학은 정적 만족을 위해 생겨났다'고 하는 정의와 중복됨을 알 수 있다. 그리고 이광수는 다음과 같이 근세 이후 '정'의 지위의 변화에 관해 피력한다.

> 古代에도 此等 藝術이 有한 것을 觀하건대, 아주 情을 無視함이 아니었으나, 此는 純全히 情의 滿足을 爲함이라 하지 아니하고, 此에 知的・道德的・宗教的 意義를 添하여, 則 此等의 補助物로, 附屬物로 存在를 享하였거니와 約 五百年 前 文藝復興이라는 人類精神의 大變動이 有한 이래로, 情에게 獨立된 地位를 與하여 智나 意와 平等한 待遇를 하게 되다.

이러한 진술은 사실은 「문학의 가치」에서 석일의 문학과 금일의 문학을 대비하는 진술과는 거의 정반대의 진술이라고 할 수 있다. 「문학의 가치」에서의 석일의 문학이 이 진술에서의 근세의 문학과 같고, 금일의 문학이 이 진술에서의 고대의 문학과 같은 꼴이 된 것이다. 「문학의 가치」에서는 석일의 문학은 단순한 유희적인 정적 만족의 문학이고 금일의 문학은 인생과 우주의 의미를 천발하는 침중, 정밀, 심원한 것이라고 하여 근대문학의 합리주의적, 계몽적 의의를 높이 평가하고자 했지만, 「문학이란 하오」에서는 반대로 근대문학의 의의를 감정의 해방을 통해 인간해방의 구현하고자 한 의의를 강조하느라고 이런 이율배반적 진술이 나온 것이다. 어쨌든 「문학이란 하오」에서 이광수는

---

10   이광수, 「文學이란 何오」, 위의 책, 507~508면.

「문학의 가치」에서의 착종에서 빠져나와 보다 적극적으로 근대문학에서의 '감정'의 의의를 두드러지게 강조하기에 이른 것이다. 그것은 이광수의 문학개념 정립과정에서 이성중심주의(합리주의)보다는 낭만주의적 경사가 더 가파르게 작용하고 있음을 말해준다.

'문학의 실효'에서 그는 "문학(文學)의 용(用)은 오인(吾人)의 정(情)의 만족(滿足)"이라 재차 규정하고 정을 매개로 미를 추구함으로써 비로소 인간은 진선미의 균형발달, 즉 "품성(品性)의 완미(完美)한 발달(發達)을 견(見)"하게 된다고 하여, '정'을 만족시키는 문학을 '발견'하는 것을 근대주체로서의 새로운 인간, 즉 근대인을 완성하는 기본적 조건으로 인식한다. 이러한 낭만주의적이고 심미주의적 인간형을 설정한 뒤에 '문학과 민족성'에 이르러 그는 그 토대 위에서 민족문학을 논하고 또한 그 위에서 근대적 민족국가의 건설을 운위할 수 있었던 것이다.

此 貴重한 精神的 文明을 傳하는데 最히 有力한 者는, 卽 其民族의 文學이니, 文學이 無한 民族은 或은 習慣으로, 或은 口碑로 其 若干을 傳함에 不過하므로 아무리 累代를 經하여도 其內容이 擔當하여지지 아니하여 野蠻未開를 不免하나니라.[11]

3. '생명/인생'에서 '생활/현실'로 — 조선적 자연주의의 의미

　이광수가 내세운 근대적 문학의 핵심자질로서의 '정'은 문학을 다른 학문에 대하여 구별시켜주는 일종의 변별적 자질, 즉 문학의 종차(種差)적 본질이라고 할 수 있다. 따라서 그것이 하나의 상식이 되고 나면 그러한 정의는 사실상 무의미한 것과 다름없어지게 된다. 그러한 종차적 본질을 갖는 근대적 문학이라는 것이 식민지 조선사회라는 구체적 현실 속에서 영위되고 유통되기 시작된 이후에는 그 나름의 특수한 문학적 의제가 발생하고 그러한 의제와의 관련 속에서 문학에 대한 정의나 규정은 추상적 보편적 정의를 넘어서는 구체적이고 특수한 정의를 요구하게 된다.

　이와 관련하여 1920년대 들어서면서 문학론, 혹은 예술론에 대하여 가장 먼저 제출된 것이 '생명', 혹은 '인생'이라는 관념이었다. 그것은 '정적인 것의 만족'이라는 문학개념과 마찬가지로 대단히 낭만주의적인 관념들이었거니와 1920년대의 현실에서 그러한 낭만주의적 관념들이 문학과 예술을 지배하게 된 것은 자연스러운 것이었다. 이광수가 가졌던 낭만적이고 심미적인 근대인들을 주체로 한 새로운 근대국가의 수립이라는 관념적 근대기획은 식민지화의 돌이킬 수 없는 진전과 더불어 계몽주의 시대의 마지막 몽상으로 막을 내리게 되었고, 결국 '국가 없는 근대성'인 식민지 근대성을 감당하는 일은 온전히 분산된 개인들의 몫으로 넘어오게 되었다. 근대적 국민국가 형성을 향한 현실적 경로가 폐색된 상황에서 그 개인들에게 집단을 상정한 계몽적 이데올로기가 실감되기에는 아직 더 많은 시간이 필요했으며 그 막대한 시대의 하중은 합리주의적으로 처리될 수 있는 성질의 것이 아니었다. 그럴 때 가장 유력하게 떠오르는 것이 바로 낭만주의였던 것이다. 시대모순의 하중은 크고 그것을 감당할 집단적 주체가 부재할 때, 개인이 할 수 있는 일은 생명, 혹은 인생을 걸고 세계와 맞서는 일일 것인즉, 정적 분자를 기본 자질로 하는 예술이 그에 가장 적합하다고 할 것이다. 이것은 곧 낭만주의 예술의 본질적 정신이기도 하다.

　1920년대 초반의 문학론에서는 이러한 생명, 혹은 인생을 중시하는 낭만주의적 예술관이 두드러지게 나타나게 되는데 물론 거기에는 논자에 따라 약간의 편차가 존재하며 이러한 편차는 이러한 초기의 낭만주의적 예술관이 향후 다양한 방향으로 분화하리라는 것을 예측할 수 있게 하기도 한다.

　　①다못 思想만 求한다 하면 言論도 可하며 萬一 技巧만 要求한다면 內容은 엇더하든지 優秀한 技巧면 그만일 것이다. (…중략…) 그러나 藝術에는 이 兩者의 渾一體가 안이면 안이다. 그 契合하는 一點은 生命이다. 人의 生命이 가장 眞實이 가장 詳如이 또는 가장 氣運잇게 表現된 者라야 우리가 求하는 文藝일다. (…중략…)

　　古昔부터 偉大한 作家는 다 自己 個性에 依하야 그 生命의 꼿을 잘 培養한 者이다, 그리하고 個性의 泉을 깁히 파고 또 그것을 넓히기에 努力한 者이다, 우리들이 몬저 作品에서 求하는 것은 作家의 個性이 十分 表現된 그것일다, 그리하고 우리 自身의 個性과 作家 그의 個性과 다시 말하면 自己生命과 作家의 生命과의 接觸交錯에 依하야 우리 自我의 生命을 照明하고 集中하고 豊富히 하고 힘

세계 하야 自由의 流動을 엇게하는 것이다, 一言而明之면 우리 自身의 生命을 가장 完全하게 길녀가는 일이 이 亦是 우리가 藝術에서 求하는 窮極이로다.[12]

② 世界에 滿足치 못한 '사람'은, 國家를 만드럿고, 여긔도 못 滿足한 '사람'은, 家庭을 만드럿고, 여긔도 滿足치 못하여, 마츰내, 自己 一個人의 世界이고도 萬人함끠 즐길만한 世界 — 藝術이라는 것을 創造하였다. 이러케, 自己一이 痛切한 要求로 말미암은 '藝術'은, 이것 則 人生의 기름자요 人生의 無二한 聖書요, 人生의게는 없지못할 사랑의 生命이다.[13]

③ — 이 朝鮮의 宇宙에 處ㅎ야는 Good for it's own sake(다른 데 利益이 없더라도 저 혼자 조흔 것) 되는 것은 思義홀 수 업는 것이니 이 相對의 宇宙에셔는 적어도 現在의 狀態의 人生에셔는 Good for something(무엇에나 한가지에라도 有益혼 것)이 아니면 Good for nothing(아모데도 所用업는 것)이라 아니홀수 업습니다. Arts for art's sake라는 藝術上의 格言은 藝術을 他部分의 文化(政治나 敎育이나 宗敎나)의 奴隷狀態에서 獨立식히는 意味에 잇셔셔는 대단히 훌륭혼 格言이지마는 그 範圍를 지나가셔 使用ㅎ면 이는 '個人은 自由라'ㅎ는 格言을 無制限으로 使用홈과 갓흔 害惡에 빠지는 것이외다. 生에 對ㅎ야 貢獻이 업는 것 더구나 害를 주는 것은 그것이 무엇이든지 다 惡이니 文藝도 萬一 個人의 特히 우리 民族의 生에 害를 주는 者면 맛당이 뚜드려부실 것이외다. Arts for life's sake야말로 우리의 取홀 바라 홉니다.[14]

---

12 춘성생, 「문예에서 무엇을 구하는가」, 『창조』 6호, 1920.5, 70~71면.
13 김동인, 「자긔의 창조한 세계 — 톨스토이와 떠스터에프스키 — 를 비교하여」, 『창조』 7호, 1920.7, 49~50면.
14 춘원, 「문사와 수양」, 『창조』 9호, 1921.1, 11면.

①번 글은 춘성생(노자영)의 「문예에서 무엇을 구하는가」의 일부로서 '예술(문예)는 인간 생명의 진실한 표현'이라는 낭만주의적 예술관을 가장 전형적으로 표현하고 있다고 할 수 있다. 그리고 그 생명이란 것은 추상적 보편적인 인간생명이 아니라 '개성에 의해 배양된' 것으로서의 생명, 즉, 부르주아적 주체성의 소산이라는 점을 명확히 하고 있다는 점에서 이 낭만주의가 부르주아 개인주의적 낭만주의임을 드러내고 있다.

②번 글은 김동인의 「자기의 창조한 세계―톨스토이와 떠스터예프스키―를 비교하여」의 한 구절로서 이러한 부르주아적인 의미에서의 '인생을 위한 예술'이라는 것이 사실은 세계, 국가, 그리고 가족제도에 대한 불만족, 혹은 그것들로부터의 소외에서 비롯된 일종의 '인공낙원'이라는 사실에 대한 예리한 인식을 보여주고 있으며, 김동인 자신이 그것을 의식하건 의식하지 못하건 이러한 인식은 1920년대 초반 '사회역사적 근대성'을 추구하는 길로부터 추방당하여 '미적 근대성'의 추구를 강제당할 수밖에 없었던 당대 지식인들의 처지를 잘 보여주고 있다고 할 수 있다.[15]

③번 글은 이광수의 「문사와 수양」의 한 구절인데 역시 이광수의 글답게 노자영이나 김동인의 낭만적 개인주의와는 달리 개인의 생과 민

---

15 그렇다고 해서 당시 식민지 조선의 지식인들이 보들레르 일파가 그랬던 것과 엄밀하게 같은 의미에서 '미적 근대성'을 추구했다는 뜻은 아니다. 단지 사회역사적 전망의 폐색이 이들로 하여금 자신들을 아직 미숙하나마 '예술적인 것' 속에 자폐시킨 측면이 강했다는 뜻이며, 식민지 혹은 그와 유사한 억압사회에서의 이러한 예술에의 강제된 유폐를 '미적 근대성' 대 '사회역사적 근대성'이라는 틀 속에서 어떻게 해석해야 할 것인가는 좀 더 생각해 보아야 할 문제이다.

족의 생을 동일시하는 강한 공리주의적 지향을 보여주고 있다. 이는
물론 미구에 조선문학의 지배적 경향이 될 자연주의적 공리성과는 구
별되는 것이지만 개인의 생과 민족의 생을 동일시하여 그 동시적 해방
을 추구하고자 한다는 점에서는 낭만주의와 자연주의를 이어주는 역
할을 수행하고 있다고 볼 수 있다.

아닌 게 아니라 이 글들이 발표되었던 1920년대 초반에는 이미 사조
로서의 자연주의가 정식으로 소개되고 있었다. 극웅(極熊)의 「문예에
대한 잡감」(1920)은 아마도 서구의 문예사조를 최초로 소개한 글이 아
닌가 생각되는데 '상고주의(고전주의) → 로만티시즘(낭만주의) → 자연주
의 → 신낭만주의 → 인상주의 → 상징주의 → 신비주의 → 신이상주의
→ 인도주의' 등으로 서구 문예사조의 발전과정을 소개하면서 자연주
의에 대하여 다음과 같이 말하고 있다.

> 自然主義의 가장 큰 特色은 現實的이다. 이 現實의 人生, 이 現實의 生活에 對
> 하야 深切하게 注意를 두는 것이다. 自然主義로 말미암아 藝術은 實人生, 實生
> 活과 密接한 關係를 매저 잇는 것이다. 人生의 意味는 어데 잇는가? 우리의 生
> 活은 무엇을 意味함인가? 하는 것이 自然主義 文藝 가운데서 자조 잇는 것이
> 다. 이 問題에 對하야 解決은 못 주지 마는 讀者로 하여금 생각 안이 할 수 업
> 게 만든다, 自然主義 文藝는 娛樂한 藝術이 안이오 人生에 對하야 生活에 對하
> 야 깁히 생각하게 하는 藝術이다.
>
> 自然主義의 傾向은 社會問題에 接觸되어 있다.[16]

---

16 극웅, 「문에에 대한 잡감」, 『창조』 4호, 1920.2, 50면.

여기서는 인생과 더불어 '생활'이라는 말이 등장하는데 이 생활 개념이야말로 추상적 인생을 구체적 현실에 밀착시키는 매개개념이라고 할 수 있다. 이 생활이라는 것을 통해서 인생은 사회와 연결되는 것이기 때문이다. 이처럼 1920년대 초반 예술에서 '생명'과 '인생'을 구하고자 한 식민지 지식인들은 '생활'과 '현실'로 점차 나아가면서 식민지 현실 속에서 인생이란, 그리고 예술 혹은 문학이란 어떤 의미를 가지는가를 탐색해 나가게 되었던 것이다.

하지만 '생명'과 '인생'이라는 낭만주의적 자질과 '생활'과 '현실'이라는 사실주의적 자질이 계기적으로 강조된 것이 아니라 동시적으로 강조되었다는 데에 1920년대 초반 조선에서의 문학론의 특질이 가로놓여 있다고 할 수 있다. 즉 낭만주의는 자연주의에 의해 극복된 것이 아니라 낭만주의와 자연주의가 동시에 뒤섞인 형태로, 즉 '비동시적인 것의 동시성'이라는 양상으로 전개되었다는 것이다. 이 점을 가장 잘 보여주는 것이 바로 염상섭의 평론 「개성과 예술」(1922)이다.

一旦 覺醒한 以上, 自己의 周圍를 疑心하고, 批評的 態度로 一切를 探求評價하랴 할뿐 아니라, 自己自身에까지 疑惑의 眼光을 向하게 하는 것은 當然한 事라 하겠다. 그리하야 自覺한 彼等은, 第一에 爲先 모든 權威를 否定하고, 偶像을 打破하며, 超自然的 一切를 물리치고 나서, 現實世界를 現實 그대로 보랴고 努力하얏다. (…중략…) 이러한 心理狀態를, 보통 이름하야, 現實暴露의 悲哀, 또는 幻滅의 悲哀라고 부르거니와, 이와가티 信仰을 일허버리고, 美醜의 價値가 顚倒하야 現實暴露의 悲哀를 感하며, 理想은 幻滅하야, 人心은 歸趣를 일허버리고, 思想은 中軸이 부러져서, 彷徨混沌하며, 暗黑孤獨에 울면서도, 自我

覺醒의 눈만은 더욱더욱 크게 뜨게 되엇다. 或은 이러한 現象이, 돌이어 自我 覺醒을 促進하는 그 直接原因이 된 것이라고도 할 수 잇다. 여하간 이러한 現 象이 思想 方面으로는 理想主義, 浪漫主義시대를 經過하야, 自然科學의 發達과 共히, 自然主義 내지 個人主義思想의 傾向을 誘致한 것은 事實이다.[17]

　이 글은 '현실폭로'의 자연주의를 말하면서도 사실상의 무게중심은 그 현실폭로를 수행하는 주체, 즉 각성한 자아의 주체성(개성)과 인식론적 태도에 두고 있다. 이는 말할 것도 없이 부르주아적 개인주의, 혹은 그 낭만주의의 여실한 표백이다. 반면 그 주체의 정서적 주조가 '비애'라는 사실은 또 다른 면에서 문제적이다. 의심과 의혹, 그에 따른 권위 부정과 우상타파는 합리적인 부르주아 개인의 가장 자랑할 만한 덕목이지만, 그것이 열정이나 자신감, 도취 등 적극적이고 낙천적인 감각을 동반하지 않고 '비애'를 동반한다는 것, 거기에는 염상섭의 의식 속에 이미 서구적 의미의 부르주아적 개인과는 전혀 성격이 다른 새로운 개인의 이미지가 자리잡고 있음을 의미한다. 비애 역시 낭만주의적 자질 중의 하나이지만 거기엔 낭만주의를 일구어낸 초기 부르주아의 활력은 소거되어 있고 독점자본주의 시대 이후의 환멸과 무력감이 짙게 배어 있는 세기말적 페이소스라고 할 수 있다. 그 '비애'가 식민지 근대라는 현실을 수리(受理)해야 하는 자의 비애이며 거기엔 소극적이나마 '자연주의'라는 서구담론에 대한 일종의 탈식민주의적 탈구가 작용하고 있다고 보아도 좋을 것이다.

17　염상섭, 「개성과 예술」, 『개벽』 22호, 1922.4, 2~3면(문예면).

서구에서의 자연주의 역시 자본주의적 근대에 대한 환멸과 저항의 한 양식이지만 거기에 이 같은 비애는 존재하지 않았다.

모든 이상과 모든 유토피아가 실패하고 난 이제 사람들은 사실에, 그리고 오직 사실만에 집착하고자 한다. 자연주의의 이러한 정치적 근원이 그 반낭만주의적이고 도덕적인 경향들을 설명해 준다. 즉 현실로부터 도피하기를 거부하고 사실묘사에 있어서 철저한 정직성을 요구한 점, 객관성과 사회적 단결을 보장하는 길로서 개성의 배제와 무감각성을 추구한 점, 현실을 인식하고 묘사하는 데 그치지 않고 그것을 개조하는 자세로서의 행동주의, 현재만이 유일한 의미 있는 대상이라고 고집하는 일종의 현대주의, 그리고 소재선택과 독자층의 선택에 있어서의 대중적인 경향 — 이러한 특징이 모두 자연주의의 정치적 근원과 관련된 것이다.[18]

염상섭이 받아들이고 이해했던 자연주의는 이처럼 서구에서의 그것과는 전혀 다른 자연주의였던 것이다. 물론 그것은 메이지 30년대 일본의 자연주의와 기본적으로는 맥을 같이 하는 것이기는 하다.

봉건의식으로부터의 해방, '신'관념으로부터의 탈각, '육'으로서의 자기의 존재를 중심으로 하는 합리적 세계관, 이 세 가지는 표리일체가 되어 자연주의를 지향했다. (…중략…) 고스기 덴가이와 오구리 후요가 소개했던 졸라의 이론이 피상적으로 이해되는 가운데 곧바로 응용되었던 것은 이런

---

18 A.하우저, 백낙청·염무웅 역, 『문학과 예술의 사회사—현대편』, 창작과비평사, 1974, 66면.

시대사조의 성격에서 비롯된다. (…중략…) 그러나 졸라이즘은 일본에서는 결국 한 시대의 유행에 머물고 결실을 맺지 못했다. 이것은 졸라의 경우에는 이미 전대의 낭만파 시인들에 의해 근대적 개인의 자각과 표현이라는 작업이 이룩되었으나, 일본에서는 이를 자연주의를 통해서 확립할 수밖에 없었기 때문이다. 졸라가 표방했던 '과학'보다 좀더 극단적으로 개성을 표출하는 데 적합한 형식이 일본에서는 필요했던 셈이다.[19]

식민종주국 일본 역시 후발자본주의 사회로서의 숙명을 벗지 못하고 자연주의를 낭만주의와 자연주의의 혼합물로서 받아들여 '개인의 자각'과 '현실폭로'를 동시에 수행할 수밖에 없었던 것이다. 하지만 일본에도 염상섭에게서와 같은 '비애의 감각'이 그처럼 지배적이었을까? 일본의 자연주의에 일종의 반근대적 지향이 있었다고는 해도 당시의 일본사회는 욱일승천의 기세로 세계적 수준의 근대적 국민국가를 구축해 나가고 있었으며, 거기에 이런 비애의 감각이 머물 자리는 별로 없었다고 보아도 좋을 것이다. 하지만 식민지 근대의 조선에서의 '비애'는 거의 본원적인 것이었으며, 이 비극적 낭만주의의 감각이 당대의 문학인식 전반을 지배하는 것은 차라리 자연스럽다고 할 것이다.

---

19 나카무라 미쓰오[中村光夫], 고재석·김환기 역, 『일본 메이지문학사』, 동국대 출판부, 2001, 185면.

4. 프롤레타리아 문학론과 비애의 감각

1920년대 초반 문학개념과 관련된 입론들이 그 중심 자질을 '생명' 혹은 '인생'에서 '생활' 혹은 '현실'로 발전시켜 나가는 과정은 한편으로는 전 세계적 차원에서 프롤레타리아 문학운동, 혹은 넓은 의미에서의 민중문학운동이 약진해 나가는 과정이기도 했다. 사회주의혁명을 성공으로 이끈 소비에트 러시아에서 발원한 이 새로운 계급적 문학운동은 유럽은 물론, 전 세계적으로 그 영향력을 넓혀가고 있었다. 3·1운동의 열기가 아직 식지 않은 채, 그 이전의 타협적인 부르주아 민족운동의 한계를 뛰어넘는 본격적인 민중적 민족해방운동이 본격적으로 전개되기 시작했던 조선에서도 이제 '생활'과 '현실'은 계급적 관점에서 재구성된 생활이고 현실이게 되었다. 1922년, 백조 동인 김기진은 이렇게 부르짖었다.

그렇다, 우리는 살아야 한다. 지금보다 더 잘 살아야 한다. '참말로' 잘 살아야 한다. 우리의 살림 속에서 거짓을 내쫓아야 한다. 거짓은 '도깨비'다, '亡靈'이다. '幽靈'이다. 우리의 生活에서 幽靈을 없애 버려라,

그러면 生活을 引導할 사람은 누구냐? 藝術家다, 藝術家의 할 일이다. 藝術家는 모든 意味의 創造者이다. 生活에 대한 先覺者이다. 生活은 藝術이요, 藝術은 生活이어야만 할 것이다. 生活의 藝術化가 되지 않으면 안 될 것이다. 世界的 人類生活의 極限까지 이러한 理想을 實現하여야 할 것이다. 冊床 앞에서 만들어내는 藝術은 우리에게는 無用한 것이다. 世界의 百姓들의 生活과 生活

이 一致되고 世界의 저들의 靈魂과 靈魂이 融合되는 때에 일어나는 偉大한 交響樂은 藝術, 그것이어야만 될 것이다.[20]

여기서 주목해야 할 것은 '예술은 생활이다'라는 말이다. 앞에서 극웅의 자연주의 사조 소개글에서도 이 말은 나왔었지만 이 글에서의 '생활'은 그보다 더욱 구체적인 의미를 갖는다. 그것은 곧 유물변증법적 맥락에서의 '생산관계 및 사회 제관계의 총체'를 지칭하는 것이다. 검열을 의식하여 유화된 표현이지만 "세계의 백성들의 생활과 생활이 일치되고 영혼과 영혼이 융합되는 때"라는 말은 곧 민중(프롤레타리아)에 의한 생산 및 사회 제관계의 총체적 변혁, 즉 혁명이 일어날 때라는 말에 다름 아닌 것이다. 그것이 바로 '상화(想華=감상)'라는 이름이 붙은 이 정념 넘치는 글 한 편이 조선 프롤레타리아 문학의 첫 깃발이 되는 이유인 것이다. 이 글에는 보다 더 구체적으로 민중을 위한 문학을 이야기한 부분도 있다.

…… 지금 朝鮮은 '우 나로ー드'라고 부르지즐 만큼이나 된 階段 우에 섯느냐? 아ー 서잇지 못하다. 六十年 前의 露西亞靑年들이 두 팔을 거더붓치면서 힘잇게 부루짓든, '우나로ー드!'는 只今의 朝鮮에는 아즉것 일는 모양이다![21]

하지만 이러한 강렬한 혁명적 민중지향성의 표백에도 불구하고 이 글의 기본적인 페이소스는 여전히 비애에 있다. 염상섭의 「개성과 예

20   김기진, 「떨어지는 조각 조각—붓은 마음을 딸하」, 『백조』 3호, 1923.9, 140면.
21   위의 글, 143~144면.

술」에서의 그것에 비해서는 분명 한 계단 더 나아간 것이기는 하지만 '현실폭로의 비애'는 여전히 '비애'였던 것이다. 조선의 프로문학은 이러한 비애의 감각이 부르주아 개인주의의 영역을 넘어 민중적 현실과 만나 사회적 지평을 획득한 곳에서 열리게 된 것이다.

> 지금와서 새삼스럽게 슬퍼하고서 돌아설 것이 못 된다. 現實暴露의 悲哀는 지금 와서만 늦기는 것이 아닐 것이다. 階段을 밟지 안코 結論만을 찾기를 急히 하지 말자. 허리띠 끈을 느처 매고서 발을 땅속으로 너허야 하겠다. 땅속으로 거러가야 하겠다.
> 그럿타! 땅속을 거러야 한다, 지나간 모든 것의 모든 끄나풀을 끈허버리고서 새빨간 靈魂을 꾀어들고서, 알몸동아리로 이 世上에를 다시 나오자—[22]

이러한 비애감은 김기진에게 유독 심각하게 나타났던 것일 수도 있다. 그는 한편으로는 「클라르테운동의 세계화」(1923.9), 「빠르뷰스 대 로맨 로란 간의 쟁론」(1923.10), 「또 다시 클라르테에 대해서」(1923.11) 등을 통해 세계적 수준에서의 민중예술운동을 소개하고 또 「금일의 문학, 명일의 문학」(1924.2)과 같은 '담백한' 평론을 써 나가면서도 한편으로는 「Promenade Sentimental」(1923.7), 「눈물의 순례」(1924.1), 「통곡」(1924.12) 등 감상적 비애감으로 가득한 산문들을 쏟아내다시피 하였던 것이다. 그리고 이러한 비애감, 다시 말하면 쁘띠 부르적 감상주의가 그로 하여금 이후의 프로문예운동 진영의 두 번에 걸친 논쟁, 즉 '내용-

---

22 위의 글, 142면.

형식논쟁'과 '대중화논쟁'에서 연이어 그보다 냉철한 문학전위들에게 농락을 당하게 한 원인(遠因)이 되었을 수가 있다.

그러나 문제는 김기진의 쁘띠적 감상벽이 아니다. 오히려 중요한 것은 바로 그러한 김기진의 충만한 비애감이 비참한 민중과 민족의 생활(현실)로 집중되었던 지점에서 조선의 프로문학과 문예운동이 비로소 시작될 수 있었다는 사실이다. 그러니까 조선의 프로문학과 문예운동이란 것은 처음부터 민중의 투쟁 속에서 시작된 것이 아니라 이런 식민지 지식인들의 비애감이 민중의 형상 속에 투사되는 방식으로 시작된 것이었다. 이후 카프의 전위들이 뒤늦게 이 사실을 간파하고 방향전환을 하고 볼셰비키화를 선언하고 나자 기본적으로 프롤레타리아의 자기문화 위에 서 있지 못하고 쁘띠 부르주아적 투사들의 비애의 감각에 의존하고 있던 조선의 프로문예운동은 갑자기 형해화될 수밖에 없었다. 그것은 실제의 1920년대 중반 이후 조선의 프로계급운동의 주·객관적 조건과 성장·발전의 정도가 어떠했던 것인가와 상관없이 당시의 프로문예운동은 그 대중적 기반과 운동이 실 내용상 대단히 취약했던 운동이었으며, 그들의 '프로문학담론'들 역시 쁘띠 부르주아 문인들의 비극적 낭만주의의 과잉결정물이었다는 데서 오는 자연스러운 결과였다고 할 수 있을 것이다.

김기진보다 앞서서 '현실폭로의 비애'를 말했던 염상섭은 프로문예운동의 전성기라고 할 수 있었던 1927년에 와서 다시 한번 다음과 같이 '현실폭로의 비애'에 관해 언급하고 있다.

現實打破의 悲哀, 或은 現實暴露의 悲哀란 말은 반듯이 自然主義者만에 限한

專用語는 아니다. 다만 現實打破의 悲哀, 或은 現實暴露의 悲哀에 발을 멈치겟느냐, 그러치 안흐면 한거름 더 나가겟느냐는 데에서, 自然主義와 自然主義 以後가 區別될 뿐이요, 그 宿題, 그 誤算은 어느 때까지 永續되고 反復되고 잇다. 그러나 現實打破라는 이 宿題는 우리의 生活이 停滯하지 안코 流動한다는 唯一의 標的이요, 또한 가장 必要한 엘레멘트인 다음에야 우리는 그것을 決코 拒否하랴고는 아니하지만은, 現實打破나 現實暴露의 悲哀라는 誤算을 反復하기에, 우리의 朝鮮과 우리와 밋 우리의 子子孫孫이 全生涯를, 한 묵금에 열 녁냥금으로 놀라운 浪費를 한다는 것은, 아모리 거기에서 進步의 자최를 차질 수 잇다 할지라도, 기엽슨 不幸이다.[23]

분명히 5년 전 「개성과 예술」에서 현실폭로의 비애를 말하던 때와는 확실히 달라진 면모가 보이는 글이다. 5년 전의 '현실폭로'가 주체의 태도의 문제였다면 이 글에서의 '현실폭로'는 하나의 운동성을 가지는 것이고 '자연주의 이후'를 보장하는 '엘레멘트'가 되고 있다. 이는 분명 프로문예운동과 사회주의적 전망 획득의 영향이라고 할 수 있을 것이다. 또한 이 글은 현대의 문예가 낭만주의에서도 벗어나고, "오락물시하는 천대와 데카당쓰적 경향이나 밋 그와 유사한 사로에서 구원"되었고, "천박한 낙천주의나 허울 조흔 종래의 인도주의의 가면극이나 인형극을 재연하지 안케" 되었다고도 명확히 못 박고 있는 것이다. 하지만 그럼에도 불구하고 '비애'의 감각은 여전하다. 현실타파 혹은 현실폭로라는 행위는 거기서 진보의 자취를 찾을 수 있다고 하더라도

---

23 염상섭, 「예술과 생활」, 『조선문단』 19호, 1927. 2, 3~4면(문예면).

"놀라운 낭비"이며 그런 면에서 근원적으로 불행하고 슬픈 일이라는 기본적으로 허무주의적인 관점이 역력한 것이다.

아마도 염상섭의 정직성이 아니면 이런 말은 나올 수 없었을 것이다. 프로문예의 깃발이 기세좋게 펄럭이던 그 시절에 이런 말을 할 수 있는 사람은 염상섭밖에 없다고 봐도 좋을 것이다. 하지만 어쩌면 이런 생각은 당대의 한다하는 프로문사들 각각의 내면에 내남없이 완강하게 똬리를 틀고 있었던 생각이었을지도 모른다. 그리고 그렇지 않다면 30년대 중반 그들이 전향의 길을 걸으면서 저마다 내뱉은 '비애의 성사'는 이해될 수 없다.

한편, 박영희가 「조선을 지내가는 뻬너스」(1924.12)를 쓰고, 김기진이 「피투성이 된 푸로혼의 표백」(1925.2)을 쓰고, 박종화가 「인생생활에 필요적 발생의 계급문학」(1925.2)을 쓰는 등 프롤레타리아 문학론이 명백한 대세가 되어 가면서 KAPF 결성의 기운이 무르익어 가고 있던 1925년 2월, 이광수는 마지막 5회째 연재분을 『조선문단』에 게재함으로써 「문학이란 하오」의 뒤를 잇는 자신의 득의의 '문학개론'인 「문학강화」를 완성한다. "문학이란 어떤 종류의 예술적 형식에 의한 인류의 생활(사상·감정 급 활동)의 상상적 표현인 문헌으로서 오인의 감정을 동하는 것이라"라는, 초기의 규정에 비해 훨씬 세련된 개념규정에 도달한 이 글은 이광수 나름대로 당대 조선문학에 대한 비판, 즉 1920년대 초반의 '데카당'한 경향과 중반 들어서 대두되는 계급주의적 경향 양자에 대한 비판을 통해 '건전한' 부르주아적 문학관을 수립하고 선전하고자 하는 하나의 기획이었다.

269

그러나 文學에 대한 通觀이 업기 때문에 朝鮮의 文壇이 偶然히 잘못 든 엇던 邪路로 굴러 나려가는 듯하다. 마치 世界地理를 배호지 못한 에스키모 人이 世界는 全部 氷雪로 덥힌 것이어니 하는 것과 가티, 또 世界歷史를 배호지 못한 露西亞人이 世界는 自古以來로 階級鬪爭의 血戰의 世界여니 하는 것과 같티, 世界의 文學과 文學의 歷史를 通觀하지 못한 朝鮮 靑年들은 文學이라면 오늘날 朝鮮文壇에 보는 듯한 데카단式 文學뿐이어니 하야, 嘔逆나는 것을 억지로 맛나게 먹으려 하고, 저도 또 嘔逆나는 것을 만들어 억지로 남의게 맛난다는 對答을 强請하려 한다. 이것은 오즉 新生하는 朝鮮文學에 病毒이 될뿐더러, 朝鮮의 民族的 性格의 修練과 改造에 무서운 毒을 加하는 結果가 된다.[24]

진리감(진), 도덕감(선)의 만족을 전제로 하면서 심미감(미)을 만족시키는 것이 문학의 가치임을 결론으로 삼고 있는 이 글은 결국 문학에 종교 수준의 위의를 부여하여 근대 국민국가의 국민통합 및 교육 이데올로기로 삼고자 한 영국의 아놀드-리비스 일파의 전형적인 부르주아 문학관을 재확인하고 있다. "세계역사를 배우지 못한 로서아인" 운운하거나 프롤레타리아문학을 하나의 '단체의 문학' 정도로 취급하는 데서 알 수 있듯 이광수의 이 문학개론에는 당대의 프로문학론(자)들에 대한 내재적 이해라는 관점은 전혀 포함되어 있지 않음을 알 수 있다.

데카당을 몰랐던 이광수가 '비애'를 알 리 없고, 비애를 몰랐던 이광수가 프로문예운동에 몸을 던진 전직 데카당들의 열정을 알 리가 없는 것이다. 그리고 그런 단순무지한 부르주아 계몽주의에서 이런 관조적

24　이광수, 「문학강화(1)」, 『조선문단』 창간호, 1924.10, 55～56면.

이고 정태적인 초역사적 문학개론이 나오는 것은 지극히 자연스러운 것이다. 하지만 불행한 것은 해방 후 오랫동안 이러한 낡아빠진 부르주아적 문학개념이 문단과 교육기관과 교과서를 지배해 왔다는 사실이다. 반면에 비록 쁘띠적 감상주의와 정치적 교조주의 사이를 왕복하며 실패를 거듭했지만, 식민지 시대의 그 '놀라운 낭비'의 역동성과 창조성이 낳은 주체적이고 구체적이며 역사적인 '문학이란 무엇인가'라는 고민의 흔적은 어느덧 실종되어 지금까지도 충분히 평가되지도 계승되지도 못하고 있는 것이다.

5. 비극적 이데아로서의 문학

여기까지 1910년대에서 1920년대 초반에 이르는 식민지 조선에서의 근대적 문학개념의 형성과 그 내적 맥락에 대해 거칠게 개관해 보았다. 이를 다시 다음과 같이 요약할 수 있을 것이다.

근대적 문학개념의 수립이란 궁극적으로 근대 국민국가 형성을 위한 하나의 이데올로기적 기획이다. 하지만 식민지 조선의 경우 근대 국민국가 성립의 좌절로 인해 문학개념 형성의 주체적 계기를 만나지 못하고 외부로부터의 이식, 혹은 번역을 통해 이를 수행할 수밖에 없었다는 한계를 가진다. 그러나 이렇게 외재적 기원을 가진다고 할지라도 조선에서의 근대적 문학개념은 식민지에서의 주객관적 조건의 변화에 따라 나름의 내적 논리에 의한 특수한 행로를 거쳐 왔으며 이 과정을 탐색하는 것은 식민지 근대성이라 불릴 수 있는 한국적 근대성의 정체를 묻는 작업으로서 의미를 갖는다고 할 수 있다.

1910~20년대 조선에서의 근대적 문학개념이 형성되는 과정은 '정 → 생명 → 인생 → 현실 → 계급' 등으로 그 핵심자질이 변모하는 과정이기도 한데 이는 낭만주의에서 자연주의로, 다시 민중예술론에서 프롤레타리아 문학론으로 발전하는 과정이라고 할 수 있다. 그 과정에서 처음에는 '문학=정적인 것'이라는 단순한 종차적 인식에 머물렀다가 점차 '생명', '인생' 등 부르주아적 낭만적 주체의 세계관을 드러내는 자질들이 중시되고 다시 '생활', '현실' 등 자연주의적(리얼리즘적) 자질들이 강하게 대두되는 등 변모를 겪게 된다. 다만 이러한 이행과정은 외적으로는 순차적으로 이루어지는 양상을 보이지만 사실은 동시에 여러 자질들이 강조되는 일종의 '비동시적인 것의 동시성'의 현상을 보이게 된다. 이러한 '비동시성의 동시성'을 가장 잘 보여주는 예가 당시 문학론들의 저변에 깔린 '비애의 감각'이라고 할 수 있다. 이 '비애의 감각'은 일종의 비극적 낭만주의의 자질인데 1920년대 초반 염상섭의 소론에서부터 드러나는 이 자질은 김기진에 의해 프로문학론에까지 운반되어 당시 쁘띠 부르주아 문인들의 저변의 감각으로 자리 잡게 된다. 단적으로 말하면 1920년대 중반 이후의 조선의 프로문학은 이런 비애의 감각이 부르주아 개인주의의 영역을 넘어 민중적·사회적 지평으로 전이된 결과물이라고 할 수 있을 것이다.

물론 근대적 문학개념의 보다 정제된 형태는 1920년대 중반 이광수에 의해 드러난 바 있으나, 그것은 식민지 조선의 현실과는 유리된 관조적이고 초역사적인 부르주아적 문학개념에 불과한 것이고, 진정 우리의 근대적 문학개념 수립 혹은 탐색을 위한 노력은 이러한 비애의 감각을 토대로 해서 생명에서 인생으로, 인생에서 생활로, 생활에서 현실로, 현실에서 계급과 민족으로 그 중심 자질을 발전시켜 나간 과정 속에서 찾아져야 할 것이다. 그리고 거기에서 비로소 식민지시대의 비극적 정신들이 모색했던 주체적이고 자생적인 문학의 이데아의 윤곽을 만날 수 있을 것이다.

본고는 말하자면 그러한 발견을 위한 서설적 연구에 해당하는 것이며, 1920년대 중반 이후 본격적으로 전개되는 프로문학담론과 그로부터 파생된 제반 문학담론들에 대한 새로운 관점에서의 탐색을 경과한 뒤에야 보다 뚜렷한 결론을 얻게 될 것이다.

주체적 문학관 구성의 모색과 그 좌절

백철, 김기림의 『문학개론』

----

1. '문학'의 관습과 관습화된 '문학개론'

지금은 컴퓨터와 인터넷의 세계가 있고, 또 영화와 TV가 있고 그 외에도 정보와 쾌락을 동시에 가져다주는 수많은 매개들이 있어서 예전 같지는 않지만, 꽤 오래도록 사람들은 시, 소설, 희곡 그리고 수필작품들을 읽으면서 혹은 쾌감을 느끼고 혹은 감동을 받고 혹은 인생의 지침을 발견해 왔다. 그런 과정이 오래 지속되어 오는 동안 쾌감과 감동과 교훈을 얻기 위해서는 시나 소설 등의 '문학작품'들을 읽어야 하는 일종의 전도현상까지 일어나게 되었다. '독서'라는 일은 노동을 통해 의식주를 해결한다거나 학교를 다녀서 교육을 받는 일처럼 적어도 20

세기의 인간들에게는 필수적인 일상적 과제처럼 인식되어 왔는데 그 독서에는 특별히 전문지식을 찾는 부류의 사람들이 아니라면 문학작품을 읽는 일이 그 가장 중심에 놓여 있다. 그리하여 언제부터인가 문학작품을 읽는 일은 일종의 관습 혹은 제도가 되었다고 할 수 있다.

이 하나의 의사(擬似)제도를 둘러싸고 문학작품을 만들어 내는 작가들이 존재하고, 작품을 발표하거나 출간하는 출판제도가 존재하고, 전문적인 독자들인 비평가들이 존재하고, 문학을 '연구'하는 교육기관과 제도가 존재하고 결과적으로 그럼으로써 상당한 수의 사람들이 그 '문학' 때문에 물질적이고도 정신적인 생애를 존속하고 있다는 것은 생각해보면 참 경이로운 일이기도 하다. 대저 문학이란 무엇인가?

그런데 바로 이 문학이 무엇인가를 묻고 대답하는 일조차도 사실은 이미 제도화되어 버렸다. 문학의 이러저러한 현상들은 '문학이란 이런 것이다'라는 대답을 만들어 내고 그 문학은 또 그 대답의 영향을 받아 새롭게 구성되고 그렇게 되면 다시 문학이란 무엇인가 하는 질문이 시작되고 …… 하는 순환과정 또한 제도화된 것이다. 어쩌면 그 순환과정이 곧 문학의 역사인지도 모른다.

분명한 것은, 21세기의 한국사회를 살아가고 있는 우리가 잘 알고 있는, 너무나 익숙하여 거의 선험적인 것이 되어 있는 '문학'이라는 것에 대한 관념은 처음부터 존재해 오던 견고한 어떤 것이 아니라 길어야 지난 100여 년의 시간 동안 우여곡절을 겪으면서 성립된, 그러면서도 그다지 성에 차지 않는 대단히 취약한 관념이라는 사실이다. 그리고 그나마도 이미 새로운 인식들에 의해 해체와 재구성의 위기에 직면하고 있는 풍전등화의 관념인 것이다.

그러면 현재 대다수의 사람들이 관습적으로 참조하고 수용하고 있는 한국사회에 지배적인 문학관의 양상은 어떤 것인가. 이를 알기 위한 방법은 여러 가지가 있을 수 있겠지만 그중 가장 접근 용이한 방법은 제도교육기관의 문학교과서를 살펴보는 일일 것이다. 대학에서의 기초적인 문학교육에 이용되는 '문학개론'은 그중에서도 가장 표준적이고 전형적인 당대의 문학인식을 확인할 수 있는 자료가 될 수 있을 것이다.

일단 한 권의 문학개론서를 살펴보기로 하자.[1] 문학은 상상의 문학으로 한정되고, 허구성·창의성·상상 등이야말로 문학과 비문학을 구별하는 중요한 요소라는 가장 정통적 정의를 내리고 있는[2] 이 책은 다음과 같은 역시 가장 정통적인 목차내용을 가지고 있다.

제1장 총론

1. 문학이란 무엇인가 / 2. 문학의 이론 / 3. 문학작품을 어떻게 읽을 것인가

제2장 시론

1. 시란 무엇인가 / 2. 시의 언어와 갈래 / 3. 시의 요소와 기법

4. 한국 현대시 약사

---

1 감태준 외, 『문학개론』, 현대문학사, 1988. 이 책이 현재 남한사회에서 나온 문학개론서들을 대표한다고 할 수 있을지는 모르나, 초판 이래 현재까지 중판을 거듭하고 있고, 비교적 충실한 내용과 안정된 서술이 돋보인다는 점에서 예를 들어 언급할 만하다고 할 수 있다.

2 위의 책, 19~20면

문학이란 무엇인가를 비롯한 일반론을 기술하고 시, 소설, 비평, 희곡, 수필 등의 문학의 갈래들에 대한 각론들을 배치하는 이런 방식이야말로 전형적인 교과서적 문학개론 서술방식인 것이다. 다만 눈에 띄는 특징이 있다면 시, 소설, 희곡이라는 전통적인 갈래 구분은 살아 있지만 시, 소설과 희곡 사이에 비평이 끼어들고 있고 수필이 당당하게 문학의 한 갈래로 시민권을 얻고 있다는 점일 것이다. 처음에는 문학의 한 갈래로 인정받지도 못했던 비평이 시, 소설에 이어 세 번째 자리를 차지하고 있고, 서정시-서사시-극시로 이어지는 아리스토텔레스 이래의 3인자 희곡의 지위가 한 단계 강등되어 있다는 것,[3] 수필이 온전히 문학의 한 갈래로 인정받게 되었다는 것[4] 등은 이처럼 자명하고 견고한 것처럼 보이는 개론적 문학인식에도 일정한 균열과 지각변동이 이루어지고 있다는 사실을 보여준다. 하지만 전반적으로 이 책의 목차구성은 그 자체가 현재의 관습적인 문학인식을 가장 견고하고 안정된 방식으로 보여주고 있다고 할 것이다.

이 책의 저자들이 '책머리에'에서 이 책이 "문학작품을 이해하고 그 가치를 판단하기 위한 기본이론과 기초적 개념을 체계적으로 다룬" 것이며 "대학생으로서의 문학적 교양을 이수하기 위한" 필요성에 응해서 만들어졌다고 했다는 데서도 알 수 있듯이 이 책의 이런 관습성과 안정성은 교과서적 저술로서 불가피한 것일 수 있다.

그런 한계에도 불구하고 이 책의 저자들은 '책머리에'에서 나름대로 다른 문학개론서들과의 차별성을 확보하기 위한 저술상의 유의점들을 제시하고 있는데 그것은, 정통적이고 전형적인 문학이론을 근간으로 하였다, 서양 일변도의 문학론을 극복하고자 동양문학의 이론적 적용을 시도했다, 서구문학론의 요약·소개에 머물지 않고 한국문학작품

---

3 이는 희곡이라는 장르가 근대문학의 역사 속에서 지녀온 지속적인 불안정성을 반영하는 것이다. 연행을 전제로 한 희곡은 특히 '쓰기'의 입장이 강화된 근대문학의 텍스트 중심주의 속에서 경계적, 혹은 주변적 위치를 차지하게 되었으며 특히 희곡 생산이 부진한 한국의 경우 더욱 그러한 경향은 강화되고 있다고 할 수 있다.

4 이는 수필의 대두로서 이해되어서는 안 될 것이다. 그보다는 상상과 허구의 산물만을 문학으로 범주화한 근대문학의 역사 속에서 한때는 당연히 문학이었던 넓은 의미의 인문학적 글쓰기(polite literature)가 위축되거나 배제되었다가 다시 신변잡기 수준의 미셀러니에 한해서 수필이라는 이름으로 겨우 입장을 허가받은 형국이기 때문이다.

을 통한 이론의 실제적 적용에 노력했다, 장르별 한국문학사의 사적 흐름을 제시함으로써 민족문학에 기초한 문학론을 지향했다, 평이한 문장으로 집필하고자 했다 등 다섯 가지이다.

여기서 동양문학 이론을 적용하려 했다는 점, 민족문학에 기초한 문학론을 지향했다는 점이 주목할 만하지만 실제로 동양문학 이론은 소설의 기원을 언급하는 부분 정도 외엔 거의 찾아볼 수 없고, 장르별 한국문학사의 사적 흐름을 제시하기는 했지만 그것이 '우리'의 문학론을 구성하려는 노력으로는 전혀 이어진 흔적이 없이 결국 서양 일변도의 '정통적이고 전형적인 문학이론들' 뒤에 단지 그것들을 이어붙인 수준을 넘지 못하고 말았다.

이 정도의 '문학개론'이 지금까지도 판을 거듭하면서 대학의 문학교재로 이용되고 있는 것이 한국의 현실이다. 교과서로서의 보수성이나 관습성은 어쩔 수 없다고 한다면 그를 상쇄할 만한 본격적인 총론적 문학론이라도 나와야 할 것인데 어쩐 일인지 한국의 문학연구자들은 모두 각론에만 몰두해 있을 뿐 총론에는 전혀 관심을 보이지 않고 있다.

영국의 문화유물론자 레이먼드 윌리엄스는 1970년대 중반 일련의 작업들을 통하여 현재 우리가 개념화하고 있는 문학, 즉 창조적이고 상상적인 저술이라는 문학개념을 발생론적으로 해체한 바 있다.[5] 그는 예술이 일반적인 인간의 기술이라는 의미로부터 상상력과 감수성에 의해 정의되는 특별한 영역으로 바뀌는 것, '문학'이 '읽고 쓰는 능

---

5   Williams, Raymond, *Key Words*, Oxford Univ. Press, 1976; *Marxism and Literature*, Oxford Univ. Press, 1977(전자는 번역되지 않았고, 후자는 한국어 번역판이 나왔다. 이일환 역, 『이념과 문학』, 문학과지성사, 1982).

력'이라는 최초의 개념에서 '품위있고 고상한 학식'으로 전환되고 최종적으로 '창조적이고 상상적인 작품들'로 정착되는 것은 18세기부터 19세기에 이르는 낭만주의 시대의 산물에 불과한 것이라고 주장했고, 그를 근거로 우리가 알고 있는 문학이란 것은 언어의 사회적 발전의 한 특정 형태이며 사회적 역사적 특수범주에 지나지 않는다고 파악했다. 그는 그렇게 함으로써 현대 사회에서 문학이 영위하는 특수한 지위, 즉 '저급한' 대중문화를 타자화함으로써 노동계급 문화를 적대시하고 '위대하지 않은' 이민족의 문화를 폄훼하고 서구문학을 특권화할 수 있게 하는 그런 이데올로기적 지위를 박탈하여 이를 상대화하고 역사화하고자 하였다.[6]

한편 일본의 스즈키 사다미[鈴木貞美]는 집요할 정도로 상세하게 일본에서 근대적 문학개념이 성립하고 정착하는 과정을 파헤쳐 20세기 일본문학이 어떻게 서구 근대문학을 철저히 추종했는가를 밝혀내고 '문예사'라는 관점에서 협의의 문학사를 해체 재구성하여 이를 일본의 사상사, 정신사와의 관련 속에서 재해석하려는 시도를 하고 있다.[7] 그는 그렇게 함으로써 일본사 전체의 '근대 추종'적 흐름에 반성과 비판을 가하고자 하는 것이다.

여기서 문제는 레이먼드 윌리엄스나 스즈키 사다미의 견해에 공감

---

6   테리 이글튼은 윌리엄스의 이런 연구결과를 이어받아 이러한 문학개념이 19세기에서 20세기 초에 이르는 동안 매슈 아놀드, F. R. 리비스 등의 비평가들에 의해 어떻게 발전되고 정착되었으며 그것이 어떻게 '영문학'을 낳았는가, 그리고 그 과정 동안 '문학'이 어떻게 중산층의 이데올로기로 발전되고 절대화되었는가를 해명한다. Terry Eagleton, *Literary Theory : An Introduction*(Oxford : Basil Blackwell, 1983), 김명환 외 역, 『문학이론입문』, 창작사, 1986.

7   스즈키 사다미, 김채수 역, 『일본의 문학개념』, 보고사, 2001(1998).

하는가 아닌가가 아니다. 중요한 것은 한국의 문학연구자들에게서는 이같이 '문학'을 매개로, 또는 대상으로 하는 총론적 연구가 이루어지지 못했을 뿐만 아니라,[8] 무반성적으로 스테레오타입화된 근대적 문학관을 자명한 것으로 받아들이고 관습적으로 재생산해 왔다는 것이다. 그리고 그 재생산은 다양한 문학제도로, 각 등급의 교육 시스템으로, 온갖 종류의 무반성적인 문학론 텍스트나 교과서들로 증폭되어 고착되어 온 것이다.

많은 문학연구자들이나 비평가들이 개별적이고 미시적으로는 이러한 문제들을 인식하고 또 극복해 나가고 있다고 믿지만 보다 보편적이고 거시적 차원에서 우리의 '문학이라는 제도'는 아직도 그 거대한 낙후성을 자랑하고 있는 실정이다. 이를 극복하는 것은 한국문학사 전체와 기존 문학인식 전체를 놓고 본격적인 이데올로기적 투쟁을 수행함으로써만 가능할 것이다.

하지만, 먼저 한 가지 물음을 제기해야 한다. 과연 이제까지 한국문학사에서 이러한 시도는 전혀 없었는가? 이 점과 관련하여 해방기에 이루어진 문학론과 관련된 작업들을 주목할 필요가 있다.

---

8 유종호의 『문학이란 무엇인가』(민음사, 1987)가 거의 유일하게 총론적 문학론의 형태를 띤 저술인데 이 역시 본격저술이라기보다는 약간 형식을 달리한 '문학개론'이라고 할 수 있다. 이에 대한 검토는 다음 기회로 미룬다.

2. 해방기 『문학개론』들의 모색

1) 『문학개론』의 탄생

해방을 맞아 가장 먼저 한국어로 발간된 문학개론서는 한국의 문학자에 의한 것이 아니었다. 평론가인 김영석과 나선영이 해방 이듬해인 1946년 6월 조선문예연구회의 이름 아래 번역하여 9월에 선문사에서 발간한 『문학입문』이 최초의 문학개론서였다. 원저는 소비에트의 이론가 비노그라도프가 중학생용 교과서로 만든 『문학론교정』 제2판이었다.

역자 서언은 "문학의 대중화를 위해서는 위선 좋은 문학입문서를 내놓을 것이 급무의 하나로 되어 있으나 아즉까지 양심적인 입문서의 출판이 없었다는 것은 문학의 대중화, 나아가서는 조선의 민주주의 민족문학의 수립을 위하야 심히 섭섭한 일이 아닐 수 없다"고 말하고 있다.[9] 이원조가 쓴 서(序)에도 비슷한 말이 있다. "오늘날 우리에게는 광범의 문학대중이 '문학이란 무엇인가' 하는 기본적 명제에 대한 탐구가 나날이 높하갈 뿐만 아니라 이러한 기본적 탐구에 대한 충분한 해답이 없이는 새로운 우리문학이 대중적인 기초 우에서 성립되고 발전할 수도 업는 것이다", "사실 8 · 15 이전에도 우리가 문학에 잇서 국부적인 문제를 논의하고 천착한 기회는 만히 잇섯스나 문학론 전체의 문제를

---

9   비노그라도브, 조선문예연구회 역, 『문학입문』, 선문사, 1946, 3면.

제기하고 해명한 일은 적엇다. 그래서 문학론이라고 할 만한 저작이나 번역이 성책되어 나타나지 못한 것도 이 때문이었다."[10]

이 책의 원저인 비노그라도프의 『문학론교정』 제2판은 1935년에 출간되었다. 주지하다시피 이 시기는 소비에트작가동맹이 결성(1932)되고 사회주의리얼리즘의 원칙이 확립된 시기였다. 이 책은 그 통일된 문학 원칙에 의해 만들어진 교과서로서 소련에서만 20만 부 이상이 판매된 책으로서 국내 번역본도 상당한 판매고를 기록한 것으로 보인다.[11] 이 책은 물론 원저가 이미 해방 전부터 많이 읽혔을 것이지만 특히 해방기 문학계의 대세를 점했던 문학가동맹을 주축으로 하는 진보적 문학진영에서 광범하게 읽혔을 것으로 추정된다. 하지만 이 책은 발전된 사회주의체제를 바탕으로 이념적, 방법적으로 나름의 정점에 이른 소련사회의 문학이론으로서 당시 겨우 민주주의 민족전선이 운위되고 있던 한국의 문학론으로 그대로 수용하기는 어려운 상황이었다.[12]

그리고 이원조가 술회한 바처럼 해방 전에 문학론 전체의 문제를 제기하고 해명한 일이 적었던 것은 한편으로는 식민지시대 우리 문학의 역량의 부족 때문이기도 했겠지만 우리 문학인들이 어쩌면 일본을 통하여 일본어로 된 일본 및 서구의 선진적인 문학론들을 용이하게 접해왔기 때문에 굳이 우리말로 된 문학입문서나 개론서, 혹은 총론적 문학론들을 저술할 필요를 못 느꼈기 때문일 수도 있다. 하지만 해방이

---

10   위의 책, 1면.
11   저자가 소장하고 있는 것은 1947년에 발행된 제3판이다. 이는 이 시기가 경제적으로 매우 어려웠던 시기임을 감안하면 이 책의 판매부수가 상당했음을 말해준다.
12   이는 1947년에 간행된 콤 아카데미 문학부(누시노프・루나차르스키)의 『문학의 본질』(백효원 역, 신학사)의 경우도 마찬가지라고 할 수 있다.

되면서 상황은 급변했다. 비록 부족하면 부족한 대로 우리의 지식인 대중들이나 젊은 학생들에게 우리 나름의 사회적·문학적 현실에 근거한 우리말로 된 문학입문서를 주는 일이 시급해 진 것이었다.

이러한 시대적 요구를 등에 업고 간행된 것이 백철, 김기림의 『문학개론』들이었다.[13] 주지하다시피 백철은 1930년대 초반 2기 방향전환 직후 일본에서 돌아와 카프의 주요 이론가로 활동하다가 1935년 전주사건 복역 후 출소하면서 박영희의 "얻은 것은 이데올로기요, 잃은 것은 예술이라"에 필적하는 글, 「출감소감—비애의 성사」(『동아일보』, 1935.12.27)를 쓰고 공개적으로 전향을 선언한 후, 휴머니즘론 등 자유주의적 입장에 선 비평활동을 하던 인물로 해방 후에는 공개적인 활동 없이 이 『문학개론』과 더불어 대작 『조선신문예사조사』 상·하권 저술에 몰두하였다. 반면 김기림은 해방 전에는 모더니스트 시인이었고 카프에 대해서는 일정한 거리를 두었던 인물이었는데 해방 직후 문학가동맹에 참여하면서 이태준, 정지용, 박태원 등과 함께 두드러지게 좌선회를 하였고 이 책은 해방 후 그의 첫 저작이다. 해방을 전후하여 우선회와 좌선회라는 극적인 방향전환을 감행한 두 인물이 해방을 맞아 4개월 거리를 두고 각기 『문학개론』을 해방 직후의 첫 저술로 선택했다는 것은 흥미로운 일이 아닐 수 없으며 그런 맥락에서 두 사람의 『문학개론』을 대비하는 것은 시사하는 바가 적지 않다고 생각된다.

---

13 백철, 『문학개론』, 백양당, 1946년 8월 20일 초판 간행, 김기림, 『문학개론』, 문우인서관, 1946년 12월 20일 초판 간행. 이외에도 홍효민이 1949년에 쓴 『문학개론』(일성당서점)이 있으나 남한 단독정부 수립 이후의 저술인 데다가 내용의 부실성이 두드러져 이 글에서는 취급하지 않는다.

2) 백철의 『문학개론』(백양당, 1946.8, 180면)

백철은 이 책의 서문에서 이 책이 "젊은 학도들을 상대로 한 문학담(강)의를 기초로 한 우에 1년간의 나의 지미(地味)[14]한 문학생활의 반영을 의미한 것"이라 밝히고 "출판을 전제로 한 기획이 아니었으나" "금일의 학도가 문학을 공부하는 데 있어서 가장 곤란을 느끼는 것이 기초적인 지식을 위한 서적이 전무하다는 사실"이었음을 알고 이를 출판하게 되었다고 밝히고 있다. 그리고 "이 문학개론이 조선의 학도들을 위한 것인 이상, 조선문학적인 개론이 되기를 스스로 희망"했으나 연구와 자료의 부족으로 "단편적 인용과 무계통한 설명의 정도를 넘지 못한 것"에 자괴를 금하지 못한다고 부연하고 있다. 여기서 유념할 만한 것은 이 책이 1년간의 나의 지미한 문학생활의 반영이라는 것과, 조선문학적인 개론이 되기를 희망했다는 것이다.

우선 이 책에는 백철이 해방을 맞아 외부활동을 접고 칩거하면서 해나간 문학공부의 성과가 일정하게 반영되어 있다는 것인데 그 공부라는 것은 아마도 그것은 그가 이후 1년 뒤부터 간행하게 될 『조선신문학사조사』와 관련된 문학사 연구로 추측된다. 그리고 그가 이 책이 '조선문학적인 개론'이 되기를 희망했다는 것도 그가 조선 신문학사를 연구하고 있었다고 할 때 어느 정도는 '조선문학적인 것'에 대한 밑그림을 구상하고 있었다는 추정도 가능할 것이다. 이러한 점을 염두에 두

---

14 본문은 틀림없이 '地味'로 표기되어 있으나 그 말의 뜻은 토지의 성질이라는 것이므로 이 글의 맥락에 맞지 않는다. 아마도 저자가 '至微(지극히 보잘것없음)를 뜻하는 '지미'라고 쓴 것을 출판과정에서 오식한 것으로 보인다.

면서 그의 『문학개론』을 검토해 나가도록 하자.

이 책은 다음과 같은 목차로 구성되어 있다.

1. 내용에 대하야

   1) 자연과 문학

      고대문학과 자연 / 근대문학과 자연 / 자연문학과 현실도피적

      경향 / 동양문학과 자연 / 현대문학과 자연

   2) 문학과 인간

      인간은 문학의 주인공 / 문예부흥과 인간의 발견 / 산문학과 인

      간추구 / 전형인물의 창조 / 근세소설과 심리의 세계

   3) 문학과 사상

      문학은 사상의 표현 / 기독교사상과 구라파문학 / 근세사상과

      문학

   4) 시대성과 사회성

      일시대 일문학의 의미 / 작품의 연대사적 의미 / 19세기와 투르

      게네프 / 톨스토이문학의 시대성

2. 문학의 형식

   1) 형식이란 무엇인가

      사색은 곧 표현이란 의미 / 형상과 형식 / 내용개시의 과정 / 내

      용이 선행되는 의미

   2) 문장론

      문학적 문장의 특수성 / 문장퇴고의 의미 / 문장의 진실성 / 문

      장의 수식과 미 / 문장은 혼의 능력 / 문장과 개성의 표현

   3) 문체론

      민족문학과 스타일 / 작가의 개성과 문체 / 문체위주의 문학론

      / 조선고문체론

　목차만을 보면 책의 짜임새는 엉성하기 짝이 없다. 1장의 일반론에 들어가야 할 '내용과 형식'은 '일반론'과 같은 수준에서 장을 달리 하고 있으며, 2장 1절 문학의 본질에서 '문학이란 무엇인가'와 '문학의 특질'이 병치되어 있고 세론에서는 시와 소설만 다루어지고 있으며 비평과 수필은 아무런 설명 없이 제외되어 있다. '문학개론'의 장과 절과 세목을 어떻게 나누는가 하는 것은 집필자의 문학관의 체계를 나타내는 것인데 이상과 같은 목차구분이 문학 전체를 바라보는 백철 고유의 관점과 어떻게 관련되어 있는지 밝히고 있는 바도 없다. 단지 '문학개론'이라는 이름 아래 자신이 집필 가능한 소주제들을 설정하고 거기에 맞추어 상위범주들을 명명한 것에 가깝다.

　전체적인 서술도 허술하기는 마찬가지이다. 전체적으로 정의와 추론, 예증의 완결성이 갖추어지지 않은 경우가 대부분이며, 범주 설정의 오류도 빈번하게 저질러진다. 예를 들어 3장 1절 4항 '시대성과 사회성' 항목의 경우 문학에 어떻게 시대와 사회가 반영되는가를 밝히는 것이 아니라 "모든 위대한 작가들의 위대해진 자격의 하나가 그들이 당시의 시대적인 것과 역사적인 데 깊은 관심과 예리한 감성을 가진 때문"[15]이라는 일종의 천재론을 내세우는 것으로 얼버무린다거나, 항목의 구성이 일시대 일문학의 의미, 작품의 연대사적 의미, 19세기와 뚜르게네프, 톨스토이 문학의 시대성 등으로 되어 있어 전혀 범주적 일관성을 갖추지 못하고 있다.

심지어는 표절도 더러 눈에 띤다. 이 책의 26면에는 "감정과 사상과 행동은 인간생활의 3대 요소로서 인간의 모든 경험은 이 3대 요소 우에 구성되는 것이다"라는 구절이 나온다. 그런데 1951년에 번역 간행된 G. E. 위드베리의 『문학개론』 제1장 '근본원리' 부분에도 "행동과 감정과 사상은 생활의 3대 부분으로서 경험을 구성한다"라는 구절이 나온다.[16] 약간 어휘와 배열만 달리 했을 뿐 틀림없는 표절이다. 또 그는 이 책의 38면에서 오스카 와일드의 말을 인용하면서 이렇게 기술하고 있다. "그(오스카 와일드 – 인용자)가 『생활의 예술화』 가운데서 인간의 생활을 Exist하는 것과 Live하는 두 가지로 구별해 한 말과 참조하야 생각할 때에 ……"라고. 그런데 일본의 비평가 혼마 히사오[本間久雄]의 『문학개론』 2면을 보면 이렇게 써 있다.[17]

15   백철, 「문학개론」(제4판), 동방문화사, 1949, 95면, 이 글에서는 백양당 간행의 초판 대신 이 동방문화사 간행의 제4판을 텍스트로 하였다.

16   G. E. 윗드베리, 조연현·김윤성 역, 『문학개론』, 창인사, 1951, 1면. 이 윗드베리의 『문학개론』은 1907년에 저술된 책(원저명 *Appreciation of Literature*)으로 일본에서도 禿徹의 번역으로 간행된 바 있다(동학사, 1933). 현재 확인된 바로는 토마스만의 문학론, 고리키의 문학론과 함께 일본어로 번역된 서구의 3대 문학론 중의 하나로서 아마도 식민지 조선의 문인들 다수가 탐독했을 것으로 추측된다.

17   本間久雄, 『文學槪論』, 東京堂書店, 大正 15(1924). 혼마 히사오(1886~?)는 일본의 영문학자이자 비평가로 츠보우치 쇼요[坪內逍遙]와 시마무라 호게츠[島村抱月]에게 사사한 유미주의자로 알려져 있다. 그의 『문학개론』은 '문학은 생활의 향락을 얻기 위한 것'으로서 '문학연구는 현대 문화인이 취해야 할 중대한 교양'이라는 전제 아래 서술되고 있다. 이 책 역시 식민지 조선의 문인들에게 널리 읽혀진 것으로 추측된다.

나(혼마―인용자)는 이전『생활의 예술화』라는 저술에서, 영국의 문학자 오스카 와일드(Oscar Wilde, 1856~1900)가 말한 '생활(live)한다는 것은 세상에서 희귀한 일이다. 보통 사람들은 생존(exist)하고 있다. 그리고 그것이 전부이다'라고 한 유명한 말을 인용하여 ……

　이 경우는 표절에 오독까지 결합된 더 고약한 경우이다. 혼마 히사오가 자신의 저서『생활의 예술화』에서 와일드를 인용한 것을, 와일드가 그의 저서『생활의 예술화』에서 이러저러한 얘기를 했다고 오독한 것이다.

　그러나 그럼에도 불구하고 백철의『문학개론』은 충분한 가치를 가진다. 목차 구성의 자의성은 관점을 달리 해서 생각하면 백철이 그만큼 무엇이 가장 적절한 개론적 인식의 체계인가를 고민했다는 증거이기도 하다. 그가 만일 마음만 먹었으면 얼마든지 원용할 수 있었던 기존의 문학개론 체계를 그대로 가져와서 적당히 각색하려 했다면 이보다는 훨씬 매끄럽고 체계적인 목차가 만들어질 수 있었을 것이다. 바로 이 무질서해 보이는 자의성에서 오히려 나름대로 주체적인 문학개론을 구성하고자 했던 백철의 고투를 엿볼 수 있는 것이다. 서술의 불충분과 표절, 오독까지 옹호되어서야 안 되겠지만 그것은 서문에서 백철 자신의 "자료가 결핍한 관계로서 도저히 소기의 백분지일을 일우지 못하고 단편적인 인용과 무계통한 설명의 정도를 넘지 못한 것이 다시금 필자의 자괴를 금하지 못하는 곳이다"라는 자기비판과 그래도 해방된 지 채 1년밖에 안 된 시점에서 한 권의 개론서를 묶어낸 공로를 수리하여 너그럽게 보아줄 수도 있을 것이다.

게다가 이 책에는 주목할 만한 미덕들도 적지 않다.

우선 그가 서문에서 밝힌 바 "조선문학적 개론이 되기를 스스로 희망"했던 것이 전혀 허사만은 아닌 것이 본문의 인용 중에 '조선 사람'의 저술에 대한 인용빈도가 대단히 높다는 것이다. 책 뒤의 '인명찾기'란을 참고해서 보면 전체 인명수 133명 중에 조선 사람이 50명이 포함되어 있어 약 37.6퍼센트에 이른다. 대조를 한번 해 본다면 앞에서 언급한 윤명구 등이 공저한 『문학개론』의 '찾아보기'란에서 현대시 약사, 현대소설 약사, 희곡 약사, 현대수필 약사 등에 등장하는 조선 사람을 제하고 이론 부분에서 인용된 조선 사람들의 수를 보면 전체 370명 중에 단 50명으로 13.5퍼센트에 불과하다. 이런 식의 단순한 머릿수 대조는 위험한 것일 수도 있지만 객관성이 전혀 없다고 할 수 없다.

특히 그 50명 중에서 저자가 문학이론을 전개하면서 그 작품이나 이름을 단순히 거론한 것이 아니라 그 문학론을 인용한 경우는 김남천, 김태준, 김부식, 김택영, 양주동, 이광수, 이태준, 이퇴계, 이율곡, 임화, 문일평, 박영희, 안자산, 안함광, 정약용, 정인보, 조윤제 등 고금을 통틀어 17명에 달한다. 이는 윤명구 등의 『문학개론』에서 그 수가 백철, 이병기, 조윤제, 최재서, 장덕순, 조동일, 조용만 등 고작 7명인 것과는 현저한 대조를 이룬다.

이 책의 서술이 전반적으로 수박겉핥기식이고 중동무이한 경우가 많지만 모든 항목이 다 그런 것은 아니다. 예컨대 책의 말미에 있는 소설론에서는 소설의 발생, 로망스와 노벨의 구별, 장편소설과 단편소설 등의 주제에 관해 당대 조선소설 및 소설이론의 실상과 맞물려 들어가며 상당히 밀도 있는 논의가 펼쳐진다. 이를테면 근대소설의 민중문학적 혈통을 김태준, 이태준 등 우리 연구자·소설가의 견해를 빌려 언급한 부분이라거나,[18] 1930년대 말과 1940년대 초의 조선 비평계에서 전개되었던 김남천, 안함광, 그리고 백철 등의 장편소설론, 로만개조론 등을 거론하며 장편소설의 위기와 전망을 살펴본다거나,[19] 조선 문학에서 장편소설이 단편소설에 비해 주목을 덜 받는 이유를 신문연재 소설 중심의 통속화와, 일본의 사소설, 심경소설 등의 영향으로 단편소설이 더 주류화된 것에서 찾고, 궁극적으로 본격 장편소설, 서사시적 대소설이 우리 문학의 운명을 대표해야 할 것이라고 주장하는 부분[20] 등은 요즘의 소설이론과 비교해서도 손색이 없을 뿐만 아니라 주체적 문학론의 구성이라는 측면에서는 대단히 소중한 부분이라 아니 할 수 없다.

3) 김기림의 『문학개론』(문우인서관, 1946.12, 128면)

김기림의 『문학개론』은 영문학을 전공한 시인의 저술답게 영시 한 구절을 인용하는 것으로 시작된다.

내일은 청춘을 위하야 폭탄처럼 터지는 시인들
호수까지의 산보로 빈틈없는 통정의 순간들

---

18 백철, 앞의 책, 154~155면.
19 위의 책, 168면.
20 위의 책, 174면.

내일은 여름밤 성밖으로 통하는

자전거 경주. 그러나 오늘은 싸움뿐.

— 오든

이 시처럼 해방을 맞은 모더니스트 시인 김기림의 심정을 잘 표현해 주는 시도 없을 성싶다. 앞에서 김기림이 정지용 등과 함께 좌선회했다고 표현했는데 그것은 조금은 과장된 수사이다. 그는 좌선회했다기보다는 민족적 과제 앞에서 자신의 기본적 세계관이나 성향을 잠시 괄호 속에 넣어둔 것으로 보아야 할 것이다. "그러나 오늘은 싸움뿐"의 심정으로. 그러니 이 『문학개론』도 당연히 그 '오늘의 싸움'의 일환일 것이다.

그리고 서문이 따라 나온다. 서문도 대단히 선언적이고 단호하다.

문학에 대한 지저분한 상식 나부랭이는 제 아모리 양이 많다 해도 아모짝에도 못쓰는 것이다. 또 형이상학적 사이비문학철학은 쓸데없을 뿐만 아니라 그릇된 편견을 전염시키는 점에서 방역을 필요로 한다. 그런데 종래의 문학개론이나 문학론은 대체로 이 두 위험천만인 유형의 어느 것에 속했다. 주관적 인상이나 감상, 또는 일화의 무방법한 개괄·나열이거나 형이상학적 공상이 낳은 가공의 개념의 제시였다. 그러한 것들의 결함이라고 하는 것은 너무나 뚜렷해서 하나는 사실성의 빈혈이오 다른 하나는 그 결과에서 오는 초시간공간성의 묵인이다. 다시 말하면 문학의 문제를 그 역사성과 사회성을 표백시켜서 허공중천에 유리시켜 놓는 것이다. (…중략…)

그러면 장차 문학을 하려는 사람 또 문학의 능률적인 감상을 소원하는 사람에게 있어서 소중한 일은 무엇이냐? 그 하나는 문학적 사상(事象)에 대한 과학적 인식 ─ 다시 말하면 '문학의 과학'이다. 그러나 그것만으로는 족할 수는 없다. 문학작품을 통한 문학의 실체에 대한 투철한 이해야말로 필요한 것이다. '문학의 과학'만을 요구하는 것은 학문적 흥미에 끊지는 것이오 문학의 이해야말로 창작이나 감상에 있어서 가장 요구되는 것이며 이러한 실제적인 기능적인 면에 있어서 '문학의 과학'은 이해작용의 보강을 위해 있는 것이라고 해도 과언이 아니다. (…중략…)

종래의 상식적 혹은 형이상학적 문학개론 혹은 문학론 등속에 평소 불만을 품고 있던 저자는 제 힘에 넘치는 일인 줄은 알면서도 감히 문학의 창작과 감상 두 실제방면에 뜻을 두는 분들에게 문학의 이해와 인식에 대한 바른 길을 열어볼려고 했다. 이 일은 필연적으로 우리의 문학의 문제를 원칙적으로 현대문학에 집중시키게 하였으며 과거의 모든 문학도 오로지 이 초점으로서만 집중할 밖에 없었다. 문학현상을 시간공간을 초월한 '영원한 것'으로서 취급하는 것은 전에 말한 것처럼 예를 들면 물튼과 같은 관념적 문학사가들과 독일류의 형이상학적 미학자들의 환각이었던 것이다.[21]

이 서문은 선언적 속도감이나 단호함을 소거하고 나면, 문학은 역사성과 사회성 위에서 파악되어야 한다는 것, 문학의 과학(이론)과 문학작품에 대한 실체적 이해가 동시에 요구된다는 것, 그러기 위해서는 현대문학에 집중될 수밖에 없다는 것 등으로 요약될 수 있다. 해방기, 혹은 민족국가 건설기에 '역사성과 사회성'이라는 대주제의 설정은 굳이

---

21 김기림, 『문학개론』(3판), 신문화연구소, 1948.3, 1~3면. 초판은 1946년 12월 문우인서관에서 발행되었으나 1947년 8월의 재판 이후로는 출판사가 신문화연구소로 바뀐다.

마르크시즘적 맥락을 염두에 두지 않더라도 자연스러운 것이고, 그것을 빼고 나면 '과학'과 '현대'라는 말은 사실 모더니스트 김기림에게는 너무나 익숙한 주제라고 할 수 있다. 이렇게 보면 이 책은 문학가동맹원 김기림으로서는 해방기의 촉박한 상황에서의 정치적 과제 ― 진보적인 대중교양사업 ― 에 부응하는 일이며, 모더니스트 비평가 김기림으로서는 자신의 오랜 주제인 '현대'와 '과학'을 문학론에 삼투시키는 작업이 된다. 그 때문에 재판서문에서 이 책의 원제가 『현대문학개론』이었음을 그토록 표 나게 밝혔을 것이다.[22]

그러면 이 책은 과연 이 두 마리 토끼를 다 잡을 수 있었을까. 해방기 상황에서 문학가동맹의 공식 노선인 민주주의 민족문학 건설이라는 과제와 "오늘은 싸움뿐"인 모더니스트 김기림의 과학적 현대문학론에 대한 추구는 과연 잘 조화를 이룰 수 있었을까. 이것이 김기림 『문학개론』을 읽는 하나의 초점이 될 수 있을 것이다.

여기서도 먼저 목차를 살펴보도록 하자.

서문
재판을 내면서

1. 어떻게 시작할까
2. 문학의 심리학
3. 문학의 사회학

---

22 위의 책, 4면.

　김기림의 『문학개론』은 백철의 경우보다도 더 정통적인 문학개론의 서술체계에서 이탈해 있다. 그러나 언뜻 보면 무질서하게 보이는 이 개론체계는 이론이나 비평보다는 문학작품의 독서와 이해라는 '문학적 경험'에 우선성을 부여하고 있는 김기림의 입장에서 보면 나름대로 공을 들인 독창적인 개론체계라고 할 수 있다. 즉 작품을 작가의 심리학적 산물이자 그가 속한 사회·역사적 산물이라는 전제를 내세우고 장르별 근대문학 작품들을 수다한 인용들을 통해 소개하고 난 뒤, 현대 세계문학의 추세와 분포를 살피고 현대문학의 여러 과제에 대한 주의를 시사한 뒤에 구체적으로 필독 작품목록을 제시하여 입문자들에게 '현대문학'으로 가는 길을 안내하는 코스를 밟는 것이기 때문이다. 문학의 해석·이해, 문맥, 장면, 가치 등에 관한 부록을 추가한 것은 앞부분이 김기림 나름의 입장이 개입된 체계라면 그와 달리 이 부분은 독서기술과 관련된 단순기능적인 부분이기 때문일 것이다.

아마도 이 책에서 우선 두드러지게 주목할 만한 부분이라면 9장의 '현대문학의 제과제' 부분일 것이다. 우선 '문학의 소유관계'에서는 조선인민이 그 자신의 문화를 소유할 때가 왔다고 못박으며 "문화의 소유관계가 종래의 특권적인 독점형태를 떠나서 광범한 인민대중에게 기초를 둔 진정한 민주주의적 형태로 바꾸어져야 할 것이다. 장래할 국가체제가 인민민주주의 우에 설진대 그 문화정책은 문화적으로도 진정한 민주주의 ─ 인민의 손으로 된 인민이 가진 인민을 위한 ─ 문화의 실현을 향해서 …… 나가야 할 것이다"고 문화의 소유권 이전을 선언하고 있다.

'입장의 문제'에서는 "작가나 시인은 끊임없는 노력을 하며 심각한 자기반성을 통하야 자기 문학에 뿌리박은 귀족주의, 특권의식, 예술지상주의의 뭇 경향을 생활의 실천과 작품활동을 거쳐서 애써 청산하여 …… 넓은 인민층에 뿌리박은 새로운 인간성과 보편성을 가진 문화를 처음에는 민족적 규모에서 나종에는 세계적 관련 아래서 세워나가는" "문화혁명"을 이루어야 한다고 하여 문인들의 세계관과 문학관의 개질을 요구하고 있다.

'유산 정리'에서는 과거 문학에서 "순수성의 옹호"라는 이름 아래 귀족주의나 예술지상주의로 빠질 가능성이 있는 부분을 경계하고 "사실주의 정신이 인간의 역사와 생활에 대한 전체적인 시야와 역학적인 파악을 거쳐" 더 발전해 나가도록 해야 한다고 전제하고 거기에 고도의 윤리성 추구라는 유산을 더하여 허위와 악과 부정에 대한 타협없는 싸움을 전개해 나가야 한다고 보고 있다.

마지막으로 '민족문학'에서는 민족문학은 "민족적인 특수성을 규정하고 그것을 고조함으로써" 수립되는 것이 아니라 "역사적 사회적인 교차관계에서 현실적 구체적으로 설정"되어야 한다고 전제한 후, 우리에게 있어서 민족문학의 건설은 민족국가의 건설과 근대화의 촉진이라는 문제와 함께 고려되어야 하며 거기에 국어에 의한 문학형식의 완성이 병행되어야 한다고 하여 '민족국가＝민족어＝민족문학'이라는 세계사적 추세를 정당하게 수용하고 있다. 그리고 그러한 민족문학은 민족주의 문학과 구별되어야 하며, 반제국주의적이어야 하고, 봉건잔재 청산과 근대화의 강행을 수반해야 하며, 민족구성의 가장 넓은 기초가 되는 인민층의 소유며 반영이 되어야 한다는 제원칙을 열거한 후 다음과 같이 그 세계사적 의미의 추구로까지 나아가고 있다.

이렇게 우리가 말하는 민족문학은 아모런 감상도 자기도취도 필요로 하지 않고 현실의 구체적인 제계기에서 제기된 것이며 일면에 있어서는 특수한 사회적 내용을 가지면서 타면에 있어서는 세계사적 요구의 발현이라고 하여 마땅하다. 즉 문학의 민족적 형식의 완성, 반제국주의 싸움에 의한 인류의 자유와 세계평화의 옹호와 반'파시즘'의 싸움에 의한 문화의 세계성의 완성과 또 진정한 인민적 문학의 수립이라는 세 가지 점에 있어서는 바로 세계사적 사명에로 직결되는 것이라고 하겠다.[23]

이 9장 '현대문학의 제과제' 부분은 사실은 김기림의 창안이 아니라 1946년 2월 8일의 제1회 전국문학자대회에서 논의되고 결정된 민족문학 수립에 관한 논의 및 결정사항의 재구성이라고 할 수 있다. 김기림은 이 대회에서 「우리 시의 방향」 및 「계몽운동 전개에 대한 의견」 등 두 개의 보고문을 제출하였고 이때 결성된 조선문학가동맹의 중앙위원의 한 사람으로 피선된 바 있다.[24]

그의 『문학개론』 집필이 조선문학가동맹의 결정이나 권고사항은 아니었겠지만 해방을 맞아 민주주의 민족문학 건설에 일익을 담당하고자 나선 그로서 자신의 해방 후 첫 저술에 이 과제들을 수용해 들이는 것은 자연스럽고 온당한 일이라 할 것이다. 그러나 이 '제과제'들이 정말로 그의 문학관 속에 제자리를 찾아들어갔는가 하는 것은 별개의 문제이다. 결론은 그렇지 못하다는 것이다. 바로 이 『문학개론』 자체가 모더니스트 김기림과 문학가동맹 중앙위원 김기림 사이의 피치 못할 간극, 즉 그의 기존의 문학인식과 새로운 정치의식 사이의 부정합

---

23 위의 책, 101면.
24 조선문학가동맹 중앙위원회 서기국 편, 『건설기의 조선문학—제1회 전국문학자대회 보고연설 및 회의록』, 1946.6 참조.

을 잘 보여주고 있는 것이다.

이 점은 지금 살펴본 9장과, 10장의 '세계문학 기초서목'을 제외한 나머지 부분에 전부 해당되는 문제이다. 우선 2장 '문학의 심리학'을 검토해 보자. 김기림은 "웨 문학을 찾나" 하는 문제는 전혀 주관적인 자의적인 대답밖에는 가져오지 못할 물음이라 하여 배제하고 "어떻게 읽는 사람의 마음에 작용하나?"를 중심으로 논의를 펼치고 있다. 그리고 이 '어떻게'에 관하여 논의를 하면서 결국 문학이 사람의 마음에 작용하는 것은 '경이'의 발견과정이라는 논의를 펼친다. 시에 있어서 19세기 낭만주의 이래 상징주의, 이미지즘(寫象主義), 초현실주의 모두 궁극적으로 '경이'를 추구한 것이며, 현대소설이 걸어온 길 역시 "우리들이 모르고 있던 일, 또는 알기는 알았어도 막연하게 밖에는 모르던 일을 찾아내고 들추어낸 과정"으로 결국 경이의 발견이라는 것이다.

시건 소설이건 독자들에게 모르던 것, 또는 알았으되 상투적으로 알았던 것들을 극적으로 펼쳐 보여주는 것은 그 핵심적 기능이다. 그리고 그것을 '경이'의 체험이라고 할 수 있을 것이다. 하지만 '경이'를 통해 보여주는 그 내용이 무엇인가에 무게를 두는 것과, 그 '경이' 자체에 무게를 두는 것은 다른 문제이다. 러시아 형식주의자들이 문학의(주로 시의) 주요 기능을 '낯설게 하기'라고 한 이래, 서구 모더니즘 문학의 흐름은 '낯설게 하기를 위한 낯설게 하기'로 흐른 측면이 없지 않다. 수단이 목적으로 전화한 것이다. 김기림의 '경이의 체험'론은 그런 형식주의적인 경향을 가지고 있다.

그런 문학적 입장 자체를 문제 삼고자 하는 것은 아니지만, 문학이 '어떻게' 작용하는가 하는 물음에 '경이'로써 작용한다고 대답한다면,

그것은 '왜' 문학을 찾는가라는 물음에 '경이를 경험하기 위해'라는 대답도 가능해 질 것이다. 하지만 이런 문학인식은 사실 그가 그렇게 추구하는 '과학적' 인식도 아니고 또 9장 '제과제'에서의 인민의 문학, 혹은 민족문학이라는 문제인식과도 거리가 먼 것만은 틀림없다. 진정한 문학의 과학이라면 왜 인간은 문학을 찾는가('경이'나 '심리적 안정추구'[25]까지 포함해서)라는 문제에 먼저 대답할 수 있어야 하고 그 다음에 문학이 그 '왜'를 '어떻게' 충족시켜주는가 하는 물음에까지 대답을 줄 수 있어야 할 것이다. 그리고 인민들에게 '왜' 문학이 필요한지, 그들이 필요로 하는 문학이 무엇인지, 문학은 그들에게 '어떻게' 작용할 수 있는지에 대한 대답도 줄 수 있어야 하는 것이다. '경이'라는 혹은 '낯섦'의 체험으로서의 문학은 사실은 자본주의 사회의 불안한 소시민들의 도피나 탈출심리의 문학적 번역에 불과한 것이다. 이런 점에서 김기림의 문학인식은 자신이 내세운 '민주주의 민족문학 건설'이라는 과제를 수행하기가 대단히 곤란한 성격의 것이라고 할 수 있다.

김기림은 3장의 '문학의 사회학'에서 "단 한 개의 문학현상이라 할지라도 기적과 같이 돌연 나타날 수는 없다. 모든 다른 사회현상과 마찬가지로 문학현상도 그 발전의 모양에서 또 다른 문화현상의 전영야와 내지 그 기반이 되어 있는 역사적 사회적 전관련의 그물 우에 놓고 볼 때에만 똑바로 인식할 수가 있다"고, "시간과 공간을 초월한 영원한 독자가 없는 것처럼, 그런 작가도 없는 것"이라고 단언하고 있다. 그리고 그렇기 때문에 "현대를 호흡하며 사는 사람에게 있어서는 현대의 문학

---

[25] 김기림, 앞의 책, 18면.

만이 장소를 같이 한 실감이 충일한 문학일 터"라고 자신의 '현대문학론'을 다시 한번 확인하고 있다. 그는 이 문학에 있어서의 이 '장소'란 두 가지 함의를 갖는데 하나는, 특정 작가 혹은 유파의 문학사 발전계열상의 위치이고 또 하나는 물질적 기반으로서의 사회경제사적 단계에서의 위치라는 것이다. 이것이 김기림의 '문학의 사회학'이다.

그런데 이것은 우리가 지금 이해하는 '문학사회학'과는 전혀 거리가 멀고 차라리 텐느 유의 환경결정론에 가까운 견해이다. 문학작품이나 작가가 사회적 역사적 상황의 산물이라는 말은 옳은 말이기는 하지만, 이 역시 어떻게 문학 혹은 문화에서의 특권적 독점이 이루어지고 그것을 해체하여 인민 모두의 것으로 하는 일은 어떻게 이루어지는지를 설명해 줄 수는 없는 말이다. 김기림의 문학의 사회학에는 가장 핵심적인 문제, 즉 계급론적 관점이 결여되어 있는 것이다. 문학의 발생과 발전이 계급의 발생과 발전과 어떤 관계에 놓여 있는지에 대한 문화유물론적 관점이 결여된 문학의 사회학은 사실 전혀 '제과제'에 도움을 줄 수 없다.

그리고 문학에 '영원한 것'은 없다는 단언은 '사회역사적 조건'이라는 전제를 너무 강조한 나머지 여러 번 거듭하게 되는데 이는 일종의 역편향이 되어 문학과 예술의 이월가치라는 특수성을 간과하게 하고, 바로 그 특수성에 의해 '제과제'의 하나인 유산의 계승이 가능하게 한다는 사실을 놓치게 하여 '유산의 계승'이라는 과제를 부정하게 만드는 결과를 낳는다.

이러한 빈곤한 과학이 4장의 장르론에서 소설론, 시론, 희곡론을 그저 근대 이후 여러 사조나 유파의 나열에 그치게 만드는 가장 큰 요인이 되고 있는 것이라고 할 수 있다. 그리고 앞에서 걱정했던 대로, 김기림의 모더니즘적 문학인식 혹은 사이비 과학적 문학인식은 민주주의 민족문학 건설이라는 정치적 문학인식과 결합되지 못한 채 겉돌고 만 것이다.

마지막으로 한 가지 더 부연할 것은 서술 내용에서 '현대문학'이라는 전제가 있다고 해도 김기림의 『문학개론』에는 백철의 의식적인 노력과는 대조적으로 철저하게 '조선문학'이 배제되어 있다는 점이다. 소설에도 시에도 희곡에도 단 한 편의 조선 작품, 단 한 명의 조선 작가도 등장하거나 인용되지 않는다. 그저 세계문학의 분포(하)의 마지막 부분에 몇 작가와 작품이 들어가고 추천도서목록에 가서야 조선 작가, 시인들의 이름과 작품명이 등장할 뿐이다. 김기림이 영문학 전공이고 소문난 모더니스트라는 점을 감안한다고 해도 그가 생각하는 근대, 현대문학의 스펙트럼 안에 부지불식간에 '조선 문학'은 배제되어 있는 것은 아닌가, 설혹 그렇지는 않다고 해도 『문학개론』이라는 보편이론을 다루는 논의 속에 포함되기에는 '열등한' 것이라는 생각이 작용하고 있는 것은 아닌가 하는 느낌을 지울 수 없다.

3. 주체적 문학관 모색의 의미

결론적으로 백철의 『문학개론』과 김기림의 『문학개론』을 대조해서 말한다면, 백철은 조선적인 것에 대한 인식과 추구는 있었음에도 불구하고 해방기의 격동 속에서 그가 취한 상대적 관조주의와 탈현실적 태도로 인하여 자기 저술의 현실연관성을 갖지 못한 긴장 없는 문학론을 나열하는 데 그쳤고, 김기림은 강한 현실연관과 긴장도 확보하고 있었고, 그것이 첨예하게 자신의 '개론'에 반영되었지만 그렇게 과학을 내세웠음에도 불구하고 자신의 기존 문학인식과 정치적 전망 사이의 '과학적' 결합을 이루지 못했고, 민족문학의 건설을 지향했음에도 불구하고 정작 조선의 문학유산과 전통에 대한 태도를 갖지 못하는 불구성을 보였다고 할 수 있다.

하지만, 두 사람의 주체적 문학관을 구성하고자 하는 노력은 그 자체로 높이 평가해야 하는 것이다. 두 사람 각각의 장점이 더 강화되고, 단점이 지양되어 좀 더 높은 수준의 문학론이 나올 수 있는 상황이 되었더라면 우리는 지금과 같이 천편일률적이고 무의식적인, 낙후된 문학개론들로 세대를 이어가며 문학공부를 하는 난감한 상황은 겪지 않았을 것이다. 하지만 현실의 전개는 뜻과 같지 않아서 김기림적인 모색도 백철적인 모색도 해방정국의 거센 소용돌이 속에서 전부 계승과 발전의 실마리를 놓치게 되고, 분단 이후 남한의 문학 전체의 헤게모니를 잡은 김동리, 조연현 유의 기형적 순수문학론이 결국 수십 년 동안 재생산되는 상황을 맞게 된다.[26]

백철, 김기림의 『문학개론』의 문제는 단지 해방기의 일과성의 문제만은 아니다. 서구나 심지어 일본에서와 같이 '근대문학'이란 무엇인

---

26 이런 맥락에서 김동리의 『문학개론』이 1952년에 발간되고, 조연현의 『문학입문』은 1954년에 발간된다는 사실은 의미심장한 일이다. 이 두 사람의 문학개론서를 해명하는 일은 근미래의 과제로 남겨둔다.

가, 그리고 그 이전까지의 '문학적인 것들'은 또 무엇이라 해야 하는가 하는 문제를 근대 전환기 경험을 통해 직접 고민하지 못한 채,[27] 전근대의 문학유산과의 단절을 겪고(강요당한 것이든 선택한 것이든) 이식된 '근대문학'에 선험적으로 포박된 상태에서 문학이라는 것을 해 나갈 수밖에 없었던 우리에게 있어서 '우리에게 문학이란 도대체 무엇인가, 혹은 무엇이었는가'를 제대로 되묻는 작업은 우리의 근대적 정체성을 묻는 일이며 그 이름 아래 펼쳐져 왔던 식민지 조선 및 분단 한국의 문학장의 성격에 대한 근본적인 물음을 묻는 일이기 때문이다.

비록 지금까지 살펴본 바와 같이 허술하고 분열적인 저술들이지만 이들의 『문학개론』들에는 이런 문제들에 접근해 들어갈 통로가 비좁고 어두우나마 입을 열고 있다. 식민지시대를 통과하는 동안 형성되고 모색되었던 '문학'에 대한 물음과 대답들이 최고 수준에서는 아닐지라도 거기 여기저기에 널려 있는 것이다. 이것을 제대로 찾아내 밝게 비추어내지 못한 것은 순전히 내 책임이다.

그런데, 우리는 우리의 '근대' 혹은 '근대문학'의 정체성을 해명하기 위해 백철과 김기림이 멈추었던 자리로 돌아가서 다시 시작해야 하는가, 아니면 또 다시 새롭게 대규모로 이식되기 시작한 '탈근대', '탈근대문학'의 흐름 속에 몸과 마음을 맡겨야 하는가. 새삼스러운 의문이 고개를 든다.

---

27 스즈키 사다미의 『일본의 문학개념』에는 그 고민과 갈등과 모색의 과정이 고스란히 들어 있다.

한국 근현대소설과 가족로망스

1. 한국의 근대와 근대문학―미완성의 가족로망스

프로이트는 1908년경에 쓴 「신경증환자의 가족로망스」라는 제목의 아주 짧은 에세이에서 어린아이들이 아버지에 대한 모방과 동일시가 충족되지 않을 때 대신 아버지를 부정하거나 적대하게 되고 현재의 아버지 대신 상상의 아버지를 갈망하게 되는 신경증의 한 증상에 대해 말한 바가 있다.[1] 최근 이러한 '가족로망스'론은 봉건체제를 부정하고 근대세계를 창조해 낸 근대기획 일반에서 작동되는 집단무의식을 이

---

1   지그문트 프로이트, 김정일 역, 『성욕에 관한 세 편의 에세이』, 열린책들, 2004, 199
     ∼202면.

해하는 데 많은 시사를 주고 있다. 즉 근대 부르주아혁명을 봉건체제라는 현실의 아버지를 부정하고 새로운 근대체제라는 상상의 아버지를 호명하고 구성한 것으로 이해할 수 있다는 것이다.[2] 이러한 견해는 근대비판의 정신분석학적 버전이라 할 만한데 근대 자체가 근대이데올로기들이 역설하는 것처럼 해방이 아니라 여러 측면에서 또 하나의 억압으로 귀결되고 있음이 점점 더 예리하게 입증되고 있다는 사실을 생각하면 일정한 설득력이 있는 견해라고 할 수 있다.

이런 견해를 근대문학, 특히 그 총아로서의 근대소설에 적용한다면 근대소설의 주인공인 이른바 '문제적 개인'들은 신이 사라진 시대(=아버지가 부정된 시대)에 새로운 아버지를 찾아나서는 자발적 고아들이라고 할 수 있으며 근대소설이 모색하는 유토피아라는 것도 결국은 새로운 아버지를 중심으로 구성되는, 새로운 가족체제를 매개로 상상되는 새로운 세계일 것이다. 특별히 성장소설이라 명명되고 있는 서구의 소설들의 경우에서 그 점은 보다 명확해 지는데, 그 성장이라는 것은 '정치적 고아들이 근대적 주체로 형성되는 과정'[3]이며, 아버지에 대한 부정에서 시작하여 더 큰 아버지(부르주아적 근대사회체제)에 대한 긍정으로 가는, 그리고 그 과정에서 자기 자신이 한 명의 아버지가 되어가는 과정에 지나지 않는다고 볼 수 있다.

---

2 린 헌트, 조한욱 역, 『프랑스혁명의 가족로망스』, 새물결, 2000,
3 권명아, 『가족이야기는 어떻게 만들어지는가』, 책세상, 2000, 23면. 본고는 권명아의 이 짧지만 인상적인 작업에 많은 것을 빚고 있다. 원래 본고는 한국근현대소설 속에서 가족의 변화 혹은 해체과정에서 문제적 주인공이 탄생하는 양상을 탐색한다는 목적으로 착수되었지만 권명아의 이 작업을 접하면서 가족로망스 개념을 좀 더 폭넓게 적용할 수 있게 되었고 가족 내에서의 여성구성원들의 식민화라는 관점을 명확하게 할 수 있었다.

내발적 경로를 통해 주체적으로 자본주의적 근대를 이룬 서구사회의 경우, 봉건체제의 부정과 자본주의체제의 성립과정이 자기 사회 내의 논리에 따라 계기적으로 일어남으로 해서 이러한 낡은 아버지의 부정과 새 아버지의 긍정이 비교적 자연스럽게 연결되고, 그런 점에서 가족로망스는 치유가능한 신경증이 된다고 할 수 있다. 물론 그들의 '새 아버지'인 자본주의 근대체제가 '좋은 아버지'가 아님이 판명됨에 따라 다시 또 아버지 부정이 일어나고 있기는 하지만 그 경로는 비단 층적이고 예측가능한 것이다. 그러나 식민지라는 경로를 통해 외재적으로 자본주의적 근대의 길로 들어선 비서구 지역에서 이러한 아버지 부정과 새 아버지 모시기라는 가족로망스의 시나리오는 처음부터 자연스러운 것일 수가 없다. 낡은 아버지는 부정되어야 하지만, 그것이 나의 힘에 의해서가 아니라 남의 힘에 의해 부정되고 쫓겨났다면, 그리고 그 자리를 차지한 새 아버지가 처음부터 적대성을 드러낸다면, 가족로망스라는 신경증은 신경증으로 자각되기도 전에 또 다른 억압에 의해 왜곡되는 것이다.

그런 경우 가족로망스는 정지되거나 지연되거나 변형될 수밖에 없다. 낡은 아버지는 부정되어야 할 존재이면서 동시에 지켜져야 할 존재이며, 새로운 아버지는 받아들일 수밖에 없는 존재이면서 동시에 부정되어야 마땅한 존재이다. 낡은 아버지를 가장으로 하는 낡은 가족을 회복할 수도 없고, 새로운 가족에 적응할 수도 없고, 자신이 새 아버지가 될 길도 막혀 있는 것이다. 모든 것은 양면적(양가적)인 것이 되고, 추구하는 것은 추구해서는 안 될 것이 되어 버린다. 가족로망스는 시작부터 길을 잃는 것이다.

이는 식민지적 근대를 통과한 곳의 근대문학(식민지 근대문학?)의 운명에도 같은 영향을 끼친다. 아버지와 함께 동시에 버려진 존재들인 식민지의 고아들은 낡은 아버지를 부정할 겨를도 없이 그를 부양해야 하며, 새로운 아버지를 찾을 겨를도 없이 가짜 새 아버지와 대결해야만한다. 그들 역시 새로운 세상을 탐험해야 할 '문제적 개인들'이기는 하지만 그의 행로는 단순하지가 않다. 가족로망스는 늘 지연되고 그 자리엔 다른 악몽이 시도 때도 없이 개입해 들어온다. 식민지 근대소설은 자신만만한 '부르주아주체의 서사시'일 수가 없다. 그것은 불안하고 분열된 '피식민주체의 서사시'인 것이다.

이러한 관점에서 한국 근현대소설사를 다시 점검해 보는 것은 근대소설, 혹은 근대소설사라는 것이 발생론적으로 일원적인 것일 수 없고 다양한 기원과 전개양상을 보일 수밖에 없다는 일견 새삼스러우나 사실은 각국 근대소설사의 맥락 속에서 충분히 입증되지 못한 가설을 구체적으로 입증하는 의미 있는 시도가 될 수 있으리라 본다. '피식민주체의 서사시'라는 용어법 자체가 어느 정도는 탈식민주의적 상상력의 산물이며 그것은 '부르주아 서사시로서의 근대소설'이라는 소설에 대한 서구 중심의 일원론적인 역사철학적 규정에 균열을 일으키는 효과를 가지는 것이기 때문이다. '피식민주체의 서사시'라는 독특한 양식적 특성은 가족로망스의 미완성, 혹은 계속되는 지체라는 식민주의적 조건 속에서 형성된 것이며, 이는 서구 근대소설의 모던-포스트모던의 행로와는 다른 경로에서 생성된 것으로 그 향후의 전개 양상 역시 서구 근대소설과는 또 다른 모습을 보일 개연성이 적지 않다고 할 수 있다. 이는 근대소설의 종언, 혹은 그와 동반한 근대문학의 종언이 운위되는 이 시대에 한번 숙고해 볼 가치가 있는 문제가 아닐까 한다.

본고는 이러한 문제의식 아래서 일단 한국 근현대소설을 거칠게나마 개관하는 시론(試論)적 성격을 갖는다. 이 문제의식을 본격적으로 추구하기 위해서는 한국 근현대소설사 전반을 대상으로 하는 치밀한 고찰이 필연적이지만 여기서는 일단 이러한 문제의식을 한국 근현대소설사에 구체적으로 적용하는 것이 가능한가를 탐색하는 것에서 그치고자 한다.

그 탐색을 위해 본고는 먼저 크게 한국 근·현대사를 기존의 시기구분과 가족로망스의 전개양상을 결합하는 방식으로 다음과 같이 거칠게 재구성해 보았다.

제1기(19세기말~1920년대 초반) : 이 시기는 봉건체제의 붕괴와 식민체제의 형성이 동시적으로 진행된 시기이자 넓은 의미의 '계몽주의시대'와 엇비슷이 일치하는 시기로서 가족로망스에서 이른바 '고아의식'과 '업둥이 의식'이 발생하는 시기이다.

제2기 (1920년대 중반~1945년) : 이 시기는 '식민지 근대'가 본격적으로 작동하는 시기로서 부정된 아버지에 대한 복합심리와 새로운 가족에 대한 동경, 대안으로서의 형제애 등이 복잡하게 착종하는 시기이다.

제3기(해방기~1950년대) : 이 시기는 분단체제 형성기로서 새로운 아버지에 대한 동경이 다시 한번 좌절하고 1기의 고아 혹은 업둥이들은 아버지로서 다시 부정되거나 실종되고 2기의 소년들은 재차 더 극심한 시련 속으로 내던져지는 시기이다.

제4기(1960년대~1980년대) : 이 시기는 한국 자본주의의 본격적 발전기이자 권위주의적 군부독재기로서 가짜 아버지에 의한 전체주의적 가족국가와 진짜 아버지의 복원열망이 충돌하는 시기이다.

제5기(1990년대~현재) : 이 시기는 민주화와 신자유주의 세계화가 복합적으로 작동하는 시기로서 제4기의 새로운 세대가 다시 아버지가 되고 가족로망스 자체가 붕괴되어가는 시기이다.

본고는 이런 시기구분에 근거하여 일단 이광수, 염상섭, 이상, 김남천, 채만식, 최인훈, 김원일, 조세희, 방현석 등의 세계를 살펴볼 것이다.[4]

여성 작가들의 경우는 마지막에 따로 장을 달리하여 별도의 논의를 할 것이다. '아버지를 중심으로 어머니와 자녀들이 위계화된 사회의 최소조직'이라는 것이 가족에 대한 통념적 정의일 것이다. 물론 간혹 모계가족이라는 현대인류학의 타자들이 존재하기는 하지만, 이런 통념적 정의와 위배되는 가족형태는 흔히 '결손가족·가정'으로 불리는 비정상적인 가족형태가 된다. 하지만 가족에 대한 이런 통념 안에서 아내, 어머니, 딸, 누이 등 여성 구성원의 자리는 늘 주변적인 것이 되고, 그들은 이런 가족구조 내에서 항상적으로 식민화된다고 할 수 있다. 그들은 가족 구조의 일상성 속에서도 소외되고 주변화되며, 전사회적으로 확대된 가족주의 이데올로기(familialism)[5] 속에서도 신성화라는 과정을 거치면서 궁극적으로 주변화된다. 그리고 그것은 여성 전반의 식민화에 다름 아니다. 그러니까 가족주의 이데올로기라는 것은 가

---

4 특별히 이 작가들만을 검토 대상으로 한정한 것은 본고가 가진 시론으로서의 한계를 반영하는 것이다. 이러한 대상 작가 선정은 다른 작가들의 작품세계를 충분히 고려한 끝에 이루어진 것이 아니라 일단 저자의 관점과 독서경험 속에서 떠오르는 작품들과 그 작자들을 임의적으로 선택하고 이를 시기순서대로 배열한 것에 불과하기 때문이다.

5 미셸 바렛·메리 매킨토시, 김혜경 역, 『가족은 반사회적인가』, 여성사, 1994, 제2장 참조.

부장제 및 자본주의와 질기게 결합한 통시대적 구성물로서 여성의 통시대적 식민화의 견고한 기초로서 작용해 온 것이다 이런 관점에서 본고는 나혜석, 강경애, 박완서, 신경숙, 배수아 등 근·현대 여성작가들의 작품세계를 거론하고자 한다.[6]

2. 식민지 근대와 지향 잃은 가족로망스

1) 고아와 업둥이의 출현

이광수의 장편 『무정』(1917)의 두 주인공 이형식과 박영채는 고아다. 그들을 고아로 만든 것은 우연이 아니라 역사다. 그들의 부모는 봉건 체제가 위기에 빠지고 제국주의 외세가 세력을 벋어오는 역사의 격동에 나름대로 대응하려고 애썼지만 결국 실패하고 역사의 무대에서 사라져갔다. 그들이 살아남았더라면 아마도 형식과 영채는 그들의 유산은 물려받으면서 동시에 그들을 자신들의 손으로 장송했을 것이다. 하지만 그들은 자식들에게 고난만을 물려주고, 부정되기도 전에 스스로 부정당해 버렸다. 형식과 영채는 고아이지만 아버지와 대립하고 갈등하는 과정 속에서 정신적으로 자립한 심리적 고아가 아니라, 말 그대

---

6   여성 작가들의 경우도 각주 4번과 마찬가지로 임의적으로 선정되었다.

로 갑자기 아버지를 잃어버린 현실적 고아들이다. 그럼에도 불구하고 이들은 어쨌든 새로운 가족을 꿈꾸지 않을 수는 없었다. 고아들이 꾸는 미래의 꿈, 즉 근대의 꿈은 무엇에도 방해받지 않는 화려하고 휘황한 것이었고 또 그 꿈속에서의 자신들의 위치 또한 한껏 부풀려질 수 있었으나, 그것은 그만큼 공허한 것이기도 했다. 거기엔 자기들의 손으로 부정하지 못한 아버지들의 안타까운 환영과 함께, 자기들이 상상한 것이 아닌, 낯선 새 아버지의 어두운 그림자가 동시에 깃들여 있기 때문이다. 『무정』의 허리를 가로지르는 날카로운 단절선은 그 소설적 표현이다. 낙백한 영채가 자살을 결심하고 평양으로 가기까지의 전반부의 『무정』과 그 다음부터 펼쳐지는 계몽의 들뜬 꿈에 사로잡힌 얼치기 선구자들의 꼭두각시놀음에 불과한 후반부의 『무정』은 얼마나 다른 소설인가. 스스로의 운명을 스스로 결정하지 못하게 만든 무정한 세계에 대한 한탄과, 그럼에도 불구하고 앞으로 나아가야 하는 가짜 선구자의 곤혹스러움이 서로 용해되지 못한 채 양립해 있는 것이 바로 『무정』이다. 『무정』의 문제적 인물 형식의 '아비되기'의 여정은 살부(殺父)라는 확실한 출발점이 없었기 때문에, 또 자기의식의 내적 결과물로서의 새로운 세계의 이미지를 가질 수 없었기 때문에 허공에 떠버릴 수밖에 없는 것이다.

이와는 달리 '업둥이'[7]의 세계가 잘 나타나는 것은 염상섭의 「만세

---

7   프로이트의 에세이 「가족로맨스」에는 이런 부분이 나온다. "자신이 좋아하는 것만큼 부모에게 충분히 사랑받고 있지 못한다는 느낌은 의식적으로 옛 기억들을 떠올리며 자신이 입양아거나 의붓자식이라는 생각을 하게 된다"(프로이트, 앞의 책, 20면). '업둥이'는 이 부분의 '입양아'의 한글 표현이다.

전」(1923)이다. 「만세전」의 주인공 이인화가 속한 가족은 『무정』의 가족들처럼 근대변환기에 일찍이 파탄에 이른 가족이 아니라 그 시기를 잘 넘겨 식민지 근대에 연착륙을 한 가족이다. 이인화의 아버지는 봉건사회의 대표선수가 아니라 이미 식민지 반봉건사회의 대표선수이며 그 안에 옛 아버지(봉건체제)와 새 아버지(식민지체제)가 통일되어 있는 존재이다. 이미 일본 유학을 통해 그들과는 다른 세계를 엿본 아들 이인화는 분명 스스로 이 가족 속에서 자신이 업둥이 같은 존재라는 사실을 잘 알고 있으며, 그 가족에게도 역시 골치 아프게 엇나가는 아들 인화는 업둥이 같은 존재였을 것이다. 하지만 이 업둥이 아들의 가족로맨스는 아직 미약하다. 일본여성 정자에 대한 미숙한 의존을 예감하게 하는 그의 마지막 일본행은 새로운 아버지, 새로운 가족주체로서의 첫걸음으로는 너무나 실망스러운 것이기 때문이다. 어쩌면 실재의 아버지와 상상의 아버지 사이에서 어정쩡하게 타협하는 『삼대』(1931)의 신세대 조덕기의 형상은 이인화의 불과 몇 년 뒤의 모습일지도 모른다.

2) 형제와 누이는 어디에 있는가

이광수의 고아와 염상섭의 업둥이들의 가족로맨스는 이루어지지 못했지만 그들이 남긴 교훈은 그 뒤를 잇는 수많은 고아와 업둥이들에게 충분히 참고가 되었다. 1920년대 중반 이후 카프 계열의 작가들, 이를테면 이기영이나 한설야 등은 마치 프랑스혁명의 가족로맨스가 그리하였던 것처럼 중뿔난 고아, 업둥이 혼자서가 아니라 그들의 수많은 형제들

누이들과 함께 전혀 새로운 가족, 즉 사회주의라는 이름의 평등한 가족 체계를 꿈꾸었고 그 꿈들을 형상으로 옮겨 놓았다. 『고향』(1934)에서의 지식인활동가 김희준과 여공 갑숙의 연대, 『황혼』(1936)에서의 여순과 준식의 연대는 곧 『무정』에서 시작된 가족로망스의 한 변형으로서의 형제애(fraternite)가 한국 근대문학에 뿌리를 내리는 증좌라고 할 수 있다. 한편 이런 불온한 형제애의 확산에 맞서서 이른바 '국민문학파'로 불리던 당대의 일부 작가들은 반근대주의 혹은 민족주의의 이름 아래서 다시 옛 아버지를 호명해 보기도 하였다. 하지만 이들 모두의 가족로망스는 식민지 근대의 무게에 짓눌려 현실화되지 못하고 대부분 이상화·낭만화되었고, 또 그만큼 단순성을 벗어나지 못했다. 하지만 그들의 단순성에 대응하는 보다 복잡하고 또 그만큼 솔직한 변형 로망스의 예를 우리는 이상과 김남천, 그리고 채만식에게서 찾아볼 수 있다.

이상이 그토록 혐오하고 벗어나고자 애썼던 19세기란 다름 아닌 봉건적 가족관계였다. 가난과 불구의 친부모, 자신을 양자로 택한 억압적인 백부, 백부의 죽음 이후 두 가족 모두의 생계를 책임져야 했던 상황—이 모든 것이 이상에게는 19세기였고 봉건적 가족관계의 속박이었다. 서구인들에게는 위대한 이성의 시대였던 19세기가 1930년대 최첨단의 모더니스트 이상에게는 이성으로는 도저히 해독하거나 극복할 수 없는, 개인에 대한 비합리적 질곡의 총체로 인식되었다는 것은 아이로니컬한 일이 아닐 수 없다. 어떠한 역사적 거리감조차 틈입할 여지가 없었던 이 주밀한 봉건적 가족관계의 굴레에서 벗어나기 위해 이상은 13번째의 아이처럼 첨단의 모더니티를 향하여 질주했던 것이지만, 사실 그에게 더 절실했던 것은 어떠한 봉건적 관계의 속박으로부터도 자유로우면서도 그의 애정결핍을 충족시켜줄 사적인 가족형태였으며, 그것은 곧 성적·정서적 동반자로서의 여성이었다.

하지만 남매애의 변형이라고 할 수 있는 그의 여성집착은 건강한 것이 아니라 자신이 받은 가족으로부터의 상처를 그대로 여성에게 전가하는 전도된 집착이었다. 이상에게 아버지는 봉건체제의 희생양도 식민지 근대에 연착륙한 사이비 근대인도 아니고 어쩌면 그 모든 것을 다 합쳐놓은 괴물 같은 '후진적인 것 전체'(19세기)였으며 자신에게 지나치게 밀착된 어떤 것(신밧드가 만난 무인도의 노인 같은)이었기 때문에, 형제애에 호소할 틈도 없이 그저 필사적으로 멀리 도망치는 수밖에 없었을지 모른다. 그리고 이 점에서 바로 이상의 모더니즘은 일개 포즈와는 구별되는 가열한 절박성을 띠는 것이다.

김남천의 일련의 소년성장소설들인 「남매」(1937), 「소년행」(1937), 「무자리」(1938)는 이상의 경우와는 또 다른 모습으로 다가온다. 1930년대 후반, 카프 해체 이후 이미 사회주의적 형제애에 기초한 가족로망스의 열광이 식은 뒤에 씌어진 이 작품들에서는 식민지 1세대인 아버지의 무능과 형제애 로망스의 성취에 실패한 1.5세대의 타락 뒤에 역시 아버지에게도 오빠에게도 애인에게도 구원받지 못해 전락한 누이를 감싸 안고 새로운 남매애의 가족로망스의 길을 나서는 씩씩한 소년들의 이야기가 나온다.

채만식의 경우도 김남천과 유사한 양상을 보인다. 장편 『탁류』(1937)에서 무능하고도 교활한 아버지의 세계에 의해 시련을 겪던 자매/오누이들(초봉과 계봉, 그리고 남승재)들의 로망스를 보인 바 있었고 소문난 심퍼사이저(동반자)였음에도 불구하고 그의 소설에서는 끝내 사회주의적 형제애에 대한 신뢰는 찾아볼 수 없다.[8] 대신 그는 식민지 근대 전체를 풍자하고 조롱하는 일에 모든 힘을 쏟아부었고 그 모든 요설과 풍자가 끝난 뒤 남긴 유작인 「소년은 자란다」에서 김남천 소설의 소년 '봉근이'와 같은 형상으로, 이번엔 타락한 손위 누이가 아니라 아직 어리고 순결한 손아래 누이를 지키며 씩씩하게 살아나가는 조숙한 소년을 등장시켜 식민지 근대 전체의 전환을 감당할 지렛대 역할을 맡긴다.

식민지 근대의 타락은 이처럼 이상의 탈주와 김남천, 채만식의 세대 건너뛰기를 강제할 만큼 전면적이었으며 그만큼 안정된 가족로망스로서의 근대소설의 형성과는 다른 경로를 당대의 우리 문학에 제시했던 것이다.

3. 분단체제, 전체주의적 가족국가와 가족로망스의 행방

1) 잃어버린 아버지를 찾아서

그러면 김남천과 채만식이 남겨놓은 씩씩한 소년들은 타락하지 않은 시원의 아버지를 만났는가? 아니면 스스로 좋은 아버지가 되어 식민지 근대의 분열과 훼손을 넘어서 새로운 가족을 이루었는가? 불행히

---

8   왜 나름대로 순정한 사회주의자 채만식의 작품 속에 기층민중의 힘에 대한 신뢰나 연대의식이 조금도 등장하지 않는가는 하나의 숙제라고 할 수 있다.

도 그들 역시 성공하지 못하고 다시 한 번 부정될 운명에 놓이게 된다. 해방이 되면서 식민지의 난민들은 이른바 '자주적 민족국가 건설'의 꿈, 즉 나라 만들기 혹은 시원의 아버지 되살리기의 꿈을 지상에 이루기 위해 저마다 엄청난 노력을 기울였지만, 또 다른 식민주의의 벽에 부딪쳐 그 꿈은 좌절한다. 한국적 근대국가는 시작부터 분단과 전쟁으로 출발했고 분단된 양쪽은 서로에게 나쁜 영향을 주고받으며 점점 나쁜 가족 모델, 즉 '전체주의적 가족국가'의 길로 접어들기 시작했다.

이승만과 박정희 같은 남쪽의 독재자는 일상적으로 '국부'로 불렸고, 김일성 역시 공식적으로 '아버지 수령'으로 불렸다. 그 절대의 가부장의 통치 아래서 남북한의 아들, 딸들은 각각 종속적 자본주의와 주체 사회주의 건설에 남김없이 동원되었다. 1차 가족로망스에 실패한 식민지의 아들들은 '해방된' 조국의 역군들이 되었지만 그 해방도, 그 조국도 식민지하에서 꿈꾸던 그것과는 아주 먼 것이었다. 그 사실을 알아챘던, 그리하여 이 잘못된 물줄기를 바로잡기 위해 안간힘을 썼던 수많은 사람들은 이 새로운 전체주의 가족국가의 건설과 온존의 과정에서 소거되어 버렸다. 그리고 그 '지워짐'의 기억으로부터 새로운 가족로망스가 탄생한다. 남한사회의 경우 그 새로운 가족로망스는 '민주화'라는 이름을 얻게 되지만 거기엔 사실은 그 이름만으로는 다 담을 수 없는 최소한 100년은 묵은 오랜 열망, 지연된 가족로망스의 실현이라는 한국적 근대성의 실현에 대한 열망이 전부 담겨 있었다.

해방기라고 불리는 1945~1948년간에는 식민지시대에 부정된 아버지를 다시 찾기 위한 노력, 혹은 가족의 부활을 위한 노력이 '근대적 민족국가의 건설' 혹은 '나라 만들기'라는 형식으로 격렬하게 전개되었지만 당시의 소설들은 갑작스런 해방과 또 갑작스런 분단의 와중에서 이러한 나라만들기의 서사를 뚜렷하게 드러내기에는 너무 시간이 부족했다고 할 수 있다. 이후 미증유의 가족 해체와 이산을 낳은 전쟁과 분단의 소용돌이에 휘말린 1950년대에는 다시 대규모의 아버지 소거 혹은 실종이 있었고 남한의 전후소설들의 경우 손창섭의 「비오는 날」(1953), 서기원의 「암사지도」(1956), 이범선의 「오발탄」(1959)이 공히 보여주듯 아버지의 실종과 강제된 가족해체의 운명 속에 던져진 아들·딸들의 파탄적 시련이 주조를 이루고 있는 것이다.

이러한 1950년대를 보내고 나서 가족이산의 운명 속에서 남북 양쪽의 새로운 아버지들에 대해 최초의 문제제기를 한 것은 최인훈의 『광장』(1961)이었다. 그러나 이명준이라는 청년은 이 새로운 아버지들이 가짜라는 사실은 눈치를 챘지만 새로운 가족로망스를 향한 열망보다는 가짜 아버지들의 세계에 대한 절망이 더 컸기 때문에 선배 이상이 걸었던 '전도된 남매애'로서의 여성에 대한 성적 집착의 길을 걷다가 결국 이 땅에서 탈주하는 것으로 끝을 맺게 된다.

1970년대에 들어서면 가짜 아버지에 대한 부정과 그가 지배하는 전체주의적 가족국가에 대한 거부가 두 방향으로 본격화된다. 하나는 이른바 '분단소설'들로서 이 전체주의적 가족국가의 형성과정에서 지워진 아버지들을 호명하여 되살리고자 하는 흐름이며, 또 하나는 70~80년대의 노동소설에서 보듯 이 가짜 아버지를 넘어서서 다시금 형제애에 기초한 새로운 가족을 이루고자 하는 흐름이다. 그것은 전개양상은 다르지만 식민지 근대 전체를 그 기원에서부터 문제 삼는 근원적 전망에 기초하고 있다는 점에서는 궤를 같이한다.

김원일의 『노을』(1978)과 「어둠의 혼」(1973)은 이 사라진 아버지에 대한 부정이 긍정으로 변화하는, 그리하여 주인공인 아들이 혼자 남아 살아가는 세상에 대한 수용이 거부로 변화하는 과정을 잘 보여주는 작품들이다. 그것은 역사의 폭력에 의해 해체된 일개 가족의 복원이 곧 가짜 가족국가 전체의 해체를 전제로 한다는 메시지에 다름 아닌 것이다. 이 새로운 분단동이들 역시 자기 손으로 아버지를 부정하기도 전에, 더 큰 외부의 힘이 아버지를 부정해 버린 경우인데 이들에게는 미래의 가족로망스는 곧 과거의 아버지를 되살려내는 것이라는 역설적 상황이 주어진다. 이들에게 성장이라는 것은 낡은 아버지를 떠나 새 아버지의 품에 안기는 것이 아니고, 거꾸로 낡은 아버지, 사라진 아버지의 품으로 돌아가 다시 시작하는 것이 된다. 발전의 서사와 대비하여 '복원의 서사'라고 부를 만한 이러한 한국 근현대소설의 주요한 경향은 아마도 비극적으로 식민지 근대를 겪어 온 제3세계 문학의 공통된 흐름이기도 할 것인데, 이는 서구 근대서사의 존재론과는 전혀 성격을 달리 하는 식민지 근대 서사의 존재론을 요구한다고 볼 수 있을 것이다.

조세희의 연작 『난장이가 쏘아 올린 작은 공』(1976)은 분단과 전쟁 과정에서 지워진 아버지가 아니라 신식민지 자본주의 체제의 형성과정에서 서서히 소멸해 간 아버지, 가난과 억압 때문에 짓눌려져 난장이가 되어버린 아버지를 위한 복수(復讐)의 서사로 읽힐 수 있다. 이 작품에서 난장이의 아들과 딸들의 고난과 투쟁은 곧 이은 1980년대에 급진화되는 노동형제들의 가족로망스를 예비하는 것이지만, 거기엔 아버지의 아버지, 또 그 아버지의 아버지로 이어져 거슬러 올라가는 봉건

시대 이래의 노예적 가족사의 사슬을 끊고자 하는 비원이 짙게 드리워져 있다. 여기서 이 노동계급의 아들딸들의 온전한 가족의 복원을 갈망하는 가족로망스는 수백 년 이상 계속 지연되어 온 누대의 가족로망스가 겹쳐져 한국 근현대사의 전 맥락을 되묻는 무게를 지니고 있다고 할 것이다.

방현석의 「내일을 여는 집」(1990)에 이르면 잃어버린 아버지, 짓눌려서 소멸된 아버지를 찾는 맥락은 멀리 잠복하고 80년대 후반 노동계급 운동의 미증유의 활성화라는 분위기와 맞물려 본격적인 사회주의적 형제애에 기초한 가족로망스를 구가하게 된다. 그러나 그 로망스의 모델로서 '내일을 여는 집'의 분위기는 희망적이고 아름다움에도 불구하고 여전히 현실태가 아니라 가능태, 혹은 희망태에 머문 것이었고 지금 시점에서 돌아보면 어딘가 허망하고 고립된, 80년대적으로 특수화된 것이라는 느낌을 지울 수 없다. 한국사회에서 형제애의 가족로망스는 90년대 초반을 고비로 현격히 퇴색해 버렸기 때문이다.

2) 아버지도 형제도 가족도 없는 단자들의 세계

1990년대의 문학이 87년 체제의 보수적 안정화와 동구 사회주의 몰락을 계기로 역사와 사회로부터 멀찍이 물러나서 일상과 개인의 영역 속으로 급격히 침잠해 들어갔음은 잘 알고 있는 사실이다. 가족과 아버지라는 문제 역시 이전까지의 거시적 맥락을 벗어나 미시적 차원으로 축소되었고, 그런 의미에서 가족로망스라는 주제도 개인적 차원을 넘어선 '집단무의식'의 문제로는 포착되기 힘들게 되어 버렸다. 이 시기는 사회적으로는 기존의 핵가족체제조차 점점 해체되어 부-모-자녀로 이루어지던 최소가족단위의 유지도 힘들게 되었고, 구성원들은 점차 완벽한 단자(單子)적 존재로 내몰리게 되었다.

이른바 '불륜소설'로 통칭되는, 전경린의 작품들을 비롯한 기혼남녀의 갈등과 파탄이라는 가족해체의 문제를 다룬 여성작가들의 작품이 하나의 흐름을 이룬 후에, 점차 이미 가족에서 일탈(혹은 탈주)한 수많은 단자적 개인들이 소설세계의 주인공 자리를 다수 차지하게 되어 전통적 의미의 가족로망스는 더 이상 의미가 없게 된 것이 90년대의 소설세계의 특징이라고 할 수 있다. 가족공동체적 정체성과 단자적 개인의 정체성 사이에서 동요하는 신경숙의 세계, 그리고 가족이라는 굴레로부터의 이탈을 집요하게 주요한 주제로 삼는『가족의 기원』(1999)을 비롯한 조경란의 세계, 그리고 90년대와 2000년대 내내 흩어지고 깨어진 가족을 추슬러 다시 묶어세우는 고투를 벌이고 있는『수수밭으로 오세요』(2001)와『유랑가족』(2005)에서와 같은 공선옥의 세계가 오히려 예외적 현상처럼 보인다. 가족로망스가 근대적 징후라고 한다면, 가족로망스가 사라진 90년대 이후의 문학은 확실히 탈근대적 성격이 농후하다고 할 수밖에 없다.

하지만 이러한 의미의 가족의 해체와 개인의 단자화가 가족이데올로기를 올바로 넘어서서 진정 자유로운 개인들 상호 간의 억압 없는 소통과 그를 통한 '인간가족'의 형성으로 이어질만한 바람직한 변화라고는 할 수 없다. 그것은 개인을 그 어떠한 집단적 연대나 유대의 끈으로부터 분리시켜 무한경쟁의 각축장으로 내몰아 '시장의 원소'로 환원

323

해 버리는 세계적 규모의 자본의 힘에 의한 변화이고 어떻게 보면 시장이라는 초거대의 상징질서에 완전히 편입되는 과정의 일환이라고 보는 게 더 타당할 것이다. 그것이 탈근대의 전망일까? 여기에 이르면 이 시론이 의도했던 바 가족로망스의 미완성, 혹은 지체에 근거한 '피식민주체의 서사시'로서의 비서구 근대소설의 전망은 다시 미궁에 빠진다고 할 수 있다.

4. 가족 안의 타자, 여성의 행로

지금까지 한국 근·현대소설에서 가족로망스의 형성과 좌절, 혹은 지연의 양상을 살펴보았다. 하지만 한국 소설과 가족로망스에 관한 지금까지의 논의에서 가족로망스의 주체가 '아버지-아들'로 설정되어 있음을 눈치챘을 것이다. 그렇다. 가족로망스의 주체는 남성이고 그것은 어떻게든 가부장의 승계 혹은 형성과정과 연결되어 있다. 여성은 가족 내의 타자이자 식민지인 것과 마찬가지로 가족로망스에서도 여전히 타자이고 식민지이다.

이 타자인 여성이 한국 근·현대의 가족사와 가족로망스에서 어떤 자리에 있었고, 어떤 영향을 받아왔고 어떻게 그로부터 벗어나려고 했는가를 한국 근·현대소설사를 통해서 살펴보는 일은 별도의 작업을 필요로 하지만 여기서 일단 한국 근현대소설사 속의 몇몇 여성작가들의 경우를 예로 들어 간략한 고찰을 시도해 보고자 한다.

나혜석의 「경희」(1918)는 '타고난 업둥이'로서의 여성이 봉건적 가부장제의 억압체제 속에서 자신의 타자적 위치를 자각하고 인간으로서의 정체성을 확인받고자 하는 의식이 얼마나 지난한 것인가를 보여준 최초의 작품이다. 여기서 주인공 경희는 노동하고 창조하는 인간의 일원으로 자신의 사회적 존재성을 확인받으려 하지만 당대의 가부장적 가족주의 이데올로기는 그녀에게 결혼을 강요하여 그녀를 끝내 가부장적 가족제의 부속물로 고착시키고자 하며, 경희 자신도 그 두 개의 길 사이에서 동요하고 좌절하고 만다.

강경애의 『인간문제』(1935)에서의 여주인공 선비의 삶과 죽음은 식민지 반봉건사회에서 여성이 자각적으로 살아간다는 것은 남성판타지로서의 가족로망스와 근본적으로 다른 행로를 취할 수밖에 없다는 사실을 잘 보여준다. 봉건적 질곡과 수난으로부터, 즉 낡은 아버지로부터 벗어나서 사회주의적 형제애의 가족로망스의 초입에 들어서자마자 속절없이 죽어가는 그녀의 행로를 보면 그녀에게는 또 다른 남근적 질서 속으로 일직선으로 진행하는 것을 의미하는 계급의식의 획득보다도 여성으로서의 자신을 끝없이 식민화하는 남근주의적 가부장제의 세계 자체와의 '나선형적 투쟁'[9]이 더 절실하고 힘겨운 것이었음을 알 수 있게 된다.

---

9   남성에게는 사회적 성장이 남성중심 사회라는 유리한 조건 속에서 이미 방향성이 정해진 일직선적 과정을 밟아 나가는 데 비해, 여성의 사회적 성장은 곳곳에서 마주치는 남성중심 사회의 장애들 때문에 훨씬 더 비연속적이고 우회적이며 설사 그 장애들을 이겨나간다고 할지라도 결과적으로 대단히 힘겨운 나선형적 행로를 밟아 나갈 수밖에 없게 된다.

박완서의 『나목』(1970)과 「엄마의 말뚝 1」(1980)에서는 성장과정에서나 사실상 가족의 중심이자 기둥이 되었을 때나 '아들들'의 식민지로서의 정체성을 강제당하는 '딸들'의 모습이 적나라하게 그려져 있으며, 『그해 겨울은 따뜻했네』(1983)에서는 가족이건 가족로망스이건 사실은 철저히 배제와 위계의 논리에 의해 그 무언가를 타자화하고 식민화하지 않으면 존속할 수 없는 근대적 제도에 불과하다는 사실을 한 불행한 여성주인공 '오목이'의 일생을 통해 웅변하고 있다.[10]

「겨울우화」(1990), 「풍금이 있던 자리」(1993) 등의 신경숙의 소설들에는 아버지 중심의 가족공동체가 해체되고 대신 '오빠' 중심의 새로운 가족공동체가 만들어지는 전이과정에서 과거로도, 미래로도 선뜻 돌아가거나 나아가지 못하는, 다시 말하면 나선형적 혹은 지그재그적 행로를 밟을 수밖에 없는 여성 주인공들이 형상이 두드러지게 나타난다. 여성들이야말로 어떠한 가족로망스의 맥락에서도 근원적으로 소외되어 있다는 사실을 신경숙의 소설들은 반복적으로 입증하고 있는 것이다.

또한 배수아의 소설집 『바람인형』(1996)에 나오는 단편들은 여성으로서 성장한다는 것은 곧 그 여성-인간을 살해하는 것이라는 극단적인 명제를 입증하는 데에 바쳐지고 있다. 이 역시 근대세계에서의 모든 성장의 드라마가 사실은 남성 성장의 드라마이고 남성들의 바톤 이어받기에 불과하다는 사실, 그리고 그것은 모두 식민지-여성을 어두운 신화의 세계에 가두어 둠으로써만 가능한 대문자 역사의 사건이라는 사실을 잘 말해준다.[11]

---

10   『그해 겨울은 따뜻했네』에 관해서는 권명아, 앞의 책, 67~70면 참조.
11   권명아, 제4장 「'근대극복'의 기획과 가족로망스」, 위의 책, 81~126면.

5. 가족로망스와 근대적 삶의 식민성을 넘어서

　본고는 프로이트의 '가족로망스' 개념에 의지하여 근대소설의 주인 공인 문제적 개인들이 아버지가 없는 세계에서 새로운 아버지를 찾아 나서는 자발적 고아들이며 근대소설이 꿈꾸는 유토피아 역시 새로운 가족체제에 기초한 새로운 세계일 것이라는 것을 전제하고 출발했다. 하지만 서구 근대소설에서 가족로망스가 비교적 자연스럽게 성취되는 것과는 달리 식민지 근대라는 경로를 겪은 비서구 지역에서의 가족로 망스는 자기 사회의 발전과정에 의해 아버지가 부정되는 대신 외래의 힘에 의해 아버지가 부정됨으로써 파행적으로 전개되며, 이에 따라 비서구 지역의 근대소설은 안정된 '부르주아 주체의 서사시'인 서구 근대 소설과 달리 분열된 '피식민 주체의 서사시'라는 특색을 갖게 된다.

　이런 관점에서 본고는 한국의 근·현대 소설사의 흐름을 다음과 같이 개관해 보았다.

　제1기 (19세기말~1920년대 초반) : 이 시기는 봉건체제의 붕괴와 식민체 제의 형성이 동시적으로 진행된 시기로 가족로망스에서 이른바 '고아 의식'과 '업둥이 의식'이 발생하는 시기이다. 이 시기에는 고아의식과 남매애의 가족로망스로 요약할 수 있는 이광수의 『무정』과 '업둥이 의 식'의 발현으로 볼 수 있는 염상섭의 「만세전」을 대응시켜 보았다.

　제2기 (1920년대 중반~1945년) : 이 시기는 부정된 아버지에 대한 복합 심리와 새로운 가족에 대한 동경, 대안으로서의 형제애 등이 복잡하게 착종하는 시기이다. 이 시기에는 이기영의 『고향』과 한설야의 『황혼』을 이상화, 낭만화된 형제애의 가족로망스로서, 이상의 작품들을 전도된 남매애의 발현으로서, 그리고 김남천의 소년성장소설들과 채만식의 「소년은 자란다」를 새로운 가족로망스의 주체를 대망하는 작품들로서 각각 대응시켜 보았다.

제3기(해방기~1950년대) : 이 시기는 새로운 아버지에 대한 동경이 다시 한번 좌절하고 제1기의 고아 혹은 업둥이들은 아버지로서 다시 부정되거나 실종되고 제2기의 소년들은 재차 더 극심한 시련 속으로 내던져지는 시기이다. 이 시기에는 1950년대 손창섭, 서기원, 이범선 등의 비극적 가족해체 서사들을 대응시켜 보았다.

제4기(1960년대~1980년대) : 이 시기는 가짜 아버지에 의한 전체주의적 가족국가와 진짜 아버지의 복원열망이 충동하는 시기이다. 이 시기에는 가짜 아버지들에 대한 날카로운 인식의 시작을 알리는 최인훈의 『광장』, 부정당한 아버지의 복원을 꿈꾸는 김원일 등의 '분단소설'들과 조세희의 「난장이가 쏘아올린 작은 공」, 그리고 새로운 급진적 형제애의 가족로망스였던 방현석의 「내일을 여는 집」 등을 대응시켜 보았다.

제5기(1990년대~현재) : 이 시기는 제4기의 새로운 세대가 다시 아버지가 되고 가족로망스 자체가 붕괴되어가는 시기이다. 이 시기에는 가족의 해체와 개인의 단자화를 특징으로 하는 1990년대 소설 대부분이 해당된다고 보았다.

그리고 가족 내의 타자이자 식민지라고 할 수 있는 여성들이 가족로망스로서의 근대소설에서도 역시 타자이자 식민지로 존재해 왔음을 나혜석의 「경희」, 강경애의 「인간문제」, 박완서의 『나목』 등과 신경숙, 배수아의 작품들을 통해서 보여주고자 하였다.

결론적으로 앞에서 말한 바와 같이 한국의 근대소설은 서구의 근대소설과 같은 자력에 의한 아버지 부정과 승계라는 정통적 가족로망스의 실현과정을 거치지 못하고 그 부정과 승계과정이 파행적이거나 부단히 지체되는 상황 속에서 서구의 '부르주아 서사시'와는 다른 '피식민주체의 서사시'라 불릴 만한 특징들을 지니고 있다고 할 수 있다. 추후 보다 면밀한 연구를 필요로 하겠지만 이 점은 한국 근대소설에는 근대 성취와 근대 극복이라는 이중과제의 의연함이라는 강점으로 작용할 수도 있고, 전망의 혼돈이라는 약점으로 작용할 수도 있다고 할 수 있다. 다만 현재 한국소설은 1990년대 이후 집단무의식으로서의 가족로망스라는 주제의식을 포함한 근대적 보편주제들이 현저하게 약화되어 있어 이 주제가 앞으로 어떤 식으로 전개되어 나갈 것인가는 가늠하기 힘들다고 할 수 있다.

이와는 달리 가족로망스에서는 물론 가족-사회-역사 등 그 어떤 차원에서도 타자화되고 식민화되어 있던 여성 주체의 근대적, 혹은 탈근대적 해방이라는 주제는 그 자체가 세계사적 보편성과 당대적 폭발성을 가지고 있을 뿐만 아니라, 자본주의 근대/식민지 근대가 낳은 사회체제, 문화, 이데올로기 전반의 문제들을 가로지르고 재구성하지 않을 수 없게 만드는 근본적(radical)인 거대주제라는 점에서 오히려 한국 근현대소설이 현재 처하고 있는 근대-탈근대적 교착상태를 해소시킬 수 있는, 그리하여 가족로망스의 악순환과 근대적 삶에 편만한 식민성을 동시에 넘어설 수 있는 잠재력을 내장하고 있다고 볼 수 있다.

친일문학 재론

두 개의 강박을 넘어서

·····························

1. 근대정신사의 결정적 국면

한때 '암흑기'라고도 불렸고 통칭 '친일문학'의 시기라고 불려 왔으며 근년에는 '식민지 국민문학' 시기라고도 불리고 있는 이 시기의 한국문학을 둘러싸고 수년 전, 적지 않은 논자들의 참여 아래 일련의 논쟁이 벌어진 적이 있었다. 이 논쟁은 당사자 사이의 직접적 댓거리의 형식을 갖지는 않았지만 한국문학 논쟁사의 한 장을 장식해도 좋을 자못 볼만한 해석투쟁의 풍경을 연출한 바 있다.[1]

---

[1]   논쟁에는 많은 논자들이 참여한 바 있지만 2002~2003년간에 『실천문학』을 통해 김
       재용, 김양선, 박수연, 한수영 등이 선편을 잡는 문제제기를 한 이후 여기에 류보선,

2000년대 들어 대표적인 친일문인으로 간주되었던 미당의 이름을 건 문학상이 만들어지고 학계에서는 식민지근대화론 논의가 기존의 식민지수탈론에 이의를 제기하고 나서서 식민지시대의 역사경험의 해석을 둘러싼 논란이 이어지는 한편, 민주화운동의 흐름을 잇는 정권이 연이어 들어서면서 '친일잔재 청산'이라는 과제가 다시 활기를 띠는 등의 사회적 분위기가 이러한 논쟁을 가능하게 했다고 볼 수 있다.

하지만 이 논쟁이 문제적인 것은 이전까지 단지 친일/저항, 훼절/지절 등의 단순 이분법의 지평에서 가끔씩 떠올랐다 잠잠해 지곤 하던 해묵은 문단사적 논란의 수준을 훌쩍 뛰어넘어 이 시기가 한국 근대문학사 나아가 한국 근대정신사의 한 결정적 국면으로 간주되고 그 위에 근대/탈근대, 식민/탈식민이라는 역사철학적 문제의식이 투사된 상태에서 진행되었다는 데에 있다.

이미 많은 연구를 통하여 식민지시대 내내 작가들에 의해 의식·무의식적으로 추구되었다고 믿었던 근대적이고 민족주의적인 지향이 일본의 침략전쟁이 수행되는 동안 심각한 수준에서 왜곡되면서 식민주의의 논리로 굴절되어 들어간 흔적이 무수히 발견되어 왔다. 이 변명할 수 없는 흔적들을 목도하면서 이제 극렬한 탄압에 굴복했다거나 부득이하게 소극적인 친일을 저질렀다거나 하는 변명은 구차한 것일 수밖에 없게 되었고 어떤 방법으로든 이러한 왜곡과 굴절의 내적 동력을 밝히지 않을 수 없게 되었다.

강상희, 하정일, 윤대석 등이 논의를 이어가는 양상으로 전개되었다. 그리고 그 성과들이 2003년~2006년간에 단행본으로 출간되어 다시 주목을 받으면서 최근까지도 이 논의는 아직 진행 중이라고 할 수 있다.

그 내적 동력을 바라보는 인식틀이 '협력과 저항'이든 '파시즘'이든 '반복과 차이'든 이제 '친일문학'은 강력한 제국/제국주의의 헤게모니 아래서 '식민지 근대'를 살아온 지식인작가들의 역사철학적 인식이 가 닿은 하나의 필연적 귀결이라는 점, 그리고 그 안에서 식민지 지식인 작가들 내면의 근대지향과 탈근대지향 사이의 혼돈과 착종이 작용하고 있다는 점 등은 이제 어느 누구도 쉽게 부인할 수 없는 공통의 인식이 되었다. 바야흐로 '친일문학'은 이제 원하든 원하지 않든 한국 근대 문학사의 빼놓을 수 없는, 논쟁적이지만 결정적인 일부가 되어 버린 것이다.

한편 이러한 일련의 논쟁들은 이처럼 '친일문학'의 역사철학적 함의와 문학사적 중요성을 환기시켰다는 점에서도 분명 생산적이고 의미 있는 것이었지만 그와 함께 그 여러 입장들이 한국 문학 및 역사해석을 둘러싼 사상적 층위에서 날카로운 변별점들을 보여주고 있고 그 변별점들이 바로 지금 현재 한국문학연구와 비평계를 관류하는 뚜렷한 단층선을 반영하고 있다는 점에서도 자못 흥미로운 바가 있다. 이 단층선은 곧 근대/탈근대의 미로 속에서 여전히 방황을 거듭하고 있는 현재 한국 지식사회의 난맥상을 보여주는 것이기도 하다.

이 글은 김재용, 류보선, 강상희, 윤대석, 박수연, 하정일 등 '친일문학' 논쟁에 직간접으로 관련된 논자들과 더불어 '친일문학론'의 고전이 된 임종국, 그리고 1995년과 2001년에 이와 관련하여 주목할 만한 논의를 펼친 바 있는 김철 등의 텍스트들을 따라 읽으면서 논쟁 자체의 전개와 그 배후에 작동하는 사상적 차이들의 발현 양상을 함께 살펴보는 방식으로 진행될 것이다.

2. 전도된 국가주의?

일제 말에 성장기를 보내고 해방이 되어서야 '민족관념'을 얻었다는 저자의 고백과 함께 시작되는 임종국의 역저 『친일문학론』은 1940년대 '친일문단'의 상황을 상세하게 기술하고 이광수, 최남선에서 채만식, 김사량에 이르는 주요 작가 28명 및 조연현을 비롯한 '신인작가' 십수 명의 '친일 죄과'를 폭로하여 큰 파문을 일으킨 저술이었다.[2] 그 전까지 일종의 침묵의 카르텔에 의해 봉인되어 있던 '친일문학'이라는 판도라의 상자를 열어젖힌 이 저술은 그 당대적 의의와 자료적 가치에도 불구하고 한편으로는 해당 작가들에 대한 일방적 단죄를 가능하게 하는 증거자료로, 다른 한편으로는 거꾸로 집단면죄부 발부의 자료로 오남용되어 온 것에 비해 엄밀한 학적 검토의 대상으로 취급되어 오지 못한 불행한 저술이라고 할 수 있다. 하지만 근년의 친일문학 논의를 통해 이 저술은 다시 호출되어 몇몇 논자들에 의해 적극적으로 재해석되는 양상을 보인다.

"문학과 정치적 상황에 대한 단순대입적 사고가 모든 자료의 해석을 일관"하고 있다는 김철의 평가[3]나 이 저술을 특정하지는 않았지만 이 저술을 암묵적으로 상정하면서 전개되는 민족주의적 친일문학 비판의 외재성에 대한 김재용의 비판[4]을 통해 친일문학에 대한 내재적 접근을

---

2   임종국, 『친일문학론』, 평화출판사, 1966.
3   김철, 「친일문학론—근대적 주체의 형성과 관련하여」, 『민족문학사연구』 8, 1995, 7면.
4   김재용, 『협력과 저항』, 소명출판, 2004, 38면.

위한 이론적 타자로서 다시 등장한 이 저술은 얼마 뒤에는 전혀 다른 방향으로 재해석되기에 이른다.

김팔봉과 임종국이 서 있던 자리는 외면적으로 상극이다. 그러나 섬기는 대상이 일본이었던 것이 문제이지 국가주의 그 자체는 오히려 강조되어야 할 것이라고 말할 때의 임종국과 앞서의 김팔봉이 그 내면에서 어떤 차이와 거리를 지니고 있다고 말하기는 어렵다. 이 두 개의 사례를 가로지르는 공통의 기억은 앞서 말한바 최초의 근대 국민국가에 대한 경험, '국민'으로서의 경험, 나아가 관념 속에서 절대화된 '국가' 그 자체가 아니었을까?[5]

주체성을 반동일화 전략의 핵심적인 코드로 제시하고 일제 식민담론에 역대칭의 태도를 취했지만, 오히려 식민담론의 사고체계 내부로 회수되는 모습을 보이고 있는 것이다. 국민국가, 국가주의, 국민문학이 숙명적인 것으로 간주되면서 일제 식민담론은 『친일문학론』에서 구조적으로 반복되고 있다.[6]

1940년대 전반기의 '식민지적 국민문학'이 대한민국의 '국민문학' 수립에 참고자료가 될 수 있다는 『친일문학론』의 결론을 읽다 보면 묘한 느낌이 떠오를 때가 있다. 40년대 전반기의 최재서 논문을 한편 읽고 있는 느낌이 들기도 하고, 임종국 등의 '친일' 논의를 억압했던 70년대 박정희 정권의 모습을 보고 있는 듯한 느낌이 들기도 하기 때문이다. (…중략…) '친일'

5   김철, 「총론─파시즘과 한국문학」, 『문학 속의 파시즘』, 삼인, 2001, 16면.
6   강상희, 「친일문학론의 인식구조」, 『한국근대문학연구』 7, 2003, 45면.

과 '친일'비판이 동시에 반대 방향에서 일본 군국주의 파시즘의 논리를 앵무새처럼 반복하고 있었던 것이다.[7]

임종국은 '국민문학'이 문학에 국가관념을 도입한 점을 긍정적으로 평가한다. 여기서 우리는 임종국에게서 식민국의 민족주의와 피식민국의 민족주의가 서로 거울관계를 이루로 있음을 확인하게 되거니와 그런 점에서 민족 주체성 또한 아무런 제한 조건 없이 무반성적으로 사용될 때 언제든지 식민주의와 공모관계로 돌입할 수 있는 양가적(ambivalent) 범주라 할 수 있다.[8]

이상의 네 논자들이 임종국의 이 저술에서 공통적으로 발견한 것은 '국가주의'였으며 이는 친일문학과 친일문학 비판이 동시에 국가주의 이데올로기의 산물이었다는 득의의 발견, 혹은 확인으로 이어진다. 후술하겠지만 특히 앞의 세 논자는 한국문학을 기본적으로 탈근대적 관점에서 적극적으로 재해석해 나가는 입장에 서 있으며 그들에게 임종국의 『친일문학론』이 지니고 있는 이 '아이러니'는 그들의 탈국가주의적 담론기획을 뒷받침하는 요긴한 발판이 되고 있다. 그러면 임종국은 정말 일본 제국주의하의 국민국가 경험을 절대화하여 받아들이고, 식민담론, 군국주의 파시즘 논리를 반복하고 있는 것일까? 이 부분의 원문은 다음과 같다.

---

7   윤대석, 『식민지 국민문학론』, 역락, 2006, 16면.
8   하정일, 「한국 근대문학 연구와 탈식민」, 『민족문학사연구』 23, 2003, 17면.

그러나 이러한 과오는 과오로 하고 우리는 몇 가지의 주목할 만한 점을 발견할 수 있으니 그 하나가 국가주의 문학이론을 주장했다는 사실이었다. 생각건대, 인간은 개성적 사회적 동물인 동시에 국가적 동물이다. 그런 이상 국가관념은 문학에서 개성 및 사회의식 시대의식과 마찬가지로 강조되어야 할 것이 아닌가? 그럼에도 불구하고 문학은 장구한 동안 국가를 망각해 왔다. 비록 그들이 섬긴 조국이 일본국이었지만, 문학에 국가관념을 도입했다는 사실만은 이론 자체로 볼 때 주목해야 할 점일 것이다.[9]

이 글에서 말한 '국가주의'와 '인간은 국가적 동물이다'라는 말은 일견 군국 파시즘하의 국가 이데올로기를 방불케 하는 것은 사실이다. 하지만 여기서의 '국가'가 과연 앞의 논자들이 말한 바와 같이 일본제국이나 3공화국 국가 같은 권위주의적으로 조직화되고 통제되는 전체주의적 국가를 의미하고 있는가는 재고의 여지가 있다. 이 원문은 이 저술의 결론의 한 부분인데 임종국은 결론의 시작부분에서 다음과 같이 '국민문학'의 개념정의를 시도하고 있다.

국민문학의 개념은 절대한 의미에서의 그것과 상대적 의미에서의 국민문학이라는 두 방면에서 추구할 수 있다. 그리고 그중 절대한 의미에서의 국민문학을 말할 때 이는 국민정신에 입각한, 국민생활을 선양하는 문학이라고 할 수 있다. 따라서 이러한 의미에서 볼 때 국민문학이란 세계에 오직 하나가 있을 뿐이다. 다시 말하면 세계의 모든 문학은 그 시대와 유파의

---

9   임종국, 앞의 책, 468면.

여하에도 불구하고 그 전부가 국민정신에 입각하는 것이요 국민생활을 선양하는 것이기 때문에 국민문학이 되는 것이다. 국민정신을 파괴하는, 국민생활을 표현하지 않는 문학은 존속할 수도 없고 상상할 수도 없기 때문에 세계의 모든 문학은 국민문학이다. 그리고 이 같은 의미에서의 국민문학의 개념을 추구할 때 그것은 문학 자체와 하등 구별할 필요가 없다.

　다음, 상대적 의미에서의 국민문학의 개념을 추구할 때 세계는 세계에 있는 국가의 수효만큼의 국민문학을 가지게 된다. (…중략…) 따라서 이러한 의미의 국민문학은 서로 독립한, 불가침의 관계를 가지게 된다.[10]

여기서 말하고 있는 '국민문학', 즉 "세계의 모든 문학은 국민문학"이고 그것은 "문학 자체와 하등 구별할 필요가 없다"고 할 때의 국민문학은 통상적으로 말하는 '민족문학'과 다른 것이 아님을 알 수 있다. 임종국이 '일치 말엽의 국민문학'이라고 할 때의 '국민문학'이 그 '일치 말엽'이라는 특수성에 의해 제한되기는 하지만 기본적으로 이런 개념 수준에서 운위된 것이라고 한다면 앞 인용문에서 말한 '국가주의 문학이론'이나 '인간은 국가적 동물이다'라는 말 속에 들은 '국가'라는 말 역시 통칭의 '네이션' 정도의 의미로 사용했다고 할 수 있지 않을까.

　국가, 민족, 국민 어느 것이든 근대가 만든 '상상의 공동체'라는 점에서 임종국의 '국민문학' 역시 근대적 국가(민족)주의의 프레임에 갇혀 있는 것은 피할 수 없을 것이다. 또한 그가 식민지적 조건 속에서 "장구한 동안 국가를 망각해" 온 문학이 모처럼 '국가관념'을 도입했다는 사

10　위의 책, 457~458면.

친일문학 재론

실에 주목했을 때 거기에는 '근대적 국민국가' 수립이 연기되고 있었던 우리 민족의 현실에서 연유하는 강한 경사가 작용했으리라는 것은 짐작하기 어렵지 않다. 임종국이 식민지 말기의 '국민문학'이 지닌 국가주의에 주목한 것은 그가 군국주의 파시즘적 국가관을 내면화해서라기보다는 민족에 기반을 둔 근대적 국민국가와 그 토대 위에서 전개되는 주체적 국민문학의 수립을 열망했기 때문이라고 보아야 할 것이다.

물론 하정일의 지적처럼 임종국이 "한국의 국민문학을 수립하려는 사람들을 위해서 그들의 식민지적 국민문학은 좋은 참고자료가 될 것"이라고 말할 때 그에게 '국민'의 차이와 이질성에 대한 성찰이 결여된 것은 사실이다.[11] 하지만 김철, 강상희, 윤대석 등의 임종국 '아이러니'에 대한 적극적 해석에는 과잉이 없지 않다. 임종국의 '친일문학론'이 거꾸로 선 식민/파시즘 담론이라는 그들의 해석은 근대 국가, 민족, 국민 등에 대한 탈근대주의적 거부감이 만든 하나의 과잉 이미지일 수 있는 것이며 이는 '친일문학 비판＝새로운 국가주의 기획'이라는 완강한 등식에 의해 만들어진 의도된 결론일 수도 있는 것이다.

11   하정일, 앞의 글, 18면.

3. 친일문학의 발생론(1)

1995년에 발표한 김철의 글 「친일문학론—근대적 주체의 형성과 관련하여」는 '단죄'의 친일문학론을 넘어서 친일문학을 한국 근대사회와 근대문학의 내적 맥락에서 발생론적으로 규명하고자 시도한 첫 작업이었다. 그는 한국문학에 내장된 강력한 주체적 사회변혁의 의지가 친일문학과 어떻게 양립 가능할 수 있었는가라는 도전적 문제의식 아래 친일문학이란 "한국의 근대사회 및 근대문학이 그 출발의 단계에서부터 안고 있던 모순과 갈등이 특정한 역사적 국면에서 그 자신의 개념과 실체를 갖는 하나의 문학적 현상으로 외화된 것"[12]으로 규정을 내리고 그 출발 단계부터의 모순과 갈등이 무엇인지, 그리고 그 특정한 역사적 국면이란 어떤 것이었는지 이광수와 백철의 경우를 들어 그 규명을 시도하고 있다.

그에 의하면 이광수의 경우는 계몽적 주체의 근대지향이 '근대국가의 부재'라는 딜레마 앞에서 국가를 추상화, 관념화한 경우로서 추상화된 국가가 곧 식민지 말기의 일본국가였다는 것이고, 백철의 경우는 카프의 붕괴 이후 비로소 근대주체로서의 자기인식을 획득한 그가 자기 주체의 건설을 자기 내부에서 수행하지 못하고 외부의 완성태, 즉 '근대초극론'과 '황민화론'의 이데올로기를 내건 일본국가에게서 찾은 경우인 것이다. 결국 친일문학이란 것은 식민지의 작가들이 근대 실현

---

[12] 김철, 앞의 글, 1995, 8면.

과 근대 극복이라는 모순된 이중과제를 수행해야 하는 식민지 근대주체의 정체성을 끝내 유지하지 못한 결과라는 것이 그의 결론이다.

> '친일문학'은 한국에서의 근대적 주체가 형성되는 과정에서 나타나는 한 고유한 측면이다. 일제 강점기 이래 지금까지 한국에서의 근대적 주체는, 자기 자신과 사회를 '근대화'하는 동시에 그 '근대화'를 부정과 극복의 대상으로 삼아야 하는 모순에 처해 있었고, 그 모순을 살아냄으로써만 근대적 주체로서 자기동일성을 유지할 수 있었다. 친일문학은 그 실패의 기록이며, 근대적 주체 형성에서의 한 역상(逆像)이다.[13]

이처럼 친일문학을 식민지 근대주체가 자신에게 내재한 모순을 끝까지 '실현'하지 못하고 일본제국에 대한 의탁을 통해 '해소'해버린 결과로 본 김철의 관점은 지금까지도 적지 않은 설득력을 가진다. 이런 관점은 근대 일반을 국가(민족)주의의 배타적 자기실현물로 파악하고 그로부터의 탈주와 그것의 해체를 최우선의 과제로 삼는 작금의 탈국가적 탈근대론이 지닌 또 다른 이분법의 오류로부터 자유롭기 때문이다.

식민지 근대란 굳이 탈식민주의적 관점을 빌려올 필요도 없이 기본적으로 분열되어 있는 근대이다. 거기서 '이념형적 근대'에 대한 한없는 동경과 식민주의의 형태로밖에 현전하지 않는 그 실상에 대한 거부가 공존하는 것은 당연한 일이며 이 상황에서 근대를 추구한다는 것은 오로지 수락하면서 거부하는, 혹은 거부하면서 수락하는 '비극적' 형식

---

13 위의 글, 24면.

으로밖에는 가능하지 않은 것이다. 이렇게 볼 때 근대/탈근대의 긴장이라는 문제의식을 전제로 한 김철의 관점은 식민지하의 문학을 식민주의나 군국파시즘 이데올로기의 문학적 현현으로 보는 그 자신의 현재의 급진적 탈근대론과 비교할 때 '친일문학'에 대한 훨씬 유연하고도 풍부한 접근을 가능하게 한다. 이처럼 식민지 근대주체가 자신에게 부과된 비극적 모순을 실현하고, 그 긴장을 유지했는가 아닌가가 친일성 여부를 판별하는 최종심급으로 상정할 수 있다면 친일문학 논의는 보다 큰 깊이를 획득할 수 있을 것이다.

4. 준거의 재구성

2002년부터 친일문학 논의의 선편을 잡아 온 김재용은 임종국 이후 가장 많은 작가들을 대상으로 실증적 연구를 진행하고 이전까지의 친일문학 논의를 종합 정리했을 뿐만 아니라 자신만의 친일문학론을 새롭게 창안해 냄으로써 동의 여부를 떠나 이 분야 연구의 가장 중요한 참조대상으로 자리 잡고 있다.[14]

그는 친일문학을 억압과 강제에 의한 훼절의 결과로 보는 민족주의적 친일문학 비판의 외재성을 비판하고 친일문학을 일제의 헤게모니

---

14   김재용, 『협력과 저항』, 소명출판, 2004.

적 지배에 의한 포섭과 당대 문인들의 자발적 협력의 결과로 파악하며 기존의 친일문학론들을 검토하여 새로운 비평적 준거들을 설정하고 있다. 그는 "친일 파시즘문학은 철저하게 자발적이며 내부에는 논리가 있다"[15]는 명제하에 자발성 유무를 친일문학의 최우선의 기준으로 두고 기존의 '소박한' 기준들을 비판적으로 해체한다.

그는 일본어 창작, 각종 친일적 사회단체 가입, 창씨개명 등을 일률적으로 친일행위로 규정하는 것을 소박한 민족주의적 외재적 기준으로 보고 이를 유연하게 해체하고 있으며 한 걸음 더 나아가 '생산문학론'과 '집단주의', '동양에의 자각' 등 분명한 '신체제적 인식소'들조차도 일률적으로 친일의 증거로 동원하는 것에 반대한다. 이러한 증좌들에 연루되어 있다고 하더라도 그것이 강제에 의한 부득이한 선택이었거나, 일종의 시대정신으로서 수용한 것이라면 친일적인 것으로 보아서는 안 된다는 것이다. 이러한 유연성은 '자발성'이라는 내적 준거와 더불어 그가 친일문학을 다음과 같이 전쟁 동원과 황국신민화라는 두 개의 조건을 충족시키는 문학으로 재규정하는 과정에서 획득되었다고 할 수 있다.

우선 친일문학의 성격 규정을 먼저 할 필요가 있다. 필자가 판단하건대 이 시기의 친일은 다음 두 가지 점에서 드러난다고 본다. 하나는 대동아공영권의 전쟁 동원이다. (…중략…) 대동아공영권을 창출하기 위해서는 이를 수호할 수 있는 전쟁이 요구되었고 여기에는 많은 사람들의 참여가 필

---

15   위의 책, 80면.

요하였다. 그렇기 때문에 이 전쟁을 심지어 '성전'이라고 부르면서 일반 민중들의 동원을 호소하였다. (…중략…) 다음은 내선일체의 황국신민화이다. 대동아공영권의 신체제를 만들어내기 위한 전쟁에서 가장 중요한 것은 조선 민중들의 전쟁 참여이다. (…중략…) 그러자면 필연적으로 조선인과 일본인 사이의 차별이 자연스럽게 부각된다. 이 벽을 넘지 않고서는 자발적인 참여를 요구하기가 힘든 것이다. (…중략…) 따라서 친일문학가들은 내선일체를 강조하고 다양한 방식으로 합리화하는 틀을 마련하였다. (…중략…) 이처럼 대동아공영권의 전쟁 동원과 내선일체의 황국신민화라는 두 가지 입장을 글에 담아내면서 선전한 문학이 바로 친일문학이고 이런 작품을 쓴 이들이 친일문학가이다. 이렇게 친일문학의 성격규명을 할 때만이 이 시기에 나온 작품 중에서 단순히 시대적인 것과 친일적인 것 사이를 구별할 수 있다.[16]

그리고 이러한 유연한 재규정을 거쳐 다시 설정된 것이 곧 '(자발적) 협력/비협력의 저항'이라는 준거였다. "그 이전까지 지속되었던 프로문학, 민족주의문학, 순수문학과 같은 구분은 부차적인 것이 되어 버렸다. 협력과 비협력의 저항, 이것이 당시 문학을 가르는 경계가 되었다"는 선언[17]은 강상희의 말을 빌면 "임종국이 영토화한 친일문학이라는 담론 공간을 재영토화"하는 선언이 되었던 것이다.[18]

이러한 유연한 재규정을 통한 '재영토화'는 이제까지의 친일문학론

---

16   위의 책, 58~59면.
17   위의 책, 12면.
18   강상희, 「친일문학론의 인식구조」, 『한국근대문학연구』7, 2003, 47면.

이 처한 딜레마의 상당 부분을 해소시켜 주고 친일문학(행위)를 판별하는 보다 섬세한 기준을 확보한 측면이 있지만 그 역시 여전히 이분법적 배제와 타자화의 논리에 근거하고 있음으로 해서 또 다른 딜레마를 낳지 않을 수 없게 된다. 특정한 작가들을 협력(친일)문인으로 규정하고 또 다른 작가들을 비협력(저항)문인으로 규정하고 명토 박는 경우 또 다른 층위에서의 문제들이 발생하게 될 가능성이 크다. 협력과 비협력이라는 경계선이 과연 얼마나 선명할 수 있겠는가. 다시 말해 어디까지가 협력이고 어디까지가 비협력인지 어디까지가 자발적이고 어디까지가 강제된 것인지 판단하는 일이 그리 쉬운 일은 아니라는 것이다.

특히 문인작가들의 경우 자발적 협력의 증거들을 그들의 여러 작품 속에서 찾고자 할 때 자칫 '언표된 것'이 곧 '내면화된 것'이라는 입장에 서게 될 경우 본의 아니게 또 다른 외재적이고 폭력적인 재단비평의 우를 범하게 될 가능성이 있다. 친일 '행위'를 비정(比定)하는 데에는 정치적 차원의 협력/비협력의 기준이 유효하겠지만 친일 '문학'을 비정하는 데에는 작품을 평가하는 섬세한 미학적 기준이 작동하지 않으면 안 된다. 즉 작가에게는 미학적 협력/비협력의 문제가 최종심급이 되어야 한다는 것이다. 그 역시 "친일문학론은 작가론"[19]이라고 했지만 작품론을 떠난 작가론은 공허하다는 사실이 먼저 환기되어야 할 것이다.

물론 김재용 역시 이석훈의 「고요한 폭풍」과 김사량의 「천마」를 예로 들어 협력/비협력을 설명하는 경우에는 작품의 내적 분석에 의거하고 있기는 하다. 그러나 고를 달리하여 다시 논의하여야 할 것이지

---

19   김재용, 앞의 책, 55면.

만 김재용의 경우에 가장 아쉬운 점이 바로 그가 종종 외재적 재단비평으로 좀 더 섬세해야 할 미학적 판단을 대신하고 있다는 점이다.[20]

그럼에도 불구하고, 김재용의 친일문학 재론의 목적이 새로운 기준을 설정하여 또 하나의 문학사적 차별과 배제를 수행하는 것이라거나 그의 논리가 신판 국가(민족)주의적 담론이라고 보는 것은 문제가 있다. 김재용의 친일문학 연구의 목적은 협력/저항의 경계를 긋는 데 있는 것이 아니라 1930년대 후반에서 해방에 이르기까지의 식민지 문학에 협력과 저항이라는 두 개의 흐름이 존재했다는 사실을 확인하고 이 사실로부터 한국문학에서의 근대성이라는 문제의 중대함을 환기하는 데에 있었기 때문이다. 물론 그는 중립적이지 않다. 그는 "헛된 전망 속에서 피식민 민중의 자율권을 심각하게 훼손시키면서 전쟁으로 몰아넣었다는 점에서 매우 폭력적이고 반민주주의적 작태"[21](김재용, 75면)인 전쟁동원과 황국식민화에 협력했다는 점에서 친일문학을 질타한다. 하지만 그것은 민족주의적인 파토스가 아니라 차라리 보편적 휴머니즘의 파토스에 가까운 것이다.

---

20 예컨대 채만식의 『여인전기』가 미학적으로도 '협력적'인가에 관해서는 좀 더 많은 논의가 필요하다고 할 수 있는데 김재용은 이 작품을 돌이킬 수 없는 친일협력의 작품적 증거로 내세운다(위의 책, 111~114면).
21 위의 책, 75면.

5. 친일문학의 발생론(2)

류보선은 김철의 발생론적 문제의식을 이어받아 친일문학을 한국 근대문학의 한 결절점으로 파악하는 것에 논의의 중심을 둔다.[22] 그의 친일문학(론)에 대한 관심은 이중적인데 하나는 친일문학을 규명함으로써 "근대 이후 한국문학의 법칙성 혹은 정치적 (무)의식을 찾아내는 것"이고 또 하나는 거꾸로 친일문학에 대한 관심의 추이를 통해 그 관심 속에서 한국문학에 작동해 온 정치적 (무)의식을 드러내는 것이다. 그에게는 그 두 지점에서 친일문학은 공히 문제적인 것인 셈이다.

그는 먼저 저간의 친일문학 논의를 추동해 온 정치적 (무)의식에 주목한다. 그에 의하면 임종국의 친일문학론은 전형적으로 저항/순응, 추종/거부의 이분법에 의해 친일문학 여부를 비정하는 입장인데 이는 1930년대 후반기 대동아공영권론과 신체제론 등의 이데올로기가 당대 문인들에게 준 영향을 전혀 고려하지 않고 '친일'의 범위를 너무 넓게 잡은 경우이다. 반면 김재용의 친일문학론은 생산문학론 등을 친일의 기준에서 제외하는 등 그 범위를 너무 좁게 잡은 경우로서 둘 다 그 기준이 자의적이라는 것이다.

그가 단지 이 두 선행 연구자들이 기준을 너무 넓게, 혹은 너무 좁게 자의적으로 잡은 것을 문제 삼아 이를테면 그 중간쯤에서 친일행위의 적정한 양과 질을 획정하고자 하는 의도는 아니었을 것이다. 임종국처럼

---

22 류보선, 「친일문학의 역사철학적 맥락」, 『한국근대문학연구』 7, 2003.

너무 넓게 잡건, 김재용처럼 너무 좁게 잡건 그런 '자의적' 기준은 친일문학 행위가 이루어졌던 시기에 한국의 문인들이 당면했던 객관적 상황과 그에 조응하는 주관적 대응의 복잡한 스펙트럼을 단순화하여 결과적으로 친일문학을 "한국 근대문학을 '민족국가'라는 모더니티를 중심으로 계보화하고 정전들을 구성"(류보선, 10면)하는 과정에서 제거하거나 적어도 빨리 의미 확정을 해 버려야 할 어떤 '타자'로 취급해 버리고자 하는 '정치적 (무)의식'에 대한 문제 제기를 하고 싶었던 것으로 보인다.

그가 생각하는 친일문학은, 혹은 친일문학에 이르는 길은 그처럼 단순화할 수 있는 것은 아니다. 식민지지배는 비록 전도된 형식이지만 역사철학적 필연성을 동반하고 있으며 봉건성 혁파와 근대사회 창조라는 열정에 사로잡힌 식민지 지식인들은 왕왕 제국주의적 질서의 모방과 이식에 그 열정을 바치는, 그리하여 "식민지 정책에 대한 순응과 민족에 대한 헌신 사이에 어떠한 모순도 발생하지 않는 상황에 빠져들기도 하는 것이다"(류보선, 16면). 그렇다면 '저항과 훼절'의 이분법을 통해 그들을 단죄하거나 배제하는 것은 우리 근대문학사에 대한 인식을 위해서나 친일문학 자체에 대한 진정한 비판을 위해서나 바람직하지 않다는 것이 그의 생각이다.

류보선은 친일문학의 구성 논리를 서구 근대성의 부정과 동양 중심 질서재편 필요성 제기 → 동양정신 구현체로서의 천황제/일본국가 인정 → 조선민족 해소 통한 일본 국민성 획득 등의 3단계로 정리한다. 여기서 그는 두 번째 단계와 세 번째 단계에서 오늘날의 관점에서는 이해할 수 없는 '광기와 비합리'가 작동했다고 보고 이 단계에 돌입한 문학을 친일문학으로 규정한다.

천황이 세계발전의 중심이며 우리 조선민족은 그 천황의 국민이 되어야 한다고 주장했던 당시의 국민문학론, 총후문학론, 내선일체론, 황도문학론, 신체제론 등등이 바로 친일문학에 해당한다고 할 수 있다. 위와 같은 체계적인 담론의 형태를 띠고 있지 않더라도 조선인을 일본 국민으로 규정하는 모든 텍스트가 친일문학 속에 포함되어야 함은 물론이다.[23]

그런데 친일문학에 대한 이러한 규정은 의도와는 달리 임종국의 너무 넓은 규정과 대단히 근접해지게 된다. 당대의 '광기와 비합리'에 휘말리지 않고 '최소한의 합리성'을 유지했던 김기림, 김남천, 임화 등 극소수의 인물들만이 가까스로 이 규정의 그물코에서 벗어날 수 있을 뿐이다. 결국 그의 말대로 "친일문학의 발생은 몇몇 작가들의 변절만의 문제가 아"니고 (류보선, 27면) 1930년대 말부터 1945년 8·15까지 일어났던 보편적 현상이 되는 것이다. 이러한 결과는 그가 친일문학의 발생을 다음과 같이 근대 이후 한국문학사의 필연적 맥락에서 구하기 때문에 가능한 것이다.

무언가 보이지 않는 '거대한 손'이 작동하고 있다는 것인데, 그 '거대한 손'은 다름 아닌 근대 이후 한국문학이라는 장의 구조다. 근대 이후 한국문학은 구체적인 현실 속에서 잠재적인 가능성을 찾기보다는 상상 속의 모범적인 세계, 그러니까 서구의 보편적인 세계를 끊임없이 동경하는 자리에서 형성되고 전개된 바 있다. 뒤처진 현실에 대한 분노가 서구적인 세계

---

23 위의 글, 26면.

에 대한 절대적인 숭배를 낳고, 또 서구 보편세계에 대한 경사가 자신이 놓여 있는 현실에 대한 회복할 수 없는 경멸을 낳는다. 그래서 당시의 작가들은 민족의 아들, 혹은 조선의 아들이기보다는 중심부 국가의 양자가 되고자 한다. (…중략…) 이렇게 근대 이후 한국문학에는 현실과 담론체계 혹은 현상과 본질 간에 심각한 전도(顚倒)현상이 존재했던 바, 그 과정에서 식민지적 현실에 대한 밀도 있는 접근은 항시 소수집단의 고독한 외침으로 끝난다. 대신 대부분의 작가, 혹은 한 시기의 주요한 경향은 우리의 구체적인 현실을 지워내고 그 자리에 서구의 보편적인 내러티브를 이식하기에 바빴으니, 임화가 근대 이후 한국문학사를 두고 이식문학사라 비판한 것은 이러한 사정과 관련이 깊다.[24]

식민지시대 한국 근대문학의 정신구조가 이와 같이 서구세계에 대한 숭배와 자기 현실에 대한 경멸을 근간으로 했고 극히 일부만이 그로부터 벗어났었다는 판단에는 쉽게 동의하기 힘들다. 하지만 여기서 중요한 것은 그 판단을 두고 다투는 것이 아니라 그의 이러한 식민지 근대문학의 근대인식에 대한 비판적 평가와 친일문학에 대한 넓은 규정이 표리를 이루고 있다는 사실을 확인하는 것이다. 류보선의 친일문학의 당대적 보편성에 대한 승인은 그의 식민지 한국 근대문학에 대한 그의 또 다른 의미에서의 '자학적 판단'에서 비롯된 것이다. 아니 그는 친일문학론을 통해 그의 식민지 한국 근대문학에 대한 그의 '자학적 판단'을 확인한 것이라고 해도 좋을 것이다. 이는 그가 김우창의 말을 빌

---

24   위의 글, 27~28면.

려 친일문학은 한국 근대문학이 "내면으로부터 궤멸"된 어떤 결과라고 한 데서도 잘 나타난다.

김철과 더불어 류보선이 친일문학을 한국 근대문학의 역사철학적 맥락에서 규명하고자 한 것은 다른 친일문학 연구자들과 구별되는 중요한 미덕이라고 할 수 있다. 하지만 앞서 김철의 경우는 그것을 식민지의 작가들이 근대 실현과 근대 극복이라는 모순된 이중과제를 수행해야 하는 식민지 근대주체의 정체성을 끝내 유지하지 못한 결과라고 하여 친일문학의 일반화와는 다른, 변별적 인식의 가능성을 열어둔 데 비해 류보선은 과학적 변별보다는 일반화를 택함으로써 오히려 다른 방향에서의 임종국적 오류를 범한 것이라고 볼 수 있다. 어쩌면 그가 생각하는 식민지 시대의 작가들처럼 그 자신도 역시 허무주의가 문제인지 모른다.

6. 또 다른 선택과 배제의 논리

류보선의 글과 같은 지면에 실려 있는 강상희의 「친일문학론의 인식구조」는 근대기획의 장 속에서 친일문학(론)을 사유하는 류보선과 대조적으로 '포스트식민적 기획'을 지향하는 입장에서 친일문학(론)에 접근한다.[25] 그리고 그 접근은 기존의 "친일문학론들에 내장되어 있는 인식구조가 어떻게 친일문학에 대한 우리의 의식을 구조화했는지 따

저보는" 메타비평의 방법을 통해 시도된다.[26]

그는 이제까지의 친일문학론을 크게 '자기동일적 윤리'에 의한 것과 '혼성의 윤리'를 지향하는 것으로 나누고 전자의 예로 임종국, 김재용을 들고, 후자의 예로 김철과 윤대석 등을 들고 있다. 여기서 '자기동일적 윤리'란 주체와 타자를 나누고 타자에 대하여 주체를 대립시키는 근대적 사유에 속한 것이고, '혼성의 윤리'란 주체/타자의 이분법을 지양하고 주체 속의 타자, 타자 속의 주체를 문제 삼는 포스트근대적 사유에 속한 것이라고 할 수 있다.

그에 의하면 임종국의 친일문학론은 민족이라고 하는 '해석과 판단의 공동체'를 상정하고 그 해석과 판단의 존재론적 조건으로 '주체성'을 제시하여 이를 기준으로 친일 여부를 가르는 반동일화 전략을 구사한 논리이지만, 친일문학에 내장된 '국가주의'와 '동양주의'를 긍정적인 것으로 평가함으로써 친일문학의 '단절 속의 반복태'가 되었다고 할 수 있다. 즉 친일문학을 비판하면서도 친일문학의 사유구조를 그대로 반복·재생산하고 있다는 것이다. 이러한 판단은 분명히 경청할 만한 것이긴 하지만 서론에서도 고찰한 바와 같이 임종국의 사유를 원래의 맥락에서 분리하여 단순화하고 타자화하는 측면이 없지 않다.

이러한 단순화와 타자화는 김재용의 논리를 비판하는 과정에서 조금 더 노골적으로, 그리고 보다 더 거칠게 한 번 더 작동한다. 그의 김재용에 대한 비판은 김재용이 친일/비친일의 경계를 다시 구획하여 임종국이 영토화한 친일문학이라는 담론 공간을 재영토화하고 있으며

---

25 강상희, 앞의 글, 53면.
26 위의 글, 41면.

그 구획과 재영토화는 그 내부에 배제와 탈락의 기제를 작동시키는, "균질화된 한국 근대문학을 상상하고, 확고한 자기동일성을 갖춘 문학사를 구축하려는 것"[27]일 수 있으며 그것은 『친일문학론』(임종국)의 급진적 반복이 될 가능성이 있다는 것으로 요약된다.

이러한 가설, 혹은 결론을 위해 그는 김재용이 자신의 친일문학론을 입증하기 위해 구사한 입론들을 문제 삼고 있다. '일본어 사용'이 곧 친일의 표지가 될 수 없다는 김재용의 논리가 김사량을 구제하고 서정주를 배제하기 위한 것일 수 있는 것이며 이는 "배제와 탈락의 기제를 강화하기"라는 김재용의 전략의 결과라는 주장이나, 프로문학과 직간접적으로 관련된 문인과 작품들에 대해서는, "발화주체, 글쓰기 주체에 대한 '준비된 공감'"[28]에 의해 '저항 주체의 새로운 모색'이라는 너그러운 평가를 내리고 있다는 견해가 그것이다.

김재용의 논리에서 강상희가 색출해 낸 것과 같은 이런 의도가 전혀 없었다고는 볼 수 없다. 하지만 강상희의 논리에 일정한 편견과 침소봉대가 작용하고 있는 것도 역시 사실이다. 김재용이 협력과 저항이라는 이분법적 논리로 친일문학을 재구획하고 있다는 것은 정당한 판단이다. 하지만 김재용의 새로운 '구획'은 그 이전의 임종국의 '구획'에 비하면 훨씬 더 배제와 탈락의 기준이 완화되고 정교화되어 있다는 것 또한 사실이며, 이는 류보선에 의해서도 너무 좁은 기준이라고 비판받은 바 있다. 또한 프로문학과 관련된 문인과 작품들에 대해서 너그럽다는 평가도 김재용이 이를테면 송영, 채만식을 '협력자군'에 넣고, 김

---

27   위의 글, 50면.
28   위의 글, 49면.

기림을 '저항자군'에 넣은 것만을 보아도 그리 설득력 있는 비판은 아니다. 더구나 다음과 같은 진술은 일종의 폭력적 비약에 가깝다.

일제 식민담론과의 거리를 판별하여 친일/비친일의 위치를 구획하는 이 위상학적 기제는, 식민권력의 동화정책 일반이 초래하는 식민지 내부의 분리 효과와 유사한 효과를 낳고 있다. 이 내부 분리의 지향점은 어디일까? 배제와 탈락의 과정을 거쳐 균질화된 한국 근대문학을 상상하고, 확고한 자기동일성을 갖춘 문학사를 구축하려는 것은 혹시 아닐까? 국가와 국가주의를 거리낌 없이 용인했던『친일문학론』의 급진적 반복이 될 수 있다는 추정이 제기될 수도 있을 것이다.[29]

여기서 강상희가 문제 삼는 것이 '일제 식민담론과의 거리를 판별하는 것'인지 '친일/비친일의 위치를 구획하는 위상학적 기제'인지 아니면 둘 다인지 확실하지는 않다. 하지만 식민담론과의 거리를 판별하지 않고 친일/비친일의 정도를 판단하는 일은 어떻게 가능할까? 그리고 친일/비친일에 대한 최소한의 변별준거를 마련하지 않는다면 1930년대 후반에서 해방까지의 역사 및 문학사에는 어떻게 접근할 수 있을 것인가? 게다가 친일/비친일 여부를 판별하는 일이 식민권력의 동화정책 일반이 초래하는 분리효과와 유사한 효과를 낳는다니, 그것은 일종의 범주의 오류라고 할 수 있다.[30] 이러한 무리한 비약의 기저에는

---

29 위의 글, 50면.
30 이런 범주의 오류는 엄밀히 말하면 임종국의 '국민문학'을 곧 '식민지 국민문학'과 동일시하는 데에서도 작용하고 있으며, 크게 보면 거대권력과 미시권력을 동일시하거나 '민족주의' 일반과 제3세계 민족주의를 동일시하는 등의 탈근대 담론 일반에서 자

강상희의 김재용에 대한 '준비된 편견'과 '의도된 오독'이 작용하고 있다고 해도 그리 틀린 말은 아닐 것이다.

강상희가 임종국과 김재용의 친일문학 담론을 이렇게 단순화—타자화하는 데에는 또 다른 담론과 담론주체를 설정하고자 하는 욕망이 뒷받침되어 있다. 그것은 친일문학 담론의 주도권을 "분열, 모순, 복합성, 불안정성 등에 주목하면서 친일문학의 참조체계를 확대하고 있는"[31] 또 다른 갈래에게 이양하고자 하는 욕망이다.

> 일제 식민 담론의 구조와 어휘를 반복하면서 이루어져 왔던 친일문학 비판을 넘어서기 위해서도 참조체계의 확장은 필요하다. 그와 같은 확장을 통해 친일문학 비판은 궁극적으로 자기동일적인 윤리가 아니라 '혼성의 윤리'를 지향함으로써 포스트식민적 기획을 수행해 나가게 될 것이다.[32]

이 글은 특히 참조체계의 확장을 통해 친일문학의 컨텍스트를 이동시키고 있는 최근의 논의들에 보다 더 큰 가능성을 부여하려 하였다. 이는 친일 자체를 무효화하거나, 반동일시 전략의 부분적 효과와 정당성을 부정하기 위한 것이 아니라, 친일문학에 대한 논의를 단성생식으로부터 다성생식의 생산성으로 이동시키는 데 최근의 논의들이 기여하고 있다고 판단했기 때문이다.[33]

주 저질러지는 오류이다. 구조의 유사성을 본질의 유사성으로 섣불리 치환하는 이런 오류는 탈근대 담론들이 지닌 탈역사적, 탈맥락적 속성에서 유래한다고 볼 수 있다.

31 강상희, 앞의 글, 50면.
32 위의 글, 53면.
33 위의 글, 54면.

그가 강조하는 분열, 모순, 복합성, 불안정성 등이 '친일문학들'의 또 다른 속성을 구성하고 있다는 데에는 동의할 수 있다. 그리고 친일문학에 대한 논의가 단성생식하지 않고 다성생식할 수 있는 방향으로 나아가는 것도 바람직한 일이라는 데에 이견이 있을 리 없다. 그리고 그 과정에서 "식민권력과 식민화된 주체가 공유했던 모순과 분열, 중층적인 자기정체성"(강상희, 52면)을 확인하고 성찰하는 것은 친일문학을 연구하는 데에 있어서 꼭 필요한 일이라고 생각한다. 하지만 그것이 '혼성의 윤리'를 지향하고 또한 그렇게 하는 것이 '포스트식민적 기획'의 수행이라고 하는 데에는 문제가 있다. 그러한 '포스트식민기획'은 '탈식민'의 윤리보다는 '후기식민'의 윤리에 더 깊이 잠식되어 있다고 보기 때문이다.

무엇보다 강상희의 글은 스스로가 표면적으로는 그렇게 피하고 싶어 하는 이분법의 충동을 이기지 못하고 다른 담론들을 단순화-타자화하는 또 하나의 반동일화 전략에 의존하며 그리하여 또 다른 단성생식으로 나아가는 길을 향하고 있다는 데에 문제가 있다. 그것은 진정한 대화성과는 거리가 멀다. 진정한 대화성이란 것은 먼저 차이를 인정하는 것이고 소통을 지향하는 것이며 거기서 멈추는 것이 아니라 그를 통해 문제의 해결을 위한 상호주체적 실천으로 나아가는 것이다. 그가 파악한 대로 친일문학 담론에 두 갈래의 경향이 있다면, 해야 할 일은 한 갈래에서 다른 갈래로 건너뛰는 것이 아니라, 두 갈래의 차이 위에서 그 차이를 넘어 소통하고 다시 그 소통을 통해 친일문학이라는 곤경을 넘는 새로운 지평을 모색하는 일일 것이다.

7. 양가성 담론의 경계에서

윤대석은 '친일문학'이라는 말을 가급적 사용하지 않거나 따옴표를 붙여 사용하는 대신 '식민지 국민문학'이라는 용어를 사용한다.

> 이 책의 제목인 '식민지 국민문학론'은 임종국 선생의 『친일문학론』에서 빌려왔습니다. 그가 보기에 국민문학은 이어받아야 할 것이고 식민성은 타기해야 할 것이지만, 저의 생각은 다릅니다. 오히려 식민성은 국민문학이 가진 제국주의적 성격으로부터 그것을 일탈시킨다는 것이 저의 생각입니다.[34]

그는 "식민성이야말로 국민문학이 가진 제국주의적 성격으로부터 그것을 일탈시킨다"는 전복적 명제를 내세우며 임종국이 주체성을 상실한 문학으로 규정한 일제말의 '국민문학' 개념을 탈식민적 관점에서 재전유하여 오히려 그것에 적극적, 긍정적 의미를 부여한다. 이렇게 본다면 '식민지 국민문학', 즉 '친일문학'은 배신이나 타락의 표지가 아니라 식민적 조건 속에서 탈식민을 추구한, 그리하여 강고한 식민체제와 식민담론에 균열을 일으킨 일종의 해방적 기획으로 전화된다. 그 실증적 입증 여부를 일단 괄호치고 본다면 윤대석의 이러한 견해는 일단 그 이전까지 회피하거나 배제하고 싶었던 상처, 혹은 오욕의 이미

---

34 윤대석, 「서문」, 『식민지 국민문학론』, 역락, 2006.

지로 점철되었던 1940년대 초반의 한국문학을 모색과 변화의 가능성이 살아 있던 또 하나의 생성의 공간으로 재조명하게 한다는 점에서 각별한 주목에 값하는 견해라고 할 수 있다.

그는 이러한 자신의 전복적 견해의 타당성을 입증하기 위해 '양가성(ambivalence)'이라는 탈식민주의의 주요 개념을 효과적으로 동원한다. 양가성은 식민주의, 식민지배에 따르는 피할 수 없는 모순적 본질이다. 식민지 지배자는 식민지에 대하여 매력과 반감이라는 양가적 태도를 갖는다. 식민지 피지배자 역시 식민자를 모방하는 과정에서 모방하면서 동시에 해악을 끼친다. 식민자와 피식민자 공히 "갈라진 혀"로 말하는 것이다. 물론 식민지배가 심화되고 이를테면 대동아전쟁기와 같이 식민주의적 폭력이 위기의 국면으로 고양될수록 그러한 양가성은 심화될 것이다. 그러므로 1940년대 초반의 상황이라는 것은 암흑기이면서 동시에 이러한 식민-피식민자의 '갈라진 혀'가 모순과 갈등의 소용돌이를 일으키는 혼성적이고 해체적인 시기가 되는 것이다.

이러한 관점은 친일문학을 둘러싼 담론의 지형에서 새로운 위상을 차지한다. 이 관점은 우선 기존의 민족주의적 친일문학론의 '상상된 동일성'을 해체하며, 또 하나 헤게모니적 식민지지배론이 지니는 패배주의 역시 해체한다. 전자는 식민주의의 논리구조를 반복하는 민족·국가주의로 귀속될 뿐이며, 후자는 주체를 소거하여 어떠한 탈식민적 저항도 불가능한 것으로 만든다. 대신 "식민지 본국의 국민적 정체성으로도, 그리고 식민지 이후의 독립국의 국민적 정체성으로도 흡수되지 않는 식민지 담론의 양가성을 포착하고 그 양가성 사이에 벌어진 틈 속에 탈식민의 논리적 근거를 두는 것"으로써 식민주의를 해체하는

357

전망을 얻을 수 있다는 것이다.[35]

물론 그것은 "근대적·민족주의적 주체·아이덴티티 개념을 경계하면서도 식민지인의 주체성·자율성을 논리화하는 아주 어려운 작업"[36]인데 그는 최병일의 일본어 단편소설집 『배나무』에 나오는 시골 사람들의 이야기를 예로 들어 "저항과 협력이라는 논리를 가로지르며 존재"하는 서발턴들에게서 이러한 식민주의에 포섭되지 않는 새로운 주체의 모습을 찾아내고 있다.

그의 견해에는 신선한 점이 없지 않다. 민족주의 담론의 자기동일성론이나 식민주의/민족주의의 상동성을 비판하는 것은 이젠 거의 유행이므로 그렇다고 하더라도 그는 거기서 머물지 않고 식민주의의 헤게모니적 지배력을 과장하거나 절대화하지 않으며 식민–피식민자의 지위를 고착화하지 않는다는 점, 저항 주체의 필요와 존재를 모색하고 긍정한다는 점, 그리고 탈식민주의 담론을 그대로 복제하지 않고 우리의 구체적 상황 속에서 재전유하려고 시도한다는 점 등에서 탈식민을 가장한 식민주의의 수락이라는 함정에 빠지지 않기 위한 의식적 노력을 하고 있기 때문이다.

하지만 그의 논리를 따라가다 보면 이른바 탈식민주의론이 지닌 어떤 딜레마를 감지하게 된다. 그가 능동적으로 전유하고 있는 '양가성'이라는 개념을 들여다보자. 식민자/피식민자의 양가성, '갈라진 혀'는 어디에서 유래하는가? 그것은 사물의 양가성이라는 형이상학적 본질에서 비롯되는 것이 아니다. 그것은 한 민족(국가)의 다른 민족(국가)에

---

35 위의 책, 161면.
36 위의 책, 198면.

대한 지배라는 상황에 내재한 본질적 부자연스러움과 불안정성에서 오는 것이다. 자유로운 주체들 사이의 자발적 계약과 합의에 의한 지배도 그것이 지배인 한 늘 불안정하고 부자연스러운 것이다. 하물며 합의도 계약도 없는 일방적 강압에 의한 지배는 기본적으로 불안정하고 부자연스럽게 마련이다. 그것을 탈식민주의에서는 양가성이라고 부르지만, 사실 그러한 불안정함과 부자연스러움을 일컫는 더 선행하는 이름은 '모순'이다. 하지만 같은 현상을 '양가성'이라고 부를 때와 '모순'이라고 부를 때 그 호명주체의 세계에 대한 태도는 달라진다.

그것을 '양가성'이라 부르는 자는 세계와 자기 존재의 분열된 모습, 적과 아가 서로 적대하면서도 닮아 있는 상황 앞에서 어쩔 줄을 모르고 방황하는 존재가 된다. 하지만 그것을 '모순'이라고 부르는 존재는 그 부자연함과 불안을 넘어서고자 하는 윤리적 판단(혹은 욕망이라고 해도 좋다)에 의해 그 모순을 극복·지양하는 '운동'을 시작한다. 탈식민주의의 가장 큰 철학적 문제는 '양가성'이라는 이름 아래 일종의 윤리적 판단정지 상태에 빠진다는 점이다. 모든 윤리적 판별, 정언적 명법은 자기동일적이고, 자기동일적인 것은 곧 모더니티에 속한 것이기 때문이다. 하지만 윤대석이 양가성의 '틈'을 발견했을 때, 사실 그는 '양가성'의 왕복구조를 해체하는, 모순을 지양하는 운동의 방향을 발견한 것이다. 이는 윤대석이 최병일과 함께 가장 주요한 '식민지 국민문학' 작가로 인증하고 있는 김사량의 경우에 잘 드러난다. 윤대석은 김사량의 「풀 속 깊이」를 분석한 뒤 다음과 같이 진술하고 있다.

조선인과의 차별화와 일본인에 대한 동일화가 거꾸로 자신의 출신을 확인시켜주는 역설을 낳았다. 작가 김사량은 이처럼 식민지인의 양가성을 극대화시켜서 그 속에서 벌어지는 동화와 이화의 틈을 확대시켜 나갔다. 이러한 틈에 대한 인식이 작가 김사량으로 하여금 연안으로 탈출하여 항일의용군에 가담하게 만든 원동력이라고 할 수 있다.[37]

김사량의 연안으로의 탈출은 양가성 담론의 입장에서 보면 '황당한 일'이 아닐 수 없다. 그는 양가성의 긴장 한가운데 자신을 밀어 넣어 식민주의 담론에 틈을 내는 일을 멈추고 그 틈을 통해 식민체제로부터 탈출해 버렸기 때문이다. 즉 피식민자로서의 식민주의적 정체성을 홀연히 버리고 식민체제의 바깥에서 식민체제와 투쟁하기로 결정한 것이다. 이것은 양가성 담론으로는 포획할 수 없는 상황이며, 운동성을 필연적으로 동반하는 변증법적 모순론으로밖에는 포착되지 않는 상황인 것이다. 이 점에서 윤대석의 탈식민주의는 자못 경계적이고 불안하다. 그에게 양가성은 탈식민적 사유의 중요한 지렛대이지만 그는 그 사유를 밀고 나가는 과정에서 그 사유를 넘어설 길을 어렴풋이나마 찾아낸 것으로 보인다.

그럼에도 불구하고 그의 사유는 아직도 도식화된 탈근대론의 세례에서 충분히 벗어나지 못하고 있다. 다른 탈근대론자들과 마찬가지로 민족, 국민, 국민국가, 민족(국민)적 주체 등에 대한 추상적이고 상투화된 거부감은 제3세계, 혹은 한국에 있어서의 포스트식민주의의 정치사회적 상황들을 깊이 이해하는 데 많은 장애를 낳고 있다. 이를테면

37　위의 책, 174~175면.

그는 억압/저항, 협력/저항 등 이분법에 기초한 기존의 친일문학론들이 '민족적 주체' 혹은 '국민적 주체'라는 근대적 주체개념에 의존하고 있는 것을 비판하며 그 대신 자율적 주체라는 주체개념을 제시하고 있다. 하지만 국민(민족)적 주체와 자율적 주체 사이에 그렇게 큰 차이가 있는 것은 아니다.

원래 근대적 주체란 자율적 주체였으며 다만 국민국가를 형성한 부르주아들이 그것을 국민(민족)적 주체로 포획했을 뿐이다. 따라서 자율적 주체라는 것은 아직 대자화되지 못한 존재, 즉 즉자적이고 수동적 주체에 다름 아니다. 국민(민족)적 주체, 혹은 시민적 주체로 포획되지 못한 잉여로서의 서발턴에서 자율성, 즉 근대 초기와 같은 자율적 주체성이 발견되고 거기서 근대사회의 동일성 논리의 어긋남을 보는 것은 자연스러운 일일 수 있으나 그들에게 탈근대의 짐을 지우는 것은 일종의 과잉투사라고 할 수 있다. 국민주체와 시민주체가 자본주의적 근대에 포획된 지금은 자율적 주체와 국민(시민)적 주체를 지양한 어떤 새로운 주체, 말하자면 '사회적 주체' 같은 것이 요구되는 시점이며 이는 국민-시민-민중으로부터, 또 그것을 함께 넘어서는 곳에서 비로소 가능해질 것이기 때문이다.

8. 탈식민주의론의 좌선회

1) 탈식민주의의 정신분석학

박수연은 포스트식민주의 이론이 광범한 호응을 얻고 친일문학 논의도 그에 의해 크게 영향받고 있는 상황을, 바로 그 포스트식민주의가 깊이 근거하고 있는 정신분석담론을 원용하여 비판적으로 분석하고 있다.

사람들은 제국주의의 식민담론에 의해 길러지고 그 담론을 모방하면서 살게 된 역사적 질곡의 경험을 제대로 해결하지 못했다는 자의식에서 해방되지 못한 채, 그 상처의 죄의식을 식민지적 자아의 형성과 관련시키는 것이다. 요컨대 피식민지인 대부분은 거울에 되비쳐진 것과 같은 형태로 제국주의의 협력자가 되어 살아왔다는 정신분석적 개안(?)이 여기에 있다. 이로써 식민지의 역사적 질곡은 식민 주체에 호명된 피식민지인들의 모방에 상당부분 기인하는 것으로 이해되어 버렸다. 피식민지인들의 자기반성적 거듭남이 이래서 요구되는데, 정신분석 담론이 분석자의 고백적 자기진술을 통해 자신의 근거를 부여받듯이 그 죄의식의 원인은 역설적으로 식민지 지배의 근원적 원인인 것으로 자리바꿈된다. 이런 기원의 꼬리물림이 있는 한 피식민지인들은 결코 제국주의 담론의 그물망으로부터 벗어나지 못할 것이다.[38]

이렇게 보면 탈식민주의 담론은 이처럼 피식민지인들의 죄의식이 전도된 담론이 되는 것이고 "제국주의의 위치에서 식민지 해방 이후의 담론으로 선택적으로 구성된 것일 가능성"(박수연 53면)이 있다는 가설도 설득력을 지니게 된다. 박수연의 이런 견해는 바로 식민주의, 제국주의에 대한 저항을 식민지파시즘의 반복으로 환원시키는 '일상적 파시즘론'의 신경증(?)에 대한 설득력 있는 처방이 될 수 있으며 나아가 탈식민주의 담론에 근거한 친일문학 담론들에게도 본질적인 문제제기가 될 것으로 보인다.

나아가 박수연은 라자뤼스의 견해를 빌려 탈식민주의 이론에서의 피식민인은 "진정한 피식민인이 아니라 식민 담론에 의해 호명된 대리인(agent)"에 불과하다고 보며 따라서 피식민주체에게는 내적 분할, 즉 식민주체에 의해 호명된 엘리트들에 의한 부르주아적 민족주의와 호명되지 않거나 호명을 거부하는 민중적 민족주의로의 분할이 일어난다고 본다.

또한 그는 김사량 문학의 탈식민주의적 가능성에 주목한 윤대석의 논의를 언급하는 가운데 김사량의 연안탈출은 그가 식민담론의 외부, 즉 권력의 외부에 있었기 때문에 가능했고 김사량의 탈출을 계기화한 것은 곧 '민족'이라고 할 수 있다고 하면서 결론적으로 민족담론은 "식민담론의 반복이되 차이나는 반복"이라는 사실을 간과하면 안 된다고 주장한다. 박수연의 이런 견해는 탈식민주의 담론을 그 내부에서 해체하여 제3세계적 시각으로 지양하고 재전유한 것으로써 탈식민주의적

---

38   박수연, 「내재성 부재의 주체와 문학적 종착지」, 김재용 외, 『친일문학의 내적 논리』, 역락, 2003, 52~53면.

시각에서 이루어지는 민족주의 비판과 친일문학 담론의 전복적 전유를 재비판함으로써 강력한 균형추를 마련한 것이라고 할 수 있다.

2) 마르크스주의적 탈식민주의론

박수연에 의해 이루어진 이런 전회는 하정일에 의해 보다 견고한 이론적 부피를 획득하게 된다. 하정일은 먼저 전통적인 반제국주의, 민족주의 담론의 한계를 지적하고 탈식민주의적 연구가 식민주의의 내재성의 발견에 기여했음을 인정하지만 탈식민주의적 연구들이 계급과 식민성의 내적 연관에 대해 무관심하고 제3세계에서 민족형성과정의 특수성에 둔감하다는 사실을 지적하면서 글을 시작한다. 그리고 이런 경향이 사이드, 스피박, 바바 같은 해체론적 탈식민 담론의 무반성적 수용에서 비롯된다고 보고, 그 대신 파농, 아마드, 패리, 라자뤼스, 월러스틴, 아민 등 제3세계의 현실에 기반한 탈식민담론-'마르크스주의적 탈식민론'에 주목하여 탈식민주의론의 전회를 시도한다.

이러한 이론적 위상을 토대로 그는 기존의 친일문학 담론들을 비판적으로 검토해 나간다. 그에 의하면 임종국의 친일문학론은 식민주의를 억압적 이데올로기로 인식하여 순응/저항의 양자택일의 대응 외엔 다른 선택이 없다고 생각하게 된다. 반면 김재용은 식민주의를 나름의 내적 논리를 갖춘 헤게모니 담론으로 규정하고 친일 담론을 '자발적이고 일관된 동의'로 해석하여 그에 이르는 내적 과정을 규명하는 것이 친일문학 연구의 초점이 된다고 본다. 하지만 김재용이 자발적 동의 여부를 가르는 기준으로 본 '명시성'이라는 요건은 텍스트의 비명시적이고 무의식적인 부분들을 섬세하게 읽어내지 못하게 한다는 점에서 문제가 있다고 본다. 또한 김재용에 대한 각기 다른 비판을 가한 강상희, 류보선 등의 경우에는 식민주의를 헤게모니 담론으로 보는 점에서는 같되 그것을 동의와 포섭을 아우르는 담론으로 파악하고 있다고 보며 이는 동의와 포섭을 구별 못하여 결국 친일의 기준을 실질적으로 무화하는 결과를 낳는다고 비판한다.

하정일은 이처럼 식민주의를 헤게모니 담론으로 보는 견해 모두를 비판한다. 헤게모니 담론은 "식민주의란 수미일관하고 자기완결적 담론"이라는 이론적 전제를 가지고 있기 때문에 저항의 가능성을 협소하게 만든다는 약점이 있다는 것이다. 이로부터 김재용의 '저항'범주가 협소해지는 결과가 나오고, 앞서의 강상희, 류보선의 경우 및 대부분의 해체론적 탈식민론에 의존한 연구들에게서 나타나는 '도저한 비관주의'가 나올 수밖에 없다는 것이다. 그리고 이 지점에서 하정일이 주목하는 것이 지배 이데올로기를 사회구성체 내의 계급관계의 반영으로 본 풀란차스의 이데올로기론이며 그에 따라 식민주의 자체의 양가성론이 도출된다.

가혹한 억압과 탄압에도 불구하고 탈식민의 저항이 그치지 않는 것도 견고하면서도 나약한 식민주의의 양가성 때문이다. 식민주의가 견고하기만 한 담론이라면 식민주의는 동일성과 반복만을 피식민지에서 창출해야 한다. 하지만 실제로는 동일성과 함께 차이가, 반복과 함께 단절이 발생하면서 식민주의적 지배 곳곳에 흠집이 새겨진다. 식민주의가 타자 없이는 존

립할 수 없는 비자족적 담론이기 때문이니. 이 비자족적 나약함에 탈식민화의 현실적 계기가 존재한다.[39]

이런 입장에서 그는 실제로 탈식민적 저항은 다양한 스펙트럼에서 가능했다고 보며 그것은 "동일성과 반복 속에서 차이와 균열을 생산하는 작은 저항들이 식민주의에 무수한 균열을 만들어내는 역동적 과정을 읽는 맥락적이고 수행적인 독법"을 통해 '친일과 저항'을 동시에 읽는 친일문학에 대한 연구가 보다 심화될 수 있다고 보고 있다. 이러한 결론은 접근의 경로는 다르지만 윤대석의 입장과 상당히 근접하고 있는 것으로 보인다. 다만 굳이 차이를 말한다면 윤대석은 동일성과 반복 속의 차이와 균열이 지닌 혼종성에 더 무게를 둔다면 하정일은 저항의 계기를 찾는 데 더 무게를 둔다고 할 수 있다.

하정일은 '회색지대'가 존재한다는 해석을 두고 맥락을 경시한 텍스트주의적 독법이며 거기서 다양한 저항들을 찾아야 한다고 했지만 정말로 친일도 저항도 아닌 혼종 그 자체인 것, 동요와 혼란 그 자체인 것도 없지는 않을 것이다. 그것들은 물론 식민주의 헤게모니의 균열상을 보여주는 지표이지만 그것을 굳이 '저항'의 맥락에 위치지으려 하는 것은 부자연스럽고 이분법적인 것으로 보인다. 아무튼 하정일의 이러한 결론에 이르러서 말하자면 친일문학 담론은 회피와 배제를 넘어, 민족주의와 탈민족주의의 긴장을 거쳐 비로소 올바른 과학적 연구의 행정위에 놓이게 되었다고 할 수 있을 것이다.

39　하정일, 앞의 글, 31~32면.

9. '식민지 근대문학'의 흐름 속으로

이상으로 친일문학 문제를 둘러싼 주요한 논의들을 거칠게나마 일별해 보았다. 임종국의 민족주의적 친일문학론에서 하정일의 '마르크스주의적 탈식민론'에 의거한 친일문학 논의에 이르기까지 친일문학을 둘러싼 담론의 흐름은 크게 보아 근대적 관점에서 탈근대적 관점으로, 그리고 다시 근대적 관점과 탈근대적 관점을 동시에 성찰적으로 인식하는 관점으로 진행되어 왔다고 할 수 있다.

임종국의 『친일문학론』이 소박한 민족주의의 입장에서 친일문학론을 최초로 제기했다면 김재용은 임종국의 억압/저항론을 협력/저항론을 통해 비판적으로 갱신하면서 친일문학을 한국 근대문학사의 중심 주제로 가져다 놓았고, 강상희가 이를 또 다른 동일화와 배제의 전략이라 비판하고 해체적 탈근대·탈식민적 관점을 제기했다면 윤대석은 탈식민주의적 관점의 문제에서 탈식민적 실천의 문제로 이를 발전시켰으며, 박수연은 탈근대·탈식민주의의 심리적 근거를 문제 삼아 친일문학을 보는 제3세계 민족주의적 관점의 복권을 시도했다면 하정일은 마르크스주의적 탈식민론의 관점에서 제논의들을 정리하여 논란의 한 단락을 지었다고 할 수 있다. 한편 김철과 류보선은 친일문학 자체에 대한 비정보다는 그 발생론적 맥락을 한국 근대문학의 성격과의 관련 속에서 밝히는 데 더 주력하여 한국 근대문학과 그 작가들이 지닌 식민지 근대라는 조건 속에서의 모더니티 지향의 특수성이 친일문학을 필연적으로 낳을 수밖에 없었다는 결론에 도달한다.

이 같은 2000년대에 다시 제기된 친일문학과 관련된 논쟁들은 결과적으로 볼 때 친일문학의 탈주술화, 혹은 탈이데올로기화의 과정이라고 볼 수 있을 것이다. 분명 이 논쟁들을 통해 친일문학에 대한 민족주의적 강박이 상당 부분 해소되었다고 할 수 있고, 또한 이를 또 다른 방향에서의 이데올로기화의 매개로 삼고자 하는, 이를테면 식민지파시즘론을 위한 전거로 과잉결정하고자 하는 움직임 역시 비판적으로 극복되었다고 할 수 있다. 이 일련의 논쟁적 연구들을 통해 이제는 마치 1920년대 문학, 30년대 문학을 연구하는 것과 마찬가지로 '친일문학'이 아니라 1940년대 전반기의 문학으로서 온당한 학문적 연구가 진행될 수 있는 토대가 마련되었다고 할 것이다.

이제 이 논쟁적 담론들을 바탕으로 보다 견고하고 실증적인 연구들이 뒤따라야 할 것인데 그를 위해 두 가지의 기본적인 문제를 제기하는 것으로 이 글을 마치고자 한다.

첫째, 1930년대 후반에서 8·15해방에 이르는 시기의 한국문학을 한국 근대문학의 전 맥락 속에서 전체적으로 자리매김하는 작업이 무엇보다 중요하다. 이미 앞서 살펴본 바와 같이 김철, 류보선 등에 의해 가설적으로는 개괄이 시도된 바 있었고 김재용 역시 "일제 말의 문학은 그 이전 근대문학의 결산이며 또한 분단 이후 전개된 문학의 출발에 놓인 결절점"[40]이라고 하여 문학사적 맥락을 깊이 염두에 두고 있던 것으로 보이지만 아직은 대부분의 연구가 이 시기 자체에 대한 연구에만 집중되어 있는 상황이다. 특히 김철이 제기한바 '식민지 한국문학

---

40 김재용, 앞의 책, 5면.

에서의 근대/탈근대의 긴장과 그 왜곡된 해결로서의 친일문학'이라는 관점은 이러한 문학사적 자리매김에 여전히 중요한 시사를 주고 있다고 생각된다. 이러한 관점에서 이 시기의 작가와 작품들에 대한 면밀한 총체적 지형도를 그려내는 것이 긴요하다. 여기엔 친일/반일, 협력/저항, 동의/포섭, 참여/탈주 등 비교적 명료한 이분법적 대쌍들은 물론 그 대쌍들로 포획할 수 없는 작가, 작품들까지 모두 포함되어야 할 것이다. 이런 접근을 통해 아직도 여전히 작동하고 있는 친일/반일, 지배/저항을 변별하려는 '민족주의적' 통합의 강박과 혼종성의 확인이라는 비역사적인 해체의 강박에서 자유로워지면서 '친일문학'을 해소하고 '식민지 근대문학'이라는 역사적 보편성 속에서 이 시기의 문학현상들의 전체상을 해명하는 일이 가능해 질 것이라고 본다.

둘째, '친일문학'이 작가론이라는 사실은 그것이 대부분 압도적인 객관적 조건에 맞선 '주체'들의 문제라는 점에서 자연스럽게 받아들여진다. 하지만 이러한 작가론 중심의 접근법은 자칫하면 작품에 대한 기계적 이해를 낳을 수가 있으며 작품을 작가의 태도나 입장의 채증을 위한 한갓 증거자료로 처리하는 오류에 빠질 수가 있다. 과연 '친일문학'을 '친일작가'가 쓴 작품이 아니고 하나의 미학적 범주 혹은 하위 장르로 설정할 수 있는가? '친일작가'의 작품들은 과연 미학적으로도 친일적인가? 아직 이 문제에 제대로 대답하는 연구는 접해보지 못했다. 작가에 대한 전기적 연구와 더불어 작품들에 대한 미학적 탐구가 수반될 때 '친일문학'은 비로소 진정으로 과학적인 한국 근대문학 연구의 객관적 대상이 될 수 있을 것이다.

이 글은 처음에는 한 사람의 구체적인 '친일작가'에 대한 작가론을 구상하다가 그 서론에 해당하는 부분이 한량없이 길어져 결국 독립적인 글이 되어 버린 것이다. 그런 이유로 다른 연구자들의 글에 대한 논평과 문제 제기는 있으나 독자적인 입장은 채 피력하지 못하고 말았다. 그리하여 '친일문학'을 한국 근대문학의 전 맥락 속에 위치 짓는 일도, '친일문학'의 미학을 섬세하게 확인하는 일도 후일을 약속하지 않으면 안 되게 되었다. 그리고 무엇보다 이 쟁점과 관련하여 젠더적 시각에서 전혀 다른 논의의 지평을 열고 있는 김양선, 권명아 등 여성연구자들의 발본적 문제제기에 대해서 전혀 언급을 하지 못한 것도 이 글의 허술함을 빛나게 한다. 젠더적 관점에서 본다면 '친일문학'이라는 범주는 더더욱 왜소한 것이 되고 이를 둘러싼 '남성' 연구자들의 나름대로 해체적이고 탈주적인 입론들조차 여전히 폐쇄적이고 일면적이며 나아가 '권력적'임이 드러날 것이다. 하지만 일종의 '존재론적 모험'에 해당하는 젠더적 관점에 대한 접근을 이 글에서 시도하는 것은 솔직히 말해 두려운 일이었다. 혜량을 바란다.

1-1. 민족문학론과 동아시아론의 비판적 검토

최원식, 『제국 이후의 동아시아』, 창비, 2009.

하정일, 『탈식민의 역학』, 소명출판, 2008.

김명인, 「문학사 서술은 가능한가」, 『민족문학사연구』 43, 2010.

최원식, 「동아시아 국제주의의 이상과 현실」, 『2012년의 동아시아, 대안적 발전
　　　모델의 모색』(동아시아 비판적 잡지회의 자료집), 2012.6.29~30.

1-2. 민족문학과 민족문학사 인식의 전환을 위하여

고미숙, 「근대 계몽기, 그 생성과 변이의 공간에 대한 몇 가지 단상」, 『민족문학
　　　사연구』, 1999 하반기.

김명인, 「리얼리즘과 민족문학을 넘어서」, 『불을 찾아서』, 소명출판, 2000.

김현, 「민족문학・그 문자와 언어」, 『월간문학』, 1970년 10월호.

백낙청, 「민족문학의 현단계」, 『민족문학과 세계문학』, 창작과비평사, 1985.

＿＿＿, 「민족문학론, 분단체제론, 근대극복론」, 『창작과비평』, 1995 가을.

＿＿＿, 「지구화시대의 민족과 문학」, 『작가』, 1997년 1~2월호.

최원식, 「이식론과 내재적 발전론을 넘어서」, 『창작과비평』, 1993 가을.

＿＿＿, 「한국문학의 근대성을 다시 생각한다」, 『민족문학과 근대성』, 문학과지
　　　성사, 1995.

＿＿＿, 「한국문학의 안과 밖」, 민족문학사연구소 심포지엄 '전환기 한국문학 연
　　　구의 방향', 2000.12.2.

하정일, 「탈식민주의 시대의 민족문제와 20세기 한국문학」, 『20세기 한국문학

과 근대성의 변증법』, 소명출판, 2000.

베네딕트 엔더슨, 윤형숙 역, 『민족주의의 기원과 전파』, 사회비평사, 1991.
크리스 하먼, 배일룡 역, 『민족문제의 재등장』, 책갈피, 2001.
프리드리히 니체, 김훈 역, 『선악을 넘어서』, 청하, 1982.

1-3. 문학사 서술은 불가능한가
강명관, 『국문학과 민족, 그리고 근대』, 소명출판, 2007.
고미숙, 『한국의 근대성, 그 기원을 찾아서−민족·섹슈얼리티·병리학』, 책세
　　상, 2001.
민족문학사연구소 편, 『새 민족문학사강좌』 1·2, 창비, 2009.
이선영 외, 토지문화재단 편, 『한국문학사 어떻게 쓸 것인가』, 한길사, 2001.
이진경, 『역사의 공간』, 휴머니스트, 2010.

김명인, 「민족문학과 민족문학사 인식의 전환을 위하여」, 『민족문학사연구』 19,
　　2001.
김명인, 「1987, 그리고 그 이후」, 『황해문화』 54, 2007 봄.
김홍규, 「정치적 공동체의 상상과 기억−단절적 근대주의를 넘어선 한국/동아시
　　아 민족담론을 위하여」, 『현대비평과 이론』 30, 2008.
하정일, 「탈민족담론과 새로운 본질주의」, 『민족문학사연구』 25, 2004 상반기.
허병식, 「한국문학사 서술의 정치적 무의식」, 한국근대문학회 2009 하반기 학술
　　대회 『한국 근대문학사의 새로운 가능성 자료집』, 2009.12.12.

뤽 페리·알렝 르노, 구교찬 외역, 『68사상과 현대 프랑스철학』, 인간사랑, 1995.
테리 이글턴, 김명환 외역, 『문학이론입문』, 창작사, 1986.

2-1. 『귀의 성』과 한 친일개화파의 세계인식

윤명구, 『개화기소설의 이해』, 인하대 출판부, 1986.

임규찬·한진일 편, 『임화신문학사』, 한길사, 1993.

전광용, 『신소설 연구』, 새문사, 1990.

조만영 편, 『맑스주의 문학예술논쟁 ―지킹엔 논쟁』, 돌베개, 1989.

강명관, 「일제 초 구지식인의 친일적 문예활동」, 『창작과비평』, 1988 겨울.

이상경, 「은세계 재론」, 『민족문학사연구』 5, 1994.

田尻浩幸, 「국초이인직론」, 연세대 석사논문, 1991.

최원식, 「은세계연구」, 『민족문학의 논리』, 창작과비평사, 1982.

_____, 「애국계몽기의 친일문학」, 『한국근대소설사론』, 창작과비평사, 1986.

伊東勉, 이현석 역, 『리얼리즘이란 무엇인가』, 세계, 1987.

2-2. 비극적 자아의 형성과 소멸, 그 이후

김윤식, 『염상섭 연구』, 서울대 출판부, 1987.

권희선, 「「만세전」의 두 판본 읽기」, 인하대 국문과, 2002.12.

김명인, 「민족문학과 민족문학사 인식의 전환을 위하여」, 『민족문학사연구』 19,
    2001.12.

박상준, 「지속과 변화의 변증법 ―「만세전」 연구」, 『관악어문연구』 22, 서울대국
    문과, 1997.12.

_____, 「환멸에서 풍속에 이르는 길」, 『민족문학사연구』 24, 2004.3.

서영채, 「염상섭 초기 문학의 성격에 대한 일고찰」, 문학사와비평연구회 편, 『염
    상섭 문학의 재조명』, 새미, 1998.

양문규, 「근대성·리얼리즘, 민족문학적 연구로의 도정」, 문학과사상연구회 편,
    『염상섭 문학의 재인식』, 깊은샘, 1998.

이선영, 「주체와 욕망, 그리고 리얼리즘」, 문학과사상연구회 편, 『염상섭 문학의

재인식』, 깊은샘, 1998.

이현식, 「식민지적 근대성과 민족문학」, 문학과사상연구회 편, 『염상섭 문학의
　　　재인식』, 깊은샘, 1998.

최원식, 「식민지 지식인의 발견 여행」, 『만세전』, 창작과비평사, 1993.

하정일, 「보편주의의 극복과 '복수의 근대'」, 문학과사상연구회 편, 『염상섭 문학
　　　의 재인식』, 깊은샘, 1998.

2-3. 근대소설과 도시성의 문제

박태원, 「소설가 구보씨의 일일」, 『한국현대대표소설선』 3, 창작과비평사, 1996.

＿＿＿, 『천변풍경』, 깊은샘, 1994.

이효석, 「인간산문」, 『이효석전집』 2, 창미사, 1983.

임화, 『문학의 논리』, 학예사, 1940.

최재서, 「리얼리즘의 확대와 심화」, 『조선일보』, 1936.10.31～11.7.

김정란, 「랭보 혹은 타락천사―댄디를 찾아가는 여행」, 『아웃사이더』 창간호,
　　　2000.4.

전혜자, 「1930년대 도시소설연구」, 『한국의 현대문학』 3, 한양출판 1994.

최원식, 「80년대 문학운동과 오늘의 문학」, 민족문학사연구소 제2회 심포지엄
　　　'해방 50년과 한국문학' 자료집, 1995.5.10.

최혜실, 「「소설가 구보씨의 일일」에 나타나는 '산책자(flaneur)' 연구」, 『관악어
　　　문연구』 13, 1988.

아도르노, T., 「강요된 화해」, 홍승용 편역, 『문제는 리얼리즘이다』, 실천문학사,
　　　1985.

골드만, L., 조경숙 역, 『소설사회학을 위하여』, 청하, 1982.

루카치, G., 조정환 역, 『변혁기 러시아의 리얼리즘 문학』, 실천문학사, 1985.

루카치, G., 반성완 역, 『소설의 이론』, 심설당, 1985.

바흐찐, M., 전승희 외역, 『장편소설과 민중언어』, 창작과비평사, 1988.

벤야민, W., 이태동 역, 『문예비평과 이론』, 문예출판사, 1987.
K. Spears, Monroe, *Dionysus and the city*, Oxford University Press, 1970.

2-4. 근대도시의 바깥을 사유한다는 것
김윤식, 『이상 연구』, 문학사상사, 1987.

강상희, 「이상 소설의 서사전략」, 『인문논총』 7, 경기대, 1999.
강정아, 「자본주의 도시공간에 대한 문학사회학적 연구」, 부산대 석사논문, 2003.
강혜경, 「1930년대 도시소설 연구」, 이화여대 석사논문, 1984.
김남영, 「1930년대 도시소설의 공간 연구」, 영남대 석사논문, 1998.
김재용, 「1930년대 도시소설의 변모양상 연구」, 연세대 석사논문, 1987.
김창식, 「일제하 한국 도시소설 연구」, 부산대 박사논문, 1994.
나병철, 「1930년대 후반기 도시소설 연구」, 연세대 박사논문, 1990.
류회식, 「1970년대 도시소설에 나타난 '변두리성' 연구」, 영남대 석사논문, 2003.
박미아, 「박태원 소설의 도시성 연구」, 전남대 석사논문, 1998.
박연걸, 「1930년대 도시소설 연구」, 건국대 석사논문, 1993.
방경태, 「1930년대 한국 도시소설의 시간과 공간 연구」, 대전대 박사논문, 2003.
오창은, 「한국 도시소설 연구」, 중앙대 박사논문, 2005.
이규헌, 「1930년대 모더니즘 소설에 나타난 도시성 연구」, 국민대 석사논문, 1993.
이성욱, 「한국 근대문학의 도시성 문제」, 연세대 박사논문, 2002.
이은정, 「1970년대 도시소설에 나타난 도시적 삶에 대한 연구」, 이화여대 석사
　　　논문, 1979.
장춘화, 「1930년대 도시배경의 소설 연구」, 대구대 석사논문, 1986.
최진우, 「1930년대 도시소설의 전개」, 서강대 석사논문, 1981.

3-1. 한국 근대 문학개념의 형성과정
『개벽』, 『조선문단』, 『창조』 영인본.

『이광수전집』, 삼중당, 1963.

『동아새국어사전』, 동아출판사, 1990.

『日本國語大辭典』, 小學館, 1975.

나카무라 미쓰오[中村光夫], 고재석·김환기 역, 『일본 메이지문학사』, 동국대 출판부, 2001.

문학사와비평연구회, 『한국문학과 계몽담론』, 새미, 1999.

스즈키 사다미[鈴木貞美], 김채수 역, 『일본의 문학개념』, 보고사, 2001.

A. 하우저, 백낙청·염무웅 역, 『문학과 예술의 사회사-현대편』, 창작과비평사, 1974.

테리 이글턴, 김명환 외역, 『문학이론입문』, 창작사, 1986.

3-2. 주체적 문학관 구성의 모색과 그 좌절
감태준 외, 『문학개론』, 문학사상사, 1988.

김기림, 『문학개론』(3판), 신문화연구소, 1948.

백철, 『문학개론』(4판), 동방문화사, 1949.

조선문학가동맹 중앙위원회 서기국 편, 『건설기의 조선문학-제1회 전국문학자대회 보고연설 및 회의록』, 1946.

홍효민, 『문학개론』, 일성당서점, 1949.

坪內逍遙, 『소설신수』(명치문학명저전집 3편), 동경당, 1925(대정 25).

橫山有策, 『문학개론』, 조도전태문사, 1920(대정 10).

土田杏村, 『문학론』, 제일서방, 1925(대정 15).

本間久雄, 『문학개론』, 동경당서점, 1925(대정 15).

大和資雄, 『문학개론』, 삼공출판사, 1925(대정 15).

齋藤淸衛, 『문학개론』, 명치서원, 1926(소화 2).

上田敏, 『문학개론』(상전민 전집 8), 개조사, 1928~30(소화 3~5).

윗드베리, 禿徹 역, 『문학개론』, 동학사, 1933(소화 9).

九鬼周造 외, 『문학개론』(신문학론전집 1), 하출서방, 1939(소화 15).

山元都星雄, 『문학개론』, 백양사, 1943(소화 18).

비노그라도프, 조선문예연구회(김영석・나선영) 역, 『문학입문』, 선문사, 1946.

콤 아카데미 문학부, 백효원 역, 『문학의 본질』, 신학사, 1947.

윗드베리, 조연현・김윤성 역, 『문학개론』, 창인사, 1951.

하드슨, 김용호 역, 『문학원론』, 대문사, 1958.

테리 이글턴, 김명환 외역, 『문학이론입문』, 창작사, 1986.

레이몬드 윌리엄즈, 이일환 역, 『이념과 문학』, 문학과지성사, 1982.

鈴木貞美, 김채수 역, 『일본의 문학개념』, 보고사, 2001.

Williams, Raymond, *KEYWORDS*, Oxford University Press, 1983.

3-3. 한국 근현대소설과 가족로망스

권명아, 『가족이야기는 어떻게 만들어지는가』, 책세상, 2000.

김정자 외, 『한국문학에 있어서의 집, 그리고 가족의 문제』, 우리문학사, 1992.

류종렬, 『가족사연대기소설연구』, 국학자료원, 2002.

박길성・함인희, 『현대한국인의 세대경험과 문화』, 집문당, 2005.

신상성, 『한국 가족사소설 연구』, 경운출판사, 1992.

오세은, 『여성가족사소설 연구』, 새미, 2002.

이득재, 『가족주의는 야만이다』, 소나무, 2001.

이보영 외, 『성장소설이란 무엇인가』, 청에원, 1999.

이효재 편, 『가족연구의 관점과 쟁점』, 까치, 1988.

장미영, 『식민지시대, 한국의 가족주의와 그 소설적 수용』, 글솟대, 2004.

최재석, 『한국가족연구』, 일지사, 1982.

최현주, 『한국 현대 성장소설의 세계』, 박이정, 2004.

크리스천 아카데미 편, 『가족─가족의 변화와 전망』, 우석, 1989.

한국사회사연구회 편, 『한국 근현대 가족의 재조명』, 문학과지성사, 1993.

공종구, 「이혜경소설의 가족주의」, 『현대문학이론연구』 19, 2003.

김혜경, 「식민지시기 가족에 대한 계보학적 연구」, 『사회와역사』 58, 2000.

박헌호, 「30년대 후반 가족사연대기소설의 의미와 구조」, 『민족문학사연구』 4, 1993.

백영근, 「가족사소설의 문학사서설」, 『서울산업대 논문집』 47, 1998.7.

안미영, 「가족 질서의 변화와 개인의 성장」, 『문학과언어』 22, 2000.

양윤모, 「가족사연대기소설의 현실대응양상 연구」, 『고려대 한국어문교육』 7, 1994.

이정덕 외, 「소설에 나타난 1950·60년대 한국 가족윤리에 관한 연구」, 『한국가족관계학회지』 3-2, 1998.

이진우, 「현대소설에 나타난 가족관계의 해체에 관한 연구」, 『대전대 인문과학논총』 11-1, 2000.

이혜경, 「여성성장소설에서 사라진 가족과 상상 혹은 상상력」, 『현대문학이론연구』 15, 2001.

조구호, 「현대소설에 나타난 가족의 모습」, 『배달말』 25, 1999.12.

조은, 「가족사를 통해 본 사회구조 변동과 계급이동」, 『사회와역사』 58, 2000.

최시한, 「경향소설의 가족문제」, 『배달말』 21, 1996.12.

황국명, 「1930년대 가족사소설의 이데올로기 지향 연구」, 『인제논총』 8-2, 1992.

메이아수, 김봉률 역, 『자본주의와 가족공동체』, 까치, 1999.

바렛·매킨토시, 김혜경 역, 『가족은 반사회적인가』, 여성사, 1994.

프로이트, 김정일 역, 『성욕에 관한 세 편의 에세이』, 열린책들, 2004.

헌트, 조한욱 역, 『프랑스혁명의 가족로망스』, 새물결, 2000.

3-4. 친일문학 재론

권명아, 『역사적 파시즘』, 책세상, 2005.

김재용, 『협력과 저항』, 소명출판, 2004.

김재용 외, 『친일문학의 내적 논리』, 역락, 2003.

김철 외, 『문학 속의 파시즘』, 삼인, 2001.
윤대석, 『식민지 국민문학론』, 역락, 2006.
임종국, 『친일문학론』, 평화출판사, 1966.

강상희, 「친일문학론의 인식구조」, 『한국근대문학연구』 7, 2003.
김양선, 「친일문학의 내적 논리와 여성(성)의 전유 양상」, 『실천문학』, 2002 가을.
김철, 「친일문학론-근대적 주체의 형성과 관련하여」, 『민족문학사연구』 8,
        1995.
류보선, 「친일문학론의 역사철학적 맥락」, 『한국근대문학연구』 7, 2003.
하정일, 「한국 근대문학연구와 탈식민」, 『민족문학사연구』 23, 2003.